© 2021, Ursula Adler
Herstellung und Verlag: BoD – Books on Demand, Norderstedt
ISBN: 9783754326602

Vorwort

Sehr geehrte Leserinnen und Leser

Hiermit möchte ich sie darauf aufmerksam machen, dass
dieses Buch die 2. Auflage ist.
Ich habe diese Auflage, auf die neue Rechtschreibung
gebracht, da die erste Auflage, vom Jahr 2000, welche ich
1999 geschrieben hatte und von dem damaligen Verlag aus
Münster, „Tebbert" verlegt worden ist, nun nicht mehr
existiert und noch nach der alten Rechtschreibung, von den
Lektoren des Verlages überprüft wurde und vom Verlag
verlegt und gedruckt worden ist.

Dieses Buch ist autobiografisch und ich habe es 1999 so
geschrieben, wie ich es zu dieser Zeit empfunden habe, um
damit abschließen zu können.

Ich wünsche ihnen viel Spaß bei lesen.

Mit freundlichen Grüßen

Ursula Adler
Autorin

Giselas Schicksal

Erstes Kapitel

Es begann, als sie 1958 eingeschult wurde. Die ersten Monate verliefen relativ normal. Sie hatte den großen Wunsch einmal Krankenschwester zu werden. Aber sie litt fast täglich unter Kopfschmerzen. Dem Unterricht konnte sie aus diesem Grund nicht immer folgen. So kam es, dass die Klassenlehrerin, Frau Bischof sie fragte:" Gisela, träumst du? Sie antwortete darauf "Nein, ich habe Kopfschmerzen" Die Lehrerin schickte sie manchmal nach Hause, weil sie merkte, dass sie im Unterricht nichts mehr mitbekommt. Zu Hause fragte die Mutter: "Wie, ist die Schule schon aus? Gisela darauf: "Nein, ich habe so starke Kopfschmerzen, dass ich nach Hause gehen sollte und mich ausruhen soll. Frau Bischof hat mir etwas aufgeschrieben, was ich bis morgen lernen soll." "Die Mutter: "Du hattest bestimmt keine Lust mehr in der Schule, ich kann mir nicht vorstellen, dass man jeden Tag Kopfschmerzen hat."
Weil sich dies immer und immer wieder so, oder so ähnlich wiederholte ging die Mutter mit ihr zum Arzt.
Der Hausarzt sagte zur Mutter: "Ich kann leider nichts finden, was die angeblichen Kopfschmerzen auslöst, ich glaube sie muss nur mehr schlafen und mehr an die frische Luft."
Weil die Mutter alleinerziehende Mutter war, musste sie sehr viel arbeiten und Gisela verbrachte die meiste Zeit bei ihrer

Oma. Oma war eine sehr strenge aber auch fröhliche Frau, sie sang bei ihrer Arbeit im Haushalt immer und so lernte sie die ganzen alten Volkslieder von der Oma.

Einen Nachteil hatte es in der Schule aber auch, denn ihre Mutter und auch Oma kamen aus Schlesien, sie sprachen einen anderen Dialekt, der nicht so in dieser Gegend bekannt war. Man hänselte Gisela deshalb in der Schule, einige Mitschüler sagten dann:"Wie spricht die denn, kann die kein richtiges Deutsch" Gisela verstand es damals nicht. Sie merkte nicht, dass sie anders sprach. Dann gab es noch ein sehr gravierendes Ereignis. Für Gisela jedenfalls war es zu dieser Zeit, der schlimmste Tag in ihrem Leben. Sie wollte am liebsten in den Erdboden versinken und nicht mehr auftauchen müssen. Es war an einem Lehrertag. Frau Bischof, war für sie die Beste Lehrerin der Welt. Sie wollte auch, wie alle anderen Kinder Blumen für sie mitnehmen. Gisela sagte es ihrer Mutter:" Bitte, ich möchte für Morgen Blumen haben, für Frau Bischof, die anderen Kinder bringen auch alle Blumen mit." Giselas
Mutter. die zu dieser Zeit mit jedem Pfennig rechnen musste, sagte:" Sieh mal, da hat uns ein Bekannter Zweige vom Kirschbaum mitgebracht. Die sind gerade aufgeblüht. Sie sehen doch auch schön aus. Ich packe sie dir morgen schön ein und dann hast du auch Blumen. Einen richtigen Strauß, den können wir uns nicht leisten. Es können bestimmt nicht alle Kinder Blumen mitbringen.
"Gisela war damit einverstanden und sagte:"Gut, die sehen wirklich hübsch aus."
Am anderen Morgen, Giselas Mutter hatte den Strauß in Zeitungspapier eingewickelt, so dass man nichts sehen konnte, was drin war. Gisela ging zur Schule. Es klingelte und alle Schüler gingen in Ihre Klassen. Die Schüler von Giselas Klasse packten alle ihre Blumen aus. Jeder bestaunte

seine eigenen Blumen. Gisela staunte auch, was haben die alle
für schöne Blumen mit. Frau Bischof betrat den
Klassenraum und die Kinder sagten wie in einem Chor:" Wir
wünschen ihnen alles Gute zum Lehrertag.
"Frau Bischof:" Danke Kinder, ... oh habt ihr alle schöne
Blumen mitgebracht, das ist doch nicht notwendig. Aber
trotzdem - ich freue mich darüber."
Die Kinder gingen nacheinander Einer nach dem Anderen
nach vorn und überreichten ihre wunderschönen Sträuße.
Dann ging ein Mädchen nach vorn, sie hatte nur eine Rose in
der Hand. Die ganze Klasse schien zu lachen. Frau Bischof
darauf:" Warum lacht ihr darüber? Es ist eine edle Blume und
es kommt nicht auf die Größe an. Es ist schön, wenn man
nur daran gedacht hat. Und außerdem ist es eine besonders
schöne Rose. Wenn man sie zu einem Strauß gebunden hätte,
würde sie nicht so schön aussehen."
Nun kam Gisela dran. Sie wickelte das Zeitungspapier ab und
da, es fielen schon ein paar Blüten ab. Die ganze Klasse
schrie vor Lachen. Gisela hätte am liebsten losgeweint, wenn
Frau Bischof nicht wieder eingegriffen hätte und sagte:" Es
ist mir eine besondere Ehre, dieser Kirschblütenstrauß ist
selbst gepflückt, das ehrt mich sehr. Es sagt mehr aus, als
wenn man nur in ein Blumengeschäft geht und den Strauß
kauft. Alle, die genügend Geld haben, die können sich es
eben einfach machen und gehen ins Geschäft, aber so ein
gepflückter Strauß, er ist sehr schön, Gisela."
Gisela sah Frau Bischof dankbar an, aber sie schämte sich
sehr darüber, dass da schon so viele Blüten abgefallen sind.
Es war eben einer dieser Tage, wo sie am liebsten unsichtbar
gewesen wäre. Sie hatte überhaupt keine Lust mehr in die
Schule zu gehen. Sie dachte nur, warum sind alle nur so
gemein. Genau so behandelten gerade in der Ersten Klasse
die meisten Kinder ein

Mädchen, Mariena, sie war sehr schwerhörig, weil sie fast nie etwas verstanden hatte, spielte sie die ganze Stunde über und alle waren der Meinung, sie kann nicht lernen, weil der Verstand nicht ausreicht. Keiner hatte bemerkt, dass sie nur nichts hören kann. Bis dann mal eine Schuluntersuchung stattfand und der Kinder- und Jugendarzt bemerkte, das Mariena fast nichts hört. Dann erst kam sie in eine andere Schule. Aber vorher musste auch Mariena manchmal die Hölle durchmachen.

Als Gisela 13 Jahre alt war, lernte ihre Mutter einen Mann kennen, der für Gisela nun der Vater sein sollte. Die Mutter zu Gisela: Das ist Hermann, er ist auch alleinstehend und vor allem ist er blind. Ich möchte, dass er für dich nun der Vater wird."
Gisela darauf, „Nun gut, wenn du meinst, dass er für mich ein Vater sein soll, aber verlange nicht von mir, dass ich Vati oder Papa oder sowas ähnliches sagen soll, das kann ich nicht."
Nach einem Jahr einigten Sie sich darauf, dass sie Onkel Hermann zu ihm sagt.

Die Zeit verging und als Gisela die Schule verlassen hatte, war es in der DDR so Sitte, dass jeder Schulabgänger einen Beruf erlernen muss. Bei der Berufsberatung sagte die Sachbearbeiterin:" Gisela kann entweder Schlosser oder Wirtschaftslehrling werden."
Die Mutter ganz erschrocken: " Wie bitte, ein Mädchen kann doch kein Schlosser werden."
"Nun gut", sagte die Sachbearbeiterin, "dann eben Wirtschaftslehrling.

Wir haben 50 Bewerberinnen für den Beruf einer Krankenschwester und 30 Bewerberinnen als Kinder- oder Säuglingsschwester. Außerdem hat Gisela im Fach Chemie gerade noch die Note Drei und wie mir mitgeteilt wurde tendiert sie mehr zur vier. Nein da kann sie unmöglich so einen Beruf erlernen."

Gisela begann die Lehre in einer Gaststätte um den ihr vorgeschlagenen Beruf zu erlernen. 3 Monate ging es einigermaßen gut, dann wieder die ständigen Kopfschmerzen und nun kam auch noch Nasenbluten hinzu.
Der Objektleiter dieser Gaststätte zur Mutter von Gisela: "Es tut mir leid, aber unter diesen Umständen kann sie hier nicht weiter lernen, es geht doch nicht, dass sie mit diesen Kopfschmerzen die Gäste bedienen soll und wenn sie in der Küche Vorbereitungen treffen soll, immer dieses Nasenbluten."
Die Mutter ging wieder zum Arzt, diesmal nicht zum Hausarzt, sondern in die nahegelegene Poliklinik. Der dortige Internist sagte zur Mutter: "Es tut mir leid, aber ihrer Tochter fehlt nichts."
Die Mutter wusste auch nicht, was sie noch machen sollte sie sagte: "Tja Gisela, nun müssen wir sehen, wo wir für dich Arbeit finden."
Gisela darauf,: Ja, ich möchte doch auch gerne arbeiten gehen, ich weiß auch nicht, was ich machen soll, wenn ich mich etwa anstrenge, habe ich immer gleich Kopfschmerzen und kurz darauf bekomme ich immer gleich dieses Nasenbluten."

Sie bekam dann Arbeit in einem Chemiebetrieb, wo sie an einer Maschine

stehen musste Schuhsohlen hergestellt wurden. Die chemischen Dämpfe
und die Hitze ihr so zu schaffen machten, dass sie am dritten Tag ihrer Arbeit vor der Maschine umfiel. Man brachte sie in die betriebliche Ambulanz, wo sie nach einigen Minuten wieder zu sich kam. Die Schwester dort zu ihr: "So eine Arbeit können sie überhaupt nicht machen. Sie werden dies keine Woche überleben. Gehen sie wenn es ihnen besser geht nach Hause und kommen sie morgen wieder her und gehen gleich zu ihrem Abteilungsleiter"
Giesela fing an zu weinen und sagte. "Ich muss doch aber irgendeine Arbeit machen, ich kann doch nicht immer nach Hause gehen. Was soll ich meiner Mutter sagen. Bitte helfen sie mir."
Die Schwester von dieser betrieblichen Ambulanz merkte die Verzweiflung
von Gisela und sagte:" Ich kann ihnen nicht helfen, außer vielleicht einen Krankenwagen bestellen, der sie nach Hause bringen kann."
Gisela lehnte dies ab und sagte:" Sie können meine Mutter anrufen, meine Eltern haben einen kleinen Betrieb und deshalb auch ein Telefon und wir wohnen hier ganz in der Nähe."

Am nächsten Tag musste sie zu dem Gespräch mit ihrem Abteilungsleiter.
Der Abteilungsleiter zu Gisela." Ich habe da noch eine andere Arbeit für sie, da arbeiten nur ältere Frauen und dort ist es nicht so heiß, wie an diesen Automaten hier und die Arbeit ist dort auch etwas leichter, allerdings verdient man nicht so gut dabei. Allerdings kann man sich auch etwas hocharbeiten, wenn man Interesse daran hat."

Gisela:"Es ist mir egal, was ich mache und wie viel ich Lohn ich dafür bekomme. Wichtig ist, dass ich endlich arbeiten kann.

Sie konnte tatsächlich die dort von ihr geforderten Arbeiten erledigen und nach einem halben Jahr machte sie den Führerschein für einen Gabelstapler. Sie hatte trotz alledem immer noch Kopfschmerzen, konnte sie aber noch ertragen und das Nasenbluten ließ auch etwas nach.

Sie hatte sich dort mit Martina, einem Mädchen, welches 5 Jahre älter war als sie selbst, angefreundet. Martina hatte immer sehr viele Freunde, Gisela nicht.
Martina sagte ihr dann nach ein paar Jahren: "Sag mal, Gisela, du bist nun
schon 19 Jahre alt und hast immer noch keinen Freund.
Willst du mal als
alte Jungfer enden?"
Gisela darauf: "Ja, ich kann doch nicht einfach irgend einen Jungen als Freund nehmen, mir gefällt eben keiner und wer sieht mich schon an. Ich habe so einen großen Po, wenn ich mal ne´Hose anziehen will, sieht es unmöglich aus. Du hast einen so kleinen Po, da sieht das ganz anders aus. Ich kann nur Röcke oder Kleider anziehen und darin fühle ich mich nicht wohl."
So kam es, dass Gisela immer nur gearbeitet hat. In Ihrer Freizeit ging sie dann immer zum DRK und arbeitete dort ehrenamtlich. Dort wurde sie anerkannt, dort fühlte sie sich wohl.

Da sie aber nicht ihr ganzes Leben lang nur Gabelstapler
fahren wollte, ging sie zur damaligen Kreisvolkshochschule
um ihre Zeugnisnoten zu verbessern und eventuell einen
neuen Abschluss zu machen. Sie hatte gehört, dass man auch
in der Erwachsenenqualifizierung noch Berufe erlernen kann.
Als sie bei der Volkshochschule sich vorstellte, fragte die
zuständige Leiterin: " Welchen Schulabschluss haben sie?"
Gisela:" Ich habe meine letzten Zeugnisse mitgebracht und
habe nur den Abschluss der 8. Klasse."
Die Leiterin der Schule:" Zeigen sie mal her. Ach, das sind
aber nicht gerade gute Noten. Wenn sie den Abschluss der
10. Klasse haben möchten, würde ich ihnen vorschlagen,
dass sie die 8. Klasse noch einmal machen und versuchen da
bessere Noten zu bekommen. Das liegt allerdings an ihnen,
sie müssen dies nicht machen. Aber ich sage ihnen gleich, mit
diesen Noten, werden sie den Abschluss der 10. Klasse nur
ganz schlecht abschließen und im schlimmsten Fall sogar
durchfallen."
Giesela:" Ja, ich werde den Abschluss der 8. Klasse noch
einmal machen." Ich habe die Absicht mal den Beruf einer
Krankenschwester oder Säuglingsschwester zu machen."

Die Leiterin: " Das ist ein gutes Argument und sowas
beflügelt ja auch um den Abschluss zu bestehen. Ich kann
ihnen schon sagen, dass sie, wenn sie die Zeugnisse von der
8. Klasse im Gebäude des Krankenhauses bei der Oberin
abgeben, haben sie bestimmt eine Chance. Naja, jetzt müssen
sie aber erst mal 2 Jahre fleißig lernen. Der Unterricht ist
immer abends, montags, mittwochs und freitags."
Sie ging nun 2 Jahre zur Schule und freute sich, als sie dann
ihr Zeugnis bekam. Es waren 2 harte Jahre, denn sie musste
vormittags arbeiten und abends zur Schule. Wenn sie

11

Spätdienst hatte und dies geschah alle 2 Wochen, musste sie mit Martina die Schicht tauschen. Martina machte dies gerne, denn sie war ja eine Freundin von Gisela. Aber trotzdem war es schwer, denn der Spätdienst ging immer bis 22.30 Uhr und dann am anderen Tag in den Frühdienst um 5.00 Uhr. Sie schaffte es trotz aller Schwierigkeiten.

Sie ging mit ihrem Zeugnis ins Krankenhaus zur Oberin und stellte sich dort vor. Die Oberin sah sich das Zeugnis an und sagte:" Ja, also dieses Zeugnis sieht gut aus aber sie müssen den Abschluss der 10. Klasse haben."
Gisela: "Ich bin dabei den Abschluss zu machen, die Leiterin der Volkshochschule sagte mir, dass ich ihnen jetzt schon mein Zeugnis zeigen soll, damit ich für die Ausbildung zur Krankenschwester vorgemerkt werden kann."
Die Oberin: "Gut, dann gehen sie doch gleich mal in die Ambulanz rüber, ich melde sie gleich an und machen dort die Unbedenklichkeit Untersuchung, dann kann ich sie vormerken."
Gisela ging in die Ambulanz. Es wurden einige Untersuchungen an ihr durchgeführt und auch jede Menge Blut abgenommen. Jetzt musste sie noch zu einem Arzt rein. Der Arzt schaute sie mitleidig an und sagte:" Es tut mir leid, aber für den Beruf einer Krankenschwester eignen sie sich nicht."
Gisela ganz erstaunt und gleichzeitig erschüttert:" Warum nicht? Was spricht dagegen?"
Der Arzt:" Ihre Blutuntersuchung ist nicht gut ausgefallen. Es bedeutet nicht, dass sie eine ansteckende Krankheit haben, nein, aber sie werden, wenn sie ständig in diesem Beruf dann arbeiten müssen einmal große Schmerzen bekommen. Sie haben rheumatisches Blut."
Gisela:" Kann man denn nichts dagegen tun? Habe ich jetzt die ganze Schule umsonst gemacht?"

Der Arzt:"Nein, eine Schule macht man nie umsonst. Es gibt da sicherlich noch andere Möglichkeiten."
Sie ging dann traurig und enttäuscht nach Hause. Welche andere

Möglichkeiten gibt es da noch für mich dachte sie und hätte am liebsten geweint. Sie machte nun den Abschluss der 10 Klasse nicht, sie warf alles hin, vor lauter Enttäuschung.

Eines Tages ergab es sich, dass immer wenn sie Dienst hatte ein Kraftfahrer auftauchte und versuchte es immer wieder mit ihr privat zu reden.
Gisela sprach dann mit Martina darüber und Martina sagte ihr:" Das ist Georg, der versucht schon seit ein paar Monaten mit dir zusammen zu kommen, aber du bemerkst ihn überhaupt nicht."
Gisela darauf." Ich weiß nicht, er ist nicht mein Geschmack, ich weiß auch nicht was ich mit ihm reden soll, warum will er ausgerechnet mich."
Martina verzog ihr Gesicht:" Stell dich nicht so an, er ist ein Durchschnittstyp und aus einer schönen Schüssel kann man nicht essen und um den reißen sich dann auch nicht alle Frauen und du musst ihn ja nicht gleich heiraten."

Gisela ließ sich auf ein Gespräch mit ihm ein und bemerkte, dass er gar nicht so verkehrt ist. "Ich möchte dir mal meine Stadt zeigen, in der ich wohne.", sagte er zu ihr. Er wohnte nur 15 Km von der Stadt entfernt in der sie wohnte.
"Nun gut ", sagte sie zu ihm. Sie dachte, dann kann ich mal was anderes sehen als immer nur die Arbeitsstelle und das DRK. Er holte sie heimlich

von zu Hause ab, denn ihre Mutter durfte es nicht wissen, dass sie sich mit einem jungen Mann verabredet hatte. Ihre Mutter sagte immer zu Ihr, dass die Männer immer nur das Eine wollen und dann lassen sie dich sitzen und wenn du Pech hast dann auch noch mit einem Kind. Dir soll es mal nicht so gehen.

Sie fuhren mit dem Bus in seine kleine Stadt. "So ein Pech aber auch, jetzt fängt es an zu regnen" sagte er zu Ihr.
"Was Machen wir nun?" fragte sie.
"Ich nehme dich mit zu mir nach Hause" sagte er zu ihr.
"Nein, auf keinen Fall", wehrte sie ab.
"Du brauchst keine Angst zu haben, meine Eltern sind zu Hause", beruhigte er sie. Ach, auch das noch dachte sie. Ihr zitterten die Knie. Es vergingen nur 10 Minuten und sie standen vor der Tür. Er schloss die Tür auf und rief: "Hallo Mami, ich habe Besuch mitgebracht".
Ihr wurde ganz schlecht und sie bekam wieder ihre Kopfschmerzen. Da kam eine sympathische Frau aus dem Wohnzimmer: "Guten Tag. kommen sie doch rein, sie sind bestimmt eine Freundin von unserem Georg", sagte sie mit einer so sympathischen Stimme, dass sie gleich dieses ungute Gefühl verlor.
Sie gingen ins Wohnzimmer, da saß der Vater von Georg auf der Couch und begrüßte Gisela auch mit einem sympathischen lächeln: "Guten Tag, Schmidt, setzen sie sich doch, unsere Mutter macht gleich Kaffee, es ist ihnen doch recht?"
Sie fühlte sich dort so heimisch, dass sie überhaupt keine Lust verspürte, wieder nach Hause zu fahren. So ergab es sich, dass Gisela und Georg nun doch nach knapp einem Jahr heirateten. Sie hatte sich an ihn gewöhnt und sie wohnten bei seinen Eltern, schöner konnte es nicht sein.

14

Ein Jahr später bekamen Giesela und Georg ein Baby. Es war ein Junge, da lag er nun nach der Entbindung neben Gisela. So ein kleiner Mensch, bis vor kurzem, konnte sich Gisela noch nicht vorstellen, dass da noch ein kleines Wesen zu ihr gehören würde. Sie sah ihn an und wusste nicht, was sie nun denken sollte.
Da hatte sie ein Baby zur Welt gebracht und alles ist dran.
Das soll nun einmal irgendwann ein richtiger Mann werden.
Ihre Gedanken kreisten in ihrem Kopf.
Dann dachte sie, <nun gehörst du auch zu meinem Leben, du kleines Baby>.
Sie nannten ihn Silvio.
Sie freute sich jeden Tag, wenn man ihr das Baby brachte.
Dann kam ein
schlechter Tag für Gisela, sie bekam Kindbettfieber. Sie hatte eine Temperatur von 40,5 Grad Celsius. Man sagte es Ihr einige Tage später erst, als sie wieder richtig denken konnte. Sie wusste von diesen Tagen nichts. Sie hatte da keine Erinnerung mehr. Sie weiß bis heute nicht, was da mit ihr geschah.
Als Silvio 6 Monate alt war, kam Georg zur Armee. Es war eine schöne Zeit
für Gisela und Ihrem Sohn Silvio, mit den Schwiegereltern. Sie glaubte, dass sie jetzt wirklich glücklich sein könnte. Als Georg nach seinem 18 monatigen Wehrdienst zurück kam, musste sie feststellen, dass er sich völlig verändert hatte. Er trank viel Alkohol und ging sehr viel alleine weg. "Ich brauche meine Freiheit"; sagte er, " ich war lange genug eingesperrt in der Kaserne".
Da die Wohnung, bei Georgs Eltern nun für alle 5 Personen zu klein war,
denn Silvio war in der Zwischenzeit schon 2 Jahre alt und benötigte auch

seinen Spielraum, bewarben sie sich um eine Wohnung. Vielleicht ändert
Georg sich dann wieder, wenn wir genügend Platz für uns haben. Aber was geschah auf dem Wohnungsamt? Die Sachbearbeiterin von der Wohnungs-
vergabe sagte immer nur, " Es tut mir leid, aber die meisten Ehepaare müssen auch mindestens 5 Jahre auf eine Wohnung warten und außerdem, war Ihr Mann 1 1/2 Jahre bei der Armee, da waren sie mit ihrem Kleinkind alleine bei ihren Schwiegereltern und da war zu dieser Zeit genügend Platz für sie alle."
"Ja, aber wir sind jetzt zu dritt in einem Zimmer", sagte sie," und
mein Mann muss jeden Morgen um 4.00 Uhr aufstehen und manchmal schon um 3.00 Uhr, denn er ist zurzeit Busfahrer und muss jeden Morgen so zeitig aufstehen und das stört die ganze Familie und mein Sohn wird jedes Mal
wach davon, weil wir ja in einem Zimmer wohnen. Ich glaube nicht, dass dies für unser Kind gut ist."
"Das ist ihre Sache, damit müssen sie alleine fertig werden", sagte die Sachbearbeiterin und beachtete Gisela überhaupt nicht mehr. Sie ließ sie einfach stehen.
Sie bekamen von der Stadt eine Notwohnung, mit Fließend Wasser an den
Wänden. Es war schrecklich. Sie wollte ein Haus bauen oder kaufen, aber
es führte einfach keinen Weg dorthin. Nach sehr langem suchen, bot man ihnen ein Abriss reifes Haus zum Kauf an. Die Worte vom Stadtbaudirektor: "Sehen sie zu, was sie daraus machen, für dieses Haus brauchen sie uns nur 3000,-- Mark bezahlen, mehr können wir für sie nicht tun."
Sie versuchten eine Baufirma aufzutreiben, welches ihnen auch gelang. Der Bauleiter, der sich dieses Haus ansah, sagte nur kopfschüttelnd: „das muss einfach bis auf die

Grundmauern abgerissen werden und dann müssen wir alles neu aufbauen."

Gesagt, getan. Alle Verwandten und Bekannten halfen beim Abriss, denn wenn es die Baufirma übernommen hätte, wäre es unbezahlbar geworden. Nun war das Haus endlich bis auf die Grundmauern abgerissen und die Baufirma sollte nun anfangen zu bauen. Da kam plötzlich der Stadtbaudirektor mit einigen anderen Leuten, die kein Mensch von vorher gesehen hatte und sagte:" Es tut mir leid, aber sie haben nur das Haus gekauft und nicht das Grundstück, dies gehört der Stadt. Ihnen gehört nun nichts mehr, sie haben doch ihr Eigentum abgerissen. "

Gisela und Georg standen fassungslos da und wussten nicht mehr was sie nun sagen oder tun sollten. Gisela ging zur Baufirma und fragte den dortigen Bauleiter, was sie nun tun könne?

Er sagte, „Versuchen sie es doch übers Kreisgericht." Sie ging zur Stadtverwaltung und trug es dem stellvertretenden Stadtbaudirektor vor, denn der Stadtbaudirektor war plötzlich nicht mehr zu sprechen.

"Nun", sagte der stellvertretende Stadtbaudirektor, " Ich werde versuchen, dass sie wenigstens das Geld für den Hauskauf zurückbekommen."

Dies geschah dann auch und das war alles. Sie bemühte sich immer wieder, über die Wohnraumvergabe eine menschenwürdige Wohnung zu bekommen.

Es klappte einfach nicht.

Sie bekam dann Arbeit in einem Metallbetrieb, als Schreibkraft. Sie hatte während der Schwangerschaft die Schule besucht und Stenografie sowie Schreibmaschine schreiben gelernt. Silvio ging in einen Kindergarten. Wenn sie nach Hause kam von der Arbeit, war Georg nicht zu Hause, er kam immer später, sie glaubte, das er sich in dieser furchtbaren Wohnung nicht wohlfühlte, was für sie ja noch

verständlich gewesen wäre. Sie stellte einen Ausreiseantrag und betonte darin, dass sie dies nicht aus politischen, sondern aus sozialen Gründen tat. Es vergingen ca. 2 Wochen, als ihre Abteilungsleiterin zu ihr kam und sagte: "Gisela, sie müssen heute zur Betriebsparteileitung."
Gisela:"Warum?"
Die Abteilungsleiterin:" Ich weiß nicht genau, aber ich habe von hinten rum erfahren, dass die Staatssicherheit gekommen ist. Ich kann nicht sagen, ob das ihretwegen ist. Ich habe nur erfahren, dass da solche Leute gekommen sind."
Gisela ganz verwirrt:"Was können die von mir wollen? Ich habe doch nichts getan." Ihr war ganz schlecht und die bekam schon wieder Kopfschmerzen. Sie ging zur Betriebsambulanz und ließ sich eine Beruhigungstablette geben, denn ihr Herz schlug bis zum Hals. Nun war es soweit, sie musste in die Betriebsparteileitung, als sie reinkam, staunte sie nicht schlecht. Es saßen da, der 1. Parteisekretär vom Betrieb und dessen Stellvertreter. Dann noch der Abteilungsparteisekretär, der BGL -Vorsitzende, die Frauenbeauftragte, die auch in einer anderen Abteilung Abteilungsparteisekretärin war, dann auch ihre Abteilungsleiterin. Als sie ihre Abteilungsleiterin sah, beruhigte sie sich ein bisschen, denn mit ihr kam sie immer ganz gut zurecht. Gisela setzte sich und wartete darauf, dass man ihr nun sagte, warum sie eigentlich hier war. Plötzlich ging die Tür auf und es kamen vier fremde Männer herein, die sie noch nie gesehen hatte.
Dann begann der Parteisekretär: "Dies ist Frau Gisela Schmidt, bei uns als Abteilungsleitersekretärin tätig."
Die vier Männer sahen sie an, sie stellten sich nicht vor. Einer von ihnen sagte dann zu ihr:" Warum sie hier sind, Frau Schmidt, dass wissen sie sicherlich." Gisela:" Nein, das weiß ich nicht."

Der Fremde Mann:" Nun sie haben einen Ausreiseantrag gestellt, darüber wollen wir reden, sie wissen doch, dass dies strafbar ist. Sie können froh darüber sein, dass wir sie nicht gleich vom Arbeitsplatz mit Handschellen abgeholt haben. Aber wir wollen nicht so ein Aufsehen erregen. Was haben sie dazu zu sagen?"

Gisela:"Ja, ich hatte doch erwähnt, dass ich aus sozialen Gründen von hier weg möchte. Meine Familie bekommt einfach keine Wohnung, wir leben in einer Wasserburg, mein Kind ist immer zu erkältet weil die Wohnung nicht nur feucht, sondern richtig nass ist. So kann man doch nicht leben. Die Toilette ist auf dem Hof, im Winter kann ich mein Kind doch nicht in diese Kälte rausschicken. Das wäre doch unverantwortlich. "

Einer von den anderen fremden Männern: "Also, Frau Schmidt, ich kann mich daran erinnern, dass meine Eltern auch ihre Toilette auf dem Hof hatten und sind nicht daran gestorben. Was bilden sie sich eigentlich ein. wissen sie wie viele Menschen noch so leben."

Gisela:"Nein, das weiß ich nicht. Aber ich habe da eine Frage. Haben sie auch so eine Wohnung wie wir? Ist ihre Toilette auch auf dem Hof, haben sie auch kein Bad?"

Der Fremde:" Dies steht hier überhaupt nicht zur Debatte", schrie er sie an, "Sie haben hier Rede und Antwort zu stehen und nicht wir."

Gisela:"Was erwarten sie jetzt von mir?"

Einer der Fremden:" Nun, sie sollen reuevoll ihren Ausreiseantrag schriftlich zurück ziehen."

Gisela:" Bekommen wir dann eine Wohnung?"

Der Fremde darauf:" Was nehmen sie sich für Frechheiten heraus, sie können froh sein, dass wir sie nicht einsperren und ihr Kind sofort ins Heim bringen." Gisela darauf:" Geben sie mir bitte eine trockene Zelle und für mein Kind dann auch. Wenn dies bei uns Demokratie ist und wir weiter so wohnen müssen, dann danke ich dafür und ich ziehe meinen Antrag nicht zurück."

Der Fremde:"Wenn sie nicht hören wollen, es ist für uns ein Klacks, ihr Kind bekommen sie heute nicht vom Kindergarten, weil wir es gleich mitnehmen werden und ihre gesamte Familie wird dann jeder eine Zelle bekommen."

Aus Angst davor, dass sie ihr Kind nicht mehr bekommen sollte, unterschrieb sie sehr wütend die Rücknahme des Ausreiseantrages, welches alles schon vorbereitet war.

Sie ging schon vorzeitig nach Hause und holte Silvio vom Kindergarten ab.

Sie war so völlig fertig, dass der Betriebsarzt sie wegen Erschöpfung Woche Arbeitsunfähig schrieb. Es änderte sich nichts, sie bekamen einfach keine Wohnung. Zu allem Überfluss bekam sie dann auch noch heraus, dass Georg mehrere Damenbekanntschaften hatte. Sie reichte nach 4 jähriger Ehe die Scheidung ein. Silvio war 3 Jahre und Gisela konnte die Welt nicht mehr verstehen. Wie kann man nur einen oder jetzt sogar zwei Menschen so verletzen. Hatte sie irgendetwas falsch gemacht? Die Schwiegereltern hielten zu ihr und sagten." Wir sind immer für dich da, du hast alles getan, was du konntest. Dich trifft keine Schuld."

Ja, aber jetzt ist das passiert, was sie nie wollte, ihr Sohn Silvio soll nun genau wie sie ohne Vater aufwachsen.

Zweites Kapitel

Ein Jahr nach der Scheidung lernte sie Siegfried Milan kennen, er war auch schon 2 Jahre geschieden und hatte einen Sohn, der 5 Jahre alt war.

Erst wollte sie überhaupt nicht mehr heiraten, sie hatte die Nase so voll
und das schlimmste war, dass Siegfried auch noch sehr gut aussah und alle
Frauen auf ihn sahen, er sah aus, so sagten die meisten, wie eine Mischung von Costa Cordalis und Roy Black.
Ja, ebenso ein richtiger Frauentyp. Als er sie dann mal zu einer Tanzveranstaltung eingeladen hatte, hörte sie, als sie auf der Damentoilette war, wie sich zwei Frauen im Waschraum unterhielten und sagten: " Der Typ, der mit den schwarzen Haaren, der gefällt mir, den Muss ich unbedingt haben."
Die andere darauf." Da musst du schon so aussehen, wie seine Begleiterin, mit den langen braunen Haaren, dann könntest du vielleicht eine Chance haben."
Es war vieleicht nicht - der Grund - aber bestimmt einer davon, dass sie
dann doch wieder geheiratet hat. Für sie war es sehr wichtig, dass Siegfried zu ihrem Sohn Silvio so gut war, als wäre es sein eigenes Kind. Nun wird doch alles wieder gut dachte sie.

Gisela hatte zu dieser Zeit immer noch Kontakt zu den Eltern von Georg.
Sie kamen ab und zu auch mal zu Besuch. Gisela freute sich immer sehr darüber, weil sie ihre ehemalige Schwiegermutter immer noch sehr mochte.

Bei Giselas Mutter meldete sich Günter, ihr jüngster Bruder und somit auch Giselas Onkel, er war nach West-Berlin gezogen. Vorher wohnte er in Mannheim und er hatte auch nie so viel Geld, dass er mit seiner Frau nach Ostdeutschland gekommen wäre. Alleine war er schon mal im Osten, dies ist aber schon sehr lange her, da war Gisela 5 Jahre alt. So kam es, dass Gisela mit Siegfried, Silvio, ihrer Mutter und Onkel Hermann nach Ost-Berlin fuhren und sie sich dort alle trafen.

Sie gingen in den Plänter-Wald. Es ist der größte Vergnügungspark in Ost-
Berlin. Nun kam die Zeit, wo man mal etwas essen müsste. Onkel Günters Frau Marianne war noch nie in Ostdeutschland, sie hatte immer Angst davor. So kam es, dass sie nicht verstehen konnte, dass man sich wegen einem Würstchen mit Brötchen über 30 Minuten anstellen musste. Sie sagte zu Silvio:" Sieh mal, wenn du über die Bäume schaust, da wohnen wir und ich habe eine Erdbeertorte im Kühlschrank und wir könnten schön gemütlich Kaffee trinken."

Silvio, der erst 4 Jahre alt war sagte:" Dann gehen wir doch, es dauert so lange hier und ich habe großen Hunger und Erdbeertorte esse ich sehr gerne."
Sie versuchte ihm klar zu machen", Ja, es tut mir leid, da darfst du nicht mit kommen."
Silvio darauf:" Weil du geschwindelt hast. Warum darf ich denn nicht mitkommen, meine Mama ist doch dabei und wenn sie dabei ist, darf ich überall hin."
Er konnte es nicht verstehen, warum er nicht nach West-Berlin durfte. Keiner konnte es ihm verständlich machen,

warum da eine Grenze war und wir nicht durch konnten. In die Tschechei und nach Polen durfte er doch auch und da war auch eine Grenze.

Während Ihrer nun 19 jährigen Ehe ging sie wieder zur Schule. Sie machte nun einen 3-jährigen Lehrgang mit und damit den Abschluss zur Sekretärin.
Sie ging wieder zur Kreisvolkshochschule und meldete sich für die Lehre als Facharbeiter für Schreibtechnik an. Die Leiterin der Volkshochschule, war wieder die gleiche. Sie erkannte aber Gisela zum Glück nicht. Denn aus dem grauen Mäuschen, ist eine attraktive Frau geworden. Sie trägt jetzt nicht mehr die viel zu großen Pullover, um ihre Figur zu verstecken, denn darauf achtete Siegfried sehr. Er machte aus ihr eine richtiges vorzeige Püppchen. Die Leiterin: " Gut, sie können im September anfangen. Sie müssen nur eine Bestätigung von ihrem Betrieb mitbringen, weil sie sonst die Kosten alleine tragen müssen und die Schule ist 2-mal in der Woche, dienstags und donnerstags, während der Arbeitszeit und dann noch an einem Sonnabend."
Sie hatte die Bestätigung von ihrem Betrieb, weil man sehr daran interessiert war, gut ausgebildete Sekretärinnen zu haben. Dies war nämlich Mangelware. Die Leiterin fragte sie nicht, ob sie den Abschluss der 10. Klasse hatte, obwohl sie im Nachhinein bemerkte, dass dies bestimmt Voraussetzung war, denn sie musste ganz schön büffeln, um den Abschluss zu schaffen.
Bei der Abschlussveranstaltung ging die Leiterin zu jedem bestandenen
Schüler persönlich, beglückwünschte jeden und sagte zu jedem ein paar Worte. Nun stand sie vor Gisela: " Ich beglückwünsche sie zu ihrem bestanden Facharbeiterbrief, den sie ja nun doch nach anfänglichen Schwierigkeiten geschafft haben und auch noch ganz gut."

Darauf Gisela:" Es war sicherlich so schwer, weil alle meine Mitschüler den Abschluss der 10. Klasse hatten und ich nicht. Das war sehr schwer für mich."

Die Leiterin ganz erschrocken:" Wie keinen Abschluss der 10. Klasse? Wer hat sie denn für diesen Facharbeiter aufgenommen. Das ist doch unmöglich, das kann man doch nicht schaffen."

Gisela:" Sie haben mich aufgenommen und haben nicht gefragt, welchen Abschluss ich habe."

Die Leiterin."Naja, das kann schon sein, aber ich setzte voraus, dass jeder, der sich dafür anmeldet, wissen sollte, dass der Abschluss der 10. Klasse Pflicht ist. Nun gut, sie haben trotzdem bestanden, was ich im Moment noch nicht fassen kann. Sie müssen sehr fleißig gelernt haben."

Gisela:"Ja, das habe ich." Voller Stolz nahm sie den Facharbeiterbrief entgegen. Sie bekam auch Arbeit als Sekretärin in einem Motorenbetrieb in ihrer Stadt. Sie war bei ihren Kolleginnen und Kollegen sehr beliebt und ihr machte die Arbeit auch richtigen Spaß. Was allerdings immer wieder auftrat, dass waren immer noch ihre Kopfschmerzen und dann dieses Nasenbluten. Es wurde von Jahr zu Jahr schlimmer. Sie nahm ständig Schmerztabletten.

Nun kam eines Tages auch noch ein Brief, von ihrer ehemaligen Schwiegermutter, der ihr das Herz beinahe zerriss. Darin stand,

'Liebe Gisela, es tut mir sehr leid, aber ich muss unsere sehr gute Beziehung leider abbrechen. Ich finde keine Ruhe mehr, ich habe immer Streit mit meiner jetzigen Schwiegertochter. Sie mag es nicht, dass wir immer noch zusammen verkehren. Ich halte die Streitereien nicht mehr aus und hoffe, dass Du dafür Verständnis hast. Ich weiß, dass Du auch möchtest, dass ich in Ruhe leben kann. Ich danke Dir für dieses Verständnis, obwohl es mir sehr weh tut.

Deine Mami'

Als Gisela dies gelesen hatte, hatte sie das Gefühl, als wenn man sie am Herzen verwundet hätte. Sie musste sich beschäftigen, um über diesen Verlust hinweg zu kommen. Aber vergessen, dass wird sie nie können. In ihrem Herzen wird immer ein Platz für ihre gewesene Schwiegermutter sein.

Sie arbeitete, außer in dem Motorenbetrieb auch noch an den freien Wochenenden in einem Alten- und Pflegeheim, weil sie immer im Hinterkopf hatte, sich Geld für ein Auto und evtl. ein Haus zu kaufen. Auf ein neues Auto musste man 17 Jahre warten. Das war zu lange. Also musste erst mal ein Gebrauchter her.
Er war zwar 25 Jahre alt und kostete trotzdem 4000,00 Mark. Ja, dafür
musste man ganz schön arbeiten um dies zusammen zu bekommen. Sie bemerkte auch dass ihr jetziger Mann Siegfried zwar treu war, aber konnte es
ziemlich lange verstecken, dass er Alkoholiker war. Nun dachte sie, wenn wir ein Auto haben, kann er ja nicht trinken.
Ja, aber abends wenn Silvio
im Bett lag, trank er eben trotzdem. Es war immer noch zu verkraften, dann aber kamen auch noch Eifersuchtsszenen dazu. Die waren völlig grundlos.
Wenn sie einkaufen gingen und ein Arbeitskollege, den er nicht kannte, sagte nur: " Guten Tag Gisela", flippte er zu Hause gleich aus: "Wer war das, was will der von dir?"
Wenn sie dann beteuerte:" Es ist ein Kollege von mir".
Er glaubte ihr nicht.

Sie versuchte dem Abhilfe zu schaffen und ging mit ihm zusammen zur

Handwerkskammer in der Bezirksstadt und lernten beide Textiltechniker,
um den Abschluss für den Beruf ihres Stiefvaters zu haben. Der Stiefvater war in der Zwischenzeit auch schon lange Rentner und freute sich, wenn er
endlich mal eine Ablösung bekommen würde und sie den Betrieb übernehmen könnten. Als sie den Abschluss hatten, arbeitete sie wieder in
dem Motorenbetrieb, als Sekretärin und er in dem gleichen Betrieb, als
Motorenschlosser. So, glaubte sie, ist er immer in der Nähe und sieht, dass sie ihm treu ist. Wenn da nicht eine Kollegin gewesen wäre, die mit Siegfried ein Verhältnis eingehen wollte und dann auch noch abgeblitzt ist. Sie war so wütend, dass sie zu ihm sagte: "Du bist vielleicht ein Trottel, deine Frau betrügt dich schon seit vielen Monaten mit einem Arbeitskollegen."
Er sagte ihr: "Ich glaube es nicht." Ja, da war er noch nüchtern.

Als Gisela mit ihrem Fahrrad auf dem Weg nach Hause war, kam ihr Silvio entgegen und sagte ganz aufgeregt: "Mama, der Vati ist schrecklich betrunken und sagt immerzu, dass er dich umbringen will."
Sie ging mit Silvio nach Hause, und es war kaum zu fassen, so betrunken hatte sie ihn noch nie vorher erlebt. Er lachte immer nur und sagte: "Warte bis es Abend ist, dann wird sich alles klären."
Sie hatte keine Angst, weil sie sich nicht vorstellen konnte, was da auf sie zukam.

Silvio ging nach dem Abendessen ins Bett. Siegfried trank immer weiter, sie versuchte es mit guten Worten:" Bitte Siegfried, du bist schon so betrunken, es bringt doch nichts, du schadest dir doch selber. Du wirst noch richtig krank davon. Bitte höre auf und lege dich ins Bett. Morgen sieht die Welt schon wieder anders aus. "

Jetzt fing er an, sie zu beschimpfen: " Du bist eine alte Hure, du betrügst mich schon lange mit einem Arbeitskollegen", schrie er sie an.

Sie versuchte ihn zu beruhigen: "Das ist nicht wahr", beteuerte sie, „wie kommst du nur auf so eine absurde Idee?"

"Deine eigene Kollegin hat es mir gesagt", schrie er sie an und verließ den Raum. "Ich mache dich jetzt fertig ", schrie er noch beim rausgehen.

Sie schloss die Wohnzimmertür von innen ab, weil sie nun doch Angst bekommen hatte. Dies alles geschah nach 11 Jahren Ehe. Es war bisher schon nicht immer einfach gewesen, aber was nun geschah, es waren sehr grausame Momente. Er wollte ins Wohnzimmer zurück.

Sie sagte:" Was hast Du vor, ich habe Angst."

Er:" Ich will dich umbringen, denn außer mir, soll dich kein anderer Mensch besitzen. Diese Schande, kann ich nicht ertragen, erst bringe ich dich um und dann mich selbst."

Sie:" Wenn wir doch morgen darüber reden können, wirst du alles verstehen, du bildest dir alles nur ein und was meine Kollegin gesagt hat, dass stimmt nicht. Bitte lass uns morgen darüber sprechen. Bitte!"

Plötzlich hörte sie ein sehr lautes Hämmern gegen die Tür. Was kann dies

sein dachte sie? Vielleicht ein Hammer? Dann plötzlich - sie erschreckte so, dass sie wie gelähmt vor der Tür stand. Mit einer großen Axt schlug er durch die Tür.

Sie schrie so laut sie konnte " Hilfe, Hilfe, Hilfe."

Davon muss Silvio wach geworden sein. Er stand plötzlich neben Siegfried, nahm ihm die Axt aus der Hand und sagte

ganz verschlafen:" Was machst du denn da, Vati? Lass das
sein und gehe bitte ins Bett."
Gisela stand zitternd im Wohnzimmer, in der Tür ein großes
Loch und weinte. Silvio schaffte es, dass Siegfried wieder ins
Bett ging und er schlief auch sofort ein. In der Zwischenzeit
packte Gisela ein paar Sachen für sich und Silvio ein und ging
damit 2,5 Km entfernt zu ihren Eltern, mit Silvio. Sie wollte
die Nacht auf keinen Fall zu Hause verbringen, aus Angst, er
könnte wieder wach werden.

Am anderen Morgen, die Mutter von Gisela betrat den
Schlafraum, in dem
Gisela und Silvio schliefen und sagte: "Was sollen wir jetzt
tun?"
Gisela war nicht richtig ansprechbar, sie sah furchtbar aus
und konnte vor Kopfschmerzen nicht mehr richtig sehen.
"Ich weiß nicht" sagte Sie. Ohne ihr Wissen holte ihre Mutter
einen Bereitschaftsarzt. Es kam eine junge Ärztin. Sie gab
Gisela eine Faustan-Injektion und sagte", Jetzt schlafen sie
erst mal richtig aus und dann können sie, wenn sie
ausgeschlafen sind besser denken und auch eine
Entscheidung treffen. Wenn sie noch medizinische Hilfe
brauchen, melden sie sich beim Bereitschaftsdienst, da ist
immer jemand zu erreichen."
Gisela schlief dann den ganzen Tag. Am nächsten Tag ging
sie zu einem Rechtsanwalt und ließ sich von ihm beraten.
"Sie müssen ihr Buch der Familie mitbringen, dann kann ich
die ersten Schritte einleiten sagte er ihr." Sie traute sich aber
nicht nach Hause, sie hatte Angst, was sie dort erwarten
könnte.
Ihre Mutter sagte:"Ich werde hingehen und lass mir das Buch
geben, ich habe keine Angst vor ihm."
Hermann, ihr Stiefvater zog sich auch an, er schirrte seinen
Blindenhund an und ging mit Giselas Mutter zu Siegfried. Sie

wusste, dass er sich Hermann gegenüber immer korrekt verhalten hatte, sowie auch Silvio gegenüber.

Ein paar Stunden später kamen Hermann und ihre Mutter wieder zurück.

Giselas Mutter kam ins Schlafzimmer, wo Gisela sich noch ausruhte und sagte:" Es ist jemand gekommen, er will mit dir reden."

"Wer?" fragte sie.

"Siegfried möchte mit dir sprechen und ich bleibe in der Nähe, habe ich ihm gesagt, dass du rufen kannst, wenn er dir etwas tun will."

"Ich will ihn nicht sehen", weinte sie los. Da stand er schon in der Tür. Einen riesengroßen Rosenstrauß in der Hand und total verweint sah, er aus. "Gib mir bitte eine Chance", flehte er, mit Tränen in den Augen. "Ich trinke nie wieder, dass versprechen ich dir, ich hasse den Alkohol, der hat so viel angerichtet, was soll ich ohne dich und ohne Silvio machen, ich will dann nicht mehr leben. Ich tue alles für euch, bitte glaub mir." Er kniete vor dem Bett und weinte bitterlich.

Die Mutter stand hinter ihm und sagte:" Gib ihm doch die Chance. Wenn er sein Wort nicht halten sollte, kannst du ja die Scheidung immer noch einreichen."

Sie tranken alle zusammen noch Kaffee und Hermann bestellte ein Taxi, welches Siegfried, Gisela und Silvio wieder nach Hause fahren sollte.

Mutter sagte noch, als sie losgingen:" Ich komme jeden Tag nach euch sehen, ob alles in Ordnung ist."

"Ja, tu dies", sagte Siegfried" und dann stiegen sie ins Taxi.

Als sie zu Hause angekommen waren, hatte Gisela ein bedrückendes Gefühl.

Sie kamen in den Korridor und da war die Wohnzimmertür. Es war, als wenn sie jemand mit dem Hammer auf den Kopf geschlagen hätte und sie brach

zusammen. Siegfried wusste nicht, was er machen sollte, er rief nach Silvio und sagte:" Geh bitte schnell zur Telefonzelle und rufe einen Bereitschaftsarzt."

Silvio lief los. Nach ca. 20 Minuten kam ein Arzt und nahm sie mit ins Krankenhaus. Der dortige Notarzt, ließ ein EKG machen, hörte das Herz ab

und sagte:" Es ist alles in Ordnung. Das ist sicher nur Stress und psychosomatisch."

Damals wusste Gisela noch nicht was dies zu bedeuten hatte. Der Arzt gab ihr ein Beruhigungsmittel und schickte sie wieder nach Hause. Die nächsten Tage verliefen dann ziemlich ruhig, aber immer noch angespannt. Sie bemerkte, Siegfried scheint nun doch kein Alkohol mehr zu trinken. Es ging dann von Woche zu Woche etwas besser.

Siegfried und Gisela bemühten sich nun auch schon seit 11 Jahren eine vernünftige Wohnung zu bekommen, aber es führte auch hier kein Weg dahin.

Jetzt kam das Jahr 1988 im Januar, man merkte, dass sich einige Menschen nicht mehr alles gefallen ließen und so versuchten die Beiden auch ihr Glück.

Sie gingen Beide zur Bürgermeisterin und sagten:" Wenn wir nicht in Kürze, nun nach 11 Jahre Wartezeit, eine vernünftige Wohnung bekommen, dann gehen wir nicht zu den Bürgerwahlen."

Es war zu DDR-Zeiten strafbar, wenn man nicht zu den Bürgerwahlen ging. Man konnte dafür eingesperrt werden. Damit hatte man Gisela auch schon gedroht. Sie hatten zwar eine 3-Zimmerwohnung, aber die war baupolizeilich gesperrt. Sie hatten die Toilette auf dem Flur, eine Treppe tiefer und ein Bad gab es sowieso nicht. Als Heizung hatten sie nur im

Wohnzimmer einen Thermoluxofen und sonst nichts. Sie hatten sich unter der Hand einen gebrauchten, nicht zugelassenen Ofen besorgt und im Kinderzimmer angeschlossen, ohne Genehmigung vom Schornsteinfeger, damit Silvio nicht in seinem Zimmer erfrieren muss. Denn in Sachsen-Anhalt sind die Winter ganz schön kalt. Es ist auch schon vorgekommen, dass sämtliche Wasserleitungen im Haus eingefroren waren. Die Wohnungsverwaltung, die **dafür verantwortlich war, sagte dazu nur:" Zum Waschen liegt doch** genügend Schnee auf der Straße". Ja, die Zustände waren sehr erschreckend.

Eines Tages kam Siegfried nach Hause, ganz niedergeschlagen sagte er:
"Die Polizei hat mich angehalten und ich musste pusten. Nun bin ich meinen Führerschein los."
"Was nun?" fragte Gisela, denn gerade vor 2 Monaten hatten sie ein neues Auto gekauft. Unter ganz erschwerten Bedingungen. Man konnte doch nicht einfach in ein Geschäft gehen und ein Auto kaufen. Sie hatten über einen Mann, der ein Konto in Westdeutschland hatte, ein Auto über GENEX bestellt. Das war zwar illegal, aber wer hielt sich schon bei so etwas an die Regeln. Es wurde als Geschenk deklariert und Gisela bezahlte dem Mann das Auto in Mark. Alle waren so zufrieden.
Jetzt musste Gisela den Führerschein machen. Das war auch nicht so einfach, man musste 6 Jahre dafür angemeldet sein und sie hatte nie daran gedacht, den Führerschein zu machen. Sie war immer der Meinung, wenn sie keinen Führerschein hat, dann kann Siegfried nicht trinken, er muss ja fahren. Nun, sie hatte sich wohl wieder geirrt. Da kam ihr in den Sinn, dass es da einen Arbeitskollegen gab, der nebenberuflich Fahrschüler ausbildete. Sie wusste dies, weil

sie ja selbst Fahrschüler in "Erste Hilfe" ausbildete. Sie fragte ihn am nächsten Tag:" Sag mal, kann man da nicht etwas machen, dass ich nicht so lange warten muss, bis ich den Führerschein machen kann?"

Der Kollege: "Ich werde mal sehen, manchmal springen einige ab, die kein Geld haben oder weil irgendwas anderes dazwischen gekommen ist. Sobald ich etwas habe, komme ich vorbei und sage euch Bescheid."

Es vergingen 2 Wochen und der Kollege stand vor der Haustür und sagte: „Es sind zwei Leute abgesprungen, ich habe dich dafür in die Liste eingetragen. Nächste Woche kannst du zur Fahrschule kommen. Als Ausbilder für Theorie bekommst du mich und für die Praxis, da müssen wir mal sehen. Aber ich glaube, es ist dir egal. Hauptsache, du kannst mitmachen."

Sie war hoch erfreut darüber. Nach 2 Monaten hatte sie ihren Führerschein in der Tasche. Alle waren froh darüber, nun stand das Auto nicht mehr in der Garage rum, sondern konnte genutzt werden.

Im April 1988 war es dann soweit, und sie bekamen tatsächlich nach 11 Jahren Wartezeit endlich eine Wohnung. 2 1/2 Zimmer mit Bad und Innentoilette. Es war kaum zu fassen. Es war sehr viel zu tun. Die Wohnung war im Rohbau, es musste erst alles noch verputzt werden. Gisela sagte:" Das ist alles egal, Hauptsache wir haben eine vernünftige Wohnung und dann noch mit Zentralheizung. Wir brauchen keine Kohlen mehr zu schleppen."

Alle freuten sich darüber. Gisela glaubte nun wieder, es kommt nun alles in Ordnung, wenn nur die verdammten Kopfschmerzen und die Schwindelanfälle nicht immer wären.

Eines Tages beim Putzen des Haushaltes, sie rückte die
Couch beiseite, um besser dahinter sauber machen zu
können, fand sie eine große Fasche
Pfefferminzlikör.
Sie fragte Siegfried:" Sag mal, wie kommt die denn dahin?"
"Das weiß ich nicht", sagte er.
"Ja, glaubst du denn die Heinzelmännchen haben sie dort
versteckt?" sagte Gisela. Er blieb dabei, dass er es nicht
wisse.
Nun, da sie dann tagelang nichts bemerkt hatte, glaubte sie,
dass dies vieleicht nur einmalig war. Dann im Bad eines
Tages rief Silvio." Mama! Komm bitte schnell, ich habe mich
geschnitten."
Gisela lief ins Bad und öffnete über dem Handtuchhalter die
kleine Schiebetür, wo sie gewöhnlich immer Pflaster, Schere
und etwas Mull hatte - und da, es fielen ihr 5 kleine leere
Schnapsflaschen entgegen. Es sind zwar nur so kleine. so
groß, dass es nur jeweils für ein Glas voll reichen würde.
Aber wieso? Sie sagte in diesem Moment nichts. Sie wartete
noch ein paar Tage. Dann musste sie etwas vom
Kleiderschrank runter holen und Siegfried war gerade nicht
zu Hause. Sie nahm sich eine Leiter um rauf zu kommen. Als
sie dann auf den Schrank sehen konnte, erschreckte sie sich,
da lagen 10 leere Schnapsflaschen drauf.

Als Siegfried nach Hause kam, sagte sie erst nichts, es quälte
sie aber ungemein. Als Silvio im Bett lag fragte sie:" Kannst
du mir bitte erklären, wie die ganzen leeren Flaschen auf den
Schrank gekommen sind?"
Er darauf:" Ich hatte Appetit auf ein Schnäpschen und wenn
du immer im Pflegeheim gearbeitet hast, hatte ich beim
Fernsehen immer Langweile und habe eben dabei getrunken.
Und? Habe ich dir etwas getan? Du hast es ja noch nicht
einmal bemerkt."

"Ja", sagte sie, "weil ich immer ganz schön geschafft nach
Hause gekommen bin und du meistens geschlafen hast. Du
weißt genau, dass wir das Geld brauchen. Wir verdienen
nicht genug. Und mir macht die Arbeit Spaß. Kannst du das
nicht verstehen."

Er:"Nein, das kann ich nicht verstehen, wie jemand gerne in
einem Pflegeheim arbeiten kann. Da stinkt es und ich könnte
es nicht sehen, wie sich die alten Menschen dort nur noch
quälen müssen."
Sie:" Die Menschen müssen sich nicht quälen, dafür sind
solche Menschen wie ich da. Die Senioren brauchen solche
Menschen wie mich. Warum kannst du das nicht verstehen?
Stell dir einmal vor, wenn du da leben müsstest und es gäbe
nicht solche Menschen wie mich?"
Er: "Warum gerade du? Warum nicht irgendjemand anders."

Um ihn zu besänftigen, ging sie jetzt nur noch alle 2 Wochen
in dem Pflegeheim zusätzlich arbeiten. Nun hatte sie jedes
zweite Wochenende frei.
Davon ging sie dann einen Samstag am Vormittag zum DRK
und führte wieder
Lehrgänge in "Erste Hilfe" durch dafür bekam man auch
etwas Aufwandsentschädigung und war nicht den ganzen
Tag unterwegs. Was auch ganz Wichtig für sie erschien, sie
kam nicht so kaputt nach Hause, als wenn sie in dem
Pflegeheim gearbeitet hatte.
Wenn sie dann an den freien Tagen Ausflüge unternommen
hatten, bemerkte sie immer wieder, dass Siegfried es kaum
erwarten konnte um wieder nach Hause zu kommen. Als sie
ihn fragte:"Warum hast du es denn immer so eilig?"

Sagte er:" Ich möchte das Wochenende mit einem Gläschen Wein, Sekt oder einem kleinen Schnäpschen ausklingen lassen."

Wenn sie ihn dann ängstlich ansah, sagte er:"Du brauchst keine Angst zu haben, ich trinke nur ein kleines bisschen und ich werde dir auch nichts tun." Trotzdem konnte sie es nicht verstehen, dass er immer wieder zur Flasche griff. Es war aber im Moment wirklich zu ertragen und es sah aus, als wenn er ihr nichts mehr tun würde.

Drittes Kapitel

Wir schrieben jetzt das Jahr 1989, alles war etwas anders geworden.

Es war schon immer eigenartig gewesen, wenn man einen Ausflug durch die

wunderschöne Harzlandschaft machte und bei "Drei Annen Hohne" konnte man nicht mehr weiter fahren. Ebenso konnte man nur bis Tanne fahren und dann war Schluss. Hier war die Welt zu Ende. Man durfte einfach nicht weiter. Es war schon immer etwas ärgerlich. Man konnte nichts dagegen machen.

Jetzt kam der Monat November 1989. Schon in der ersten Woche des Monats,

konnte man ganz deutlich feststellen, es wird sicher etwas passieren. Viele Menschen hatten Angst, dass es zu einem Krieg kommen könnte. Einige hatten es doch 1953 schon erlebt. Am 9. November saßen Gisela und Günter vor dem Fernseher und verfolgten die Nachrichten. Plötzlich sagte ein Sprecher:" Soeben wurde die Grenze in Berlin zwischen DDR und BRD geöffnet."

Diese Nachricht ließ ihnen das Blut in den Adern zu Eis erstarren. Beide saßen wie gelähmt in den ersten 2 bis 3 Minuten auf der Couch und konnten kein Wort sagen. Dann brach Gisela in Tränen aus und sagte:"Ich kann es nicht glauben." Sie schluchzte und fragte Siegfried."Ist das wirklich wahr?

Habe ich das jetzt richtig gehört? Ich glaub es nicht. Die machen Witze mit uns."

Siegfried weinte auch ganz leise und sagte:" Ja, - es ist wirklich wahr.

Sieh nur, sie zeigen gerade, wie die Menschen durch das Brandenburger Tor gehen."
Sie haben die ganze Nacht vor dem Fernseher gesessen und konnten es nicht verstehen, was da geschah.

In den nächsten Wochen ging die Arbeit im Betrieb trotzdem weiter und man verfolgte stets und ständig die Nachrichten im Fernsehen. Nun kam die Zeit, da wollten auch Gisela und Siegfried nach Westdeutschland. Jeden Tag wurde eine Grenze mehr geöffnet. Sie wollten mit dem Zug nach Helmstedt.
Auf dem Bahnhof war die Hölle los. Siegfried und Gisela waren schon im Zug und Silvio war noch auf dem Bahnsteig. Gisela rief:" Silvio, Silvio", Aber die Menschen auf dem Bahnhof drängten alle zur Tür des Zuges und Silvio wurde immer weiter nach hinten geschoben. Gisela rief wieder:"Silvio, komm."
Silvio, winkte ab und rief:"Ich kann nicht, fahrt alleine."
Gisela:" Nein, dann will ich auch wieder raus."

Irgendwie gab es da ein paar Menschen, die hatten wohl Mitleid, anders konnte sie es sich nicht erklären und ein Mann rief:"Ich helfe ihnen ", er hob Silvio ganz hoch über seinen Kopf und schob ihn nach vorn. Plötzlich fassten einige andere Menschen auch nach oben und schoben Silvio zur Tür durch. Siegfried und Gisela griffen die Hände von Silvio und zogen ihn ins Abteil rein. Sie riefen den Leuten zu:" Danke, vielen Dank".
Gisela war glücklich, als sie Silvio neben sich hatte. "So eine Angst habe ich schon lange nicht mehr gehabt", sagte sie und umarmte Silvio mit Tränen in den Augen.
Silvio:"Ach, so schlimm wäre es doch nicht gewesen, dann wäre ich eben wieder nach Hause gegangen und hätte auf

euch gewartet. Ich bin doch kein kleines Kind mehr, ich bin 17 Jahre."
Gisela darauf:"Ich wäre nicht ohne dich gefahren, ich wäre wieder ausgestiegen."

Sie kamen auf dem Bahnhof in Helmstedt an. Sie stiegen aus. Nun konnten sie erst mal wieder richtig Luft holen, denn im Abteil war die Luft so dick, dass man sie hätte in Scheiben schneiden können.
Auf dem Bahnhof sagte Gisela."Hier ist alles so schön bunt. Ich habe aber ein ganz komisches Gefühl. Es ist alles so fremd, als wäre ich jetzt auf einem anderen Stern gelandet."
Silvio sagte." Wenn ich jetzt die DM bekomme, werde ich mir erst mal eine Cola kaufen."
Sie mussten zu einer Bank, um Ihre 100,00 DM Besuchergeld in Empfang zu nehmen. Sie mussten nicht suchen, nur den Menschen folgen, die vor ihnen in großen Schritten liefen. Da standen sie vor einer Bank.
Siegfried sagte:" Ihr müsst jetzt die Personalausweise in die Hand nehmen und nur alles machen, was die Leute vor euch tun."
Es ging alles ganz schnell. Es standen so viel Menschen in einer Reihe. "Also hinten anstellen", sagte Gisela, „so wie wir es schon über 40 Jahre gewöhnt sind. Wo eine Schlange sich bildet, muss man sich anstellen, da gibt es was, egal was."
Sie mussten, als sie dran waren, ihren Ausweis vorlegen, sie bekamen einen Stempel und 100,00 DM in die Hand gedrückt. Nun ging es weiter. Es war kalt aber egal."
Erst mal die Geschäfte ansehen" sagte Gisela, "Ob es hier wirklich alles gibt."
Siegfried:"Was glaubst du denn, hier musst du nur genug Geld haben."
Sie wollten sich erst mal nur aufwärmen und gingen in einen Eingang,

sie wussten nicht was dies ist. Es war ziemlich dunkel aber warm. Da waren alles Spielautomaten.

Gisela sagte:"Auch wenn wir nicht spielen, wir sehen sie uns einfach mal an und können uns dabei aufwärmen."

Da winkte eine ältere Dame, die hinter der Theke stand.

Gisela wehrte ab und sagte, „Wir wollen nur mal sehen."

Die Frau:"Kommen sie her, ich habe eine große Tasse Kaffee für jeden von euch."

Sie gingen an die Theke, da standen Barhocker und nahmen jeder eine große Tasse Kaffee. Gisela wärmte sich die Hände daran und sah die Frau sehr freundlich an.

Die Frau „Ihr seid Ostdeutsche, stimmt's?"

"Ja", sagte Siegfried." Wollten uns nur mal kurz aufwärmen".

Die Frau, goss in die großen Tassen heißen Kaffee nach und fragte:"Wo kommt ihr denn her?"

Siegfried sagte:" Aus der Gegend von Magdeburg."

Die Frau: "Ach ja, da war ich früher mal, vor 40 Jahren. Seit die Grenze zugemacht hatte, hatte ich Angst vor eurer Stasi. Die haben ja manchmal Leute festgenommen, ob das stimmt weiß ich nicht, aber wir haben Angst gehabt und uns deshalb nie rüber getraut. Naja, jetzt ist alles vorbei und jeder kann dahin wo er will und muss keine Angst mehr haben. "

Sie tranken den Kaffee aus und Gisela wollte bezahlen. Sie hielt der Frau die 100,00 DM hin und fragte:" Was schulden wir ihnen?

Die Frau winkte ab und sagte:"Sie schulden mir nur ein Wiederkommen. Behalten sie die paar D-Mark."

Sie bedankten sich für die Einladung zum Kaffee. Als sie losgingen, war ihnen nicht nur so wärmer geworden. Es war ihnen auch warm ums Herz, über so-viel Herzlichkeit.

Gisela sagte."Und da hat man uns in der Schule gesagt, dass die bösen Kapitalisten nur abzocken und kein Herz hätten. Hat man uns denn nur belogen, in unserem Arbeiter und Bauernstaat."

Siegfried lachte:"Ja, hast du denn immer alles geglaubt, was man dir in der Schule beigebracht hatte?"

Sie gingen auf die Straße und wollten nun doch etwas kaufen, was man zu

Hause nicht bekommt.

Da sagte ein fremder Mann zu ihnen:"Da vorn fährt ein Bus, der ist extra für DDR-Bürger eingesetzt, da können sie umsonst zu einer Kaufhalle fahren, dort ist alles billiger als hier in den kleinen Läden."

Gisela:"Wie billiger, kostet nicht alles überall gleich viel?"

Der Mann lachte und sagte:" Nein, bestimmt nicht." Er ging weiter.

Gisela, Siegfried und Silvio fanden die Bushaltestelle und stiegen in den Bus. Sie fuhren ca. 20 Minuten und da plötzlich,

Gisela rief ganz laut:" Hast du so was schon gesehen, die Orangen liegen da in solchen großen Bergen, wie bei uns die Kohlen auf dem Kohlenhof."

Sie war es gewöhnt, dass es zur Weihnachtszeit die Apfelsinen nur auf Zuteilung gab. Für jede Familie nur 10 Stück. Es war immer wie ein Heiligtum. Sie stiegen aus dem Bus und gingen zur Kauf halle hin. Es war eine "real - Kaufhalle", sie betraten den Raum. Da standen große Einkaufswagen. Siegfried wollte den Wagen durchschieben, wo die Menschen durchgehen. Der Wagen passte nicht. Er wollte gerade den Wagen drüber weg heben, als eine Verkäuferin ihm sagte:"Sie müssen den Wagen daneben durchschieben."

Siegfried wurde rot. Gisela lachte und sagte:"Ich wollte schon sagen, dass es hier ziemlich umständlich beim Einzukaufen ist, wenn man den Einkaufswagen immer darüber heben muss."

Sie kauften Apfelsinen, Bananen und Mandarinen.

Gisela sagte:" Nun können wir uns mal so richtig satt essen an den Südfrüchten."

Silvio ganz erstaunt:" Seht mal, da gibt es ja Tomaten, zu dieser Jahreszeit. Ich kann es nicht glauben und grüne Gurken auch. Weißt du noch Mama, wenn wir uns danach anstellen mussten und du hast zu mir immer gesagt. Stell dich schnell vorher an und wir kennen uns nicht, solange wir im Geschäft sind, nur damit wir mal 2 Gurken kaufen konnten."

Gisela:"Ja, das weiß ich"

Dann ging es wieder mit dem Bus in Richtung Stadt. Sie gingen dann zum Bahnhof und wollten wieder nach Hause. Die Menschen auf dem Bahnhof waren alle voll bepackt.

Siegfried: "Es sieht aus, als wenn die Menschen Weihnachtseinkäufe machten, oder schlimmer noch, Hamstereinkäufe, als würde die Welt morgen schon untergehen."

Die Menschen stürmten jeden einfahrenden Zug. Durch den Lautsprecher ertönte eine Stimme: " Liebe Damen und Herren, sie brauchen nicht zu drängeln, es kommen noch mehr Züge. Bitte lassen sie sich vom Bahnpersonal leiten. Sie kommen alle wieder nach Hause."

Als sie wieder zu Hause waren, war Gisela richtig froh, denn sie war fix und fertig. Es war für sie sehr anstrengend. Die vielen bunten Eindrücke und die vielen Menschen, musste sie erst alles verarbeiten. Sie hatte tagelang Kopfschmerzen und Kreislaufstörungen. Jetzt kamen auch so nach und nach die Artikel, die es in Westdeutschland gab auch in unsere Geschäfte. Nun stellte sie wieder fest, dass Siegfried auch wieder Schnaps kaufte. Sie stellte ihn zur Rede:" Warum machst du das wieder? Es ging doch jetzt eine ganze Zeitlang gut auch ohne Schnaps."

Siegfried darauf:"Ich kann es dir ja jetzt sagen. Bisher durfte ich nicht darüber reden. Ich musste, als ich 19 Jahre alt war und bei der Armee diente, dass weißt du ja, dass ich bei der

Armee war, eines Tages zu meinem Vorgesetzten. Er teilte mir mit, dass ich mit meiner Uniform von unserer Armee über die Grenze gehen muss in eine bestimmte Kneipe und sollte mich als Deserteur vorstellen. Es war ein Befehl. Es stellte sich heraus, dass ich von der Abwehr geschickt wurde."

Gisela, ganz erschrocken:" Wie, du warst ein Spion?"

Siegfried:"Nein, ich gehörte somit zur Spionageabwehr. Ich musste es machen, sonst wäre es Befehlsverweigerung gewesen. Das allerschlimmste war ja, wie du weißt, war mein Vater Abschnittsbevollmächtigter bei der Deutschen Volkspolizei. Er hatte auch nichts zu erfahren bekommen. Ich war eben einfach nicht mehr da. Keiner wusste wo ich war, weder meine Mutter noch mein Vater. Es war eine furchtbare Zeit. Ich habe versucht, noch das Beste daraus zu machen. Da fing ich an zu trinken. Asbach Uralt, hatte mir am besten geschmeckt. So musste ich, wenn ich abends alleine war nicht immer an zu Hause denken, ich war eben jeden Abend richtig besoffen. Ich musste nur trotz des betrunkenen Zustandes immer aufpassen, dass ich mich verquatsche. Es hat auch immer geklappt. Nur durch eine Frau aus Herten, ich weiß nicht, wie sie es raus bekommen hatte, hatte mich verpfiffen."

Gisela:" Was musstest du da machen?"

Siegfried:" Ja, ich war für die amerikanischen Raketeneinheiten zuständig.

2 Jahre ging alles gut. Eines Tages, ich war beim Abendessen, da brachten sie im Fernsehen, dass der US-Präsident Kennedy ermordet wurde. Da fing ich richtig an zu trinken. Ich hatte nur noch Angst gehabt. Dann haben sie mich erwischt, wie schon gesagt, durch die eine Frau. Da haben sie mich festgenommen und ich musste 4 Jahre sitzen."

Gisela darauf:"Dann müsstest du ja die Nase voll haben von der Trinkerei.
Es müsste doch eine Lehre für dich sein. Du hast schon 2-mal Pech gehabt
wegen dem Alkohol. Sicher hast du alles erzählt, als du betrunken warst und jetzt bist du doch auch noch deinen Führerschein los geworden. Du müsstest doch mal wach werden und merken, dass der Alkohol daran schuld ist. Denke mal, wenn Silvio nicht gewesen wäre, was wäre aus mir geworden. Ich möchte diese Zeit nicht noch einmal erleben."
Siegfried darauf:" Du brauchst keine Angst zu haben, ich werde dir nie wieder etwas tun. Ich bin ja froh, dass ich dich habe.
Gisela glaubte ihm und hoffte auch, dass nun alles gut wird. Jetzt wo alle Grenzen offen sind, wo man reisen kann, wohin man möchte. Das muss man alles erst im Kopf ordnen. Es ist immer noch schwer zu begreifen, was da passiert ist.

Nun kam etwas, womit keiner so schnell gerechnet hatte. 1990 begann die Kurzarbeit in ihrem Betrieb. Sie bekamen zwar noch Arbeitslohn und Gehalt
aber sie mussten zu Hause bleiben. Für Gisela war es nicht so schlimm, sie hatte genug zu Hause zu tun, aber Siegfried fing wieder an sehr viel zu trinken. Er war am Vormittag schon betrunken und machte kein Frühstück mehr, er trank nur noch. Es war für Gisela eine schreckliche Zeit. Als dann die Massenentlassungen in dem Betrieb anfingen, ging es ganz und gar bergab für Siegfried. Gisela traf eine ehemalige Kollegin, Angelika. Sie arbeitete für eine Firma, die verkauften Versicherungen aller Art, Bausparverträge und Reisen. Angelika machte Gisela ein Angebot und sagte: " Sieh, mal Gisela, wenn du 5 Versicherungsabschlüsse

43

gemacht hast, dann hast du eine schöne Reise in den Süden gewonnen und danach bekommst du alle Abschlüsse bezahlt. Wäre das nichts für dich? Ist doch besser, als zu Hause zu versauern."

Gisela:" Ich kann es ja mal probieren. Ich kenne ja sehr viele Menschen und vieleicht brauchen einige von Ihnen auch eine neue Versicherung."

Sie nahm die dafür benötigten Unterlagen und legte los. Als sie nach Hause kam, sagte sie zu Siegfried:" Du kannst doch auch so etwas machen, dann hast du eine Beschäftigung."

Er:" Ich habe für so etwas keine Lust. Ich bin Motorenschlosser und kann jetzt nicht anfangen irgendwelche Anträge auszuschreiben." Gisela:" Ich kann es dir zeigen und am Anfang machen wir es zusammen. Du lernst es bestimmt." Als sie dann die ersten 5 Anträge abgeliefert hatte, bekam sie tatsächlich eine Reise nach Teneriffa geschenkt, glaubte sie. Sie ahnte ja damals nicht, wie viel ein Abschluss von einer Kapitalbildenden Versicherung Wert war. Siegfried staunte aber auch nicht schlecht, als sie mit den Reisepapieren ankam und sagte:" So, jetzt können wir 5 Tage nach Teneriffa fliegen. Der Flug und die Verpflegung sind kostenlos. Nur was wir für uns persönlich kaufen möchten, müssen wir bezahlen."

Weil Gisela noch bis zur Abreise 10 Versicherungsabschlüsse gemacht hatte, hatte sie so viel Geld verdient, dass sie sich ein anderes Auto kaufen konnten.

Gisela schaffte es sogar, dass Siegfried vorzeitig seinen Führerschein zurück bekommen hat und hoffte nun damit, dass es ihm nun eine Lehre war und er nicht mehr trinken würde. Zumindest, nicht mehr am Vormittag. Sie konnten das Auto anzahlen und mussten noch einen Kredit aufnehmen, damit sie noch ein paar Mark übrig behalten konnten. Das Geschäft mit den Versicherungen lief sehr gut und sie hatten keine finanziellen Sorgen.

Sie hatte im Moment auch richtig gedacht. Siegfried trank zumindest am Vormittag keinen Alkohol mehr.

Gisela. Sag mal, Siegfried, fühlst du dich nicht wohler so, wenn man nüchtern ist. Man wird von anderen Menschen voll genommen. Wenn du immer betrunken bist, dann verliere ich die Achtung vor dir. Ich glaube die anderen Menschen auch, denn es war nicht mehr mit an zu sehen, wenn du so rumgetaumelt bist und nur Unsinn erzählt hattest. Sogar Silvio hatte es in letzter Zeit bemerkt und war ein paar Mal sauer, weil du kein vernünftiges Wort mit ihm reden konntest."

Siegfried:" Ja, es ist besser so, ich versuche es ja, vieleicht kann ich völlig damit aufhören. Aber ich bin der Meinung, was habe ich dann noch von meinem Leben, wenn ich nicht mal ein Bier trinken darf."

Gisela ganz entsetzt:" Wieso, was hast du von deinem Leben? Bedeutet denn das Leben für dich nur dann etwas, wenn du etwas Alkohol zu trinken hast? Ich verstehe dich nicht, es gibt so viele schöne Dinge auf der Welt, die man auch ohne Alkohol genießen kann."

Siegfried:" Ja, du hast ja auch deine Arbeit und die macht dir auch noch Spaß und dann gehst du immer noch zum DRK und machst die Schulungen für die Fahrschüler. Du bist ausgelastet und ich, was habe ich?"

Gisela:" Du bist doch selber schuld, du hast doch keine Lust etwas zu machen. Glaubst du im Ernst, dass jemand zu dir kommt und dir die Arbeit in den Schoß legt. Dafür musst du schon etwas tun. "

Gisela sprach dann noch einmal mit Angelika, da sie Kontakt zur Geschäftsleitung von der Versicherung hatte und bat sie:

"Angelika, bitte, vieleicht hast du irgendetwas, was Siegfried auch machen könnte?"

Angelika:" Ja, ich suche da noch jemand, der Autoversichrungen abschließen kann und für Autos interessiert er sich doch. Ich komme mal bei euch vorbei und werde mit ihm reden."

Angelika kam dann auch tatsächlich wie versprochen vorbei und brachte gleich alle Unterlagen mit die man für Autoversicherungen benötigt. Dann

sagte sie:" So, Siegfried, ich habe hier noch ein paar Unterlagen für die Abschlüsse von Hausratversicherungen mitgebracht, damit kann man auch etwas verdienen. Mache mir keine Schande und sieh zu was du daraus machen kannst. Wenn du gut arbeitest, werden wir dich nach Bad Harzburg schicken für eine Schulung und dann bekommst du noch einen neuen Berufsabschluss, als Versicherungskaufmann."

Siegfried war damit einverstanden. Als Angelika weg war, sagte er zu Gisela: "Du kennst doch so viele Leute, vielleicht kannst du mir ein paar besorgen, ich kann nicht einfach die Menschen so ansprechen."

Gisela:"Gut, es ist kein Problem für mich, am Anfang helfe ich dir, aber irgendwann musst du auch mal versuchen etwas alleine zu schaffen."

Die Tage für die Reise rückten nun immer näher. Da sie noch nie in ihrem Leben geflogen sind, fuhren sie erst mal nach Leipzig zum Flughafen. Dort beobachteten sie die abfliegenden und ankommenden Flugzeuge.

Gisela:" Ich habe ein ganz komisches Gefühl, die Flugzeuge sind so groß und die sollen in der Luft bleiben."

Siegfried: "Da brauchst du dir keinen Kopf zu machen, es wird schon gut gehen."

Nun war es endlich soweit. In der ersten Woche im Dezember war ihr

Abreisetermin. Sie mussten nach Hannover zum Flughafen fahren und von

dort aus ging es nach Teneriffa. Es waren 2 Stunden, die sie noch warten mussten. Stunden die zur Ewigkeit wurden. Endlich kamen die Leute von der TUI-Reisegesellschaft. Sie riefen alle Namen auf und sagten, wo sie sich treffen sollten und wie das mit dem Gepäck geht. Es waren alles DDR-Bürger.

Keiner wusste wie es weiter gehen soll.

"Bloß gut, dass hier keiner von den Reisenden Bescheid weiß", sagte Gisela, „sonst hätten wir uns ganz schön blamiert."

Dann ging es ins Flugzeug. Gisela war es schon ganz schlecht.

Was wird wohl jetzt alles passieren. 4 Stunden ging der Flug. Sie waren heil froh, als sie auf Teneriffa landeten. Was war denn nun? Als sie Ausstiegen war es so etwas von warm, dies hatten sie nicht erwartet. In Deutschland waren Minusgrade. Sie waren angezogen wie im tiefsten Winter. Der Reiseleiter, welcher die DDR-Urlauber vom Flugzeug, mit einem kleinen Bus abholen ließ, fragte:" Oh, wollten sie alle nach Sibirien? Sie sind alle so angezogen, als wenn sie frieren würden. Ist es ihnen hier zu kalt?"

Die DDR-Urlauber schwitzten alle was das Zeug hielt. Sie hatten alle ihre Jacken unter den Arm geklemmt. Vom Flughafen aus, ging es dann mit einem Doppelstockbus weiter. Sie kamen vor dem Hotel an, in denen sie wohnen würden. Es war alles so, als wenn man träumen würde. Sie stiegen aus und versammelten sich alle an der Rezeption. Hier wurden alle nacheinander aufgerufen und bekamen dann den Schlüssel für ihr Zimmer. Der Reiseleiter sagte zu den Urlaubern: "Sie können sich alle etwas frisch machen und in einer Stunde treffen wir uns im kleinen Saal. Dort werden sie alles Weitere erfahren."

Als sie in ihrem Zimmer angekommen sind, waren sie von der Wärme erschöpft. Sie gingen sofort unter die Dusche und zogen sich Sommersachen an.

"Hast du so etwas erwartet?" fragte Siegfried.

Gisela: "Nein, aber ich kann mich im Moment noch nicht darüber freuen, ich bin so kaputt?"

Sie gingen nach unten in den kleinen Saal. Dort wurde der Plan bekannt gegeben für die kommenden 5 Tage. Der Reiseleiter sagte dann

"Wir werden uns jeden morgen beim Frühstück treffen und dann werden wir alles für den Tag bekannt geben."

Es waren wirklich 5 unvergessliche Tage. Wenn man bedenkt, da alle das erste Mal so eine Reise machen konnte. Zu Hause war Winter und hier sind 29 Grad plus im Schatten. Die Tage vergingen wie im Fluge. Was auch das allerschönste für Gisela war, war, dass Siegfried nicht die Gelegenheit bekam um ständig zu trinken. Er wurde den ganzen Tag beschäftigt. Als sie wieder in Hannover ankamen, wusste der Pilot noch nicht einmal, ob er in Hannover landen konnte. Dann aber waren alle froh, er konnte landen und dann sollte es nach Hause gehen. Ja, man konnte kein Verkehrsschild lesen es war alles zu geschneit. Sie mussten eine Tankstelle anfahren um nach dem richtigen Weg zu fragen. Als sie zu Hause ankamen, bemerkten sie erst, dass sie eine wunderschöne Sonnenbräune hatten.

Gisela:" Siehst du, man bemerkt es erst, wenn man mit den blassen Menschen wieder zusammen ist, die die Sonnenbräune schon lange verloren haben."

Es fiel tatsächlich auf, jeder fragte, wovon sie denn so schön braun wären. Ganz besonders in der Gegend in der sie wohnten erschien es wie ein Wunder, denn die Menschen aus dem Bördeland sind sehr bodenständig und kaum von ihrem Fleckchen Heimaterde weg zu bewegen. Es kam Gisela auch sehr zu Gute, dass sie so fabelhaft gebräunt war, man sieht sehr gesund aus, auch wenn es nicht an dem ist und bei den Ausbildungen der "Ersten Hilfe", welches sie immer noch machte, wurden die Menschen neugierig und verspürten auch Lust, so eine Reise zu machen. So konnte Gisela viele Menschen für die Firma der Versicherung gewinnen, was auch wieder jede Menge Provision für sie bedeutete. Siegfried war natürlich hoch erfreut über das, was sie verdiente.

Er sagte: "Bei dem vielen Geld, was du jetzt machst, kann ich ja von Bier auf Sekt umsteigen, da werde ich nicht so schnell besoffen."

Gisela ganz bestürzt:" Ich rackere mich doch nicht dafür ab, dass du noch mehr trinken kannst. Du musst auch mal etwas tun."

Siegfried:"Ja, ich fahre doch jeden morgen zu den Adressen, die du mir besorgt hast, die alle eine Autoversicherung oder eine Hausratversicherung haben möchten. Es macht keiner die Tür auf."

Gisela:"Du kannst doch nicht Vormittags zu den Leuten fahren. Die meisten von denen arbeiten und kommen erst nachmittags nach Hause. Dann gehen sie vielleicht noch einkaufen. Du kannst vor 18.00 Uhr nicht zu den Leuten fahren."

Siegfried ganz entrüstet:" Wann soll ich denn da zur Ruhe kommen, da kann ich ja den ganzen Tag nur Wasser saufen."

Gisela: "Ich trinke auch kein Wasser, sondern Kaffee und Mineralwasser oder Obstsäfte. Davon wird man nicht krank und man bleibt im Kopf klar." Siegfried:" Was soll ich dann den ganzen Tag machen? Ich kann doch nicht immer nur rumsitzen und nichts trinken und am Abend fange ich an zu arbeiten."

Gisela:"Es gibt genügend Beschäftigung zu Hause, da könntest du mir im Haushalt mal helfen. Du kannst mit einigen Klienten auch Termine aus-machen, die man auch vormittags erledigen kann, denn es gibt auch Familien, wo einer von ihnen Spätdienst machen muss. So mache ich das auch."

Jetzt kauften sie sich noch einen Videorecorder.
Gisela zu Silvio:" Da hat Vati wenigstens eine Beschäftigung, wenn er nichts zu tun hat."
Silvio:"Oh, ja, da gibt es Videotheken, da bekommt man ganz tolle Filme, dann kann ich ja auch mal einen Film sehen, den man sonst nie im Fernsehen zu sehen bekommt."
Am Anfang sah es so aus, als wenn sie den richtigen Entschluss gefasst hätte. Aber sie musste feststellen, es war wieder ein Fehler. Siegfried holte sich jede Menge Videofilme und sah bis morgens um 4.00 Uhr nur noch Videofilme.

Gisela bekam vom Arbeitsamt eine Schulung Angeboten für 6 Wochen. Es sollte den Lehrgangteilnehmern beigebracht werden, wie man eine richtige Bewerbung schreibt, wie die Gesetzte in der BRD sind und sollte eine
Hilfestellung geben, einen neuen Job zu bekommen.

Gisela war froh übe diese Schulung, denn dies bedeutete Abwechslung in ihrem Leben und sie lernte neue Menschen kennen. Die Lehrgangsleiterin sagte zu Gisela:" Wenn sie sich immer so für das DRK eingesetzt haben, 28 Jahre sind das nun schon, dann können sie sich doch für eine Umschulung als Krankenschwester anmelden."
Gisela:"Meinen sie, dass da noch ein Weg hinführt."
Die Lehrgangsleiterin:"Warum denn nicht? In den alten Bundesländern werden Krankenschwestern jede Menge gesucht."
Gisela meldete sich in der Kreisvolkshochschule an.
Man sagte Ihr:" Im Moment läuft hier nichts, aber wenn ein Lehrgang voll sein sollte, dann werden wir sie anschreiben."

Gisela ging dann noch zu einer anderen staatlichen Schule und meldete sich als Rettungsassistentin an.

Dort sagte ihr die zuständige Leiterin:" Wir haben hier schon 2 Anmeldungen, wenn wir mindestens 15 Lehrgansteilnehmer haben, dann werden wir sie informieren."

Gisela dachte bei sich, egal, wer sich zuerst meldet, das mache ich.

Sie ging zum DRK und sprach mit dem Geschäftsführer über ihr Vorhaben.

Der Geschäftsführer:" Das ist ja fabelhaft, dann können sie ja ehrenamtlich
einen Krankenwagen fahren und wenn sie es gut machen nach einem halben Jahr, können sie auf ein Rettungsfahrzeug als dritte Person, nur so zum Lernen mitfahren."

Gisela war damit einverstanden.

Der Geschäftsführer:" Wenn sie dann den Abschluss machen als Rettungsassistentin, werde ich sie sofort einstellen."

Gisela war begeistert darüber, dann hatte sie wieder eine Perspektive. Sie ging freudestrahlend nach Hause. Siegfried war schon wieder etwas angetrunken, sie sagte ihm trotzdem:"Stell dir vor, ich werde ab morgen einen Krankenwagen fahren und wenn die Umschulung losgeht und ich werde es bestimmt schaffen, den Abschluss zu machen, dann bekomme ich sofort eine Anstellung beim DRK."

Siegfried brummelte:"Und was kriegst du jetzt für deine Arbeit? „Gisela: Im Moment nichts, aber ich mache doch noch meine Versicherungen weiter und verdiene damit auch noch genug. Vormittags fahre ich mit dem Krankenwagen und nachmittags schließe ich Versicherungen ab oder betreue die Klienten, die ich schon versichert habe."

Siegfried:"Dann bin ich ja den ganzen Tag alleine zu Hause."
Gisela:"Du musst auch etwas tun."
Silvio hatte eine Lehrstelle als Maurerlehrling bekommen und
war auch den ganzen Vormittag auf der Baustelle und 2-mal
in der Woche musste er zur Schule. An den Sonnabenden, an
denen Gisela die "Erste Hilfe" Schulungen machte, ging
Silvio jetzt immer mit und half ein wenig dabei. Er
füllte die Bescheinigungen aus und legte sich auch immer als
Opfer bereit, wenn die Fahrschüler die "Stabile Seitenlage"
üben mussten. Dann half er auch immer den Ambu-Man
aufzubauen. So bekam Gisela auch immer die
Aufwandsentschädigung für diese Schulungen, die sie sich
nun mit Silvio immer teilte, denn er half immer gut dabei mit.

Nun kam ihr erster Arbeitstag beim DRK. Sie hatte die ganze
Nacht nicht geschlafen vor Aufregung. Als sie morgens das
Haus verließ, Silvio musste eine halbe Stunde früher los,
schlief Siegfried noch. Sie stellte sich beim stellvertretenden
Einsatzleiter vor. Es war Aribert Wagner, sie kannte ihn
schon, wenn sie immer die Lehrgänge gemacht hatte, hatten
sie sich immer schon mal gesehen. Sie fand ihn schon vor
mehr als 20 Jahren sehr interessant. Aber dieser Mann war
verheiratet, also sollte er eigentlich für sie uninteressant sein.
Aribert ganz erstaunt:"Hallo Gisela, was machst du denn
hier? Machst du jetzt schon am Montag Lehrgänge?"
Gisela:"Nein, der Geschäftsführer hat mich zu dir geschickt,
ich soll eine Weile Krankentransporte mitmachen. Du sollst
mich einteilen. Er sagte mir, ich soll mich bei einem Kollegen
Wagner melden, ich wusste nicht, dass du es bist, ich kenne
doch von allen hier nur den Vornamen."
Aribert:" Siehst du, und mir hat er gesagt, dass eine Frau
Milan sich heute bei mir meldet und ich wusste auch nicht,
dass du es bist, ich kenne dich doch auch nur als Gisela."

Aribert ging mit Gisela in den Aufenthaltsraum der Sanitäter und stellte Gisela vor. Es gab aber keinen, von den Sanitätern, der Gisela nicht kannte. 28 Jahre Ausbilder für Erste Hilfe, gehen nicht spurlos vorbei, jeder kannte Gisela von den Schulungen her. Da waren sogar einige Zivildienstleistende, die ihre ersten Ausbildungen bei ihr hatten. Gisela wurde jetzt jeden Tag mit einem anderen Sanitäter zu den Transporten geschickt. Sie war auch hier bei den Patienten wieder sehr beliebt. Da gab es doch Transporte, wo immer die gleichen Patienten befördert werden mussten, zum Beispiel die Dialysepatienten. Dann kam der Einsatzleiter wieder aus dem Urlaub und Aribert musste auch wieder Krankentransporte und Rettungsdienste fahren. Er war sehr glücklich darüber, weil wie er sagte: „Die verfluchte Schreibtischarbeit mache ich nur weil ich Muss." Gisela machte diese Arbeit sehr viel Spaß, auch wenn es manchmal sehr anstrengend war. Sie war auch bei den Sanitätern sehr beliebt. Nun lernte sie auch noch die junge Telefonistin kennen, Anette, sie kannte Gisela auch von der Ersten Hilfe her, aber Gisela sagte zu ihr:
"Es tut mir leid, aber ich kann nicht alle kennen, die ich mal ausgebildet habe."
Sie mochte Anette auch gut leiden und hatten auch viel Spaß miteinander, wenn sie zusammen Dienst hatten und gerade kein Transport nötig war.

Fast immer, wenn Gisela nach Hause kam, wurde sie enttäuscht, Siegfried war regelmäßig betrunken. Sie wollte auch mal mit jemandem reden können, was sie den Tag über so erlebt hatte. Aber dies ging nur, wenn Silvio zu Hause war. Silvio, hatte aber auch seine eigenen Interessen, er hörte es sich auch gerne an, aber ging jetzt immer mehr seine eigenen Wege. Gisela konnte dies verstehen. Dann kam die Zeit, wo Silvio auch mal tagelang nicht nach Hause kam, Gisela

wusste es zwar, weil Silvio nie ohne vorher Bescheid zu geben wegblieb, aber nun war sie eben ganz alleine.
Silvio sagte:" Es macht mir keinen Spaß mehr hier, wenn du nicht da bist und Vati ist betrunken, ist es furchtbar. Ich kann keine Freunde oder mal eine Freundin mitbringen, die sehen mich dann am anderen Tag ganz dumm an. Also gehe ich eben lieber zu meinen Freunden."

Nun kam auch die Zeit schon so, dass Gisela, wenn sie nur vor der Haustür stand ein unbeschreiblich schlechtes Gefühl hatte. Sie hatte keine Lust mehr nach Hause zu gehen. Sie hatte den Tag über schöne Erlebnisse mit fremden Menschen, sie konnte lachen und glücklich sein und zu Hause ...

Eines Tages, die Schicht wäre in 2 Stunden zu Ende gewesen, kam Anette und sagte:"Ich habe hier einen Krankentransport bis an die polnische Grenze.
Ich dachte da an dich, du fährst doch gerne."
Gisela ganz erfreut:"Ja, herrlich. Wer fährt mit mir?"
Anette:"Ich frage mal."
Anette ging in den Aufenthaltsraum und sagte:"Ich habe hier einen Krankentransport an die polnische Grenze. Der Chef zahlt auch Spesen dafür, wer fährt? Einen habe ich schon, mir fehlt nur noch ein Transporteur."
Alle sahen auf die Uhr und schüttelten den Kopf.
Einer von den Sanitätern sagte:" Ich muss nach Hause, meine Frau wartet auf mich."
Aribert meldete sich und sagte:"Na gut, ich fahre, wer ist der Zweite?"
Anette sagte:" Es ist Gisela."

Aribert ging zur Kasse und holte die Spesen für die Reise und sagte zu Gisela: "Ich muss aber erst zu Hause vorbei und Bescheid sagen, weil ich ja in 2 Stunden Feierabend hätte." Gisela:" Ich auch, ich muss auch Bescheid sagen und dann kann es los gehen."

Aribert fuhr erst bei sich zu Hause vorbei, er ging in seine Wohnung und kam 5 Minuten später wieder. Nun fuhren sie bei Gisela vorbei, sie ging rauf in ihre Wohnung. Siegfried saß vor dem Fernseher und Gisela sagte: "Ich fahre jetzt noch an die polnische Grenze, ich weiß nicht genau wann ich zurück komme, aber ich hoffe, du wartest auf mich." Siegfried:"Selbstverständlich, ich bleibe so lange wach bis du kommst. Sei vorsichtig, dass dir nichts passiert."
Gisela ging los und Siegfried schaute aus dem Fenster noch hinterher. Aribert fuhr los. Sie holten die Patientin von der Kuranstalt ab, sie hatte sich ein Bein gebrochen und musste nun ihre Kur abbrechen und nach Hause gebracht werden.

Auf der Hinfahrt, kümmerte sich Gisela um die Patientin. Es war schon sehr dunkel, als sie an der Grenze ankamen. Sie brachten die Patientin rein und los ging die Rücktour. Nun hatte beide Mal Zeit zu reden.
Aribert:" Was sagt dein Mann dazu, wenn du so lange unterwegs bist?" Gisela:"Was soll er sagen?"
Aribert:"Na, wenn meine Frau immer so lange weg wäre, würde es mir nicht gefallen."
Gisela:"Du bist doch auch so lange weg."
Aribert:" Das ist etwas anderes, ich mache das schon seit 30 Jahren. Ach und ich bin froh, wenn ich nicht zu Hause bin."
" Wieso?", fragt Gisela.
Aribert:" Ich bin immer nur auf Arbeit und wenn ich Feierabend habe, dann arbeite ich noch nebenbei an meiner Garage, ich repariere Autos. Wenn ich dann mal zu

Abendessen ein Bier trinken möchte, dann meckert meine
Frau immer. Du musst dir Vorstellen, wenn ich
Krankentransport habe, dann fahre ich mindestens 8 bis 9
Stunden, dann komme ich nach Hause und ziehe mich gleich
um, gehe zur Garage runter und arbeite dann weiter. Wenn
ich dann gegen 22.00 Uhr hoch komme, wasche ich mich,
esse mein Abendessen und möchte dann mal ein Bier
trinken, dann wird mir gleich eine Moralpredigt gehalten.
Aber das Geld, was ich dann immer nach Hause bringe, dass
nimmt sie und es wird auch immer alle."
Gisela:"Ich hatte gedacht, dass du eine gute Ehe führst.
Denn ihr seid doch weit über 20 Jahre verheiratet."
Aribert:"Ja, 28 Jahre, aber ich halte es nur aus, weil ich fast
nie zu Hause bin. Ich arbeite doch den ganzen Tag und wenn
ich frei habe, arbeite ich in der Garage weiter."
Gisela ganz nachdenklich: "Hm, soll das im Leben alles sein.
Ich habe mir mal eine Ehe anders vorgestellt. Dass man sich
liebt und es kaum erwarten kann, dass man nach Hause
kommt. Dass man es sich zu Hause richtig gemütlich machen
kann.
"Aribert:" So was gibt`s nur im Film."
Gisela:"Ich will aber nicht so weiter leben."
Sie kamen dann in einer Raststätte an und bestellten sich das
Abendessen. Aribert bezahlte, denn er hatte ja das Geld für
die Spesen.
Gisela:"Das Geld reicht doch nicht, was du bekommen hast.
Wie viel Muss ich noch zuzahlen?"
Aribert:"Ist schon gut, ich habe es gerne bezahlt. Ich bin
froh, dass ich mit dir fahren konnte, man kann mal über sich
selbst reden, das tut gut. Du hast eine so ähnliche Meinung
wie ich. Schade, dass wir uns nicht schon viel früher begegnet
sind."
Sie fuhren weiter in Richtung Heimat.

Als sie zu Hause angekommen sind, fuhr Aribert zuerst bei ihr zu Hause vorbei und sagte:" Wir holen dich morgen ab, du kannst dann dein Auto beim Kreuz stehen lassen und nimmst es morgen mit. So bist du eher zu Hause.

Ich nehme an, dass dein Mann auf dich wartet. Siehst du, da brennt noch Licht.
Viel Spaß noch heute Abend."
Gisela:"Und du kommst so spät nach Hause."
Aribert:" Auf mich wartet auch keiner, da ist es egal, wann ich nach Hause komme."
Gisela stieg aus und Aribert fuhr weiter. Gisela schloss die Tür auf und ging die Treppe leise nach oben. Sie schloss die Wohnungstür auf, im Wohnzimmer brannte noch Licht. Sie machte die Tür zum Wohnzimmer auf.
Es war leer. Auf dem Tisch standen ein Bierglas, ein Sektglas und 2 leere Sektflaschen. Gisela räumte alles ab, sah ins Schlafzimmer, Siegfried schnarchte
laut und es stank wie in einer Kneipe. Sie öffnete das Fenster. Sie machte die Tür zum Kinderzimmer auf. Silvio schlief auch. Sie ging ins Bad, machte sich fürs Bett fertig und dachte - Schade, dass ich schon zu Hause bin, mit Aribert kann man sich gut unterhalten.

Am anderen Morgen stand Gisela auf, machte Kaffee und weckte Silvio.
Silvio machte mit Gisela Frühstück und fuhr zur Baustelle.
10 Minuten Später
wurde sie von Aribert und noch einem Kollegen abgeholt, sie hatten schon ihre erste Tour.
Aribert:"Und, hat sich dein Mann gefreut, dass du so pünktlich nach Hause gekommen bist?"
Gisela:"Er hat es nicht bemerkt, er schlief und schläft auch jetzt noch."

Als sie bei der Dienststelle angekommen sind, hatte Gisela den ganzen Tag mit Aribert Dienst. Sie redeten über private Dinge, nur wenn sie im Krankenwagen alleine waren. Sie war immer froh, wenn sie einen Einsatz bekamen und mussten vor Ort fahren. Es war eine Erleichterung über diese Dinge mal zu reden.

Aribert:" Kann ich euch irgendwie helfen?" Gisela:"Ich weiß auch nicht, wenn er doch Arbeit bekommen könnte, wo er nicht immer erst am Abend weg muss. Er kann nicht den ganzen Tag ohne Alkohol auskommen. Wenn er aber auf Arbeit ist, dann kann er nicht trinken."

Aribert:"Ich glaube, da kann ich helfen. Morgen kann ich dir schon sagen, ob es klappt oder nicht."

Der Tag verging wie im Flug. Als sie nach Hause kam, war Siegfried wieder leicht angetrunken und sagte:"Na, wann sind wir denn gestern nach Hause gekommen? Warst du die Nacht über überhaupt zu Hause?"

Gisela:"Hast du denn nicht bemerkt, dass der Tisch abgeräumt war und das Fenster im Schlafzimmer offen."

Siegfried: "Naja, du machst ja jetzt sowieso was du willst. Ich bin dir doch egal geworden."

Gisela:" Wie kann man nur so gemein sein. Wenn ich nicht noch nebenher arbeiten würde, hätten wir wohl kaum so viel Geld, dass du dich jeden Tag so betrinken könntest."

Siegfried:"Ach so, ich vertrinke also dein Geld. Was soll ich denn sonst machen, wenn du den ganzen Tag nicht zu Hause bist."

Gisela:" Du solltest versuchen zu arbeiten."

Gisela fing an zu weinen, sie hielt es nicht mehr aus. Am liebsten würde sie jetzt weglaufen. Aber sie musste noch Versicherungen abschließen, bei Kunden, mit denen sie Termine ausgemacht hatte.

Sie sagte:" Wenn du jetzt etwas essen würdest und einen starken Kaffee trinkst, dann könntest du mit kommen, denn ich bin der Meinung, dass die Kunden mehr brauchen als nur eine Lebensversicherung."

Siegfried:" Na gut dann mach einen anständigen Kaffee."

Siegfried erholte sich etwas und machte einen ganz vernünftigen Eindruck, dann sie fuhren los. Als sie in dem kleinen Dorf angekommen sind, wo sie schon von den Kunden erwartet wurden, gingen sie in deren Wohnzimmer. Die Dame des Hauses hatte Kaffee gekocht und sie sprachen alles ab, was sie benötigten. Der Herr des Hauses:

"Ach sie schließen auch Autoversicherungen ab und Hausrat auch, das ist ja herrlich, ich brauche die auch unbedingt."

Siegfried schloss die gewünschten Versicherungen ab und nach den gesamten Abschlüssen, bot der Herr des Hauses Siegfried einem Cognac an. Gisela wurde schon ganz nervös. Die Dame des Hauses sagte zu Gisela:"Kommen sie doch mal mit, ich möchte ihnen etwas zeigen."

Sie verließen das Wohnzimmer und die Frau sagte:"Ich sehe schon, dass sie etwas nervös sind. Ich möchte ihnen sagen, es ist sehr schön, dass sie da sind, sie sind so eine sympathische Frau, aber wenn mein Mann jemanden gefunden hat der Schnaps trinkt, das ist furchtbar, mein Mann ist Alkoholiker."

Gisela:"Ich verstehe, ich werde jetzt mit meinem Mann sofort gehen."

Als Gisela wieder ins Wohnzimmer kam, da leuchteten die Augen von Siegfried wieder wie gewohnt, denn er braucht wirklich nur noch einen Cognac um seinen Alkoholspiegel wieder erreicht zu haben. Gisela:

"Siegfried, bitte lass uns jetzt gehen, wir haben noch mehr Kunden, die auf uns warten."

Sie verabschiedeten sich und gingen. Siegfried im Auto:"Warum mussten wir gerade jetzt gehen? Es war doch gerade so gemütlich."

Giesela: "Wir waren hier um zu arbeiten und nicht zu unserem Vergnügen und außerdem hatte mich die Frau darum gebeten. Sie mag es nicht, wenn ihr Mann anfängt zu trinken."

Siegfried:"Die Weiber, alle sind sie gleich, die gönnen einem auch überhaupt nichts. Warum kann man nicht mal trinken wenn man Lust dazu hat?"

Gisela antwortet nicht mehr sie fuhr nach Hause ohne ein Wort noch zu verlieren, denn sie bemerkte, es war sinnlos, noch etwas dazu zu sagen. Sie spürte nur tiefe Traurigkeit in sich. Es wurde jeden Tag unerträglicher, ihr tat das Herz manchmal weh. Es gab nur eine Freude noch, wenn Silvio zu Hause war. Er war der einzige, mit dem sie zu Hause noch ein vernünftiges Wort reden konnte.

Am nächsten Morgen, als Gisela zur Dienststelle kam, hatte sie wieder mit einem anderen Sanitäter Dienst, weil Aribert Rettungsdienst hatte. Dies bedeutete für Ihn, 24-Stunden-Dienst.

Er sagte:" Heute Nachmittag kommt Jemand bei euch zu Hause vorbei, der hat was für deinen Mann."

Als Gisela in der gleichen Straße in der sie wohnte jemanden abholen mussten, ging sie in ihre Wohnung und sagte zu Siegfried:" Wenn ich heute Feierabend habe, dann kommt Jemand vorbei, der will mit dir reden. Versuche bitte dass du vorher nicht so viel trinkst und dann kein Wort mitbekommst. Es ist wichtig für dich."

Siegfried:"Wie wichtig für mich?"

Gisela:" Bitte, versuche es einfach mal."

Als Gisela dann Feierabend hatte kam sie nach Hause, ihr Herz raste, wie wird er sie empfangen, ist er nun noch nüchtern oder hat er wieder getrunken. Sie machte die Tür auf und Siegfried war im Bad. Sie ging rein und fand Siegfried in der Wanne.

Siegfried:"Ich bin gerade aufgestanden, ich habe nichts getrunken, machst du jetzt einen Kaffee für mich."
Gisela war froh, dass er nüchtern war. Sie machte etwas zu Essen und Kaffee.
Als sie alles weggeräumt hatte, klingelte es auch schon. Es kam ein Mann mit einer schwarzen Uniform.
Er sagte:" Bin ich hier richtig bei Familie Milan? Ein Herr Wagner schickt mich."
Gisela:"Ja, sie sind richtig. Setzen sie sich bitte, ich mache schnell noch einen Kaffee."
Der Mann:"Oh, das ist gut, Kaffee trinke ich sehr gerne. Übrigens, mein Name ist Schubert, Heinz Schubert."
Gisela machte den Kaffee und setzte sich zu den Beiden.
Herr Schubert: "Also, der Herr Wagner sagte mir, dass sie eventuell an einer neuen Arbeit interessiert sind. Ja, wir brauchen noch einige Männer. Ich arbeite bei Sicherheitsdienst. Wenn sie mal bei der Armee waren und ich hörte, dass sie, auch bei der Spionageabwehr waren. Solche Leute können wir gebrauchen. Menschen die nicht gleich vor allem Angst haben. Ich war früher bei der Volkspolizei."
Siegfried hörte zu und sagte:"Ja. ich bin daran interessiert. Was muss ich denn machen?"
Herr Schubert:"Sie müssen im Schichtdienst arbeiten und verschiedene Objekte absichern."
Siegfried:" Ich bin damit einverstanden. Was muss ich tun."
Herr Schubert erklärte ihm alles und verabschiedete sich, dann sagte er noch:"Ach ja, was ich noch sagen wollte, dass muss ich bei jedem sagen, dass hat mit den einzelnen Personen nichts zu tun, man kann nicht in jeden rein sehen. Alkohol ist bei uns tabu. Nur so, dass jeder gleich Bescheid weiß." Als Herr Schubert weg war, sagte Siegfried:"Hast wohl wieder gequatscht. Wie kommt der sonst auf so etwas."

Gisela:" Ich habe diesen Mann das erste Mal gesehen, ich kenne ihn nicht. Er sagte doch, dass er dies bei Jedem sagt, den er einstellt."

Siegfried:"Naja, egal, jetzt habe ich bald Arbeit, ich werde mich gleich morgen vorstellen und dann versaufe ich nicht mehr DEIN Geld."

Gisela:"Du sollst doch bei dieser Arbeit überhaupt nicht mehr trinken." Siegfried:"Wenn du nicht blöde rumerzählst, wird es schon keiner merken."

Als Gisela am nächsten Tag wieder zum DRK kam, holte der Einsatzleiter Gisela zu sich rein und sagte:" Also Frau Milan, ich habe von ihnen nur Gutes gehört und dachte, dass es an der Zeit ist, sie auf den Rettungswagen mitfahren zu lassen. Sie müssen keine 24-Stunden-Dienste machen, aber 12 Stunden müssten es schon sein, also von 6 bis 18 Uhr. Was meinen sie dazu?" Gisela ganz aufgeregt:" Auf dem Rettungswagen? Das ist ja nicht zu glauben. Ist das wirklich wahr?"

Der Einsatzleiter:"Ja, ich habe gehört, dass sie sich angemeldet haben als Krankenschwester oder als Rettungsassistent. Bei uns müssen die Krankenschwestern auch immer mindestens 6 Wochen Praktikum auf dem Rettungswagen machen, dann haben sie es schon hinter sich gebracht. Und wenn sie Rettungsassistent werden wollen, dies ist die beste Prüfung dafür, ob sie sich dafür eignen."

Gisela war richtig glücklich, sie ging in den Aufenthaltsraum und sagte zu den dort anwesenden Sanitätern:" Stellt euch vor, ich kann ab heute auf dem Rettungswagen mitfahren."

Die Sanitäter lächelten und einer von ihnen sagte:"Das wussten wir schon, Aribert hatte mit uns darüber gesprochen und wir waren alle damit einverstanden. Die Patienten mögen dich alle und manchmal hat man einige von den Patienten dabei, die würden das begrüßen wenn eine Frau mit dabei ist."

Gisela war sehr glücklich darüber. Als sie am Abend nach Hause kam und sie staunte nicht schlecht, Siegfried war nicht betrunken, berichtete sie ihm:

"Stell dir vor, seit heute darf ich auf dem Rettungswagen mitfahren."

Siegfried berichtete auch voller Stolz:"Ich habe jetzt auch eine Arbeit, ich muss immer in ein anderes Gebäude. Wichtig ist, dass ich ein Auto habe, weil es fast jeden Tag wo anders sein kann und manchmal habe ich auch Nachtdienst."

Gisela dachte nun, vieleicht bekommt er jetzt wieder Interesse am Leben und hört auf zu trinken.

In den nächsten Tagen hatte Gisela auch jeden zweiten Tag Dienst mit Aribert.

Sie bemerkte, dass sie sich richtig darauf freute, wenn sie mit ihm Dienst machen konnte. Er war unbeschreiblich nett. Sie war manchmal ganz durcheinander und erwischte sich immer öfter bei dem Gedanken wie es wäre, wenn sie immer mit ihm zusammen sein könnte. Der Wunsch danach wurde immer größer.

Wenn Siegfried Nachtdienst hatte, hatte sie das Gefühl, er trinkt tatsächlich nicht, aber wenn er Frühdienst hatte und sie kam nach Hause, dann hatte er schon eine Fahne, die man schon beim Betreten der Wohnung roch. Wenn er Spätdienst hatte, dann kam er gegen 22.30 Uhr nach Hause und das Erste war, gleich ein Bier und er hatte immer zwei bis drei Flaschen Sekt in der Tasche.

Als Gisela dann sagte:"Du vertrinkst ja alles, was du verdienst."

Sagte er:"Sei froh, dass ich keinen Schnaps trinke, der Sekt ist doch nur Sprudelwasser, davon wird man doch nicht

betrunken und mal ein Bier dazu, dass ist eben ein Herrengedeck."
Gisela:"Na wenn ich eine Flasche Sekt alleine austrinken würde, dann würde ich bestimmt mehr als nur betrunken sein."

Als eines Tages Aribert und Gisela mal wieder zusammen Krankentransport hatten konnten sie wieder miteinander reden.
Aribert:"Und wie macht sich dein Mann?"
Gisela:"Wenn er Nachtdienst hat, glaube ich, trinkt er nicht. Aber wenn er am Tage arbeitet, dann habe ich das Gefühl, er kann es nicht abwarten, dass er nach Hause kommt."
Aribert:"Na, wenn ich dich als Frau hätte, könnte ich auch nicht abwarten bis ich nach Hause käme."
Gisela: "Du Charmeur, es geht da nicht um mich, die Zeiten sind schon lange vorbei, leider, sondern es geht wegen dem Trinken. Er ist kaum zu Hause, dann muss er gleich Bier auf den Tisch stellen und dann hat er immer zwei bis drei Flaschen Sekt in seiner Tasche."
Aribert:" Und ich dachte immer, ihr versteht euch gut, ihr passt so gut zusammen."
Gisela:"Das denken viele Menschen. Zu uns hat mal ein älteres Ehepaar gesagt, dass wir aussehen, wie ein Paar aus dem Märchenbuch, da war Siegfried so stolz drauf gewesen. Mich macht es immer traurig, weil ich mich zu Hause nicht mehr freuen kann. Wir waren die ersten 8 Jahre glücklich, auch wenn da schon mal Eifersuchtsszenen waren, die waren am nächsten Tag wieder vergessen. Wir hatten da aber auch sehr schöne Zeiten. Leider ist nun alles vorbei. Ob das immer so ist?"
Sie sieht Aribert fragend an.
Aribert:"Ich weiß auch nicht."
Gisela:"Magst du denn deine Frau überhaupt nicht mehr?"

Aribert:"Ich hasse sie manchmal."

Gisela „Warum habt ihr denn geheiratet? Ihr müsst euch doch mal geliebt haben."

Aribert:"Ach weißt du, ich war damals 18 Jahre, als ich meine Frau kennen gelernt habe. Meine Frau war damals 28 Jahre. Ich weiß nicht, ich glaube, sie hat mich verführt. Ich bin mir jetzt nicht mehr sicher. Naja, es war ganz schön, sie hatte da mehr Erfahrung als ich. Dann nach ein paar Monaten, sagte sie mir, dass sie schwanger ist. Ich habe mit meiner Mutter darüber gesprochen und sie sagte. Na dann müsst ihr heiraten oder soll das ein uneheliches Kind werden. Ja, meine Schwiegermutter war auch hoch erfreut darüber. Sagte sie mir doch, dass meine Frau schon mal so ein Pech hatte und hat schon ein Kind, welches unehelich ist, weil es von einem verheirateten Mann ist. Er hatte ihr wohl erst gesagt, dass er verheiratet ist, als sie schwanger war. Nun sollte doch das zweite Kind einen Vater haben und eine richtige Familie. Ich habe sie dann, so schnell es ging geheiratet und das erste Kind hat dann meinen Namen bekommen. Es war ein Junge und der war ganz lieb und damals gerade 2 Jahre. Dann bekamen wir eine Tochter. Wir haben uns viel geschaffen und solange meine Tochter noch bei uns gewohnt hatte, bin ich auch gerne nach Hause gegangen. Bis auf einmal, da hatte meine Tochter noch bei uns gewohnt, sie hatte da aber schon einen festen Freund, der jetzt ihr Mann ist. Ich kam ganz unverhofft nach Hause und meine Tochter war auf Arbeit, sie ist Krankenschwester. Ich betrat das Wohnzimmer, keiner war da, die Wohnung war nicht abgeschlossen und meine Frau schließt doch immer ab, wenn sie die Wohnung verlässt. Da hörte ich Geräusche im Kinderzimmer, Ich machte die Tür auf und rief den Namen meiner Tochter, weil ich dachte, dass sie zu Hause ist. Da war ich wie versteinert in den ersten Sekunden. Meine Frau und ihr Chef waren nackt im Kinderzimmer. Ich

griff die Sachen von ihm und warf ihn damit raus, auf den Flur. Meine Frau rannte ins Schlafzimmer und fing an zu weinen. Ich sagte nur, du brauchst keine Angst zu haben, ich tue dir nichts. An so etwas vergreife ich mich nicht. Von da an, du kannst mir glauben, da war alles vorbei. Sie bat mich darum, den Kindern nichts zu sagen. Ich hielt mich daran. Aber ich hatte dann auch mal hier und da eine kleine Affäre. Es hat mir nichts gebracht, ich habe es aus Frust getan. Ich möchte mal eine Frau kennen lernen, wo es sich lohnen würde. Die letzen
10 Jahre, lebe ich fast wie ein Mönch. Meine Frau fasse ich nicht mehr an. Vor den anderen Leuten, da sind wir ein intaktes Paar. Vor den Kindern natürlich auch. Aber es tut manchmal weh, wenn man sieht, wie sich andere Eheleute gut verstehen."

Gisela:"Ja, ich dachte auch immer, ihr versteht euch gut." Kann man denn
überhaupt nichts machen, dass unsere Ehepartner mal wach werden, dass sie
merken, wir brauchen uns doch noch. Warum machen sie das so, wollen sie uns verletzen?"
Aribert:"Man müsste sie einfach verlassen, dann würden sie schon merken, dass sie was falsch gemacht haben. Meine Frau, die würde ganz schön dumm gucken, dann hat sie keinen mehr, dem sie Befehle erteilen kann und der alles ran holt.
Gisela:"Wie alles ran holt."
Aribert:"Naja, schon zu DDR-Zeiten, alles was es schlecht gab, ich hatte fast alles. Sie brauchte sich nirgendwo anstellen, wie die anderen Frauen. Ich habe alles besorgt. Sie musste nicht wie andere Frauen eine Stunde beim Bäcker wegen 10 Brötchen stehen, oder wegen Rouladen anstehen und betteln. Ich habe alles besorgt."

Gisela: "Das wäre ja wie ein Traum gewesen. Ich musste mich für alles anstellen und wie oft bin ich vom Stehen umgefallen. "

Aribert."Stimmt, kann es sein, dass du deswegen mal ins Krankenhaus musstest?"

Gisela lachte:"Mal............, hundert Mal. Ich kann es wirklich nicht mehr zählen, wie oft ich deswegen ins Krankenhaus musste."

Aribert:"Und hat man denn rausgefunden, warum du immer umgefallen bist?"

Gisela:"Ja, wahrscheinlich der Kreislauf. Ich weiß es nicht, ab und zu redet man mir ein, ich würde mir das alles nur einbilden und vielleicht ist es auch nur der Stress."

Aribert:" Nimm das nicht auf die leichte Schulter."

Gisela:"Ach es wird schon gehen."

Je mehr die Beiden ihren Dienst zusammen machten, um so mehr bemerkten sie, wie sehr sie sich sympathisch sind und das sie außerdem das gleiche Verlangen hatten. Nämlich Sicherheit und Geborgenheit, dass fehlte ihnen irgendwo.

In der Zwischenzeit ging sie immer wieder zur Kreisvolkshochschule und fragte dort nach, ob sich irgendetwas ergeben hätte in punkto Weiterbildung.

Die Leiterin der Volkshochschule sagte:"Es muss erst der Lehrgang der im Moment läuft für Krankenschwestern abgeschlossen werden und dies ist erst in 2 Jahren. Wir haben auch schon Ausschreibungen in ähnlichen Berufen gemacht, aber leider haben wir nicht genügend Anmeldungen. Wir schreiben sie dann an, wenn es soweit ist und wir einen Lehrgang zusammen haben."

Dann ging sie immer wieder zu dieser anderen Schule, wo sie sich für die Umschulung zum Rettungsassistenten angemeldet hatte.

Die Sozialpädagogin sagte:" Wir hatten 15 Anmeldungen. Dann mussten sie einen Aufnahmelehrgang mitmachen, den sie ja nicht mehr brauchen und da sind 11 Schüler durchgefallen. Mit 5 Schülern können wir keine Umschulung durchführen."

Gisela ging wieder mit sehr traurigem Gemüt. Wie lange soll sie noch warten, bis sie eine Schulung machen kann. Sie ging weiterhin beim DRK Ehrenamtlich arbeiten. Sie machte auch Weiterhin die Schulungen für "Erste Hilfe" und "Lebensrettende Sofortmaßnahmen", wobei Silvio ihr immer half, wenn es ihm möglich war. Bei der Firma für Versicherungen arbeitete sie auch immer noch. Nur die Kunden wurden mit der Zeit etwas weniger, denn es kamen immer mehr Versicherungen auf den Markt. Die ehemaligen DDR- Bürger wussten schon gar nicht mehr, wo sie tatsächlich den richtigen Abschluss machen sollten.

Eines Tages war es dann soweit. Gisela ging wieder zur Kreisvolkshochschule und die Leiterin sagte mit strahlendem Lächeln:
"Frau Milan, ich habe da etwas für sie. Wir haben einen Lehrgang laufen, der ist noch im Probelauf, für Altenpfleger. Wie finden sie das?"
Gisela:"Wie im Probelauf? Das verstehe ich jetzt nicht."
Die Leiterin:" Naja, wir haben sehr viele Anmeldungen, soviel können wir nicht ausbilden. Aber wir sind der Meinung, dass einige davon die Aufnahmeprüfung nicht bestehen. Sie können nächste Woche einsteigen, damit sie von der Aufnahmeprüfung noch etwas mitbekommen, damit die anderen Schüler nicht sagen können, dass dies nicht mit rechten Dingen zu geht. Ich weiß dass sie die Prüfung bestehen, denn sie haben doch alle Voraussetzungen dafür schon."

Gisela ging am nächsten Morgen gleich zum Einsatzleiter und teilte es ihm mit.

Der Einsatzleiter sagte:"Ja, Frau Milan, ich freue mich für sie aber für uns ist es nicht schön, dass sie uns jetzt verloren gehen. Ich werde ihnen noch ein Zeugnis ausstellen, vielleicht können sie es mal gebrauchen. Denn wir waren mit ihnen sehr zufrieden."

Als Gisela es dann den anderen Sanitätern mitteilte, sahen einige ein bisschen traurig drein, unter ihnen auch Aribert.

Er sagte:"Ich muss mal mit dir reden", und zeigte nach draußen.

Gisela ging mit ihm raus und fragte:"Was ist los?"

Aribert: "Nun sehen wir uns wohl gar nicht mehr?"

Gisela:"Aber warum denn nicht, ich komme doch noch jeden Samstag her und mache die Schulungen für die Fahrschüler weiter."

Aribert: "Das ist nicht das Gleiche. Du wirst mir fehlen."

Eigentlich hatte Gisela das Gleiche gedacht und ihr tat es weh. Was sollte sie aber machen?

Gisela: "Kommt Zeit kommt Rat."

Sie ging ohne sich umzudrehen einfach los.

Der erste Schultag begann. Gisela war in eine Klasse gekommen, wo sich einige schon bekannt gemacht hatten, denn der Lehrgang lief schon 14 Tage.

Aber Gisela hatte noch nie Anpassungsschwierigkeiten. Nur sie bemerkte

bald das es schon hier um Existenzangst ging, denn alle wussten, je mehr Schüler sie waren, um so mehr wurde ausgesiebt. Gisela hatte überhaupt keine Schwierigkeiten dem Unterricht zu folgen. Es waren alles Sachen, die sie den Schülern der Ersten Hilfe selbst lehrte und die Sachen mit dem Betten von bettlägerigen Menschen, dass gehörte doch zur Tagesordnung im Pflege-heim, was sie auch schon jahrelang getan hatte. Sie versuchte, sich zurück zu halten, aber die anderen Schüler bemerkten es sofort, dass sie damit überhaupt keine Schwierigkeiten hatte. Es ging ihr eben von der Hand, sie war es schließlich gewöhnt. Nun kam auch noch der Transport von kranken Menschen. Hier kam ihr dies wieder zu Gute, dass sie beim Krankentransport ihre ehrenamtliche Tätigkeit ausgeübt hatte. Sie bestand also die Aufnahmeprüfung ohne jegliche Anstrengung.

Jetzt ging der Ernst des Lebens wieder los, am ersten Tag des Studiums, wie die Leiterin der Volkshochschule es nannte, wurde auch bekannt gegeben, dass sie alle, wenn sie bestehen sollten somit nicht nur einen Facharbeiterbrief in die Hände bekommen, sondern sie bekommen dann alle die Urkunde als "Examinierte Altenpfleger oder Altenpflegerinnen", Sollte sich dann heraus-stellen, dass einige ihr Praktikum dann gut gemacht haben, gibt es noch einmal eine Prüfung und sie bekommen dann auch noch die "Staatliche Anerkennung". Sie sagte dann in einem sehr feierlichem Rahmen: "Ich wünsche ihnen allen Erfolg und vor allem Durchhaltevermögen. Es werden keine leichten Jahre werden."
Womit sie dann auch Recht haben sollte.
Es wurden zermürbende Jahre. Zwei Schülerinnen sprangen in den ersten Monaten schon freiwillig ab. Eine von Ihnen in einem zarten Alter von 19 Jahren und Eine war im gleichen Alter wie Gisela, nämlich zu dieser Zeit schon 41 Jahre. Im Stillen dachte sie immer, hoffentlich halte ich dies durch. Die ersten Wochen und Monate waren für Gisela nicht schwer. Wo sie sich am Meisten anstrengen musste, das war bei dem Unterrichtsfach Anatomie. Dies erschien ihr am schwersten zu sein. Da musste sie sich auch zu Hause

hinsetzen und lernen. Natürlich musste sie bei den anderen Fächern auch lernen, aber nicht so intensiv. Nun gab es schon den ersten Krach zu Hause. Sie wollte sich im Wohnzimmer in Ruhe hinsetzen und lernen und dabei eine Tasse Kaffee trinken, weil dies die ganze Lernerei erträglicher machen würde. Siegfried:" Ach, wenn ich jetzt schon mal zu Hause bin, dann darf ich wohl den Fernseher nicht mehr anstellen, bloß wegen deiner blöden Lernerei." Gisela:"Ist ja gut, ich gehe eben ins Schlafzimmer und lerne dort."
Das war einfacher gesagt als getan. Siegfried stellte den Fernseher so laut an, dass sie sich auf das Lernen nicht konzentrieren konnte. Es war unmöglich so einen Satz zu verstehen. Dann musste sie ja auch noch Latein lernen. Sie ging ins Wohnzimmer und sagte:" Bitte Siegfried! Ich bitte dich, mache den Fernseher etwas leiser, ich kann mich nicht konzentrieren."
Siegfried:" Ich wohne hier schließlich auch und habe die gleichen Rechte wie du. Ich möchte doch wenigsten versehen, was ich sehe. Wenn dir dass nicht passt, dann ziehe doch aus."
Gisela war entsetzt. Sie war ratlos und wusste nicht was sie machen sollte. So ging dies schon tagelang, sie war schon kopflos, sie ärgerte sich sehr darüber und ihre innere Wut wuchs ständig mehr, sie fing sogar an Siegfried zu hassen. Dann eines Tages hatten sie 2 Freistunden, weil ein Lektor krank war und kein Ersatz dafür an diesem Tag aufzutreiben war.
Gisela wollte nach Hause fahren und dachte, heute ist Siegfried Vormittag nicht zu Hause, er hat Dienst, da kann ich endlich mal lernen. Als sie über eine Brücke fuhr, war ein Schwerlasttransporter vor ihr und sie musste langsam hinterher fahren. Sie sah dabei die Brücke hinunter, da waren Garagen und sie sah, dass Aribert an seinem Auto stand. Sie fuhr in diesen Garagenkomplex rein. Jetzt bemerkte sie, dass

sie dabei heftiges Herzklopfen hatte, was soll sie jetzt sagen, wenn er sie fragt, was sie hier macht. Sie wollte gerade den Rückwärtsgang einlegen, als Aribert sie sah. Er winkte ihr zu und rief:"Hey, Gisela, das ist aber schön, dass ich dich mal sehe. Wo kommst du denn her?"

Gisela machte die Autotür auf und sagte:"Ach weißt du, ich habe 2 Freistunden und wollte eigentlich nach Hause, da habe ich dich gesehen und wollte nur mal guten Tag sagen."

Aribert:"Ich freue mich darüber, wenn du etwas Zeit hast, können wir ja Kaffee trinken fahren. Ich ziehe mir schnell was an, lass dein Auto hier stehen, ich bringe dich wieder hierher und dann kannst du wieder zur Schule fahren."

Gisela überlegte überhaupt nicht und sagte nur:"Ja."

Aribert war nur 5 Minuten weg, da kam er mit Zivilklamotten, so hatte sie ihn überhaupt noch nicht gesehen. Er war ein sehr staatlicher Mann. Er hat weißes Haar und schwarzbraune Augen, er gefiel ihr sehr gut.

Sie fuhren in ein Naherholungszentrum, da war ein nettes Eiskaffee, wo sie einkehrten. Gisela war richtig glücklich, der Kaffee schmeckte hervorragend und der Eisbecher auch. Sie redeten wieder miteinander, das tat ihr gut.

Sie sagte ihm:" Ich weiß, es geht dich nichts an, aber ich habe keinen, dem ich es sagen könnte. Ich habe große Sorgen. Siegfried lässt mich nicht lernen, er macht die ganze Nacht, wenn er zu Hause ist, laute Musik. Er hört dann hintereinander, wenn er betrunken ist immer und immer wieder die Donkosaken. Ich ertrage es nicht mehr. Am Tage hat er den Fernseher immer an und immer voll Lautstärke, ich werde noch verrückt."

Aribert:" Ich habe zu Hause auch Sorgen, zwar nicht in dem Maße wie du, aber ich habe die Nase auch so voll, du kannst es dir nicht vorstellen. Am liebsten würde ich meine Sachen packen und gehen. Aber wo soll ich hin? Ich brauche eine

Frau, auch wenn es sich dumm anhört, aber vom Waschen, Bügeln und Kochen habe ich keine Ahnung."

Gisela lacht:"Dann suchst du sicherlich eine Haushälterin."

Aribert: "Naja, fürs Herz braucht man auch was. Obwohl ich schon bald wie ein Mönch lebe."

Gisela schrieb ihm ihren Stundenplan auf und sagte " Wenn du mal Zeit hast, dann komme doch einfach mal an der Schule vorbei."

Aribert brachte sie wieder zur Garage zurück und sie fuhr wieder zur Schule. Der Tag fiel ihr wieder etwas leichter. Es flutschte nur so in der Schule, sie war irgendwie glücklicher.

Sie machte an dem kommenden Samstag wieder eine Schulung für Fahrschüler und als sie nach Hause fahren wollte, sprang ihr Auto nicht an.

Einer der Sanitäter, der an diesem Tag Krankentransport hatte, sagte zu ihr:"Warte bitte einen Moment, ich weiß da Jemanden, der kann dir helfen. Es dauert nur 10 Minuten, ich hole ihn."

Gisela wartete. Da kam der Sanitäter mit Aribert. Aribert hatte so etwas wie einen Schlosseranzug an und war voll Schmiere.

Er sagte:"Was hast du für Sorgen?"

Gisela ganz erstaunt:"Tja", stotterte sie, "Mein Auto springt nicht an." Aribert:"Das haben wir gleich. Du musst mich aber dann nach Hause bringen, weil ich gleich mit Klaus so mitgekommen bin, ich bin ohne Auto." Gisela:"Das ist doch selbstverständlich."

Aribert hatte das Auto innerhalb von ein paar Minuten startklar und dann fuhren sie los.

Er sagte ihr unterwegs:" Ich habe mich mal so umgehört, ich will mir einen Garten suchen, mit einem Bungalow drin, dann kann ich wenigstens jetzt im Sommer dort hinziehen und bis zum Winter, werde ich bestimmt eine Wohnung bekommen. Willst du mit mir mitziehen?"

Gisela fuhr Aribert zur Garage, sie standen noch einige Minuten vor dem Tor und redeten, als ein blauer Ford um die Ecke kam, es war Siegfried. Er sah die Beiden an und fuhr in einem unglaublichen Tempo davon. Als Gisela nach Hause fuhr, war glücklicherweise Silvio zu Hause. Gisela erzählte Silvio, was vorgefallen war und Silvio beruhigte seine Mutter und sagte:" Ich bin doch auch hier und wenn ich da bin, tut dir Vati nie etwas und vielleicht lässt er mit sich reden."

Siegfried kam nach Hause, ging in die Küche, packte ein paar Flaschen Bier aus und eine große Flasche Schnaps. Gisela sah ihn nur an und da sagte er: "Na hast du wieder was zu meckern, du hast deine Liebschaften und ich meinen Schnaps. So hat alles seine Ordnung."

Als Gisela ihm erklären wollte, wie sie zur Garage gekommen war, sagte er nur: "Lass deine Ausreden für jemand anders stecken, mir reicht es was ich gesehen habe. Aber Eins ist gewiss, so leicht kommst du mir nicht weg."

Am nächsten Montag, Gisela musste wieder zur Schule, der Stress hatte sie völlig fertig gemacht. Wie aus heiterem Himmel, Gisela fiel in der Schule um. Sie war einige Minuten weg. Als der Rettungswagen kam, kam die Ärztin, die sie vom Rettungsdienst her schon kannte, es war Gabi, sie sagte:" Was machst du denn für Scherze hier, Gisela? Hast wohl keine Lust auf Schule heute, dass du dich hier einfach hinlegst."

Gabi war bekannt für Scherze, deshalb war sie bei den Sanitätern sehr beliebt. Sie war Doktor der Chirurgie und hieß Weber.

Sie sagte:"Also, ich bringe dich mal in die Klinik und lasse mal ein EKG schreiben und dann werden wir sehen, was mir dir ist. Soll ich irgendjemanden verständigen?"
Gisela:"Nein, ich wüsste nicht wen, mein Sohn ist auf Arbeit und mein Mann ist auch nicht da."
Gisela liefen im Rettungswagen die Tränen. Sie konnte sie nicht zurück halten und schluchzte.
Gabi sagte zu Ihr: "Ist denn keiner, dem ich Bescheid sagen kann, wie willst du nachher nach Hause kommen?"
Gisela:" Ich weiß noch nicht."
Gabi gab über Funk durch: "RTW fährt mit der Patientin Gisela Milan zum Krankenhaus Innere Klinik."
Als sie dort ankamen, stand Aribert mit dem Rettungswagen auch dort. Er sagte zu Gabi:"Ich hatte auch gerade einen Einsatz hier und wollte gerade wieder los, da hörte ich den Funkspruch, dass du Gisela an Bord hast. Was ist mit ihr los?"
Gabi:"Ich weiß nicht, aber sie ist ganz schön mit den Nerven am Boden. Was ihr sonst noch fehlt, muss erst festgestellt werden."
Aribert zu Gisela:"Ruf bitte beim Kreuz an, wenn du nach Hause kannst, ich lasse dich vom Krankentransport abholen."
Gisela versprach ihm, dass sie anrufen wird.
Nach dem EKG, kam eine Ärztin und sie sagte:" Das ist psychosomatisch bei ihnen."
Gisela ganz erbost:" Ich habe es mir nicht eingebildet, ich bin nicht aus Einbildung umgefallen."
Die Ärztin sah sie erschrocken an, weil Gisela ziemlich laut war.
Sie sagte:" Wir haben aber keine Störung im EKG gefunden. Somit ist bei ihnen alles in Ordnung."
Gisela:"Ja, man kann es sich einfach machen, die meisten Menschen wissen ja nicht was psychosomatisch ist. Aber sie

dürfen nicht vergessen, es gibt auch Menschen die können das ganz gut verstehen."

Sie rief beim DRK an und sagte, dass sie jetzt fertig ist. Sie staunte nicht schlecht, als plötzlich Aribert vor der Tür stand und sagte: "Ich habe mit einem Rettungssanitäter getauscht, ich mache für ihn den Krankentransport und er für mich den Rettungsdienst. Ich bringe dich jetzt zur Schule, da nimmst du dein Auto und fährst zu meiner Garage, ich komme dann in einer halben Stunde auch hin. Warte bitte auf mich."

Gisela tat, was er ihr gesagt hatte. Aribert kam dann eine knappe Stunde später. Er schloss die Garage auf und sagte:"So jetzt habe ich die Nase voll. aber leider muss ich jetzt, im April 10 Tage nach Russland. Ich habe mit meiner Frau gesprochen, dass ich sie verlasse, dass Geschrei war zwar groß, aber mir ist es egal. Du wirst bitte bis ich wieder komme zu deinem Mann kein Wort sagen. Versprich es mir. Wenn du keinen Ausweg weißt, dann ziehst du ins Kinderzimmer bei uns, meine Frau weiß Bescheid, dass du nur im äußersten Notfall kommen würdest."

Gisela wusste nicht was sie sagen sollte. Sie sah Aribert mit offenem Mund an und sagte kein Wort.

Aribert:" Du musst mich ja nicht gleich heiraten, aber ich denke, wenn wir zwei uns zusammen tun, geht es jedem von uns besser und unsere Partner können sich dann austoben wie sie wollen, mit uns nicht mehr. Oder willst du nicht endlich mal zur Ruhe kommen?"

Gisela wollte. Es waren nun ein paar ganz schrecklich lange Wochen.

Gisela sprach mit Silvio darüber und er sagte:"Ja, ich kann es verstehen, es ist wirklich nicht mehr auszuhalten. Ich habe mir eine andere Arbeit gesucht, ich ziehe ab Mai nach Braunschweig. Ich hoffe du hast nichts dagegen. Wenn du dann ein anderes zu Hause haben solltest, dann komme ich selbstverständlich dich besuchen. Mit Vati verstehe ich mich

auch gut, wenn er nüchtern ist. Ich halte aber trotzdem zu dir und meine Wohnung behalte ich aber beim Vati. Du bist doch damit einverstanden."
Gisela:"Ja, ich bin einverstanden, aber ich möchte dich nicht auch noch verlieren."
Silvio:"Nein, du verlierst mich nicht und ich kann dich auch verstehen. So möchte ich auch nicht leben, wie du es jetzt ertragen musstest."

Viertes Kapitel

Als Aribert wieder nach Deutschland zurück kam, er hatte nach Russland Hilfsgüter und Medikamente gebracht, hatte Gisela gerade wieder eine Schulung für Fahrschüler. Sie hatte den Lehrgang gerade beendet, als die
Telefonistin Anette angelaufen kam und rief:
"Die Russen kommen!!!"
Gisela wusste was Anette damit meinte, aber da stand noch ein Lehrgangsteilnehmer, er wollte noch einen Sanikasten fürs Auto kaufen, er bekam den Mund nicht zu, als Anette immer wieder rief:"Die Russen sind da."
Anette und Gisela umarmten sich und bei Gisela flossen Freudentränen. Der Lehrgansteilnehmer konnte dies nicht verstehen und ging kopfschüttelnd davon.

Gisela sagte:"Ich warte, bis sie hier sind. Wo sind sie denn gerade?" Anette:"Noch ca. 10 Km müssen sie fahren, dann sind sie hier."

Gisela wartete. Weil Gisela sich verspätete, kam Silvio vorbei und fragte, ob er helfen könne.

Gisela sagte:"Du kannst warten, Aribert kommt gerade aus Russland zurück, ich will warten, bis er hier ist."

Silvio:"Gut ich warte auch."

Dann kam er endlich. Aribert stank fürchterlich, er hatte einen Stoppelbart und schmutzige Finger, so hatte Gisela ihn noch nie gesehen.

Aribert sagte:" Ich muss unbedingt ein Bad nehmen. Ich habe mich 2 Tage nicht waschen können. Ich komme mir vor wie ein Penner."

Silvio sagte:" Du kannst doch mit zu uns kommen, Vati ist nicht zu Hause und bei uns kannst du auch baden und mein Rasierwasser darfst du auch benutzen."

Aribert sah 'Gisela an und sie nickte.

Sie fuhren zu Gisela nach Hause. Aribert nahm erst mal ein Bad und rasierte sich. In der Zwischenzeit machte Gisela Kaffee. Sie saßen fast die ganze Nacht zusammen und erzählten. Dann machte sich Aribert auf und fuhr nach Hause. Er war froh, dass alles während er in Russland war, so einiger-maßen gut abgelaufen war.

Er sagte noch:"Ich habe immer nur an Euch gedacht"

Silvio:"Ich habe auf meine Mutter aufgepasst und war immer da, wenn sie nach Hause kam, so hat sie dann immer ihre Ruhe gehabt, denn auf mich hört Vati immer."

Aribert verabschiedete sich und ging. Als Gisela mit Silvio alleine war, sagte er:" Aribert ist ein dufter Typ, ich kann ihn gut leiden. Ich glaube, ihr Beide werdet euch gut verstehen. Vor allem glaube ich, er säuft nicht so wie der Vati."

Gisela:"Bestimmt nicht, denn wenn du ein paar Mal Rettungsdienst gefahren bist und ab und zu muss man dann solche besoffenen Menschen befördern, dann hat man davon die Nase voll. Ich habe ein paarmal gehört, wie Aribert gesagt hat. Ich trinke auch mal ein Bier, aber wie kann man sich bloß so voll laufen lassen. Das werde ich nie verstehen."
Silvio:" Na ich hoffe, dass es bald klappt und du von hier weg kannst, denn im Mai, hatte ich dir ja gesagt, ziehe ich nach Braunschweig. Ich bin dann immer von Montag bis Freitag dort und komme samstags oder auch schon Freitag am Abend nach Hause."
Sie gingen dann schlafen, sie konnten ja ausschlafen, denn am Sonntag hatten Beide frei. Um 7.00 Uhr kam Siegfried nach Hause. Er setzte sich wie immer erst ins Wohnzimmer, trank ein paar Flaschen Bier und ging dann ins Bett. Gisela sagte kein Wort mehr darüber. Sie räumte die leeren Flaschen weg, stellte sein Bierglas in den Abwasch und ging dann zu ihrer Mutter. Sie erzählte nun ihrer Mutter, was sie denn jetzt vorhabe und sagte:" Aber bitte, sage ihm noch nichts, denn ich muss erst wissen, dass ich weg kann, sonst macht er wieder etwas, ich weiß nicht was, aber er hatte es mir schon angedroht und gesagt, dich bekommt kein anderer."
Die Tage vergingen nicht so schnell, doch dann am 19. Mai kam Aribert und sagte:" Ich habe einen Garten. Komm bitte heute mit, wenn du Schulschluss hast."
Gisela stellte ihr Auto in einer anderen Straße ab und fuhr mit Aribert mit. Sie kamen in eine Gartenanlage und dann standen sie vor einem Garten.
Das Unkraut war höher als der Bungalow. Der Bungalow war im Rohbau und ohne Dach.
Gisela sagte:"Und was machen wir jetzt damit?"
Aribert:"Mache dir keine Sorgen. Das bekomme ich schon hin. Ich habe, bevor ich Krankenpfleger geworden bin nämlich Dachdecker gelernt, kein Problem für mich."

Aribert nahm sich 5 Tage Urlaub. Bis dahin hatte er das Dach fertig und die gerissenen Wände waren auch repariert. Am 24 Mai sagte er zu Gisela: "So, nun können wir schon einziehen. Alles andere, kann ich machen, wenn wir schon drin wohnen."
Als Gisela am 24. Mai nach Hause kam, war Siegfried wieder leicht angetrunken und brusselte immer vor sich hin.

Gisela:"So. Siegfried, du hattest doch zu mir gesagt, dass ich ausziehen soll. Ich werde morgen meine Sachen packen, dann bist du mich los und kannst saufen, was das Zeug hält."
Siegfried:"Die Möbel bleiben alle hier, denn du willst mich ja bösartig verlassen und die Wäsche auch und das Geschirr. Du bekommst nichts. Den Ford behalte ich. Den alten Wartburg, den kannst du mitnehmen."
Gisela:" Ja, ja, du kannst alles behalten, ich will nur meine persönlichen Sachen."
Nach ein paar Schnäpsen, wurde er wieder gemein zu ihr und bedrohte sie mit einer Pistole, die er vom Sicherheitsdienst bekommen hatte.
Gisela verließ die Wohnung, während er auf der Toilette war. Sie fuhr zur Garage von Aribert in der Hoffnung, dass er dort wäre, wenn nicht, könnte sie eine Nacht auch bei ihrer Mutter übernachten. Als sie an der Garage ankam, war Aribert tatsächlich noch in der Garage.
Er sagte:" Kein Problem, wir schlafen in der Garage und morgen, wenn dein Mann auf Arbeit ist, fährst du nach Hause und kannst dich waschen und umziehen. Anschließend kommst du zum Garten. Packe dir ein paar Sachen ein und bringe sie mit. Ich habe schon etwas da."
Sie schliefen in der Garage. Am Morgen verließen sie die Garage, ohne dass es jemand bemerkte. Gisela ging zu Hause in die Wanne, machte anschließend alles sauber und packte für sich ein paar Sachen ein. Sie fuhr zum Garten, Aribert

erwartete sie schon am Eingang der Gartenanlage. Gisela konnte es selber kaum fassen, was sie da getan hat. Sie hat alles stehen und liegen lassen, wofür sie jahrelang gearbeitet hatte.

Aribert sagte:"Wir haben hier kein Schloss und keine richtige Wohnung, aber wir haben unsere Ruhe. Wir werden es schon schaffen."

Sicher sagte er es, weil er ihr besorgtes Gesicht gesehen hat.

Gisela sagte:"Du hast ja auch alles im Stich gelassen."

Aribert:"Was soll`s, besser wir fangen von vorne an, und glaube mir, wenn ich etwas schaffen will, dann schaffe ich es auch mit meiner Hände Arbeit." Sie gingen, während sie redeten zum Garten.

Aribert:" Da ist noch einiges zu tun."

Sie gingen in den Bungalow.

Gisela:"Das sieht ja hier zum fürchten aus."

Aribert:"Ja, da müssen wir durch. Ich habe uns eine Kaffeemaschine mitgebracht, die stand noch bei uns im Keller, die hatte meine Frau rausgeschmissen, weil sie ja nach der Wende alles neu haben musste. Nun, jetzt haben wir erst mal was für den Anfang. Einige Kollegen von mir haben uns etwas Geschirr gegeben, weil da eine Tasse fehlt und da ein Teller, du weißt ja, wie das ist."

Gisela nickte und sagte:"Von meiner Mutter kann ich auch noch Einiges haben."

Im Garten hatten sie einen Anschluss, draußen vor dem Bungalow, mit Trinkwasser, sie mussten es also von dort holen und dann hatten sie noch einen Brunnen.

Aribert:"Da können wir das Wasser um uns zu waschen und zum Sauber machen und zum Blumen gießen nehmen, das kostet nämlich kein Geld." Gisela sah in den Garten und sagte lachend:"Blumen gießen!"

Aribert:"Warte nur ab, wie schnell wir alles in den Griff bekommen."

Sie hatten nur Licht im Wohnzimmer, besser gesagt, was mal ein Wohnzimmer werden soll. Jeden Tag schaffte Aribert ein Stück in dem Bungalow, es wurde jeden Tag besser. Er fing zuerst mit der Küche an. Gisela hatte von ihrer Mutter einen kleinen elektrischen Kocher für die ersten Tage bekommen. Nun war die Küche auch fertig geworden. Von einer Wohnungsgesellschaft, die ihre Wohnungen auf den neuesten Stand brachten, kaufte Aribert für einen Kasten Bier Küchenmöbel ab. Dann fing Aribert mit dem Wohnzimmer an. Er musste auch zwischendurch Arbeiten, weil er nicht den ganzen Urlaub dafür vergeuden wollte. So ging es jetzt etwas langsamer. Er bat seinen Einsatzleiter, ihn im Moment nur für den Krankentransport einzusetzen, damit er nicht immer 24 Stunden arbeiten musste und er an den Wochenenden frei hatte.

Eines Tages, als Gisela nach Hause in den Garten kam, hatte Aribert das Wohnzimmer mit wunderschöner Tapete tapeziert.
Gisela fragte:" Wo hast du die Tapete her? So etwas habe ich ja schon lange nicht mehr gesehen."
Aribert:" Die hatte unser Hausmeister vom Kreutz noch im Keller beim DRK und die sollte weggeworfen werden, weil doch alles nur noch einfarbig tapeziert werden darf. Der Geschäftsführer hat ihm gesagt, entsorgen sie das bitte. Nun, und der Hausmeister hat mich gefragt, ob ich die Tapete in meinem Bungalow noch verwenden könnte, es wäre doch schade darum. Sieh mal, da habe ich noch welche in einer anderen Farbe, die können wir fürs Schlafzimmer nehmen, es ist nicht mehr so viel, aber fürs Schlafzimmer reichen sie noch."
Gisela freute sich darüber. haben sie doch wieder etwas an Geld gespart. Als Gisela den nächsten Tag Schulschluss hatte gingen sie zu einem Markt, wo man Restposten von

Auslegware und Gardienen verkaufte. Sie bekamen für sehr
wenig Geld, Rester von Auslegware, die reichte sogar für
Wohn- und Schlafzimmer. Dann das Gardienen für den
ganzen Bungalow.
Sie hatten Beide so viel zu tun, dass sie für sich selbst
überhaupt keine Zeit hatten.
Gisela:" Es macht mir richtigen Spaß dies hier alles zu tun,
weil ich sehe, du hast auch Spaß daran und dann fallen wir
todmüde ins Bett."
Das Bett waren nur doppelt gelegte Schaumgummiaufleger,
es war aber schön weich. Bettwäsche hatte sie von ihrer
Mutter bekommen. So wurde jeden Tag wieder ein Stück
mehr geschaffen. Sie hatten Ihr Schlaflager noch im
Wohnzimmer, dass Schlafzimmer musste noch gemacht
werden, im Moment sah es noch wie ein Ersatzteillager aus.
Dann kam die Erlösung, Aribert konnte jetzt mit dem
Schlafzimmer anfangen. Möbel bekamen sie immer von
Kollegen, die sich gerade etwas Neues gekauft haben. Den
Wohnzimmerschrank, den bekamen sie von einer Oma, die
beim DRK angerufen hatte, weil es dort auch eine
Kleiderkammer gab, die ab und zu, wenn jemand Möbel
brauchte es weitergeleitet haben. So kam es, dass die Leiterin
von der Kleiderkammer bei Aribert sich meldete, gab ihm die
Telefonnummer von der alten Dame und sagte:" Ich dachte,
dass ihr noch so einen Schrank gebrauchen könnt."
Es war ein schöner kleiner Wohnzimmerschrank, der genau
in das Wohnzimmer passte.
Jedes Mal, wenn Gisela nach Hause kam, musste sie ein
neues Möbelstück putzen. Jeder, der diesen Bungalow vorher
gesehen hatte und jetzt rein sah, sagte: "Es sieht hier aus wie
in einer Puppenstube. Das habt ihr prima hinbekommen."
Aribert und Gisela waren auch stolz darauf. Als sie endlich
alles fertig hatten, fingen sie mit den Arbeiten im Garten an.

Da kamen einige Gartenfreunde und fragten, ob sie helfen könnten.

Aribert sagte:"Ja, wenn ihr mit Bier zufrieden seid, gerne." Es kamen gleich zwei Gartenfreunde mit Spaten und sagten:"Stell uns einen Kasten Bier hin und wir graben um."

Als der Garten nun endlich wie ein Garten aussah, dachte Gisela, nun haben wir mal Zeit für uns. Da kam Aribert von Arbeit und sagte: "Komm zieh dir was Vernünftiges an, wir müssen uns eine Wohnung ansehen."

Gisela zog ihr Gartenräuberziviel aus, schlüpfte in Rock und Bluse und sagte: "Wie, was, Wohnung ansehen, sag bloß, du hast eine Wohnung bekommen?"

Aribert: "Was heißt hier ich, wir haben eine Wohnung bekommen. Nun erwarte bitte kein Wunder. Du weißt, wie schlecht es ist, eine Wohnung zu bekommen, aber ich weiß, wir kriegen das schon hin."

Sie fuhren in einen Stadtteil, was eher wie ein kleines Dorf war und gingen in die vermeintliche Wohnung. Gisela bekam einen Schreck. Sie versuchte es aber zu verstecken und sagte:"Hm, unsere Wohnung."

Aribert sagte:" Mit Farbe und viel Wasser, kann man viel machen. Die Toilette ist allerdings auf dem Hof, ein Plumpsklo. Ein Bad haben wir auch nicht. Aber wir haben eine Gasheizung im Wohnzimmer und einen Kohlebeistellherd in der Küche."

Da meldete sich der Hausmeister und sagte: "Aribert, du hast doch bald Urlaub, mache doch mit deiner Gisela mal Urlaub. Du gibst mir pro Zimmer 100 DM und die dazugehörige Farbe, sowie Tapete. Ihr müsst dann, wenn ihr aus dem Urlaub kommt nur noch sauber machen."

Aribert war damit einverstanden.

Er sagte zu Gisela:"Egal, wie die Wohnung jetzt aussieht, wir brauchen ein Winterquartier, im Winter können wir nicht im Garten wohnen. Später kümmern wir uns dann mal um eine

schönere Wohnung. So können wir jetzt auch noch Geld
sparen, denn die Wohnung ist so klein, da brauchen wir nicht
so viel Möbel."
Gisela sagte: "Ich bin doch Wohnungsmäßig viel
schlimmeres gewöhnt. Wenn es dich nicht stört."
Aribert:"Nein, wichtig ist nur, dass wir uns verstehen."

Fünftes Kapitel

Jetzt fuhren sie erst mal in den Urlaub.
Gisela:" Wo werden wir Urlaub machen?"
Aribert:" Wenn du nichts dagegen hast, fahren wir in die
Tschechei." Gisela:"Nein, ich habe nichts dagegen, dort ist es
ja sehr preiswert und schön. Aber wo genau fahren wir da
hin?"
Aribert:" Ins Isargebirge. Warst du denn da schon einmal?"
Gisela:"Nein, ich war bisher nur immer im Böhmerwald."
Sie packten ein paar Sachen ein und fuhren mit seinem
Wartburg los. Sie war richtig glücklich und sagte:"Jetzt
werden wir erst mal etwas Zeit für uns haben."
Aribert:"Ja, ich freue mich schon darauf, nur wir zwei ganz
alleine."

Als sie ankamen, fanden sie auch eine wunderschöne
Pension, es war eine
Skibaude, die im Sommer sehr karg belegt war.
Der Inhaber:"Ich freue mich über ihren Besuch. Sie können
sich ein Zimmer aussuchen. Im Winter müssen sie sich
immer vorher anmelden, aber im Sommer haben wir immer
genügend Platz. Es ist nämlich ein Wintersportort. Es ist sehr
einsam hier, es ist hier nichts los.
Aribert:"Das ist genau das, was wir suchen. Wir brauchen viel
Ruhe und Erholung."
Gisela:"Ja, ich habe auch ein paar Bücher mitgebracht, damit
ich in meinen Seminarferien etwas lernen kann."
Sie gingen in ihr Zimmer, packten die Koffer aus und gingen
nach unten zum Essen.

Aribert zum Ober:" Bitte die Speisekarte und einen halben
Liter Bier, sowie eine Limonade."

Gisela wurde es richtig heiß, als er für sich so ein großes Bier bestellte. Sie sagte erst mal nichts. Als sie alles aufgegessen hatten und Aribert sein Bier ausgetrunken hatte, winkte er den Ober ran. Gisela bekam ganz rote Wangen vor Aufregung.

Aribert sagte:"Bitte zahlen, Herr Ober."

Man kann es nicht beschreiben, was für ein Felsbrocken ihr vom Herzen fiel. Aribert hatte nur ein Bier getrunken.

Gisela:" Was machen wir jetzt?" fragte sie.

Aribert: "Was hältst du von einem Verdauungsspaziergang?"

Gisela ganz aufgeregt: "Das finde ich herrlich. Wo gehen wir hin? Kennst du dich hier aus?"

Aribert:"Ja, wir können zum Stausee gehen, dort ist es sehr schön."

Sie gingen 2 Stunden spazieren, dann war Gisela kaputt.

Sie sagte:"Ich glaube, ich muss mich erst mal ausruhen."

Aribert:"Gut wir können 1 Stunde schlafen und danach können wir in die Stadt fahren zum Kaffeetrinken, was hältst du davon?"

Gisela nickte nur und war so glücklich, dass sie jetzt mit Jemandem zusammen sein kann, der nicht betrunken ist, der am Nachmittag mit ihr Kaffee trinken gehen möchte.

Sie schliefen zwei volle Stunden. Aribert musste Gisela wecken. Sie machte die Augen auf und da stand Aribert vor ihr, mit strahlenden Augen und sagte:" Na, du Langschläfer, hast du endlich ausgeschlafen? Komm, mache dich frisch, auf dem Flur ist eine Kabine, da sind 2 Duschen drin. Ich habe schon geduscht. Dann können wir zum Kaffee trinken fahren. Ich weiß auch schon wo."

Gisela stand auf, ging zur Dusche, zog sich an und ab ging die Fahrt. Sie kamen in eine wunderschöne kleine Stadt mit Burgen und so vielen auch alten Geschäften.

Sie sagte:"Es ist herrlich hier."

Sie gingen in ein Eiskaffee und machten es sich ohne irgendeine Eile richtig gemütlich. Es tat ihrer Seele gut. Sie hatte noch nicht einmal mehr Kopfschmerzen, obwohl dies bei ihr ja zur Tagesordnung gehörte.

Aribert sah` sie an und fragte: "Gefällt es dir denn hier?

Gisela:" Welch eine Frage. Es ist herrlich und wir haben alle Zeit der Welt. Wir brauchen uns nicht beeilen. Ich bin einfach glücklich." Ihre Augen strahlten. Er nahm sie in den Arm und sagte:"Es ist schön, wenn man sieht, dass der Partner glücklich ist. Es macht mich dann auch glücklich."

Sie verbrachten den ganzen Nachmittag in dieser kleinen Stadt. Sie kauften Ansichtskarten und als es langsam dunkel wurde, fuhren sie wieder zu der Skibaude, wo sie den Urlaub über wohnten. Sie brachten ihre kleinen Einkäufe in ihr Zimmer und setzen sich dann auf die Terrasse und leisteten sich eine Flasche Sekt.

Gisela:" Jetzt schmeckt mir der Sekt wieder. Komisch, jetzt verspüre ich keinen Hass gegen den Alkohol. Wenn ich früher nur etwas gesehen habe, was man mit Alkohol in Verbindung bringen konnte, dann hatte ich gleich schlechte Laune."

Aribert:" Jetzt nicht mehr?"

Gisela: "Nein."

Aribert:" Weil wir den Sekt auch genießen und nicht einfach nur so runter schütten."

Der Abend war sehr schön. Die folgenden Tage waren auch Einer schöner als der Andere. Sie gingen in den Zoo.

Gisela sagte:"Ich war das letzte Mal in einem Zoo, da war Silvio 12 Jahre." Aribert:"Ich gehe sehr gerne in den Zoo. Wenn unser Urlaub vorbei ist, du musst wieder zur Schule und ich muss wieder arbeiten, dann haben wir auch mal freie Tage und dann gehen wir auch in den Zoo. Ich verspreche es dir." Leider ging der schöne Urlaub bald zu Ende. Sie hatten aber eine wunderschöne Zeit. Sie nehmen oft die Bilder zur Hand, von Ihrem ersten gemein-samen Urlaub. Nun ging es wieder Richtung Heimat. Als sie in ihrem Garten angekommen sind, wurden sie von ihren Gartenfreunden begrüßt:"Na, wie war es?"

Sie saßen dann auch mit ihren Gartenfreunden den ganzen Abend zusammen und redeten über ihren schönen Urlaub. Zum Abschied sagte Aribert:"Naja, der nächste Urlaub kommt bestimmt." Dann gingen sie schlafen. Am nächsten Morgen fuhren sie nach dem Frühstück zu ihrer neuen Wohnung. Welch eine Überraschung war da? Sie schlossen die Tür auf und es war nur ein Viertel Teil von den Malerarbeiten gemacht, die gemacht werden sollten. Aribert fuhr gleich bei dem Hausmeister vorbei.

Der sagte:" Es tut mir leid, aber ich wäre fertig geworden. Dann aber bekam ich einen Grippevirus, mit Durchfall und Erbrechen. Ich war 8 Tage im Bett. Nun geht es mir wieder besser. Ich bin dann in spätestens vierzehn Tagen fertig. Dann braucht ihr nur noch sauber machen."

Aribert war damit einverstanden und sagte:" Wir wollen so wieso den Sommer über im Garten bleiben. Ich habe da noch sehr viel Arbeit.

Ich will noch einen Wintergarten anbauen und einen Waschraum, sowie einen Werkzeugschuppen. Da habe ich mehr als nur den Sommer über zu tun."

Gisela hörte dies und wunderte sich, wie er dies alles schaffen will.

Aribert sah ihr erstauntes Gesicht und sagte:"Gefällt dir der Gedanke nicht, wenn es regnet und du kannst dann im Wintergarten sitzen und zusehen?

Ich finde es schön und werde mich schnellstens darum kümmern. Wir werden dies in diesem Sommer nicht mehr schaffen, dass alles fertig ist. Aber nächsten Sommer, da

kannst du schon im Wintergarten sitzen und du brauchst
dich nicht mehr in der Küche zu waschen."
Gisela:" Doch, doch, ich finde es ganz bestimmt gut, nur ich
weiß nicht, wie du dies alles schaffen willst."
Aribert:"Du wirst schon sehen. Das geht ganz fix, denn wenn
ich mir etwas in den Kopf gesetzt habe, dann muss ich es
auch schaffen, eher gebe ich keine Ruhe."
Für Gisela war dies alles noch unvorstellbar, denn sie hatte
doch die andere Seite des Lebens noch nicht richtig kennen
gelernt. Sie kannte doch nur, wenn der Mann nach Hause
kam, musste Bier und meistens auch Schnaps auf den Tisch.
Aribert: " Hast du zu mir kein Vertrauen? Ich trinke auch
gerne mein Bier, aber immer nach getaner Arbeit. Dann
schmeckt es auch. Wenn ich vorher Bier trinken würde, dann
hätte ich auch keine Lust etwas zu tun."
Gisela:"Ja, das stimmt, wenn ich mal ein Glas Wein oder ein
Glas Sekt getrunken hatte, dann hatte ich auch keine Lust
mehr zum Arbeiten."
Gisela war wieder soweit, dass sie gerne nach Hause ging
auch wenn Aribert nicht zu Hause war, weil er ja auch oft 24-
Stunden-Dienste machen musste. Sie hatte da eine Idee.
Sie sagte ihm." Was hältst du davon, wenn ich dir bei den
langen Diensten das Abendessen vorbei bringe?"
Aribert:"Das wäre prima, dann kannst du ja auch immer
duschen, solange wir kein Bad haben, hat uns der Chef
erlaubt, das wir im Betrieb duschen können. Naja, ich so
wieso, aber du auch, denn du tust ja für das DRK auch viel
umsonst."
Manchmal verabredete Gisela sich mit einer Frau von
Aribert's Kollegen, die auch gerne das Abendessen bringen
würde, aber sie konnte kein Auto fahren und so war sie
erfreut darüber, dass Gisela sie immer abholte. Naja, mansch-
mal waren die beiden gerade nicht da, weil sie zu einem
Einsatz waren. Umso größer war die Freude, wenn sie fast

ausgehungert von einem Einsatz kamen und der Tisch war schon gedeckt. Gisela sagte jedes Mal, wenn Aribert nach Hause kam:"Ich bin wirklich glücklich, dass das Leben wieder so viel Spaß machen kann."
Dann kam auch Silvio zu Besuch. Er sagte:
"Prima habt ihr es hier. Ich hätte nicht gedacht, dass man so viel aus diesem Bungalow machen kann."
Gisela sagte:" Solange ich noch zur Schule gehe, habe ich jeden Sonntag frei und wenn du in dieser Gegend bist, bist du herzlich zum Essen eingeladen." Silvio freute sich darüber. An diesem Abend wurde der Abend etwas lang. Silvio hatte mit Aribert auch ein Bier getrunken und übernachtete im Wohnzimmer. Am anderen Morgen es war Sonntag, Gisela hatte frei und Aribert musste wieder zu seinem 24-Stunden-Rettungsdienst. Silvio schlief noch, als Aribert aufgestanden war. Gisela machte den Kaffee, da wurde Silvio vom Kaffeeduft wach und fragte: "Habt ihr für mich auch einen Kaffee?"
Aribert:"Selbstverständlich."
Sie tranken den Kaffee.
Aribert verabschiedete sich und fragte:"Kommst du heute wieder vorbei?" "Natürlich"; sagte Gisela, "ich bringe dir auch zum Mittagessen was vorbei."
Gisela und Silvio legten sich noch eine Stunde hin. Dann machte Gisela das Frühstück.
Gisela:"Es ist richtig schön, dich hier zu haben. Wir machen uns noch einen schönen Tag hier. Ich mache das Essen für Aribert und wenn du mitkommen möchtest, dann kannst du das auch."
Silvio:" Ich muss Mittag noch ein paar Sachen erledigen, aber wenn es euch nichts ausmacht, komme ich heute Abend wieder vorbei."
Gisela:"Ja schön dann bin ich wenn ich von Aribert komme, nicht so alleine." Silvio:"Ich finde Aribert einwandfrei. Er ist

ein richtiger Kumpel. Was mir an ihm gefällt, er trinkt auch sein Bier, er trinkt sinnig und besäuft sich nicht. Mit ihm kann man dabei richtig reden. Vati ist auch nicht schlecht, aber wenn er was getrunken hat, kann man nach einer Stunde mit ihm nicht mehr reden. Entweder schläft er dann oder redet solchen Müll, dass man nicht weiß worüber er gerade spricht."

Gisela:"Ja, Silvio, jetzt kannst du mich sicher verstehen, warum ich diesen Weg gegangen bin."

Der Sonntag verging wieder viel zu schnell. Jetzt, wo Gisela wieder so glücklich war, hätte sie sich doch wohl fühlen müssen, aber es war nicht so. Sie bemerkte immer wieder diese Kopfschmerzen und auch wieder Nasenbluten. Dann bekam sie wieder diese Schwindelanfälle. Jedes Mal, wenn sie dann doch mal wieder zum Arzt ging sagte man ihr: " Das ist sicher der Stress."

Aribert konnte dies auch nicht verstehen, er sagte: "irgendetwas musst du doch haben. Wo du noch bei deinem Mann warst, konnte ich das noch verstehen, die Angst und den Ärger, den du da immer hattest. Ich denke immer, du bist bei mir glücklich."

Gisela: "Das bin ich auch. Ich komme mir schon selbst wie ein Simulant vor. Aber ich bilde es mir doch nicht ein, wenn mir schwindlig ist und die verdammten Kopfschmerzen."

An einem Tag in der Schule, rief ihre Mutter sie ans Telefon und sagte: "Wenn du Feierabend hast, komme bitte vorbei, Hermann ist ins Krankenhaus gekommen."

Gisela versprach:" Gut ich komme vorbei, ich muss nur Aribert Bescheid sagen."

Sie besuchte Onkel Hermann mit ihrer Mutter im Krankenhaus. Es ging ihm wirklich nicht gut.

Gisela versprach:" Ich werde mich um euch kümmern."

Hermann kam nach ein paar Tagen wieder aus dem Krankenhaus und Gisela ging so oft sie konnte ihrer Mutter

helfen. Es vergingen einige Wochen und es ging Hermann
wieder schlechter. Er kam wieder ins Krankenhaus. Dann an
einem Samstag, als Gisela wieder die Schulung für
Lebensrettende Sofortmaßnahmen durchführte, kam Anette
in den Schulungsraum und sagte: "Du sollst, wenn du hier
fertig bist, deine Mutter ins Krankenhaus fahren, deinem
Stiefvater geht es schlecht."
Gisela sagte Anette: "Wenn Aribert vom Einsatz kommt,
sage ihm doch bitte Bescheid."
"Selbstverständlich", sagte Anette.
Gisela holte ihre Mutter ab und sie fuhren ins Krankenhaus.
Es war leider schon zu spät, Hermann war gerade verstorben.
Gisela brachte ihre Mutter nach Hause und ihre Mutter sagte:
"Hier kann ich heute nicht bleiben."
Gisela sagte:"Das brauchst du auch nicht, ich rufe nur
Aribert an."
Am Telefon war Anette:"Warte, Aribert ist gerade
reingekommen, ich rufe ihn ans Telefon."
Aribert: "Ja, dann nimm deine Mutter mit in unseren Garten
und sie kann so lange bleiben wie sie möchte. Mach`s gut, bis
Morgen früh. Ich muss schon wieder los, der nächste
Einsatz."
"Tschüss, Aribert, bis Morgen", sagte Gisela.
Dann fuhr sie mit ihrer Mutter in den Garten.
Ihre Mutter: "Du kannst wirklich froh sein, dass du Aribert
hast, er hat wenigstens Verständnis. Wenn ich da an Siegfried
denke, der hätte mich nie aufgenommen."
Gisela bereitete auf der Couch alles für ihre Mutter vor, dass
sie dort auch schlafen kann. Der Tag war nicht so schön für
Gisela, weil ihre Mutter so traurig war.
Gisela sagte zu ihrer Mutter:"Du musst da drüber weg
kommen. Du hast ja uns noch, wir helfen dir."
Ihre Mutter: "Ihr habt mit euch selber genug zu tun."
Gisela: "Wir schaffen das alles schon."

Am anderen Morgen, Aribert kam nach Hause und sagte:"
Ich kümmere mich um ein anständiges Begräbnis, du musst
nur dabei sein, ob dir dann alles so Recht ist"
Giselas Mutter war mit allem einverstanden, sie sagte:"Ich
bin froh, dass ihr mir so unter die Arme greift. Und vor allem
bin ich darüber froh, dass meine Tochter endlich einen
vernünftigen Mann gefunden hat. Sie hat doch so viel Pech
in ihrem Leben gehabt. Genau wie ich. Ich hatte auch viel
Pech in meinem Leben und dann kam Hermann, bei ihm
habe ich es richtig gut gehabt. Schade, dass er jetzt nicht
mehr ist. Naja, mit 87 Jahren hat man ein Recht zu sterben,
aber er musste sich so quälen, ich verstehe es nicht, es ist so
ungerecht, er war doch so ein guter Mensch. Warum hat man
erst jetzt entdeckt, dass die Bauchspeicheldrüse dran schuld
war, konnte man dies nicht schon eher feststellen, dann hätte
man ihm vielleicht noch helfen können und er hätte sich
nicht so quälen müssen. Er war doch schon bestraft genug,
dafür, dass er blind war."
Gisela beruhigte ihre Mutter und sagte:" Ja, er musste sich
wirklich quälen und darum sei froh, dass er es überstanden
hat."
Giselas Mutter verbrachte nur zwei Tage im Bungalow und
sagte:"Ich muss wieder nach Hause, ich habe noch viel zu
tun und zu ordnen."
Gisela sagte:"Gut, aber wenn du Hilfe brauchst, dann sage
uns Bescheid. Wenn wir können, dann kommen wir auch
vorbei."

Als sie das Begräbnis hinter sich gebracht haben, ging der
Alltag auch wieder weiter. Gisela dachte, nun wird ihre
Mutter darüber wegkommen, zwar nicht gleich, aber mit der
Zeit. Als sie auf dem Weg zu ihrer Mutter war, traf sie eine
Bekannte von ihrer Mutter und sie sagte zu Gisela:" Was
macht denn dein Vater? Ist er schon aus dem Krankenhaus

raus? Wo ist er denn hingekommen? Ich wollte ihn mal besuchen, aber deine Mutter sagte, er ist in ein anderes Krankenhaus gekommen."

Gisela staunte:" Wann hat meine Mutter das gesagt?"

Die Bekannte von ihrer Mutter: "Na vor zwei Tagen, ich hatte deine Mutter im Milchgeschäft getroffen. Ich sagte, dass ich Hermann auch mal besuchen wollte und da sagte sie, er ist nicht mehr hier im Krankenhaus."

Gisela:" Ich muss jetzt zu meiner Mutter, ich muss mit ihr reden. Ich kann jetzt im Moment nichts sagen."

Gisela lief los. Als sie bei ihrer Mutter ankam, fragte sie:" Warum hast du deiner Bekannten erzählt, das Onkel Hermann im Krankenhaus ist?"

Ihre Mutter:" Er ist doch auch im Krankenhaus, er ist nach Vogelsang gekommen."

Gisela:"Das stimmt nicht, er ist gestorben, er liegt auf dem Friedhof."

Ihre Mutter:" Geh, lass mich zufrieden, er ist im Krankenhaus."

Gisela fuhr dann in den Bungalow. Als Aribert von Arbeit kam, erzählte sie ihm, was ihre Mutter erzählt hat.

Aribert darauf:" Sie muss da erst drüber weg kommen, so etwas gibt es, sie will es nicht wahr haben, dass er nicht mehr da ist. Lass ihr noch etwas Zeit. Wir müssen mit ihr zum Friedhof und Blumen mitnehmen, dann wird sie es dulden, langsam aber sicher. Wir müssen behutsam mit ihr umgehen. Du hast doch morgen so einen Psychologen in einem Fach, frag ihn doch mal, wie wir uns verhalten sollen. Der hat doch so was gelernt."

Gisela:" Ja du hast Recht, ich werde mit ihm mal darüber reden."

Gisela konnte die Nacht sehr schlecht schlafen. Am anderen Morgen, Gisela hat sich fest vorgenommen, mit dem Psychologen in der Pause zu reden. Jetzt hatten sie aber das

Fach der Krankenpflege. Plötzlich kam die Sekretärin von der Volkshochschule in den Klassenraum, ging zur Lektorin und flüsterte.

Die Lektorin sah zu Gisela und sagte:" Frau Milan, gehen sie doch bitte mal mit der Sekretärin mit, sie werden dringend am Telefon verlangt."

Gisela stand auf und ging mit. Am Telefon war der Geschäftsführer vom Beerdigungsinstitut, welches sich um die Beerdigung von Hermann gekümmert hatte.

Er sagte:" Frau Milan, ich weiß nicht, ob ich es jetzt richtig mache, ich war bei ihrer Mutter zu Hause, sie macht nicht auf. Ich habe jetzt auch schon ein paar Mal angerufen. Ich war jetzt noch mal bei ihr zu Hause und habe die Nachbarn gefragt, ob sie eventuell gesehen haben, dass Ihre Mutter weggegangen ist. Sie sagten, dass sie Ihre Mutter heute den ganzen Tag noch nicht gesehen haben."

Gisela:"Gut, ich kümmere mich drum. Ich rufe sie von meiner Mutter aus an." Gisela sagte zur Sekretärin: " Ich muss jetzt sofort zu meiner Mutter, ich weiß nicht, ob sie sich was antun will. Ich hoffe nicht. Bitte sagen sie in meinem Seminar Bescheid, sobald ich alles geklärt habe, komme ich wieder."

Die Sekretärin:"Selbstverständlich."

Gisela fuhr los. Zum Glück hatte sie auch den Schlüssel zur Wohnung von ihrer Mutter bei sich. Als sie ankam, klopfte ihr Herz bis zum Hals, was ist wohl geschehen. Sie ging die Treppe rauf. Der Blindenhund von Hermann, den ihre Mutter jetzt hatte, bellte. Dann als er Gisela sicherlich am Schritt erkannte, winselte er vor Freude. Da hörte sie die Stimme von ihrer Mutter: "Du sollst still sein", rief sie laut zum Hund.   Gisela

sagte zu ihrer Mutter: "Warum machst du die Tür nicht auf und warum gehst du nicht ans Telefon?"

Da sagte ihre Mutter:" Was hast du gesagt, ich verstehe dich nicht. Ach, ich habe vergessen, mein Hörgerät anzuschalten." Ja, Giselas Mutter hat schon seit 10 Jahren ein Hörgerät. Gisela:"Da brauche ich mich nicht zu wundern, dass du nichts hörst. Hat denn der Arko, Hermanns Hund nicht gebellt, den hörst du doch."

Ihre Mutter:" Ich reagiere nicht darauf, er bellt ja andauernd, ich nehme an, er sucht sein Herrchen."

Gisela:" So, jetzt rufst du das Beerdigungsinstitut an, der Geschäftsführer will mit die reden, ich glaube, es geht um deine Hinterlassenenrente. Ich gehe dann wieder zur Schule."

Ihre Mutter:" Wie, musst du jetzt wieder zur Schule, wieso bist du hier?"

Gisela: "Weil du nicht reagiert hast und ich dachte dass es die nicht gut geht und du kannst die Tür nicht aufmachen und kannst nicht ans Telefon, darum bin ich jetzt gekommen."

Gisela verabschiedete sich von ihrer Mutter und fuhr erst mal erleichtert wieder zur Schule. Sie dachte, was bin ich froh, das soweit alles in Ordnung ist. In den letzten 2 Stunden hatte Gisela Psychologie. Nach der ersten Stunde, ging Gisela in der Pause zum Psychologen, Herrn Burau. Gisela sagte ihm, welche Probleme sie mit ihrer Mutter im Moment hat.

Er sagte:" Das ist ein gutes Thema, dies können wir gleich in der nächsten Stunde ansprechen. Es ist nämlich ein Thema, welches sie in ihrem zukünftigen Beruf täglich erleben können. Dass ihr Vater gestorben ist, dass weiß sicherlich die ganze Seminarklasse und die Reaktion ihrer Mutter, das kann jeden treffen."

In der nächsten Stunde, erklärte der Psychologe in kurzen Zügen die Situation und sagte darauf: " Ja, meine Damen und Herren, so etwas erlebe ich in meiner Praxis sehr oft. Es ist ein Verdrängen der Realität. Der Betroffene lebt dann in einer Wunschvorstellung, wie die Mutter von Frau Milan, sie

will damit den Tod ihres Mannes verdrängen. Es ist nicht krankhaft, aber es sollte keine 4 Wochen überschreiten, solange ist es nicht bedenklich für den Betroffenen. Sollte es länger dauern, sollte die Familie eingreifen. Entweder sie schaffen es selbst, in dem sie mit dem Betroffenen immer wieder zum Friedhof gehen und das Grab schön schmücken. Sollte dies nicht helfen, dann sollte man mit ihnen doch zum Arzt gehen. Denn es darf nicht zum Dauerzustand werden."
Herr Burau zu Gisela:" Warten sie also noch kurze Zeit ab, sollte es sich bei ihrer Mutter nicht ändern, reden sie mit mir noch einmal darüber, vielleicht kann ich ihnen dann helfen." Giesela:"Ja, danke Herr Burau. Ich hoffe auch, dass meine Mutter es bald schafft."
Bis zu diesem Zeitpunkt, ging Gisela auch sehr gerne zur Schule, ihr machte das Lernen auch Spaß. Doch es sollte nicht so bleiben.

Sechstes Kapitel

Es kam nun die Zeit, wo sich einige Gruppen aus dem
Seminar raus schälten.
Man bemerkte ganz genau auch schon bei den Lektoren, es
wurde Unterschiede gemacht. Das fing an bei der ehemaligen
Schuldirektorin und bei einer ehemaligen Familienrichterin.
Die Beiden hatten das Sagen in der Klasse, obwohl eigentlich
als Klassensprecher ein ehemaliger Schäfermeister gewählt
wurde. Er wurde nur benutzt, für Angelegenheiten, die nicht
so wichtig waren. Alle wichtigen Entscheidungen trafen die
beiden Damen.
Gisela bemerkte auch wie hinterlistig einige waren, wie sie
sich freuten, wenn einer mal einen Fehler gemacht hatte.
Gisela hatte die Nase voll und sagte dann in einer
Besprechung, wo man über alles reden sollte:" Also ich
verstehe so einige Seminarmitglieder nicht, ich dachte immer,
dass wir mal Altenpfleger werden wollen. Doch wenn man so
einen schlechten Charakter hat und so unsozial ist, wie
verhalten sich die zukünftigen Altenpfleger dann erst wenn
sie ihren neuen Beruf ausüben?" Plötzlich gab es doch in
dem Seminar einige Mitschüler, die der gleichen Meinung
waren wie Gisela.
Gisela sagte zu ihnen." Warum habt ihr euch denn nicht eher
gemeldet.
Wir hätten dieses Verhältnis schon lange aus der Welt
schaffen sollen."
Tja, sie hatten alle Angst, dass sie schlechte Noten
bekommen würden.
Es ging dann einige Zeit gut. Aber wenn Menschen immer
über den Kopf anderer entschieden haben, dann kann man
es ihnen nicht mehr abgewöhnen. Es kommt immer wieder

zum Vorschein. Gisela dachte bei sich <Macht nur so weiter, ich brauche keinen, ich schaffe es auch so>

Gisela sprach dann am Abend mit Aribert darüber und er sagte: "Ja, man kann es alleine schaffen, aber gemeinsam geht es besser. Ich weiß aber, es gibt nicht mehr den Zusammenhalt, den wir als ehemalige DDR-Bürger gewöhnt waren. Die Zeiten sind vorbei. Dies bemerke ich in unserer Dienststelle auch. Einige von unseren Kollegen haben sich sehr geändert, aber leider nicht zum Vorteil. Sie haben schnell gelernt, jeder ist sich selbst der Nächste."

Gisela sagte:"Ja, man kann jetzt alles kaufen, man kann hinfahren wo man möchte, aber die Menschen sind nicht mehr so wie sie waren. Ich verstehe es nicht. Aber eins weiß ich genau, die Freunde, die du vorher hattest und die jetzt immer noch zu dir halten, das sind deine echten Freunde. Wir wollen mal sehen, wer am Ende der Schlacht übrig bleibt. Eins weiß ich genau, ich muss mein Staatsexamen schaffen, koste es was es wolle."

Aribert:"Gut so, da musst du auch dran bleiben und wenn ich dir helfen kann, dann helfe ich dir auch."

Gisela:"Du hilfst mir jetzt schon mehr als du denkst."

"Wobei denn?", fragte Aribert.

Gisela:"Na, du lässt mich lernen und ich bin glücklich, was will ich noch mehr."

Der Sommer ging langsam dem Ende zu. Aribert und Gisela richteten ihre Wohnung ein. Sie kauften immer nur Sonderangebote außer dem Bett und der Wohnzimmerschrank, die waren richtig teuer.

Gisela sagte:" Das sind Gegenstände, die können wir, wenn wir eine neue Wohnung bekommen mitnehmen. Das passt in jede Wohnung. Aber eine Couchgarnitur und ein Teppich, dass muss der Wohnung angepasst werden und auf die Größe abgestimmt werden."

Als sie dann in die Wohnung eingezogen sind, war alles erst mal fremd. Ein gutes hatte es, es war gleich gegenüber ein sehr guter Fleischerladen, wo viele Menschen von weit her kamen, um dort einzukaufen, er hatte einen guten Ruf. Dann hatte eine Familie ihre Garage ausgebaut gleich zwei Häuser neben dem Fleischer und hat da eine Spätverkaufsstelle draus gemacht und das Schönste war, es gab dort jeden Samstag und Sonntag frische Brötchen.

Gisela sagte:"Jetzt macht mir das Essen auch wieder Spaß, weil es dir auch schmeckt."

Aribert: "Das du auch noch so gut kochen kannst, das finde ich auch super." Gisela: "Es macht auch riesen Spaß für jemanden zu kochen, wenn man sieht, dass es ihm schmeckt. Wenn aber einer da sitzt und man kann kochen was man will und er hat nie Hunger, ist es furchtbar, da macht es auch keinen Spaß."

In der Schule ging es jetzt immer schwerer voran. Es wurde auch immer schwerer. Gisela musste richtig straff lernen. Früher hatte es ihr immer gereicht, was sie in der Schule gelernt hatte. Jetzt nicht mehr. Gisela hatte sich in der Schule mit zwei Frauen angefreundet, die waren wirklich echte Kameraden, die sich auch mal gegenseitig geholfen haben. Dann mussten auch Gruppen gebildet werden, die dann Projekte ausarbeiten mussten, in dem Unterrichtsfach Beschäftigung mit Senioren. Das klappte immer ganz gut, weil sich die Gruppen jeder aussuchen konnte. Dann kam das erste Praktikum in einem Pflegeheim. Gisela machte da einen ganz großen Fehler. Sie fragte ihre Seminarleiterin, die für die Einsätze Verantwortlich war:"Frau Theiß, ich würde gerne in das Pflegeheim gehen, wo ich auch schon zu DDR-Zeiten als zusätzliche Kraft an den Wochenenden immer gearbeitet habe. Wäre es Möglich?"

101

Frau Theiß:" Warum nicht, die meisten Praktikanten gehen dort nicht sehr gerne hin, weil dies so ein altes Heim ist, die wollen lieber in ein modernes Haus."
Gisela freute sich darüber und sagte:"Danke, Frau Theiß."

Sie stellte sich dann in dem Heim vor. Die meisten Schwestern kannte Gisela noch. Gisela sagte zu einer Schwester, die damals noch Lehrling war:"Hallo Corinna, wo ist denn die Stationsleiterin, Schwester Helga?"
Corinna:"Schwester Helga hat 3 Wochen Urlaub. Ich mache hier die Vertretung."
"Auch gut", sagte Gisela. "Ich komme dann ab Montag als Praktikantin zu Euch, aber nur für vier Wochen", freute sich Gisela.
Corinna verließ den Schwesternraum und eine andere ältere Schwester, die Gisela vorher nie gesehen hatte, fragte:" Kennen sie Corinna?"
Gisela:"Ja, es liegt schon eine Weile zurück, da war Corinna noch Lehrling." Die Schwester." Naja, vielleicht oder auch ganz bestimmt war sie da noch anders. Sie ist eine ganz ungezogene Person. Keiner von dem Schwersternpersonal kann sie leiden. Sie ist den Kollegen gegenüber, vor allem den älteren Schwestern gegenüber so richtig frech. So etwas haben wir und früher nie getraut. Naja, sie werden sie kennenlernen."
Gisela:"Naja, warten wir es ab."
Es war soweit, ihr erster Arbeitstag begann. Gisela kam in den Frühdienst und meldete sich bei Corinna:"Guten Morgen, da bin ich."
Corinna:" Ach ja, Gisela, sie wollen Altenpfleger lernen. Muss man das überhaupt lernen? Das kann doch jede Putzfrau."
Gisela war entsetzt darüber und sagte:" Also, ich werde eine Altenpflegerin mit Staatsexamen und mache dann noch

meine staatliche Anerkennung. Das ist ein staatlich anerkannter Beruf."

Corinna lachte hochnäsig:"Wo soll das bloß noch hinführen. Na gut, dann fang doch bitte gleich in dem ersten Zimmer an die Leute zu waschen. Ich brauche es dir ja nicht zu zeigen, denn du hast es doch schon jahrelang hier gemacht."

Gisela ging los und machte, was man ihr aufgetragen hatte. Dann waren alle Bewohner gewaschen und Gisela fragte:"Was kann ich jetzt tun?"

Corinna:" Naja, zum Frühstück verteilen haben genug, dann kannst du schon anfangen und die Toiletten sauber machen und wenn du damit fertig bist, dann kannst du den Abwasch machen. Dann wird es wohl soweit sein und wir haben dann Frühstückspause. Dann sehen wir weiter."

Gisela führte die Arbeiten so aus. Dann kam die Pause und Gisela sagte: "Ich bin eigentlich nicht hier um Toiletten zu säubern und den Abwasch zu machen, ich sollte hier etwas lernen. Ich weiß nicht, was ich beim Putzen lernen muss."

Corinna:" Na wenn du mit deinem Lehrgang fertig bist, was meinst du wohl, wenn du in ein Pflegeheim kommst, wozu du dann da bist. Willst du sagen, dass du die gleiche Arbeit machen kannst, wie ich als Krankenschwester? Das kann ja wohl nicht sein."

Gisela: "Was meinst du wohl, was wir lernen? Aber wir werden sehen, wenn die ersten Altenpfleger fertig sind. Ich bin der Meinung, dass wir mehr über alte Menschen lernen als eine Krankenschwester. Hast du vielleicht schon mal was von Geragogik, Gerontologie oder Gerontopsychiatrie gehört?"

Corinna:" Alles Spinnerei. Die Leute waschen pampern und füttern, dafür brauche ich den Blödsinn nicht. Ich muss wissen, was ich machen muss, wenn mal einer krank wird."

Gisela sagte dann nur noch:"Na gut, Corinna, ich möchte mich jetzt hier nicht streiten."

Sie ging wieder an ihre Arbeit, der größte Teil nur aus Putzen bestand. So vergingen die ersten drei Wochen, nun kam Schwester Helga wieder. Sie war ganz erfreut, als sie Gisela sah und sagte:"Hallo Gisela, hilfst du uns wieder, ich dachte schon, wir sehen dich nicht mehr wieder."

Gisela:" Ich helfe euch nicht, ich bin als Praktikantin hier."

Helga:" Oh, Praktikantin, wirst du nun doch noch Krankenschwester?"

Gisela:" Nein, ich werde Altenpflegerin."

Helga:" Ach ja, ich habe da schon von gehört, dies soll jetzt ein Beruf mit Zukunft werden. Ihr lernt da allerhand über alte Menschen, habe ich gehört." Gisela:"Ja, wir lernen in erster Linie alles, was eine Krankenschwester auch lernt, nur die Anästhesie, die lernen wir nicht. In einem Alten- und Pflegeheim muss man ja nicht operieren. Dafür lernen wir alles über Gerontologie, Geragogik und vor allem, die Beschäftigung mit alten Menschen."

Helga:" Das finde ich sehr interessant, vieleicht können wir in der Pause darüber ein bisschen reden."

Gisela:" Gerne, wenn es dich interessiert."

Corinna:" Auch das noch. Haben wir nicht andere Sorgen, über die wir reden müssen."

Nun war Gisela nur noch eine Woche in ihrem Praktikum. Jetzt musste Corinna, da sie die meiste Zeit als Stationsleiterin, während dem Praktikum von Gisela tätig war, auch die Beurteilung schreiben. Jetzt schaute sie ziemlich alt aus, denn als sie die Unterlagen dafür bekam, wusste sie nicht, was sie schreiben sollte. Denn es stand vom Putzen nichts drauf. Beurteilt werden sollten die Grund- und Behandlungspflege, der Umgang mit den Bewohnern und deren Angehörige. Weiterhin sollte die Beschäftigung mit den Bewohnern beurteilt werden. Da Corinna alle diese Sachen nicht beurteilen konnte und sie glaubte, dass sie die Beurteilung Gisela nicht zeigen musste, gab sie ihr in all diesen Fächern eine Mangelhaft. Nun musste diese Beurteilung von der Pflegedienstleiterin unterschrieben werden und anschließend auch von Gisela. Die Pflegedienstleiterin kannte Gisela nicht, denn sie wurde nach der Wende neu eingeteilt.

Sie bestellte Gisela in ihr Büro und fragte:" Meinen sie Frau Milan, dass dies für sie der geeignete Beruf ist? Sehen sie, wenn sie schon im ersten Praktikum alles nur mit Mangelhaft abgeschlossen haben, wie wollen sie dann ihr Studium schaffen?"

Gisela ihr Gesicht wurde sehr finster und sagte: "So, ich habe in allen Fächern Mangelhaft? Worin wurde ich denn beurteilt? Habe ich die Toiletten nicht richtig geputzt oder habe ich das Geschirr nicht sauber genug abgewaschen?"

Die Pflegedienstleiterin:" Das gehört nicht in die Beurteilung, sehen sie mal, die Grund- und Behandlungspflege und der Umgang mit den alten Menschen, dies soll doch mal das A und O in ihrem Beruf werden."

Gisela fragte:"Sagen sie mal bitte, können sie vieleicht auch in alte Akten rein sehen, zum Beispiel von Mitarbeitern, die hier ihren Zweitberuf an den Wochenenden zu DDR-Zeiten ausgeübt haben?"

Die Pflegedienstleiterin:" Was hat das jetzt damit zu tun?"

Gisela:"Sehen sie doch mal nach, ob da noch eine Akte von Frau Milan aus DDR-Zeiten vorhanden ist."

Die Pflegedienstleiterin sagte:"Kein Problem." Sie ging zum Aktenschrank und holte eine große Akte raus.

Sie sagte:"Hier sind alle nebenberuflich Beschäftige aus DDR-Zeiten drin. Mal sehen, ob ich sie hier finde."

Sie hat sie gefunden und sagte:" Ja, sie haben hier eine sehr gute Beurteilung bekommen. Hier steht, dass sie immer pflichtbewusst gehandelt haben und ein sehr gutes Verhältnis zu den Bewohnern und deren Angehörige hatten. Nun verstehe ich dies alles nicht."

Gisela sagte:" Bitte fragen sie Schwester Corinna, warum ich so eine Beurteilung bekommen habe."

Die Pflegedienstleiterin nahm den Telefonhörer und sagte:" Ja, hier Oberschwester Anna, bitte Schwester Helga, schicken sie mir Schwester Corinna in mein Büro, sofort." Sie legte auf und sagte:"Jetzt bin ich gespannt."

Corinna kam zur Tür herein und sagte:" Guten Tag Oberschwester......." der Rest blieb ihr wohl irgendwo stecken, als sie Gisela sah. Die Pflegedienstleiterin sagte: " Bitte setzen sie sich, Schwester Corinna. So, jetzt können wir beginnen. Was haben sie sich bei der Beurteilung von Frau Milan gedacht?"

Corinna wurde ganz rot und stotterte" Äh, äh, wieso ist Frau Milan eigentlich dabei?

Die Pflegedienstleiterin:" Ja, Frau Milan weigert sich, diese Beurteilung zu unterschreiben, sie entspricht nicht den Tatsachen. Wo haben sie diese Mangelhaft her?"

Corinna:" Ja, also unsere Stationshilfe, die war Krank und ich hatte keinen, der die Arbeit machte und da dachte ich wozu haben wir eine Praktikantin. Sie hat ja morgens, die Bewohner gewaschen, das gehört doch zu ihrer Ausbildung."

Die Pflegedienstleiterin:" Haben sie ihr es denn richtig gezeigt und haben sie zugesehen, wenn Frau Milan einen Bewohner gewaschen hat?" Corinna:"Nein, ich musste es ihr doch nicht zeigen, sie hat doch früher schon an den Wochenenden bei uns gearbeitet und zum Zu sehen, da hatte ich keine Zeit."

Die Pflegedienstleiterin:"Und wo haben sie die Beurteilung her?" Corinna schwieg, sie war völlig fertig. Nach einer Weile sagte sie dann:" Seit wann kann ein Praktikant seine Beurteilung sehen?"

Die Pflegedienstleiterin:"Ich verstehe ihre Frage nicht. Was hat das mit ihre Beurteilung zu tun. Es ist gesetzlich, dass die Praktikanten ihre Beurteilung lesen und anerkennen müssen. Oder können sie Frau Milan aus privaten Gründen nicht leiden und wollten ihr eine auswischen? Die Zeiten wo man so etwas tun konnte, die sind vorbei, Schwester Corinna, das sind Stasimethoden gewesen. Gott sei Dank, haben wir damit nichts mehr zu tun.

Ich weiß, dass ihr Vater ein großes Tier bei der Staatssicherheit war, wir waren ihnen gegenüber aber nicht voreingenommen. Wir haben sie trotzdem eingestellt."

Corinna:" Das gehört doch wirklich nicht hier her."

Gisela:" Mich muss man über Schwester Corinna nicht aufklären, ich wusste, was Ihr Vater von Beruf war, sie hatte ja zu DDR-Zeiten immer damit geprahlt, dass sie alles erreichen kann, weil ihr Vater so einen großen Einfluss hat. Ich bin auch froh darüber, dass es so etwas nicht mehr gibt. Und vor allem sieht man ja, es ist doch noch einiges an der Tochter hängengeblieben, aber nun kann Papa nicht kommen und seiner Tochter beistehen. Ich verlange jetzt hier eine richtige Beurteilung und wenn ich zum Putzen benutzt wurde und Schwester Corinna kann mich deshalb nicht beurteilen, so ist es nicht meine Schuld. Soll sie sich etwas einfallen lassen. So unterschreibe ich die Beurteilung auf keinen Fall."

Die Pflegedienstleiterin:"Frau Milan, bleiben sie ruhig, ich kann ihren Ärger verstehen. Sie bekommen von mir eine Beurteilung und ich werde mit den anderen Schwestern aus ihrer Schicht sprechen, die sie ja auch beurteilen dürfen. Und mit ihnen, Schwester Corinna, da habe ich noch einiges vor. Wir werden uns mal zusammen setzen und darüber reden, natürlich nach ihrem Feierabend, wie man mit Praktikanten umgeht. Wir bezahlen unsere Praktikanten nicht, im Gegenteil, wir bekommen von der Schule Geld dafür, dass wir unsere Praktikanten gut ausbilden sollen. Sie sind keine Ersatzputzen oder Stationshilfen. Auf Wiedersehen Schwester Corinna."

Sie wendete sich wieder an Gisela und sagte:" So, Frau Milan, ich werde für sie hier alles mit Gut beurteilen, ich glaube, es ist auch in ihrem Interesse, vor allem, wenn sie diese Arbeit hier schon gemacht haben und ich die Beurteilung lese, ist es nur rechtens so."

Gisela:" Danke, Oberschwester Anna."

"Nichts zu danken, Auf Wiedersehen und viel Erfolg in ihrem Studium." Gisela ging frohen Herzens nach Hause.

Als sie nach dem freien Wochenende wieder zur Schule musste, stellte sich heraus, dass sie nicht die Einzige war, die man so behandelt hatte. Die meisten Seminarteilnehmer waren sehr enttäuscht zurück gekommen.

Es gab nur ein paar Ausnahmen, die mit ihrem Praktikum zufrieden waren.

Frau Theiß sagte:" Ich habe schon mitbekommen, dass Einige von euch Probleme hatten in ihrem Praktikum. Wir haben mit sämtlichen Heimleitungen und Pflegedienstleitern gesprochen, es wird sich in Zukunft ändern, zu unseren Gunsten. Ich habe denen mitgeteilt, was sie lernen müssen und wir haben ein Programm erarbeitet, in dem steht ganz deutlich drin, welche Prüfungen ihnen bevorstehen und wo sie genau konzentriert eingesetzt werden müssen. Es war bestimmt auch ein Fehler von unserer Seite, wie haben die Beurteilungsbögen eine Woche vor ihrem Praktikumsende an die Pflegedienstleitungen gegeben. In Zukunft wird es so aussehen, dass sie gleich am letzten Schultag, vor ihrem nächsten Praktikumseinsatz diese Beurteilungsbögen mitbekommen und auf ihrer Station abgeben und die Stationsleiter nochmals darauf hinweisen, wo in diesem Praktikum die Schwerpunkte liegen."

So begann der theoretische Unterricht wieder. Es wurde tatsächlich jeden Tag schwerer. Gisela musste jeden Tag nach Schulschluss noch mindestens eine Stunde lernen.

Aribert sagte:"Wenn du nach Hause kommst, dann musst du dich auch mal ausruhen, sonst stehst du das nicht mehr lange durch, du siehst immer so abgespannt aus, wenn du nach Hause kommst."

Gisela:"Ja, ich habe auch immer Kopfschmerzen, aber wenn ich mich erst ausruhe, dann habe ich keine Lust mehr etwas zu tun."

Als Gisela dachte, endlich ist sie über die größten Sorgen drüber weg, geschah folgendes.

Aribert kam nach Hause und sagte:" Es tut mir leid, aber setze dich bitte erst mal hin. Ich weiß nicht, wie du es jetzt auffassen wirst, aber dein Sohn Silvio hatte einen schweren Verkehrsunfall. Ich weiß nichts genaues, wie und warum, aber er liegt in Magdeburg im Krankenhaus und von deinem Bruder der Junge, Michael ist Tod."

Gisela setzte sich erst mal hin. Sie sagte kein Wort, weil sie es überhaupt noch nicht richtig begriffen hat, was Aribert da gesagt hat.

Aribert sagte dann zu ihr:" Ziehe dir bitte was an und wir fahren gleich nach Magdeburg in die Klinik und sehen mal nach, was mit ihm ist."

Giselas Bruder Horst, war auch gekommen. Horst ist als Omakind aufgewachsen, er wohnte als Kind überwiegend bei der Oma und sie hatten ab und zu mal Kontakt zu einander, wenn einer Geburtstag hatte oder wenn sie mal gemeinsam eine Wochenendreise gemacht hatten, aber da Siegfried immer so viel getrunken hatte, hatte Gisela den Kontakt

nicht mehr ganz so sehr gepflegt. Ausschlaggebend war aber die Frau ihres Bruders, Eleonore sie konnte Silvio nicht leiden und machte aus Michael ein richtiges Muttersöhnchen. Er wollte dies nicht und kam immer heimlich zu Silvio, weil er eben ein richtiger Junge war, so wie eben Jungen sein sollten. So kam es auch, dass die Beiden ab und zu zusammen wegfuhren, ohne dass es Michaels Mutter wusste. Michael sagte dann zu Gisela:"Bitte Tante Gisela, sag meiner Mutter nichts, sie macht immer ein Affentheater, wenn ich mit Silvio zusammen bin."
Gisela sagte dann immer:"Klar, ihr seid doch mit 20 Jahren alt genug um zu wissen, was ihr wollt oder nicht."

Aribert, Gisela und Horst fuhren zusammen nach Magdeburg zur Polizei, wo der Unfall gemeldet wurde, weil Gisela nicht wusste, in welcher Klinik in Magdeburg Silvio wohl liegt.
Der Polizist sagte:"Ja, also der Verkehrsunfall geschah gestern Nacht. Es waren mit Fahrer vier Insassen im PKW. drei von ihnen waren total besoffen, auch der tödlich verunglückte Michael, die anderen zwei sind leicht verletzt und der Fahrer Silvio Milan, ist schwer verletzt und er war der einzige, der nüchtern war. Er hatte einen Alkoholspiegel von 0,025 %, die kann auch von mehreren Tassen Kaffee oder einem Apfel gekommen sein. Aber dies wird sich noch aufklären. Er ist im Moment nicht Ansprechbar."
Er sagte dann in welcher Klinik er liegt und Aribert fuhr mit Gisela hin. Als sie in der Klinik waren gingen sie zur Intensivstation. Silvio lag mit mehreren Infusionen und einem EKG-Anschluss im Bett und regte sich nicht. Sie

versuchte Silvio anzusprechen und sagte immer ganz leise:"Silvio, ich bin hier, deine Mutter. Hörst du mich?"
Er regte sich dann zwar, aber ob dies durch die Stimme von Gisela war und er seine Mutter erkannt hat, dass wusste man nicht.
Die zuständige Schwester sagte ihr dann:" Sie können jeden Tag rein. Sie brauchen nicht vorher anzurufen, sie müssen nur klingeln, dann lassen wir sie rein."
Sie fuhr jeden zweiten Tag hin. Bis er endlich ansprechbar war, dann wurde er in die Klinik von seinem Heimatort verlegt. Nun war er nicht mehr so weit weg und Gisela konnte ihn jeden Tag wenn auch nur kurz besuchen. Er erholte sich wieder, was geblieben ist, ist ein Blutgerinnsel in seinem Gehirn, das ihm immer wieder zu schaffen machte.
Der Chefarzt der Klinik sagte zu Gisela:" Ihr Sohn ist nun ein postalischer Epheleptiker. Er darf keine Aufregungen haben, dann bekommt er einen
Anfall. Er braucht also auch sehr viel Ruhe."
Gisela sagte dann zu Silvio:" Wir sind immer für dich da. wenn du uns brauchst, dann komme einfach. Vergiss nicht ich bin deine Mutter und eine Mutter macht alles für ihr Kind."
Natürlich litt Gisela auch darunter, dass Michael nun tödlich verunglückt ist. Aber es stellte sich heraus, dass Silvio den Unfall nicht verursacht hatte. Man suchte noch einige Monate nach dem Polski-Fiat, der Silvio die Vorfahrt genommen hatte, er war aber unauffindbar. Silvio verurteilte man dann trotzdem, wegen fahrlässiger Tötung. Gisela kann es bis heute nicht verstehen, aber Sie hat Silvio unterstützt so gut sie konnte. Ja die Justiz sucht und findet dann auch einen Schuldigen, auch wenn er nicht schuldig ist. Was soll man dagegen machen. Gisela und Silvio haben sich damit abgefunden und Gisela weiß, ihr Sohn ist kein Verbrecher. In so eine Situation kann jeder Mensch kommen.

Gisela hatte sich in der Zwischenzeit auch an die Wohnung gewöhnt, auch wenn sie kein Bad hatten und die Toilette auf dem Hof war, es machte ihr nichts aus. Sie war glücklich mit Aribert. Es war immer wieder eine Wohltat
zu sehen, dass es auch Männer gab, die nicht immer Bier trinken müssen. Worüber sie sich auch sehr freute, er besorgte alles was sie brauchten. Er kümmerte sich wirklich um alles. Er wusste immer, wo man billig einkaufen konnte. Sie freuten sich immer gemeinsam, wenn sie wieder am Monatsende Geld auf ihr Sparbuch bringen konnten, weil sie wieder mit weniger Geld zurecht gekommen sind als sie geplant haben.
Gisela sagte:" Siehst du, wenn man daran interessiert ist und jede Mark wirklich spart, dann kommt man auch bald auf einen grünen Zweig." Aribert:"Ich bin ja auch daran interessiert, dass wir Geld auf der hohen Kante haben, wenn wir dann mal eine schöne Wohnung bekommen, dann wollen wir uns auch schön einrichten. Dies hier ist ja nur eine Notlösung."
Gisela:"Ja, aber mit dir macht es mir wirklich nichts aus, dass ich in so einer alten Wohnung wohne. Der Sommer kommt auch bald und unser Waschraum im Garten ist auch bald fertig."
Aribert:"Das Fundament für unseren Wintergarten ist auch schon fertig. Ich habe von meinem ehemaligen Nachbarn ein Gewächshaus bekommen, da kann ich sehr viele Teile für unseren Wintergarten verwenden. Und
nun rate mal, was ich für das Gewächshaus bezahlen musste."
Gisela: "Ich weiß nicht, ich glaube aber so ein Gewächshaus ist sehr teuer." Aribert: "Er hat mir gesagt, wenn ich es abbaue, kann ich ich es kostenlos haben. Er hat sich das Grundstück gekauft, wo das Gewächshaus drauf stand und

er will sich dort ein Haus hin bauen. Er sagte, das Gewächshaus stört ihn

und es muss weg. Da habe ich gleich zugesagt. Billiger kann ich die Teile für unseren Wintergarten nicht bekommen."
Gisela:"Das hast du wieder prima hinbekommen."
Sie freuten sich beide darüber. Den ganzen Winter über baute Aribert an dem Waschraum und dem Werkzeugschuppen. Wenn Gisela frei hatte, bereitete sie zu Hause das Mittagessen vor und brachte es in kleine Essenthermen zum Garten raus, damit Aribert was Warmes zu essen hat und natürlich auch Kaffee. Den tranken sie dann immer zusammen, damit Aribert auch mal eine Pause einlegte. Im Garten kann man im Winter nicht kochen, weil das Wasser in den Wintermonaten in der gesamten Gartenanlage abgestellt wird. Es war auch im Winter sehr gemütlich im Bungalow. Der Garten liegt dann so unberührt mit dem weißen Schnee bedeckt da und wenn die Sonne scheint, dann könnte man glauben, man

befindet sich mitten in einem Wintermärchen. Gisela war sehr glücklich.

Als der Winter dem Ende zu ging, war Aribert mit dem Waschraum fertig.
Nun hatten sie auch eine Innentoilette. Es war eine Biotoilette, etwas anderes

gestattete der Gartenvorstand nicht. Aber was auch sehr schön war, sie brauchten sich nun nicht mehr in der Küche zu waschen.
Aribert sagte dann: " Spätestens nächstes Jahr baue ich eine Dusche ein. Das ist Gesetz."
Gisela:" So eine Dusche kostet aber viel Geld."
Aribert:" Nein überhaupt nicht." Die Chefin von der Kleiderkammer hat sich ein Haus gekauft. da ist noch eine Dusche aus DDR-Zeiten, weißt du so eine, die nannte man

Ahlbeck, die möchte sie nicht haben und sie hat mich gefragt, ob ich ihr die ausbauen kann, weil sie eine Neue bekommt. Die Dusche wird von der Firma eingebaut aber die alte Dusche muss dann schon weg sein. Ich habe mich bereit erklärt und dafür kann ich die Dusche behalten. Ich habe sie mir angesehen. Da ist alles noch perfekt dran. Wir müssen sie nur noch mal gründlich reinigen."

Gisela:" Das ist ja wohl klar. Man, du hast ein Glück."

Aribert:" Ja, wenn man anderen Menschen hilft, hat man selber auch was davon."

Im April war es soweit und sie konnten wieder in den Garten ziehen.

Gisela:"Ist es nicht herrlich hier draußen? Und dieses Jahr haben wir sogar Blumen. Die ersten Frühlingboten sind auch schon da."

Es war jeden Morgen ein ein Genuss, wenn man aus dem Bungalow kam und der Frühlingsduft stieg in die Nase.

Gisela:"Aribert, ich denke manchmal ich träume dies alles nur. Mach mich dann bitte nicht wach. Ich kann es immer noch nicht glauben, es macht wieder Spaß zu leben.

Aribert:" Mir macht das Leben auch wieder Spaß, warum musste man so viele Jahre so leben. Ich kann immer noch nicht verstehen, dass ich dies überhaupt alles so mitgemacht habe. Naja, ich konnte nicht wissen, dass ich mal so viel Glück haben werde."

Gisela: " Vielleicht muss man erst so viel durch machen, um das Leben erst schätzen zu lernen. Stell dir vor, wenn wir immer so ein schönes Leben gehabt hätten, ich glaube dann hätten wir es nicht so gesehen, wir hätten dies alles für selbstverständlich gehalten."

Aribert:"Kann schon sein. Aber ich glaube nicht, dass ich es als Selbst-verständlich gehalten hätte."

Es waren wunderschöne Frühlingstage, sie freundeten sich auch mit einigen

Gartennachbarn an. Sie verstanden sich mit allen sehr gut. Mansche Abende verbrachten sie gemeinsam mit den Gartennachbarn. Da wurde dann mal ein Spanferkelessen gemacht und natürlich wurde dazu auch Alkohol getrunken. Aber es war immer im grünen Bereich, es machte sogar Spaß.

Eines Tages, es ging Gisela wieder sehr schlecht. Im Unterricht brach sie aus heiterem Himmel zusammen. Es war nicht einmal mit Stress verbunden.
Es war in einer Unterrichtsstunde, wo man sich mit der Beschäftigung von Senioren betätigte. Frau Theiß ließ wieder einen Rettungswagen kommen.
Es waren diesmal nicht die Sanitäter vom DRK, es waren diesmal die Johanniter. Gisela kannte man selbstverständlich auch bei den Johannitern und so informierte man Aribert sofort. Aribert eilte in die Klinik.
Der Arzt sagte:" Ja, wir müssen ihre Lebenspartnerin für ein paar Tage hier behalten zur Beobachtung."
Aribert ging zu Gisela ins Zimmer. Gisela weinte bitterlich und sagte:"Was soll denn nun werden? Hol mich hier raus."
Aribert:" Das werde ich nicht tun. Du musst erst gründlich untersucht werden. Man fällt doch nicht einfach nur so um."
Gisela:"Wenn ich jedes Mal ins Krankenhaus gekommen wäre, bloß weil ich umgefallen bin, dann wäre ich mehr im Krankenhaus gewesen als draußen. Ich verpasse zu viel in der Schule."
Aribert:" Ich kümmere mich darum." Am nächsten Tag gegen 16.00 Uhr klopfte es an der Tür des Krankenzimmers.
Gisela rief:"Herein:"
Da stand Franz, der Schäfermeister aus ihrer Seminarklasse und sagte:" Bin ich hier richtig bei Frau Milan?" Er lachte dabei und sagte:" Was machst du für Scherze Gisela, legst dich hier einfach hin."
Gisela:"Wie kommst du hier her?"

Franz:" Frau Theiß hat in unserer Klasse verlauten lassen, dass dein Lebenspartner in der Schule war und sagte, dass du besorgt bist, dass du nicht mehr im Unterricht mitkommst. Da hat sie gefragt, wer in der Lage wäre, dir etwas Material und Lehrstoff zu bringen. Die Frauen hatten alle keine Zeit, die Männer warten zu Hause und die Kinder und der Haushalt, und, und, und,
du weißt ja, wie es ist. Ich habe mich dann gemeldet und gesagt, dass ich ein bis zwei Mal in der Woche zu dir ins Krankenhaus kommen kann."
Gisela:" Du bist einfach prima. Ich weiß gar nicht, wie ich es dir Danken soll." Franz: "Ganz einfach wenn die Examensprüfungen vor der Tür stehen, da dachte ich, wenn wir uns zusammen tun, das wäre bestimmt gut. Die anderen sind mir manchmal zu blöd. Die meisten sind so richtige Schleimer. Ich denke aber, dass man damit nicht die Prüfung machen kann. Da ist man nämlich auf sich selbst angewiesen."
Gisela:" Ich glaube auch, dass man da auf sich alleine gestellt ist und dann kann einem keiner mehr helfen. Da müssen wir alleine durch. Klar, Franz, wir machen das so."
Gisela bekam ein bis zwei Mal pro Woche etwas Lernmaterial von Franz und so konnte sie dem Unterricht immer etwas folgen. Sie wurde nach vierzehn Tagen aus dem Krankenhaus entlassen mit einer nicht bekannten Diagnose. Bei der Entlassung sagte der Stationsarzt zu ihr:" Sie müssen ihren Kreislauf etwas schonen und etwas Diäten."
Sie ging wieder zur Schule. Der Unterricht wurde immer unerträglicher. Die Seminarteilnehmer wurden immer egoistischer, keiner wollte dem anderen helfen. Gisela war es gewöhnt, sie musste sich ihr ganzes Leben überall alleine durchkämpfen.

Das nächste Praktikum stand vor der Tür. Gisela kam direkt nach Magdeburg in eine psychiatrische Anstalt für sechs Wochen. Als sie sich dort vorstellte, war die Stationsleiterin gerade nicht da. Sie betrat die Station und ging zum Schwesternzimmer.

Dort stand eine Frau, mit einem bunten Kleid und fragte: "Wo möchten sie denn hin?"

Gisela wusste nicht, wer diese Frau war, war dies eine Angestellte oder war sie Patient. Sie sah mehr nach Patient aus.

Dann sagte Gisela: "Ich suche die Stationsleitung."

Die Frau im bunten Kleid: "Da ist heut keiner, müssen sie morgen wieder kommen."

Gisela:"Ich soll hier ab morgen als Praktikantin arbeiten."

Die Frau:" Ich bin Jutta, ich bin hier Schwester. Ich sage Bescheid. sie morgen um 6.00 Uhr her, dann ist Regina, die Stationsleiterin wieder da."

Gisela:"Gut, dann komme ich morgen um 6.00 Uhr her."

Gisela fuhr wieder nach Hause und sagte Aribert:" Stell dir vor, da steht eine Frau vor mir und ich weiß nicht ob sie Schwester oder Patientin ist."

Aribert:"Na hoffentlich war das wirklich eine Schwester. Ich habe auch schon öfter Patienten in eine Psychiatrie einliefern müssen, da war man sich auch nicht sicher, ob das nun ein Patient war oder nicht, die Patienten lassen sich manchmal schon was einfallen. Einer hat sich bei mir mal als Arzt vorgestellt. Zum Glück war einer tatsächlich in der Nähe und der hatte einen weißen Kittel an. Er sagte, dass kommt hier öfter mal vor. Dafür ist es eine Psychiatrie."

Gisela: "Na, da wird mich ja einiges erwarten."

Da Gisela mit noch einer Seminarteilnehmerin dort als Praktikantin zum arbeiten ging, erklärte sich Gisela bereit, sie immer mitzunehmen, da sie keinen Führerschein besaß und die Bahn- und Busverbindungen zu diesem Heim sehr schlecht waren. Es war Karin, sie holte sie jeden Morgen von zu Hause ab. Es tat gut, dass man Einen bei sich hatte. Denn Karin gehörte zu denen, die ein gutes Gemüt hatte und mit der man auch über alles reden konnte und die diese Schleimer auch nicht ausstehen konnte.

Gisela stellte sich bei der Stationsleiterin vor:" Guten Tag, ich bin Gisela Milan, und soll hier für sechs Wochen mein Praktikum machen."

Die Stationsleiterin:"Ich bin Birgit. Sag einfach Birgit zu mir und ich darf doch sicher Gisela sagen?"

Gisela:" Selbstverständlich, Birgit. Ich habe mich hier gestern bei einer Schwester Jutta vorgestellt. War das so richtig, sie sagte, ich solle heute um 6.00 Uhr herkommen."

Birgit:" Jutta ist keine Schwester, sie hier Schwesternhelferin. Wir sind hier nur zwei Schwestern, das sind ich und Klara. Sie ist meine Stellvertreterin, sie kommt erst nächste Woche, sie hat Urlaub. Ja, wir bekommen hier sehr schlecht Schwesternpersonal, hier hält es keiner lange aus. Naja, du wirst schon sehen."

Birgit zeigte Gisela alle Räume und sah den Beurteilungsbogen an, dann sagte sie: "Na, das ist schon was ganz anderes, beim letzten Mal, hatten wir hier auch eine Praktikantin, wir wussten nicht, was sie machen durfte und was nicht. Der Beruf Altenpfleger, das ist ja was ganz neues hier, so was gab es zu DDR-Zeiten nicht. Wird ja Zeit, dass man mal auf so was kommt."

Mit Birgit kam Gisela gut zurecht. Sie lernte viel bei ihr. Es waren aber alles nur medizinische Kenntnisse, die Birgit ihr weitergeben konnte. Gisela durfte sich auch mit den Bewohnern beschäftigen. Auf der Station, wo Gisela eingeteilt war, war mit den Bewohnern nicht viel anzufangen, es waren Bewohner im Alter von 30 bis 60 Jahre. Einige von ihnen waren Tagsüber nicht da, sie machten nur Frühstück und dann wurden sie abgeholt zu Behindertenwerkstätten wo sie arbeiten mussten.

So kam es, dass Birgit sie fragte: " Sag mal Gisela, wenn du möchtest, kannst du immer mal ein oder zwei Stunden auf die obere Station gehen, dort wo Karin ist. Sie brauchen mehr Unterstützung als wir. Tagsüber ist hier nicht so viel los. kurz vorm Mittag kommst du dann wieder runter, da können wir dich wieder gebrauchen. Da ist immer viel Arbeit."

Gisela:"Natürlich, ich gehe gern und helfe oben."

Birgit:" Das sind alles Jugendliche und die machen mehr Arbeit und verlangen vom Personal viel ab."

Gisela:" alles klar."

Gisela ging in die obere Etage und Karin kam ihr gerade entgegen:" Hey, was machst du denn hier?"

Gisela: "Ich will euch etwas helfen."

Karin:"Prima, wir machen gerade Beschäftigung, da können wir hier jede Hand gebrauchen."

Da kam ihr eine Schwester entgegen:" Ich bin Isolde. Schön, dass du uns helfen willst."

Gisela:"Was kann ich tun?"

Isolde:" Egal, die sind doch hier so wieso alle bekloppt, mach irgendetwas. Hauptsache, wenn die Heimleitung mal Kontrolle macht, dass wir überhaupt etwas tun."

Karin sah Gisela unglaubwürdig an und sagte:"Naja, dann wollen wir mal."

Sie gingen in einen großen Saal, wo in der Mitte ein großer ovaler Tisch stand, an dem 15 Personen sitzen konnten. In der Mitte des Tisches standen Knetmasse, Buntstifte, weißes Papier und einige kleine Kinderbücher. Da saß ein großer blonder Junge, der saß da und steckte die halbe Hand in den Mund. Gisela wollte zu ihm, da sagte Isolde:"Mit dem kannst du nichts anfangen. Der kann noch nicht mal sprechen, der ist der bekloppteste von allen."

Gisela sagte: "Das macht nichts ich versuche es."
Sie gab ihm ein Blatt weißes Papier und ein paar Buntstifte.
Er nahm einen dunkelbauen Stift und malte eine Sonne.
Gisela nahm einen gelben Stift und malte auch eine Sonne.
Da sah der Junge sie mit großen Augen an, schüttelte den
Kopf, nahm wieder den blauen Stift und malte wieder eine
Sonne. Da dachte sie nach und kam auf die Idee, wenn
Menschen alles in dunkle Farben malen, dann sind sie traurig.
Sie versuchte es immer wieder, dass er den gelben Stift
nehmen sollte, aber nein.
Sie sagte zu ihm:" Bist du etwa traurig?"
Er sah Gisela an und nickte mit dem Kopf.
Sie fragte:" Warum bist du so traurig?"
Er deutete mit seiner Hand zum Fenster. Gisela schaute, es
regnet.
Sie fragte ihn:" Bist du traurig weil es regnet?"
Er nickte. Als Gisela mit Karin wieder nach Hause fuhr,
erzählte sie es ihr und Karin sagte:" Ja, ich habe auch
bemerkt, das dem Personal die Menschen dort egal sind. Die
meisten von ihnen sind doch alles nur Hilfskräfte, was willst
du von denen verlangen."
Gisela:" Es ist traurig, dass man diese Menschen in solche
Hände gibt, man könnte doch viel mehr aus ihnen raus
holen."
Karin:"Ja, es ist sehr traurig. Stell dir vor, mein Kind ist
Epheleptiker und ich könnte mich nicht um ihn kümmern, er
würde dann so Enden wie diese Menschen hier, ich würde
verrückt werden."
Gisela:" Was mich am allermeisten ärgert ist, dass wir als
Praktikantinnen nichts dagegen machen können."
Karin:" Aber warte nur, wenn wir erst unser Examen in der
Tasche haben, dann werden wir es ihnen zeigen. Dann
können wir bestimmt etwas dagegen tun."

Gisela:"Ich glaub es nicht. Meinst du die lassen uns, wenn wir ganz frisch von der Schule kommen alles umkrempeln?"
Karin:"Naja, nicht gleich, aber nach und nach. Wenn ich dran denke bei unserem ersten Praktikum, wie man da mit den alten Menschen umgegangen ist, wie die jungen Schnösels, noch nicht einmal einen Facharbeiter in der Tasche, sind nur Hilfskräfte, gehen aber mit den Menschen um, als ob sie ein Stück gefühlloses Holz wären."
Gisela:" Ja, vor allem die Musik, die sie für die Leute anstellen, die ist für meine Ohren schon Gift. Stell dir vor, was die alten Menschen dabei empfinden. So was müsste verboten werden.
Gisela setzte Karin zu Hause ab und fuhr weiter in den Garten. Aribert erwartete Gisela schon:"Na, wie war`s?"
Gisela:"Schon ganz gut. Ich kann von der Stationsleiterin viel lernen, alles was mit Medikamenten zu tun hat. Morgen soll ich Spritzen aufziehen lernen. Aber nicht dieses Insulin, das hatten wir schon in der Schule, nein ich muss Psychopharmaka aufziehen, das ist ganz anders."
Aribert:"Ja, ich weiß. Das ist so dickflüssig und ölig. Du wirst staunen, das ist ganz etwas anderen, das muss man wirklich üben, bis man das kann, ohne dass du es beim Abspritzen an die Decke spritzt."
Gisela:" Du machst mir vielleicht Mut."
Aribert:"Wieso, du sollst es doch lernen, da gehört dies alles dazu.

Am nächsten Morgen holte Gisela Karin wieder ab. weil die Tour nach Magdeburg direkt schwer zu erreichen war, es waren immer endlose Staus fuhr Gisela immer hinten rum, die Strecke war zwar etwas länger, aber sie kamen so pünktlich an. Gisela fuhr in Richtung Magdeburg, es war noch sehr dunkel und nun kam die kurvenreiche Strecke, da durfte man nur 30 Km/h fahren und man konnte auch nicht

schneller fahren, da plötzlich kam ein Wildschwein aus dem Gebüsch. Gisela stoppte das Auto, das Wildschwein passierte die Straße und Gisela legte den ersten Gang wieder ein und wollte losfahren, das Auto rollte langsam los, auf einmal gab es einen Knall und da, es war noch ein Wildschwein. Gisela war noch nie in ihrem Leben einer
solchen Situation ausgesetzt und überlegte.
Sie sagte zu Karin:"Ich muss jetzt den Rückwärtsgang einlegen und rückwärts fahren."
Karin sagte kein einziges Wort. Es sah so aus, als wenn sie sich am Sitz festhielt. Gisela legte den Rückwärtsgang ein und versuchte langsam Gas zu geben. Das Auto rollte nicht. Es stank nach verbrannten Borsten.
"Das Wildschwein muss unters Auto gekommen sein", sagte Gisela, "ich kann es nicht verstehen, ich bin doch nicht drüber weg gefahren, dass ginge ja auch nicht, dass Schwein ist doch viel zu groß und ich bin doch noch gar nicht gefahren."
Gegenüber auf der Fahrbahn hielt ein LKW er bemerkte sicherlich, was da passiert ist. Gisela leierte die Scheibe runter und rief:"Können sie uns helfen!"
Der Mann im LKW:"Ich bin doch nicht lebensmüde, vor ihrem Auto liegt ein riesen Keiler. Der kann jeden Moment aufstehen."
Gisela:"Klemmt er denn unter mein Auto?"
Der Mann:" Nein, der hat sich nur unter der Schürze von ihrem Auto verklemmt."
Jetzt knallte es wieder, der Keiler hat bestimmt mit seinen Beinen unter den Boden vom Auto getreten. Dann hob sich das Auto zwei Mal etwas an.
Gisela zu Karin:"Was ist nun?"
Karin antwortete wieder nicht. Dann hatte Gisela das Gefühl, als wenn das Auto auf dem Boden aufschlug.

Der Mann vom LKW rief ihr zu:"Jetzt können sie weiter fahren, der Keiler ist eben weggelaufen."
Gisela startete wieder und fuhr los.
Sie sagte:"Mein Gott, es ist aber dunkel jetzt."
Erst jetzt bemerkte sie, dass sie vergessen hatte, den Scheinwerfer anzustellen. Als sie trotzdem doch noch pünktlich zu ihrer Arbeitsstelle kamen, stieg Gisela aus, Karin sagte immer noch kein Wort.
Gisela sagte Birgit, was unterwegs passiert ist und fragte:" Habt ihr vieleicht die Nummer von der Försterei, dass ich Bescheid sagen kann, es kann doch sein, das der Keiler verletzt ist."
Birgit:"Nein haben wir nicht. Aber rufe doch die Polizei an, die können es doch weiter melden."
Gisela tat dies. Es vergingen keine fünf Minuten, da standen drei Polizisten vor Gisela und fragten:"Wo haben sie ihr Fahrzeug?"
Gisela sagte:" Bitte nur einen Moment ich will nur meinen Lebenspartner anrufen, ihm gehört das Auto, sonst erwische ich ihn nicht mehr, er hat gleich Feierabend."
Sie sagte Aribert in knappen Worten, was passiert ist. Dann ging sie mit den drei Polizisten zum Auto. Sie zeige die kleine Beule an der Autoschürze, wo das Wildschwein drunter gelegen hat.
Der eine Polizist:"Wo sind die Blutspuren?"
Gisela:"Was für Blutspuren? Ich habe den Keiler nicht überfahren, ich habe ihn nur angefahren und ihm mit dem Auspuff das Fell verbrannt."
Die drei Polizisten untersuchten das Auto, als wenn Gisela einen Mord begangen hätte. Da plötzlich stand Aribert neben Ihr.
Gisela:"Wo kommst du denn her?"
Aribert:"Naja, ich muss doch sehen, ob du mit dem Auto noch nach Hause fahren kannst."

Er machte die Motorhaube auf und sah, dass wirklich nur die Schürze verbeult war und sagte:"Alles klar."

Dann wendete er sich an die drei Polizisten und sagte: "Was sucht ihr hier? Meine Partnerin hat eine Keiler angefahren, es ist nichts passiert, außer dass der Keiler sich das Fell verbrannt hat. Macht euch auf die Socken und jagd richtige Verbrecher und keine Frauen, denen ein Wildschwein vors Auto läuft."

Die Polizisten verschwanden in ihren Polizeiwagen und fuhren weg.

Gisela fragte:" Was haben die gesucht?"

Aribert:" Ich weiß auch nicht, vieleicht haben die geglaubt, du hast einen Menschen angefahren."

Gisela:"Das ist ja unglaublich."

Aribert begleitete Gisela in die Psychiatrie mit rein. Er stellte sich bei Birgit vor und sagte:" So es ist alles in Ordnung."

Da kam Jutta und sagte ganz erbost:"Das ist unsere Polizei, wenn man richtige Hilfe braucht, dann kommt keiner oder erst nach einer Stunde, wenn es zu spät ist. Aber wenn ein Wildschwein angefahren wird, dann sind die in fünf Minuten da."

Aribert ging los und verabschiedete sich:" Ich muss jetzt auch los, ich habe einen 24-Stunden-Dienst hinter mir. Ich muss ins Bett."

Gisela:"Fahr bitte vorsichtig." Aribert:"Ja, du auch."

Der Tag verlief ganz normal, wie jeder andere Arbeitstag auch, außer, dass Karin ihr auf dem nach Hause weg sagte:" Ich glaube, ich hatte einen leichten Schock erlitten."

Gisela:" Wieso denn?"

Karin:" Also ich konnte nicht mehr sprechen. Als ich dann auf meiner Station war, fragten mich einige Schwestern, was mit mir los ist, ich konnte immer noch nicht sprechen, ich war wie erstarrt. Dann musste ich anfangen zu weinen und dann ging es wieder. Dann habe ich erzählt, was uns passiert ist. Eine Schwester sagte, sie hätte vor Schreck nicht mehr fahren können." Gisela:" Wenn man mir dies erzählt hätte, dann hätte ich das auch geglaubt, aber wenn man selber fährt, dann sieht alles anders aus. Du kannst mir glauben, ich war, als ich noch nicht fahren konnte völlig anders als jetzt. Ich erinnere mich, dass uns in Polen, ein Hund vors Auto gelaufen war. Es hat so geknallt und der Hund flog in den Graben auf die linke Seite der Fahrbahn. Als mein Mann damals, es war 1988, ausstieg und nach sah, war ein Scheinwerfer kaputt und der Hund war nicht mehr zu sehen, da konnte ich mich nicht mehr bewegen. Ich war auch wie erstarrt. Ich fing dann genau wie du, nach einer Weile an zu weinen. Ich hatte dann wochenlang immer Angst, wenn ein Hund in der Nähe unseres Autos war. Das gibt sich dann aber wieder."

Als Gisela wieder zu Hause war, machte sich Aribert gleich daran, das Auto wieder in Ordnung zu bringen. Ganz spurlos ging die Sache mit dem Wildschwein nicht an ihr vorbei, sie wollte es aber nicht zugeben und versuchte nicht darüber zu reden. Im Stillen, ging ihr die ganze Sache nicht aus dem Kopf, sie dachte noch oft an diesen Keiler.

Die sechs Wochen vergingen wie im Fluge in dieser Psychiatrie. Es gab schöne Stunden dort, aber einige Probleme, die sie dort bemerkte, machten ihr auch noch zu schaffen. Ihr ging es nicht aus dem Kopf, wie man so einige Menschen dort behandelt. Das Personal glaubte aber, so wie sie es sagten, dass sie alles so richtig machen. Gisela bekam aber trotz alle dem, eine sehr gute Beurteilung. Sie bekam in allen Fächern eine 'Sehr Gut'. Damit kann man zufrieden sein. Sie zeigte es voller Stolz Aribert und er sagte:" Dann musst du ja wirklich mehr als 'Gut' gewesen sein."

Gisela:" Ja, ich habe mir große Mühe gegeben und habe Birgit oft auf einige Sachen hingewiesen, die man meiner Meinung nach etwas anders machen könnte und sie war damit zufrieden und sagte, dass sie nur solche guten Noten gibt, wenn sie merkt, dass ein Schüler mindestens, genauso gut ist, wie sie, oder sogar besser als sie."

Dann ging der theoretische Unterricht wieder weiter. Gisela hatte nun drei gute Freunde in ihrer Klasse. Das waren Karin, Franz und dann gab es noch Veronika. Nicht, dass sie sich mit dem Rest der Seminarklasse nicht verstanden hätte, nein aber dies waren eben richtige Freunde, die auch immer der gleichen Meinung waren.

Nach diesem sehr schweren theoretischen Teil, folgte dann wieder der praktische Teil. Gisela kam diesmal in die Augenklinik und Dialyse. Es war sehr lehrreich für sie. Sie hat in diesem Praktikum wirklich sehr viel Neues gelernt. Vieleicht lag es auch daran, dass dieses Personal bei den Praktikanten
keine Konkurrenz verspürten und zeigten wirklich alles was sie konnten.

Bei dem nächsten Praktikum, ging es wieder ganz anders, Gisela kam in ein neues Alten- und Pflegeheim. Gisela bemerkte, dass sie als zukünftige Altenpflegerin nicht gerne gesehen war. Sie fragte dann ganz speziell in einer offiziellen Pause, als alle gemeinsam am Tisch saßen:" Bitte sagt mir doch, warum seid ihr alle so abweisend zu mir? Ich habe das Gefühl, ihr könnt mich alle nicht leiden, bis auf Schwester Anni."

Da meldete sich die Stationsleiterin, Schwester Gabriele:" Also, dass kann ich ihnen sagen. Es geht hier nicht um sie persönlich, da haben wir echt nichts dagegen, aber jetzt kommen hier ständig Praktikanten zu uns, die alle Altenpfleger werden wollen. Hier arbeiten aber nur Krankenschwestern, was soll aus uns werden. Bis jetzt sind wir alle gut genug gewesen. Was wird aber aus uns, wenn alle Altenpfleger ihr Staatsexamen haben? Und das Schwester Anni so nett zu ihnen ist, liegt sicher daran, dass sie nur noch zwei Jahre arbeiten Muss und geht dann in Rente. Ihr ist es egal, ob da Krankenschwestern oder Altenpfleger hier arbeiten."

Gisela:" Das ist doch aber der Welt Lauf, es wird immer neue Berufe geben, die die alten Berufe ablösen. Seht mal, ich bin Sekretärin von Beruf. Was nützt mir dieser Beruf? Jetzt kommen die neuen Sekretärinnen und die können mit dem PC umgehen. Stenografie braucht man nicht mehr, so was ist über-flüssig. Könnt ihr euch vorstellen, wie schwer es ist, Stenografie zu lernen. Ich bin also in meinem Beruf, auch weg vom Fenster. Mein Rat an euch, ihr müsst auch einen zusätzlichen Abschluss machen. Ihr müsst doch nicht das ganze Programm für Altenpflege lernen, nur die zusätzlichen Fächer, die ihr als Krankenschwester nicht hattet. Wenn ich noch weiter lernen würde, dann kann ich auch eine Zusatzprüfung als Krankenschwester machen, ich muss nur, dann noch ein Jahr zur Schule gehen."

Einige der Schwestern sagten: "Dies wäre zu überlegen."

Schwester Gabriele:" Soweit kommt es noch, dass ich als Stationsleiterin nochmal zur Schule gehen muss, um so ein quatsch zu lernen."

Das Gabriele sich nicht mit den neuen Altenpflegern abfinden konnte, bekam Gisela immer wieder zu spüren. Gisela musste den großen Flur von 20 Meter Länge jeden zweiten Tag wischen. Dann musste sie die Zimmer wie eine Putzfrau, jeden Tag ein paar andere Zimmer putzen. Allerdings, durfte sie hier auch die Bewohner betreuen, dies waren aber höchsten zwei Stunden pro Tag. Dazu gehörte die Bewohner waschen, anziehen und die nicht mehr alleine essen konnten dabei unterstützen. Sonst bestand der Tag nur aus Putzen. Dann kam die Stellvertreterin von Frau Theiß zum Pflegeheim zur Kontrolle. Es war Frau Berg, sie war von Beruf Physiotherapeutin und musste Frau Theiß vertreten, da sie im Moment krank war. Frau Berg war eine sehr nette Lektorin, die sie im Seminar als Lektorin für Seniorengymnastik hatten.

Sie stellte sich bei der Stationsleiterin Schwester Gabriele vor und sagte:"

Ich komme um zu überprüfen, was unsere Praktikanten hier lernen und ob alles zur Zufriedenheit abläuft."

Gabriele wollte schon loslegen, da sagte Frau Berg:" Es tut mir leid, aber wir müssen Frau Milan dazu holen. Schließlich geht es ja um sie."

Schwester Gabriele konnte dies zwar nicht verstehen, wie man die Praktikantin schon dazu holen kann, sie sagte:" Es muss doch alles erst mal unter uns abgesprochen werden."

Frau Berg:"Nein, diese Methoden gibt es seit 1990 nicht mehr. Es wird alles gemeinsam besprochen und jeder hat das Recht seine eigene Meinung zu sagen, ob es dem Einen oder Anderen Recht ist oder nicht."

Als Gisela dann anwesend war, sagte Gabriele:" Also, mit den Bewohnern geht Frau Milan gut um, sie versorgt sie so gut sie kann, ich habe da nichts zu bemängeln. Aber wenn sie mal den Flur putzen muss oder die Stationsküche wischen oder auch die Zimmer der Bewohner säubern muss, dann habe ich immer das Gefühl, dass sie sich dafür nicht berufen fühlt."

Frau Berg sieht Gisela an und sagt:" Was haben sie dazu zu sagen, Frau Milan?"

Gisela:" Also, es ist nicht, dass ich mich vor dieser Arbeit drücke, ich bin aber der Meinung, dass für solche Arbeiten

eigentlich die Stationshilfen verantwortlich sind. Ich würde es auch noch verstehen, wenn ich der Stationsgehilfin helfen sollte, aber nein, die Stationsgehilfin kümmert sich um die Bewohner, bringt sie zur Toilette, verteilt das Essen, bring die Bewohner zu Bett und ich muss putzen. Ich wollte eigentlich keine Hauswirtschaft lernen, dafür haben wir an unserer Schule andere Seminare, die tatsächlich unter der Bezeichnung Hauswirtschaft laufen. Ich dachte, ich sollte hier Altenpflegerin lernen."
Frau Berg sieht nun zu Gabriele und sagt:" Was haben sie dazu zu sagen?" Gabriele:" Ich bin dem Wortschwall von Frau Milan nicht gewachsen. Unsere Schwestern müssen alle mal den Wischlappen zur Hand nehmen, wenn Not am Mann ist."
Frau Berg:" Ich höre hier heraus, das alle Schwestern mal den Putzlappen nehmen müssen. Ich habe Frau Milan aber so verstanden, dass die Stationshilfe die Arbeiten erledigt, die eigentlich für unsere Praktikanten von Nutzen wären und Frau Milan die Arbeit von der Stationshilfe übernehmen musste. Ich hoffe, dass sich das in den letzen Wochen des Praktikums nicht mehr so verhält, sonst werden wir alle unsere Praktikanten von hier wegnehmen und ihr Heim muss uns alle gezahlten Mittel, die das Heim schon für die Ausbildung unserer Praktikanten erhalten hat wieder zurück zahlen. Mal sehen, was ihre Heimleiterin dazu sagen wird?"

Die letzten Wochen vergingen in diesem Heim auch und Gisela durfte tatsächlich die Arbeiten machen, die ihr Berufsbild verlangten. Es gab sogar mal einen Tag, an dem Gabriele sagte:" Frau Milan, gehen sie doch mal zu der Bewohnerin in Zimmer zwei, sie hatte heute Früh einen Herzanfall, der Arzt ist schon weg und er sagte, dass die Frau unbedingt psychische Betreuung braucht. Sie haben es doch gelernt. Nun zeigen sie mal, was sie können."

Gisela ging zu dieser Frau und siehe da, zum Mittagessen, war die Frau wieder so gut drauf, dass sie sogar in dem Gemeinschaftsspeiseraum für Bewohner zum Essen kam. Gabriele stand sprachlos da. Die anderen Schwestern tuschelten.

Dann sagte Gabriele:"Es ist erstaunlich, was man alles so machen kann. Ich hätte dies natürlich auch geschafft, aber ich wollte mal sehen, was unsere Praktikanten alles so in der Schule lernen."

Schwester Anni sagte dann, als sie mit ihr im Verfügungsraum Handtücher zusammen legte:" Das hat unsere Gabriele noch nie geschafft. Die Frau aus Zimmer zwei, hat mindestens schon den fünften Herzanfall und immer danach, war sie mindesten eine Woche im Bett geblieben und hatte auch immer das Essen abgelehnt. sie wollte danach immer sterben. Da kann man mal sehen, was sie jetzt so alles erzählt. Sie will es nicht zugeben, dass sie es nicht geschafft hätte. Es ist aber Blödsinn, dass sie sowas erzählt, die anderen Schwestern wissen es ja auch. Die wollte vor dir nur prahlen."

Gisela sagte:" Das ist mir völlig egal, ob sie es geschafft hätte oder nicht, wichtig für mich ist nur, dass sie sieht, dass die Altenpfleger keine Dummköpfe sind."

Anni:" Das ist Richtig, zeig es ihr nur, dass sie nicht die Einzige ist. Sie ist so wieso schon immer ein wenig überheblich gewesen. Sie kann ruhig mal sehen, dass sich nicht alle von ihr alles gefallen lassen."

Nach dem nächsten Theorieblock, kam Giselas letztes Praktikum. Es war in jeder Hinsicht sehr lehrreich. Sie kam in den <Ambulanten Pflegedienst>.

Sie musste über Land fahren, es war eine der nächsten Kleinstädte. Gisela kannte diese Stadt, es war die Stadt, in der sie ein paar Jahre gewohnt hatte, nämlich mit Georg. Es war also für sie nicht schwer, sie kannte jede Straße und musste die Adressen nicht suchen. Sie wurde in der ersten Woche mit einer Schwester als Begleitung und zum anlernen mitgeschickt. Gisela kannte die Schwester vom DRK, zwar nur flüchtig, es war Babette, sie arbeitete beim DRK in der Sozialstation und sie wusste, dass Babette einmal völlig durchgedreht war und in eine psychiatrische Klinik eingewiesen wurde und danach versuchte man sie vor der Entlassung im Telefondienst zu beschäftigen. Sie hatte aber nur Blödsinn gemacht. Sie hat den gesamten Krankentransport durcheinander gebracht, sie wusste nicht wann sie den

Krankentransport und wann sie den Rettungsdienst losschicken sollte.

Man musste sich dann, weil sie sich geweigert hat in der Küche zu arbeiten von ihr trennen. Jetzt arbeitet sie wieder im ambulanten Dienst. Naja, vielleicht ist sie ja wieder gesund, dachte Gisela und erwähnte kein Wort.

Babette hatte vom ambulanten Pflegedienst einen Dienstwagen bekommen, mit dem sie fuhr. Gisela musste jetzt als Beifahrer mit. Als Gisela sie zwei Mal vor einem Verkehrsunfall bewahrt hatte, ging sie zur Pflegedienstleiterin, Schwester Elisabeth.

Gisela sagte:"Also ich weigere mich mit Babette noch einmal, mitzufahren. Zwei Mal sind wir um einen Verkehrsunfall drum herum gekommen. Ich habe keine Lust hier noch als Krüppel zu enden."

Schwester Elisabeth:" Also doch, sie ist schon drei Mal mit einem kaputten Wagen hier angekommen und jedes Mal sagte sie, es muss passiert sein, als ich gerade bei einem Patienten war. Gut, es war immer kein großer Schaden, aber immer hin war es jedes Mal eine schöne Beule. Ich hatte schon gesagt, mir ist es auch schon mal vor gekommen, dass ich plötzlich mal eine Schramme am Auto hatte, wenn ich vom Patienten gekommen bin. Aber bei Babette war es schon so oft."

Als Schwester Elisabeth dann Babette zur Rede stellte, war sie am nächsten Tag krank. Gisela stand dann am nächsten Tag erst mal alleine da und Schwester Elisabeth sagte:" Also Frau Milan, da es doch ihr letztes Praktikum ist, gebe ich ihnen 5 Patienten, die sie alleine machen können. Dann treffen wir uns gegen 10.00 Uhr hier. Ich nehmen sie zu einigen Patienten mit, wo noch Medikamente gestellt werden müssen und Verbände erneuert
werden müssen, da möchte ich dabei sein, ich möchte es ihnen einfach zeigen und dann können sie es vielleicht, mal sehen auch alleine."
Gisela war damit einverstanden. Bei der zweiten Patientin, die sie und Babette immer aufgesucht hatten, sie hatte keinen morgen aufgemacht und Babette sagte immer, wer nicht aufmacht, der hat Pech gehabt. Gisela dachte aber, das kann man doch nicht so einfach machen und klingelte bei einem Nachbarn.
Sie fragte:" Wann haben sie die Patientin das letzte Mal gesehen?"
Die Nachbarin sagte:" Die Frau ist doch schon 4 Tage tot."

Als Gisela dies Schwester Elisabeth berichtete, sagte sie:" Sagen sie, dass dies nicht wahr ist. Da sagt die Babette nicht ein Wort, dass die Frau die Tür nicht auf macht. Frau Milan, sie haben richtig gehandelt. Da muss erst eine Praktikantin kommen, um festzustellen, dass eine Patientin tot ist. Na warte Babette, wenn du wieder kommst."
Gisela:" Sagen sie mal Schwester Elisabeth, wissen sie eigentlich, wo Schwester Babette vorher gearbeitet hat?"
Elisabeth:" Ja, sie sagte, dass sie beim DRK war und das man sie so schlecht behandelt hat."

Gisela und dass sie in psychiatrische Behandlung war hat sie
auch erzählt?"
 Elisabeth:"Ja, sie hatte angeblich einen
Nervenzusammenbruch, weil sie im
 Betrieb nicht zurecht kam und sie wurde von allen
verstoßen. Sie wurde aber als Geheilt entlassen."
Gisela:"Kann sein, aber nach der Behandlung war sie ja
immer noch beim DRK und was sie da gemacht hat, fragen
sie sie mal. Ich war nämlich zu dieser Zeit ehrenamtlich da.
Mir wäre es doch egal, als was sie arbeitet, aber sie bringt
doch andere Menschen in Gefahr, dies sollte man bedenken."

Dieses Praktikum war eines der Schönsten und auch
Lehrreichesten, die Gisela gemacht hatte. Nun kamen die
Vorbereitungen auf das Examen.
Es wurden Gruppen gebildet, von jedes Mal fünf Personen,
die zusammen lernen sollten. Es waren die Konsultationen,
bald schälten sich die Gruppen auseinander. Gisela lernte
dann mit Franz und es ging sehr gut. Sie vereinbarten die
außerschulischen Konsultationen so, dass Franz einen Tag zu
Ihr nach Hause kam und sie einen Tag zu ihm fuhr. Sie
lernten was das Zeug hielt. So lernte Gisela auch die Frau
von Franz kennen. Sie war eine so sympathische Frau, sie
verwöhnte die Beiden, wenn sie lernten und machte das
Essen für sie. Nach dem zweiten Besuch bot sie Gisela das
Du an und sagte:" Ich heiße Marita."
Von da an waren sie Freundinnen geworden.
Schon vor den großen Prüfungen hatten Franz und Gisela
sich schon mal umgehört und Bewerbungen geschrieben,
um nach der Prüfung dann auch gleich arbeiten zu können.
In der Umgebung, in der sie wohnten, gab es keine
Möglichkeiten. So kam es, dass Franz sich in Aachen
beworben hatte. Er hatte dort einen Stiefsohn, Maritas Sohn

aus erster Ehe, er wohnte in der Nähe von Aachen und hatte immer Zeitungsausschnitte geschickt und so bekam Franz eine Zusage von einem Alten- und Pflegeheim.

Gisela versuchte ihr Glück im privaten Bereich. Sie wollte sich selbstständig machen und sorgte schon mit einigen Vorbereitungen, um die Weichen schon zu stellen.

Die Prüfungen standen vor der Tür, erst mal die schriftlichen, da hieß es wirklich, jeder kämpft für sich alleine. Es waren aufregende Tage und Gisela überstand alles ohne irgendwelche Behinderungen. Gisela fühlte sich wohl.

Jetzt kamen die mündlichen Prüfungen. Es war furchtbar, da saß man wie auf Kohlen und musste warten bis man dran kam. Bei der Prüfung für Altenkrankenpflege kamen immer drei Prüflinge zur gleichen Zeit rein. Die anderen mussten warten. Das Schlimmste war, bei allen Fächern konnte man einmal durchfallen, dann hätte man noch einmal Gelegenheit gehabt um die Prüfung nach einer gewissen Zeit nachzuholen. Bei dem Fach der Altenkrankenpflege ist dies nicht möglich. Deshalb wurde dieses Fach bei den mündlichen Prüfungen zuerst gemacht, denn wer da durchfällt, braucht an den anderen Prüfungen nicht mehr teilnehmen. Man durfte sich dann für immer verabschieden. Es war nervenraubend. Die ersten Drei kamen raus. Alle anderen Prüflinge:"Wie war`s? Habt ihr es geschafft? Die ersten Drei: " Die Auswertung wird erst anschließend gemacht, wenn alle fertig sind, damit wir alle warten sollen." Es ging immer rein und raus. Die Nerven waren zum zerreißen angespannt. Jetzt kam Gisela mit Franz und Veronika dran.

Da saßen, Frau Theiß, eine Krankenschwester, die als Pflegedienstleiterin in einem Alten- und Pflegeheim tätig war, dann der Amtsarzt Dr. Wilems und die Direktorin der Kreisvolkshochschule. Es wurden Fragen gestellt, die sie aus dem Stegreif beantworten mussten, dann musste jeder einen Umschlag nehmen und diesen Umschlag mussten sie Frau Theiß geben. Sie sagte dann eine Nummer und dann konnte die Fragerei losgehen.

Es auch stand noch ein Pflegebett im Raum an dem Jeder eine Demonstration durchführen musste. Als sie fertig waren, konnten sie gehen. Man konnte nicht an den Gesichtern erkennen, ob man bestanden hat oder nicht.

Nachdem alle Prüflinge fertig waren, wurde Jeder einzeln aufgerufen.
Zuerst kam Marion, eine der Prüflinge dran. Sie war nur 5 Minuten drin. Es war für alle ein großer Schock. Sie kam raus, sie hatte verweinte Augen und als alle sie ansahen, sagte sie beim Weitergehen:"Ich bin durchgefallen. Ich brauche nicht mehr wiederkommen."

Alle sahen sich erschrocken an. Man konnte sehen, was jeder gedacht hat. Giselas Herz raste bis zum Hals hoch. Sie hatte einen knallroten Kopf. Vor ihr auf dem Tisch im Aufenthaltsraum stand ein Kasettenrecorder, den sie immer beim Seniorentanz benutzt hatten. Sie weiß noch wie heute, sie starrte die Rückseite von diesem Recorder an und dachte immer nur < Was soll werden, wenn ich jetzt durchfalle? Alles war umsonst. Was soll ich dann machen. Wir hatten doch schon Träume, was wir alles machen wollten. Ich darf nicht durchfallen. Ich darf nicht durchfallen.>
Sie dachte nur noch den einen Satz <Ich darf nicht
d u r c h f a l l e n

Jetzt kam Gisela rein. Sie sah Frau Theiß mit großen Augen an. Der Amtsarzt,
 Dr. Wilems fragte:" Frau Milan, was meinen sie, haben sie es geschafft?"
Gisela lief es eiskalt über den Rücken, zuckte mit den Schulter nach oben und sagte aber:"Ja, ich habe bestanden. Ich muss bestanden haben."
Frau Theiß schüttelte den Kopf und lachte aber dabei:" Ja, Frau Milan, sie haben bestanden. Sie haben ihre Sache gut gemacht."
Dr. Wilems stand auf, drückte ihr einen Zettel in die Hand und sagte:" Ich gratuliere ihnen." Auf dem Zettel steht nur drauf, wann die anderen Prüfungen sind."
Gisela ging erleichtert aus dem Raum und dachte, die anderen Prüfungen schaffe ich auch.
Von all den anderen Prüfungen war für Gisela nur noch die Prüfung in Anatomie anstrengend. Sie hatte dann auch alle anderen Prüfungen   bestanden. Von der gesamten Seminarklasse sind fünf durchgefallen.
Vier von Ihnen durften die Prüfungen wiederholen. Wer es alles geschafft hatte, dies erfuhr sie nun nicht mehr. Jeder von Ihnen hatte nun mit sich zu tun, eine Arbeit zu finden.

Die Übergabe der Urkunden war noch einmal im feierlichen Rahmen, wo alle ihren Partner mitbringen durften. Franz konnte seine Urkunde nicht persönlich abholen, weil er schon seine Arbeit in Aachen hatte. Er hatte mit der Schule vereinbart, dass seine Frau die Urkunde in Empfang nimmt. Aribert und Gisela holten Marita ab und brachten sie auch wieder nach Hause.
Marita sagte noch:" Wir bleiben doch in Verbindung, oder? Wir können uns doch immer schreiben und wenn ihr wollt, Franz kümmert sich jetzt um eine Wohnung, er wohnt im Schwesternhaus, dann kommt ihr uns doch auch mal

besuchen. Ich habe doch dann außer meinen Sohn und Franz, keinen Menschen den ich kenne."

Aribert:" Selbstverständlich bleiben wir in Verbindung." Sie Verabschiedeten sich und Marita sagte noch, wenn Franz mich holen kommt, dann kommen wir euch besuchen und Verabschieden uns dann noch einmal, ja?"

Vier Wochen später, standen Franz und Marita plötzlich im Garten und sagten: " Wir fahren morgen früh nach Aachen und wollten uns von euch verabschieden. Hier habt ihr unsere Adresse, damit ihr uns schreiben könnt."
Franz sagte dann noch zu Gisela:" Und, hat es bei dir schon geklappt?"
 Gisela:" Ich muss noch einige Wege gehen, zu den Krankenkassen, von denen brauche ich eine Genehmigung, damit ich mich Selbstständig machen kann."
Franz sagte dann noch:" Wenn nichts mehr geht, lass es mich wissen, in Nordrhein Westfalen werden Altenpfleger gesucht und mit Wohnungen hat man auch keine Probleme. Man muss nur Geld haben."
Gisela:" Geld haben wir schon zur Seite gelegt, weil wir ja immer damit rechnen, dass wir mal eine anständige Wohnung bekommen."

Siebentes Kapitel

Gisela suchte als erstes die AOK auf, weil man ihr sagte, wenn diese Krankenkasse zustimmt, dann hat man keine Probleme mehr.

Dort sagte die Chefin von Ortskrankenkasse der AOK: " Sie brauchen wenn sie eine Zustimmung von uns haben möchten als erstes ein Büro, ein Telefon, einen Computer und drei Krankenschwestern mit Staatsexamen, staatlicher Anerkennung und mit mindestens fünf Jahren Berufserfahrung."

Gisela: "Gut, wenn ich dies alles habe, bekomme ich eine Zulassung von Ihnen."

Die Chefin:"Dann steht ihnen nichts mehr im Weg, um Patienten müssen sie sich alleine kümmern."

Gisela:" Dies ist kein Problem, da hätte ich schon einige, die warten nur darauf, dass ich endlich anfange."

Die Chefin lächelte: "Na prima."

Gisela fuhr nach Hause und erzählte es Aribert.

Er sagte:" Ich kümmere mich auch darum."

Am nächsten Tag kam er schon mit guten Nachrichten:"Stell dir vor, ich kenne da einen Steuerberater, der bekommt in zwei Monaten ein neues Büro und sagte mir, dass er sehr glücklich darüber wäre, wenn er gleich für sein altes Büro, welches ihm zu klein geworden wäre gleich weiter vermieten kann. Sonst müsse er noch für 4 Monate Miete für sein altes Büro bezahlen, er hatte zu spät gekündigt. Wenn er aber einen Nachmieter hat, dann wäre es kein Problem."

Gisela freute sich darüber und sagte:"Das Büro ist doch groß genug." Aribert:"Ja, aber er möchte noch wie die Ärzte auch einen Warteraum haben, wo sich seine Kunden aufhalten können, wenn er gerade eine Kunden hat." Gisela:"Ach so, ja ich verstehe."

Sie hörte dann von Silvio, dass ein Freund von ihm seinen Computer verkaufen möchte, weil er einen moderneren haben möchte.
 Gisela: "Silvio, kann du das organisieren, dass ich den Computer kaufen kann."
Silvio:"Kein Problem."
Nun kam das Schwierigste, ein Telefon. das ist schwerer als man sich denken kann. Gisela kaufte dann ein mobiles Telefon.
Gisela hatte auch schon drei Bewerbungen von Krankenschwestern, die, wenn Gisela anfängt, sofort einsteigen würden und Jede versprach, dass sie fünf Patienten mitbringen würden, so dass es keine finanziellen Engpässe geben sollte.

Gisela fuhr mit all diesen Papieren zur Ortskrankenkasse der AOK. Sie fragte nach der Chefin.
Die Sekretärin:" Es tut mir leid, sie ist nicht da. Sie müssen sowieso zum Landesverband der AOK nach Magdeburg, denn nur von dort können sie eine Zulassung und einen Vertrag bekommen."
Gisela fuhr nach Magdeburg zum Landesverband der AOK. Sie wurde an   Frau Rolf verwiesen, die für das Vertragswesen verantwortlich war.
Frau Rolf:" Womit kann ich ihnen dienen?"
Gisela:" Ich möchte mit ihnen einen Vertrag abschließen, ich habe die Absicht einen privaten mobilen Pflegedienst zu schaffen. Ich habe hier einige Unterlagen bei mir, ich sollte mich damit bei ihnen melden."

Frau Rolf:" Zeigen sie mal her. Ach sie sind ja gar keine Krankenschwester. Dann können sie dieses Geschäft überhaupt nicht machen."

Gisela:" Wieso? Ich möchte doch einen Pflegedienst eröffnen, dafür braucht man doch Altenpfleger. Im Übrigen habe ich die Auflagen doch alle erfüllt, ich sollte drei Krankenschwestern mit Examen und fünf Jahren Berufserfahrung nachweisen und wenn sie alle Papiere ansehen, werden sie feststellen, dass ich diese Auflage erfüllt habe."

Frau Rolf:" Ja, aber sie sind doch nur eine Altenpflegerin, was glauben sie, wer sie sind?"

Gisela:" Ich habe ein Staatsexamen und meine staatliche Anerkennung."

Frau Rolf:" Ja, Staatsexamen, aber nur Altenpfleger."

Gisela wurde innerlich so wütend, dass ihr ganz heiß wurde und sagte dann mit einem sehr schroffen Ton: "Können sie mir sagen, warum sie immer betonen, dass ich n u r Altenpflegerin bin."

Frau Rolf:"Naja, dass wäre, als wenn eine Putzfrau eine Reinigungsfirma auf machen wollte."

Gisela war so voller Wut, dass sie aufstand und sagte:" Wissen sie, ich gehe lieber, sonst kann ich mich nicht mehr beherrschen."

Gisela verließ das Gebäude und hätte am liebsten geweint. Wie kann man so mit einem Menschen umgehen und jemanden derart beleidigen. Sie konnte es kaum fassen, was sich manche Menschen für Rechte rausnehmen und sich für Urteile erlauben und man kann nichts dagegen machen. Sie fuhr zurück. Sie hielt vor dem Landratsamt und erkundigte sich, ob sie einen Termin beim Amtsarzt bekommen könne. Die Sekretärin:"Ja, er ist morgen im Hause und wenn sie gleich um 9.00 Uhr kommen, kann er sie auch empfangen, da liegt noch kein Termin vor."

Gisela fuhr nach Hause und berichtete es Aribert.

Er sagte:" Ärgere dich nicht darüber, auf diesen Posten sitzen eben immer noch die alten Stasiknechte und die haben von dem neuen Beruf eines Altenpflegers noch nicht gehört, weil sie immer noch ihrem alten Regime nachtrauern."

Gisela:"Ja, ich glaub auch, denn die Frau Rolf war mindestens schon 65 Jahre. Die braucht bestimmt auch bald mal einen Altenpfleger und dann wird sie froh sein, das es solche angeblichen Putzfrauen gibt."

Am nächsten Morgen fuhr Gisela zum Amtsarzt. Sie wollte von ihm wissen, ob Altenpfleger kein Recht haben, sich Selbstständig zu machen.

Die Sekretärin:" Frau Milan kommen sie rein, der Amtsarzt ist da."

Gisela ging in das Büro des Amtsarztes und sagte:"Guten Morgen, Herr Doktor Wilems."

Doktor Wilems:" Guten Morgen, Frau Milan. Ich kenne sie von irgendwo her?"

Gisela:"Ja, Herr Doktor, ich habe vor kurzem meine Prüfung als Altenpflegerin gemacht und da waren sie zugegen. Sie waren auch dabei, als uns die Urkunden übergeben wurden."

Doktor Wilems:"Ach ja, sie sind doch die Lebenspartnerin von dem Herrn Aribert Wagner, der vom Rettungsdienst. Den kenne ich doch schon mehr als 30 Jahre."

Gisela:"Ja, genau."

Was führt sie denn zu mir?", fragte Doktor Wilems.

Gisela:" Ich möchte einen privaten mobilen Pflegedienst eröffnen und habe da Schwierigkeiten und möchte sie um Rat fragen."

Der Doktor:" Das ist doch wunderbar, so etwas brauchen wir, wir brauchen den Konkurrenzkampf unter den mobilen Pflegediensten. Was haben wir denn da, da sind das DRK, die Volkssolidarität und das Caritas. Es muss attraktiver

141

gemacht werden. Ich weiß, dass da viele Klagen von einigen Senioren kommen. Sie haben das Gefühl, als wenn sie Fließbandware wären. Da müssen private Anbieter her. Warum haben sie da Schwierigkeiten?"

Gisela:" Ich bekomme von der AOK keinen Vertrag und wenn ich keinen Vertrag von der AOK bekomme, dann bekomme ich erst Recht keinen von den Ersatzkassen. Ich habe schon mit der Barmer Ersatzkasse gesprochen, sie sind auch an privaten Anbietern interessiert, aber sie sagten, wenn ich keinen Vertrag von der AOK habe, dann dürfen sie mir auch keinen Vertrag anbieten. Zuerst muss die AOK zustimmen."

Doktor Wilems:" Ich verstehe das nicht, warum die AOK nicht zustimmt. Naja, die liegen noch irgendwo hinter dem Mond. Warten sie noch ein halbes Jahr, dann reißen sie sich um solche privaten Anbieter."

Gisela:" So lange kann ich nicht warten, ich möchte endlich arbeiten." Doktor Wilems:" Versuchen sie es doch noch einmal bei der Ortskasse der AOK." Gisela:" Ja, ich versuche es noch einmal."

Als Gisela bei der Ortskrankenkasse noch einmal vorstellig wurde, war die Chefin, Frau Kluge da. Gisela legte auch ihr die Unterlagen alle vor und sagte:" Sie hatten mir gesagt, ich brauche ein Büro, ein Telefon, einen PC und drei Krankenschwestern mit Examen und fünf Jahren Berufserfahrung.
Was fehlt denn nun noch?"

Frau Kluge: " Ach ja, sie müssen dann noch eine Pflegedienstleiterin mit mindestens 2 Jahren Berufserfahrung haben, dies vergaß ich ihnen zu sagen."

Gisela:"Ich verstehe dies jetzt zwar nicht, aber ich werde mich darum kümmern."

Gisela ging zum Arbeitsamt und meldete sich bei einer Arbeitsvermittlerin und sagte:" Ich benötige unbedingt eine

Pflegedienstleiterin mit mindesten 2 Jahren Berufserfahrung. Das Alter ist mir egal, von mir aus kann sie auch 70 Jahre sein, Hauptsache, sie ist eine Pflegedienstleiterin."
Die Arbeitsvermittlerin:" Ich sehe mal in den Computer. Alsooo , ich kann ihnen mit mindestens zweihundert Krankenschwestern und mit dreißig Altenpflegern und - pflegerinnen dienen, aber keiner von ihnen ist Pflegedienstleiter."
Gisela bedankte sich und ging wieder unverrichteter Dinge.
 Gisela fragte wieder auf dem Arbeitsamt nach, ob man ihr eventuell mit einer Stellung als Altenpflegerin dienen könne. Die Antwort war jedes Mal, nein.

 Im August, Gisela bekam vom Arbeitsamt einen Brief, darin stand, dass sie sich im Rathaus melden solle, man hätte für sie eine Arbeit als Seniorenbetreuerin. Gisela war voller Freude. Sie fuhr gleich am nächsten Tag zum Rathaus. Dort musste sie sich bei der Beauftragten für Frauenarbeit melden. Gisela meldete sich und erfuhr, dass für diese eine Stelle fünf Bewerber schon da waren.
Gisela sagte zu der Beauftragten:" Warum schreibt mich das Arbeitsamt eigentlich noch an, wenn schon fünf Bewerber da sind, was soll das?"
Die Beauftragte:"Dies sind alles Berufsfremde, wir müssen erst mit allen sprechen, wir haben da noch eine Stelle in einem Jugendclub frei, da könnten wir eventuell einen Bewerber noch gebrauchen."
 Gisela wartete, bis die Leiterin der Begegnungsstätte kam, auf die alle warteten. Nach einer Stunde Wartezeit kam sie endlich. Gisela wurde rein gerufen.
Die Leiterin stellte sich vor:" Ich bin Frau Richter, ich bin die Leiterin von einer Seniorenbegegnungsstätte."
Gisela:"Angenehm, ich bin Frau Milan und bin examinierte Altenpflegerin mit Staatsexamen."

Die Frauenbeauftragte sagte noch." Frau Milan ist aber außerdem noch eine gelernte Sekretärin und einen Führerschein hat sie auch."

Frau Richter:" Das ist ja prima, haben sie auch ein privates Auto?"

Gisela:"Ja, natürlich."

Frau Richter:"Welche Marke?"

Gisela: "Ich fahre einen Wartburg."

Frau Richter:"Wer fährt denn noch so etwas?"

Gisela konnte dies im Moment noch nicht verstehen, was ihr Auto und das sie Sekretärin ist mit der Seniorenbetreuung zu tun hat und machte sich darum auch keine Gedanken. Sie wollte einfach nur Arbeit.

Frau Richter: "Gut, sie können dann am 1. September anfangen, kommen sie um 9.00 Uhr, dann bin ich auch da."

Gisela verabschiedete sich und ging. Sie kam nach Hause in den Bungalow. Sie musste warten bis Aribert nach Hause kam, sie war wie auf heißen Kohlen, sie wollte ihm die Neuigkeit berichten, dass sie endlich Arbeit hat. Als Aribert vom Dienst kam, Empfing sie ihn schon am Gartenzaun, weil sie es kaum abwarten konnte, vom Weiten schon rief sie ihm zu:"Ich habe ab Ersten September Arbeit."

Aribert:"Das freut mich aber. Jetzt bist du endlich zufrieden."

Gisela:"Ja, jetzt kann ich doch etwas tun, was auch mit meinem Beruf zu tun hat."

Am Ersten September fuhr Gisela zu dieser Begegnungsstätte. Da empfing sie eine Frau, sie sagte:" Guten Tag, ich bin Frau Renate Reichert."

Gisela: "Angenehm, ich bin Frau Gisela Milan."

Frau Reichert:" Ja, also, die Frau Richter müsste bald hier sein. Ich zeige ihnen schon mal die Räumlichkeiten hier. Dies ist die Küche, hier ist der Kühlschrank, da sind die Getränke für unsere Senioren drin, die Preisliste hängt hier an der Wand. Dann haben wir unten im Keller, den zeige ich ihnen auch noch eine Tiefkühltruhe, da sind ein paar Kleinigkeiten, wie Würstchen oder Bratwürstchen tiefgefroren. Hier ist die Kaffeemaschine und ein Geschirr-spüler. Dann sind hier eine Tür weiter die Damen- und Herrentoiletten. Wenn man hier über den Flur geht, ist unser Büro, aber damit haben wir wenig zu tun, da sitzt unsere Frau Richter die meiste Zeit."

Gisela:"Gut und was läuft hier so den ganzen Tag über ab?"

Frau Reichert:"Ja, also wir haben hier montags bis freitags geöffnet.

Jeweils ab 10.00 Uhr. Wir fangen aber immer schon um 8.00 Uhr an, weil wir immer erst sauber machen müssen, vom Vortag. Das dauert immer ein bis zwei Stunden. Dann müssen wir den Kaffee vorbereiten und die Tische eindecken. Naja, Frau Richter wird ihnen das alles schon noch sagen."

Gegen 10.00 Uhr kam Frau Richter. Sie sagte:"Ihr habt euch sicher schon bekannt gemacht. Sie Frau Milan, sie kommen morgen schon um 8.00 Uhr und machen hier alle Räume sauber. Die Toiletten, die zwei großen Räume, die Küche und mein Büro, vergessen sie bitte nicht auf meinem Schreibtisch richtig Staub zu wischen. Die Blumen müssen jeden zweiten Tag gegossen werden. Gegen 10.00 Uhr werde ich dann mit Frau Reichert kommen, wir müssen dann noch einkaufen und sie muss mich dann noch zum Amt fahren, dann kann sie ihnen noch helfen, denn wir müssen noch drei Torten backen.

Ich gebe ihnen hier einen Schlüssel, damit sie hier in diese Räume rein können. Das Büro bleibt verschlossen, ab 10.00 Uhr, wenn ich komme, können sie dann mein Büro sauber machen."

Gisela schaute die Frau Richter an und sagte:" Sind sie ganz sicher, dass sie wissen, wer ich bin?"

Frau Richter: " Natürlich, was soll denn das?"
Gisela:"Also, die Aufgaben, die sie mir eben übertragen
haben, das sind alles Aufgaben für eine Putzfrau. Ich bin hier
als Seniorenbetreuer hergekommen." Frau Richter:"Na und,
wo liegt denn da der Unterschied. Sie sind Altenpflegerin,
hatte man mir gesagt. Die sind doch zum Putzen da. Wir
putzen im Übrigen alle hier."
Gisela:"Ach so alle, dass macht dann einen Unterschied, dies
würde dann heißen, ich muss diese Arbeit nicht jeden Tag so
machen."
Frau Richter:"Natürlich putzen sie hier jeden Tag. Was
meinen sie, warum sie hier sind."
Gisela war wieder einmal schockiert.
Gisela: "Was mache ich heute?"
Frau Richter." Also, als Erstes putzen sie mal die
Eingangstür. Die Scheiben darin sind sehr schmutzig. Dann
decken sie die Tische ein und dann werden sicher die ersten
Senioren kommen. Ich werde sie dann mit unseren Senioren
bekannt machen, damit sie sich an sie gewöhnen können. Es
ist nicht so einfach, mit alten Menschen umzugehen, dies
muss man so nach und nach lernen." Gisela schaute Frau
Reichert an und schüttelte den Kopf, dann sagte sie:"Gut, ich
muss es eben erst noch lernen."
Gisela tat, was man ihr aufgetragen hatte.
Jetzt kamen die ersten Senioren. Gisela begrüßte sie und wie
groß war da die Freude, denn es waren Einige dabei, die
Gisela alle schon kannte. Durch ihren Stiefvater, Hermann,
kannte sie Einige vom Blindenverband und die fast nichts
sehen konnten, erkannten Gisela sofort an der Stimme. Einer
Sagte gleich:"Du bist doch Gisela, ich erkenne dich doch, wir
kennen uns doch, da warst du noch ein Kind."
Gisela:"Ja, das stimmt, ich bin die Stieftochter von
Hermann."

Frau Richter kam angelaufen aus ihrem Büro, als sie die freudigen lauten Worte hörte und sagte:"Was ist denn hier los? Frau Milan belästigen sie unsere Senioren nicht."

Der Herr Zelle, den Gisela vom Blindenverband her kannte, sagte:" Frau Richter, die Frau Milan belästigt uns nicht, im Gegenteil, wir freuen uns, weil wir uns schon lange kennen. Es ist schön, dass wir uns mal wiedersehen, seit dem Tod von Hermann. Was macht ihre Mutter? Sie müssen uns erzählen, wie geht es der Familie?"

Frau Richter:" Die Frau Milan ist nicht zum erzählen hier, sie ist zum arbeiten hier. Gehen sie sofort in die Küche und bereiten sie alles vor."

Der Herr Zelle:" Was ist denn nun los, wir konnten doch immer mit dem Personal reden, seit wann ist es denn verboten? Ich verstehe hier nichts mehr. Ich dachte, ihr seid für uns da."

Frau Richter:" Da ist die Frau Reichert und dann kommt noch unsere Tanja und ich komme nachher, wenn ich im Büro fertig bin auch. Dann haben sie genug Personal zum Reden."

Sie drehte sich um und ging. Frau Reichert sah Gisela ganz entsetzt an und sagte zu ihr:" Was ist denn nun mit Agnes los, so kenne ich die doch gar nicht..

Gisela sah nun auch ganz unglücklich zu Frau Reichert und sagte:"So habe ich mir aber die Seniorenbetreuung nicht vorgestellt."

Gisela arbeitete den ganzen Nachmittag in der Küche und als sie um 16.00 Uhr gehen wollte, weil sie nun schon 7 Stunden gearbeitet hatte und sie nur für 6 Stunden vorgesehen war, sagte Frau Richter zu ihr:" Sie können doch jetzt nicht einfach gehen, jetzt geht es doch erst richtig los. Vor 19.00 Uhr können sie nicht nach Hause."

Gisela:" Dann bin ich aber 10 Stunden hier und bekomme nur 6 Stunden bezahlt."

Frau Richter:"Das interessiert hier Keinen und wenn es ihnen nicht gefällt, dann können sie ja gehen, es warten Hunderte hier auf diesen Job. Unsere Tanja möchte gerne noch hier bleiben, aber sie muss im Oktober gehen, weil ihre ABM-Stelle dann abgelaufen ist und sie würde 12 Stunden und mehr arbeiten, nur um diesen Job zu behalten.

Weil Gisela um 17.00 Uhr, noch nicht zu Hause war, kam Aribert zur Begegnungsstätte hin um zu sehen, ob ihr irgendetwas passiert war. Er kam mit seinen Dienstsachen vorbei, weil er sich erst gar nicht umgezogen hatte. Er war um 17.00 Uhr nach Hause gekommen und sah, dass keiner zu Hause war und ist gleich los.

Als Frau Richter ihn sah, lief sie gleich hin und fragte:"Ist irgendetwas passiert?"

Aribert:" Das wollte ich Fragen. Wo ist die Frau Milan? Sie müsste doch längst zu Hause sein. Sie ist doch schon seit 9.00 Uhr hier."

Frau Richter bekam einen roten Kopf und fing an zu stottern:" Ja, äh, also, das ist so, äh, also hier hat man nie pünktlich Feierabend. Ich bin manchmal äh, die ganze Nacht hier."

Aribert:" So, wenn sie die ganze Nacht hier sind, dann ist das nicht meine Sache, Frau Milan ist hier für 6 Stunden eingestellt und sie hat seit spätesten, wenn sie eine Pause hatte um 16.00 Uhr Feierabend."

Frau Richter:"Nein das geht heute nicht, wir müssen da noch drüber reden, sie kann dann die ganzen Überstunden dann irgendwann mal abbummeln."

Aribert:" Gut heute nicht, wann hat sie Feierabend?"

Frau Richter:"Ich werde sie um 18.00 Uhr heute, ausnahmsweise nach Hause schicken. aber normal muss sie immer erst den ganzen Abwasch machen." Aribert:" Wie Abwasch, ist sie hier als Küchenhilfe oder als Seniorenbetreuerin tätig?"

148

Frau Richter: "Da können wir doch noch in Ruhe darüber reden."

Aribert ging und sagte zu Gisela:"Also dann bis spätestens 18.30 Uhr bist du zu Hause."

Gisela nickte und ging wieder in die Küche.

Jetzt kam Frau Richter zu Gisela in die Küche und sagte:" Ist das ihr Mann? Der kann doch nicht einfach bestimmen, wann sie Feierabend haben. Das bestimme immer noch ich."

Gisela: "Der Meinung sind aber nur sie, ich bin nicht ihr Sklave, sie können nicht über mich verfügen, wie sie es möchten. Ich möchte ab morgen von ihnen geordnete Arbeitszeiten haben. Ich habe nichts dagegen, wenn ich nicht jeden Tag nur 6 Stunden arbeite, aber irgendwo muss doch dann mal ein Ausgleich sein und ich wüsste schon gern, wenn ich zur Arbeit komme, wann ich Feierabend habe."

Als Gisela dies zu Frau Richter sagte, stand Tanja hinter Frau Richter und hielt den Atem an und sich dabei die Hand vor den Mund.

Als Frau Richter die Küche verließ, sagte Tanja: "Das hat sich hier noch keiner getraut."

Gisela:"Warum nicht? Ich bin doch im Recht."

Tanja:"Ja, aber die Frau Richter hat zu uns immer gesagt, wer sich hier nicht einfügt und macht, was ich sage, der wird bald gehen dürfen, es warten genug auf einen Arbeitsplatz."

Gisela:" Was diese Frau macht ist ungesetzlich. Sie kann mich nur rauswerfen lassen, wenn ich mir etwas zu Schulden kommen lasse, wenn ich die Arbeit verweigere innerhalb meiner Arbeitszeit, sie kann nicht machen was sie will. Wir haben außer Pflichten auch Rechte."

Als Gisela nach Hause kam sagte Aribert." Was war denn das für Eine, ich dachte ich komme da in eine Seniorenbegegnungsstätte, aber die Frau sieht ja aus, so läuft man doch in keiner Seniorenbegegnungsstätte rum. Ich habe solche Frauen schon mal gesehen."

Gisela:"Wo?"

Aribert." Ich musste mal einen Patienten nach Hamburg fahren und als ich zurück fuhr, da habe ich , es wurde schon etwas dunkel, so leicht bekleidete Frauen gesehen. Als ich diese Frau Richter sah, da dachte ich erst, es ist eine von diesen fragwürdigen Damen. Ich hoffe, dass diese Frau nicht noch auf die Idee kommt und von dir verlangt, dass du auch so rumläufst. Wie kann man so viel Tusche ins Gesicht schmieren und mit solchen Klamotten rumlaufen."

Gisela:"Das ist eben Geschmacksache. Ich werde mir auf keinen Fall so viel Farbe ins Gesicht schmieren. Sieh mal, die Frau Reichert hat auch nicht so viel Farbe im Gesicht und angezogen ist sie sehr einfach aber schön. Ich glaube, ich mag die Frau Reichert. Tanja, Naja, die kommt aus Russland und die Frauen aus Russland, die sind von je her immer mit so viel Tusche im Gesicht umher gelaufen. Aber Tanja ist nett. Ich muss ja keinen von denen heiraten. Ich hoffe nur, dass ich irgendwann mal etwas anderen machen kann, als immer nur putzen. Ich warte noch ein paar Wochen und werde mich dann mal im Personalbüro erkundigen, ob es so richtig ist, was Frau Richter mit mir macht."

Die erste Woche verlief tatsächlich für Gisela nur mit Putzen. Aber sie kam Frau Reichert etwas Näher und konnte so einige Sachen erfahren. Frau

Reichert sagte ihr:" Ich heiße Renate und wenn du nichts dagegen hast, dann sage ich zu dir Gisela." Also bei Agnes musst du vorsichtig sein. Sie hat im Amt was zu Bedeuten."

Gisela:"Was ist denn die Frau Richter von Beruf?"

Renate:" Sie ist Friseurin. Sie ist aber schon lange Jahre in dieser Begegnungsstätte. Wie sie es gemacht hat, dass weiß ich nicht. Ich weiß nur, sie ist bei den Männern sehr beliebt und davon gibt es im Amt viele. Mehr möchte ich dazu nicht sagen, sonst redet man sich hier noch um Kopf und Kragen. ich habe Verkäuferin gelernt und habe auch, bevor ich hierhergekommen bin mal in einer Gaststätte gearbeitet. Ich habe dann die Gaststätte auch geleitet.

Bis dann die Wende kam, da wurde die Gaststätte privatisiert und ich musste gehen. Nun ist Agnes froh, dass ich so viel vom Gaststättengewerbe verstehe, denn sie hat doch keine blassen Schimmer davon. Sie kann nicht eine Abrechnung machen. Sie gibt es zwar nicht zu, aber immer wenn ich zu ihr sage, komm machen wir schnell die Abrechnungen, dann muss sie immer ganz schnell weg. Wenn ich Urlaub habe, dann ist immer das reinste Chaos hier, sie hatte dann angeblich nie Zeit, die Abrechnungen zu machen. Dann brauche ich Wochen, um es so einigermaßen wieder hinzukriegen."

Giesela:"Warum lässt du dir denn das gefallen?"

Renate:"Ich bin froh, dass ich hier meine Arbeit habe. Mein Mann ist arbeitslos, ich bin die einzige Verdienerin und ich mache diese Arbeit gerne. Ich habe hier einen Jahresvertrag gehabt. Er wurde um ein Jahr verlängert, nun schon das zweite Mal. Ich rechne ja damit, ich bin ab November drei Jahre hier, ob sie mich nun endlich für immer übernehmen, oder ob sie wieder nur verlängern. Es ist traurig, was man hier mit uns macht."

Nun kam die Erste große Veranstaltung in der Begegnungsstätte. Es wurden über einhundert Senioren erwartet. Giesela musste an diesem Tag, die Senioren auch bedienen.

Frau Richter sagte zu ihr:" Also, sie machen für jeden Gast einen Zettel, sie alles drauf schreiben, was er bestellt hat. Wenn die Gäste bezahlen wollen, dann sagen sie mir Bescheid. Die Abrechnung mache ich. Sie dürfen die

Rechnung fertig machen und bezahlen müssen die Gäste bei mir."

Gisela machte es so, wie man es ihr aufgetragen hatte. Tanja kam zu Gisela und fragte sie:" Darfst du auch nur die Rechnung fertig machen und Frau Richter geht dann kassieren?"

Gisela sagte:"Ja, warum?"

Tanja:" Weil Frau Richter die ganzen Trinkgelder einstreicht. Wenn du eine Weile hier bist, dann wirst du es schon merken. Frau Richter ist ja nicht immer da, dann müssen wir auch kassieren und dafür stellt sie in die Schublade immer einen Becher und sagt dann, hier kommt das Trinkgeld rein, es wird gesammelt und wenn es sich lohnt, dann haben wir alle etwas davon. Ich bin elf Monate hier und außer mal ein Kaffee und mal ein Würstchen habe ich noch nie bekommen und ich habe schon mit bekommen, wie viel Trinkgeld die Senioren hier manchmal geben."

Gisela zu Tanja." Das ist ja Betrug."

Tanja:"Ja, aber keiner traut sich etwas zu sagen, weil alle, die hier eine ABM-Stelle hatten immer denken, dass sie wieder her kommen können. Aber bis jetzt ist keiner ein zweites Mal her gekommen."

Gisela:"Ich möchte hier nicht wieder herkommen. Ich will versuchen, ob ich in einem Alten- und Pflegeheim unterkomme, oder ob es klappt, dass ich mich vielleicht doch noch Selbstständig machen kann."

" Siehst du," sagte Tanja,: "und weil du eine höhere Ausbildung hast als sie, darum ist sie auf dich auch wütend. Das Allerschlimmste ist nun noch, dass die alten Leutchen dich mögen. Dafür hasst sie dich."

Gisela:" Dagegen kann ich doch aber nichts machen."

So verging Woche um Woche. Dann meldeten sich in diesem Club auch große Feierlichkeiten an, wie zum Beispiel

Silberhochzeiten, Goldene Hochzeiten und der gleichen. Bei allen diesen Feierlichkeiten war Frau
Richter immer dabei. Es war immer an einem Samstag und sie kam immer persönlich. Gisela war nur ein paarmal dabei. Sie war auch froh darüber, denn die Feiern gingen manchmal bis morgens um vier. Dann kam der Urlaub von Frau Richter. Ausgerechnet in dieser Zeit fand eine Goldene Hochzeit statt. Sie sagte:"Ach wenn ich könnte, dann würde ich den Urlaub verschieben, aber es geht nicht, ich habe eine Reise nach Australien gebucht und da kann ich nicht einfach umbuchen, das geht nicht. Hoffentlich geht auch alles gut, wenn ich nicht da bin."
Renate verdrehte die Augen hinter ihrem Rücken und sagte:"Ich bin doch auch noch da, fliege ruhig in deinen wohlverdienten Urlaub, wir werden es schon schaffen. "
Frau Richter:" Ach ja, Gott sei Dank, dass ich dich habe. Wie würde es hier wohl laufen, wenn ich dich nicht hätte. Naja, ich habe ja auch schon alles mit der Familie abgesprochen, wie alles ablaufen soll. Und das mit der Bezahlung habe ich mit ihr auch gleich abgemacht, damit ihr euch da nicht auch noch drum kümmern müsst. Ihr müsst nun ohne mich auskommen."
Als Frau Richter weg war, atmete Renate auf und sagte:" Jetzt haben wir endlich unsere Ruhe."
Die Tage verliefen tatsächlich viel ruhiger und ohne jeglichen Stress.
Nun kam der Tag, an dem die Goldene Hochzeit stattfand. Renate und Gisela haben die Tische schön geschmückt. Die Familie brachte alles was man
dazu brauchte. Renate richtete das kalte Buffet. Das machte sie wirklich sehr schön zurecht.
Gisela sagte:" Das kann ein Profi auch nicht besser."
Renate: "Ich musste doch damals in der Gaststätte, die ich geleitet habe auch alles machen. Ich hatte damals eine

Kaltmamsell, die hat mir viel beigebracht und hier mache ich es auch schon seit drei Jahren. Du kannst dir sicher vorstellen, wie es zu DDR-Zeiten war, was wir da zur Verfügung hatten und es musste trotzdem gut aussehen. Heute kostet es mir ein Lächeln, so ein kaltes Buffet zu machen."
Es machte richtig Spaß, mit Renate zu arbeiten.

Die Gäste kamen. Der Geschenketisch wurde schnell noch gerichtet, damit die Gäste die mitgebrachten Geschenke darauf legen konnten. Es war richtig spannend. Nun kam das Goldene Brautpaar. Einer aus der Familie bediente den Recorder, er machte wunderschöne dezente Musik. Als dann das Buffet eröffnet wurde, kam eine Dame zu Renate und Gisela und sagte: "Bitte meine Damen, bedienen sie sich auch, es ist genügend da und es wäre Schade, wenn es nicht alle wird. Wenn sie etwas trinken möchten, dann bedienen sie sich auch, sie können haben was sie möchten."
Renate sagte: "Danke, an diesem Buffet, werden wir uns etwas später bedienen, wenn die Gäste sich alle bedient haben und trinken werden wir nur Saft oder Sprudel. Wir müssen noch arbeiten und wir sind Beide mit einem Auto hier. Kaffee haben wir uns selber von unserem eigenen schon gekocht. Trotzdem nochmals vielen Dank."

Die Feierlichkeiten gingen dann bis 2.00 Uhr. Dann kam die Tochter vom Goldenen Brautpaar, drückte Renate und Gisela, jedem einen 50.00 DM-Schein in die Hand und sagte:" Dies ist dafür, dass sie so genügsam waren und sich hier die ganze Nacht um die Ohren geschlagen haben."
Gisela wurde rot und sagte:" Das kann ich doch nicht annehmen.
Renate sagte zu Gisela:"Das geht schon in Ordnung. Die Brautpaare, die hier Feiern, machen das immer so, weil sie wissen, dass wir diesen Tag hier nicht bezahlt bekommen."

Die Tochter von dem Brautpaar sagte:"Ja, also die Frau Richter sagte mir, dass sie außer der Saalmiete außerdem immer mindestens 200.00 DM bekommt, das wäre für das Personal, die hier arbeiten je 50,00 DM und für sich selbst, weil sie ja die meiste Arbeit damit hat 100,00 DM."
Gisela staunte nur.
Als die Tochter los ging, sagte Renate:" Da kannst Du mal sehen, davon wusste ich noch nicht einmal was. Ich habe noch nie für eine Feier 50,00 DM bekommen."
Als die Gäste alle gegangen waren, kam die Tochter noch einmal und sagte:" Wissen sie, ich fand das auch etwas komisch, dass die Frau Richter alles schon im Voraus haben wollte. Die Saalmiete schon, aber das andere, gibt man doch immer erst hinterher. So habe ich ihr gesagt, dass sie ihr Geld bekommt, wenn sie von ihrem Urlaub zurück ist. und überhaupt, wo hat sie denn die meiste Arbeit, sie haben doch alles gemacht."
Dann drückte sie jedem noch eine Flasche Sekt in die Hand und sagte:" Wenn sie mal frei haben, dann trinken sie auf das Wohl unserer Eltern."

Gisela kam, weil sie noch aufgeräumt haben erst um 3.30 Uhr nach Hause. Aribert lag schon im Bett, aber er konnte nicht schlafen.
Dann sagte er:" Guten Morgen mein Schatz. Du bist bestimmt kaputt." Gisela:" Ach, mir tun nur die Füße weh, vom vielen Laufen. Aber sonst, es war schön. Bist du sehr müde?"
Aribert:"Nein und ich habe doch morgen frei. Was hast du denn?"
Gisela:"Ich kann nicht sofort schlafen. Sie mal, ich habe eine Flasche Sekt bekommen und 50.00 DM."
Aribert:" Wieso denn das?"

Gisela:"Die Geschichte ist zu lang, das muss ich dir morgen erzählen. " Aribert: "Das will ich heute noch wissen." Gisela erzählte ihm die ganze Geschichte, die sie von der Tochter des Goldenen Brautpaares erfahren hatte. Aribert:" Da kannst du mal sehen, dann kann man auch nach Australien fliegen."

Die Wochen ohne Frau Richter vergingen viel zu schnell. Nun war sie wieder da und prahlte von ihrem Australienurlaub. Sie brachte für jeden Mitarbeiter einen Kalender mit, auch für Gisela. Sie berichtete dann, von den australischen Bären und das sie nicht alles fressen. Gisela hörte sich alles dies an und sagte dann:" Das sind keine australischen Bären, dass sind Koalas und dies sind Beuteltiere, die fressen nur Eukalyptus und nicht von jedem Eukalyptusbaum, sie fressen nur von ganz bestimmtem Eukalyptus, dies hat mit ihrer Verdauung zu tun." Da sagte Frau Richter:" Also Frau Milan, woher wollen sie das wissen, sie machen ja so. als wenn sie schon mal in Australien waren." Gisela darauf: "Nein ich war noch nie in Australien, weil ich nicht so viel Geld im Überschuss besitze. Aber ich habe eine Tante in Adelheide von Australien, dann wohnt meine Brieffreundin Marlene in Victoria von Australien und eine Brieffreundin habe ich in Westaustralien und eine wohnt direkt in Sydney." Frau Richter:" Ach sie haben Freundinnen in Australien?" Gisela:"Ja, ich habe überall auf der Welt Brieffreunde. Es sind genau sechsundvierzig Briefpartner." Frau Richter:" Wo haben sie die denn alle her?" Gisela:"Ich habe eine sehr gute Arbeitskollegin gehabt, wir waren etwas mehr als nur Kolleginnen, wir haben uns auch manchmal privat getroffen und sie ist Mitglied in dem australischen Briefclub 'Blue Gum', dieser Club ist in

Tasmanien, es ist der äußerste untere Zipfel von Australien. Sie hatte mich dort eintragen lassen und so bekam ich jeden Tag ein paar Briefpartner mehr." Renate hörte auch ganz gespannt zu und fragte:" Und wo hast du nun alle Briefpartner?"

Gisela:" In Holland, da möchte ich mal hin, dieses Land gefällt mir sehr. Dann in Frankreich habe ich 2 Frauen und einen Mann, der ist Arzt in einer Klinik gewesen, ganz in der Nähe von Paris, er hatte mit dreißig Jahren schon einen Schlaganfall und hat seine Arbeit und auch viele Freunde verloren. Er freut sich immer, wenn er Post bekommt, das baut ihn wieder auf.

Dann habe ich zwei Frauen in Neuseeland, Eine in Belgien, Eine aus Österreich, Eine aus der Schweiz, eine Frau und einen Mann in Malaysia, eine Frau in Honolulu, eine Frau in Nigeria, eine Frau aus der Türkei, einen Mann in Algerien, in Florida, in New York, in England habe ich fünf Frauen, in Canada, in Japan habe ich auch vier, in Malta, in Spanien, in Italien und wo ich mich ganz besonders drüber gefreut hatte, war, dass mir auch eine aus Ägypten geschrieben hatte. Ich finde dieses Land faszinierend, ich weiß bis heute nicht warum, ich kann es selber nicht ergründen, aber wenn ich von ihr Post bekomme, dann schlägt mein Herz immer schneller als sonst. Ja, und auch in Philadelphia, wie auch auf den Philippinen und noch viele mehr. Ich habe zu Hause eine kleine Akte darüber, weil es immer mehr geworden sind. Ich habe mich aber bei den meisten schon brieflich verabschiedet, weil mir das Porto zu teuer geworden ist. Zu DDR-Zeiten, da war das Briefporto kaum spürbar."

Frau Richter:" Und weil sie die Leute alle vom Schreiben her kennen, meinen sie, dass sie jetzt Allwissend sind."

Gisela:"Nein, das bin ich nicht. Aber ich glaube schon, dass die Menschen aus Australien wissen, dass die Koalas keine

Bären sind, es sind eben Koalas. Sie sehen den Bären nur etwas ähnlich. Ich glaube auch, dass ich bestimmt etwas allgemeines Wissen besitze. Deshalb muss man kein Allwisser sein. Ich interessiere mich für die Kulturen anderer Länder und freue mich immer darüber, wenn ich etwas Neues erfahren kann."
Frau Richter:" Naja, dann lernen sie mal."

Eines Tages auch in dieser Begegnungsstätte, Gisela war gerade dabei die Küche aufzuräumen und zu wischen, da kam ein fremder Mann rein. Gisela hatte ihn hier noch nie gesehen. Er ging direkt auf Gisela zu, lächelte sie an und sagte:" Ist den die Frau Richter da?"
Gisela:"Ja, sie ist in ihrem Büro."
Der Mann sah Gisela an und er lächelte immer noch und sagte:" Seit wann sind sie denn hier?"
Gisela schaute ihn an und sagte:"Seit heute Morgen."
Er lächelte wieder und sagte:" Das meinte ich zwar nicht aber egal."
Er ging ins Büro, war ungefähr fünf Minuten drin, dann kam eine Frau dazu und nach einer Stunde gingen sie Beide. Der Mann blieb vor Gisela stehen, sah sie an und sagte:" Ich bin Herr Zimmermann."
Gisela lächelte ihn an und sagte:"Angenehm, ich bin Frau Milan."
Der Mann:" Ich weiß." Dann ging er.
Gisela musste noch zwei Obsttorten fertig machen, dann kam Frau Richter mit einem hochroten Kopf aus dem Büro und sagte:" Sie sollen mal ans Telefon kommen. Da ist Herr Zimmermann dran, vom Personalbeirat."
Gisela ging ans Telefon:" Ja, hier Milan."
"Hier Zimmermann", tönte die Stimme im Telefon, „ich habe eben schon mit Frau Richter gesprochen, ich möchte, dass sie sich jetzt in ihr Auto setzen und zu mir kommen. Ich

sitze im Amt in der oberen Etage. Ich warte auf sie." Gisela:"
Ich habe doch noch viel Arbeit hier, ich weiß nicht, ob ich
einfach so hier weg kann."
Herr Zimmermann:" Frau Richter weiß Bescheid, sie
können also sofort kommen."
Gisela:" Gut, ich komme. Auf Wiedersehen."
Herr Zimmermann:" Ach, was ich noch sagen wollte, sie
können sich hier auf dem Hof auf den Parkplatz stellen, das
geht dann in Ordnung. Auf Wiedersehen."
Gisela legten den Hörer auf und sagte zu Frau Richter:" Ich
soll jetzt zum Amt kommen. Wissen sie warum ich hin
muss?"
Frau Richter:" Ich weiß es nicht, aber wenn einer zum
Personalrat muss, dann bedeutet es meistens eine
Entlassung."
Sie lächelte darauf hin Gisela an und senkte den Kopf, dann
sagte sie:"Auf Wiedersehen, Frau Milan."
Gisela zog ihre Jacke an, ging zum Auto und fuhr los. Sie
kam beim Amt an. Es war gerade noch ein Parkplatz frei. Sie
ging in das Gebäude und dachte was werden sie wohl mit
mir vorhaben? Sie kam an die Tür, dort stand
Personalbeirat, Herr Zimmermann.
Gisela klopfte, eine Frauenstimme sagte: "Kommen sie rein."
Gisela betrat den Raum.
Eine junge Frau sagte:" Ich bin Frau Heller, die Sekretärin
und sie sind bestimmt Frau Milan."
Gisela:" Ja."
Frau Heller:"Gehen sie bitte durch, Herr Zimmermann
wartet schon auf sie."
Die Tür stand offen. Sie trat ein. Herr Zimmermann stand
sofort auf nahm Gisela die Jacke ab, hängte sie auf einen
Bügel und sagte:" Sie mögen doch Kaffee? Frau Heller bringt
uns gleich welchen."

Gisela nickte und setzte sich an den großen runden Tisch, auf den Herr Zimmermann wies. Er setzte sich ebenfalls an den Tisch und sagte:" Sagen sie mal, Frau Milan, kennen sie mich nicht mehr?"

Gisela sah ihn an und sagte:" Ich wüsste nicht woher, außer, ich habe sie heute in der Begegnungsstätte gesehen."

Herr Zimmermann:" Sie haben doch in dem Motorenwerk gearbeitet." Gisela:"Ja."

Herr Zimmermann:" Ich war nach dem Zusammenschluss von dem Traktoren und dem Motorenwerk zu Euch gekommen, ich saß zwei Büros neben ihnen. Sie sind jeden Tag an mir vorbei gegangen. Sie haben doch im Qualitätssicherungssystem als Sekretärin gearbeitet."

Gisela:"Ja, das stimmt, aber an sie kann ich mich nicht erinnern."

Herr Zimmermann:" Das kann sein, sie hatten immer viel Kundschaft und wir haben nur ein paar Mal persönlich miteinander zu tun gehabt. Ich kann mich an sie noch genau erinnern."

Nun kam die Sekretärin, Frau Heller herein und bracht den Kaffee.

Herr Zimmermann sagte:" Frau Heller, bitte setzen sie sich zu uns und trinken sie mit uns einen Kaffee."

Gisela: "Herr Zimmermann, warum muss ich zu ihnen kommen, wenn sie mich entlassen wollen, dann brauchen wir dabei keinen Kaffee trinken, dann sagen sie es mir gleich."

Er lachte und sagte:"Wie kommen sie denn darauf, dass ich sie entlassen will?"

Gisela:" Frau Richter sagte mir, wenn man zum Personalrat gebeten wird, dann ist es meistens eine Entlassung."

Er sah Frau Heller an, was macht eine so gute Sekretärin in und Beide lachten herzlich. Er sagte:" Nein, ich habe sie hierher bestellt, weil mir so einiges durch den Kopf ging, als ich sie gesehen habe. Ich dachte einer Küche und dann mussten sie auch noch sauber machen, warum arbeiten sie nicht im Büro?" Gisela:" Ach, ich bin doch noch einmal zur Schule gegangen und habe mein Staatsexamen für Altenpflege gemacht und dann habe ich von der Stadt ein Angebot bekommen, in einer Seniorenbegegnungstätte als Seniorenbetreuer zu arbeiten. Ich habe es angenommen. Ich wusste da nicht, dass ich nur als Putzfrau tätig sein würde." Herr Zimmermann: "Ja, dafür waren sie auch nicht vorgesehen. Wir haben der Frau Richter gesagt, weil sie immer gesagt hat, dass sie ihre Arbeit nicht mehr schafft, dass sie eine Sekretärin bekommt, die auch in der Seniorenbetreuung tätig sein kann. Sie sagte uns, dass sie sich darüber sehr freuen würde. Dann könnte sie sich um andere Dinge auch besser kümmern."

Gisela:" Zu mir hat sie gesagt, dass sie nur eine Arbeitskraft braucht, die hier sauber macht, Kaffee kocht und die Küchenarbeit macht."

Herr Zimmermann sah Frau Heller an und sagte:" Da können sie mal sehen. Sie hat uns gebeten, dass die eine ABM-Kraft länger bleiben muss, weil sie sonst keinen hat, der die Räume sauber macht und sich um die Küche kümmert, dafür war die Frau Milan überhaupt nicht vorgesehen."

Dann wendete er sich wieder Gisela zu und sagte:"Macht es ihnen etwas aus, wenn sie die Arbeiten dort machen?"

Gisela:" Nein, ich habe mich schon daran gewöhnt."

Herr Zimmermann." Jetzt kann sie was erleben:" Sie machen also die Arbeit, wie bisher weiter. Dann werden wir die andere ABM-Kraft entlassen, wir haben sie so wieso schon 4 Monate länger beschäftigt, als vorgesehen. Dann wollen wir mal sehen, was sie dann macht. Mir reicht es jetzt mit dieser Frau."

Sie tranken den Kaffe, dann sagte Herr Zimmermann:" Wie ist das eigentlich mit den Überstunden? Haben sie die schon abgebummelt?"

Gisela:"Nein, immer wenn ich sie frage, sagt sie zu mir, ich kann jetzt nicht, das wird im letzten Monat gemacht. Aber ich habe schon so viele Überstunden, das ich bald einen Monat zu Hause bleiben kann."

Herr Zimmermann:" Sie gehen jetzt nach Hause. Dann werde ich mich mit Frau Richter mal Unterhalten. Sie machen keine Überstunden mehr. Wenn sie abends länger bleiben müssen, dann kommen sie erst am Nachmittag."

Gisela:" Wer macht dann sauber?"

Er:" Dann muss sie auch mal was machen. Sie ist hier keine Prinzessin."

Frau Heller lächelte und sagte:" Genau, sie müssen mal aufpassen, was sie so den ganzen Tag macht."

Gisela:"Dafür habe ich keine Zeit."

Gisela verabschiedete sich und sagte: "Vielen Dank für den Kaffee."

Sie fuhr nach Hause. Sie konnte sich um ihren Haushalt kümmern und als Aribert nach Hause kam, staunte er nicht schlecht, als Gisela schon da war. Sie erzählte ihm die ganze Geschichte und Aribert sagte:" Endlich bekommt mal einer mit, dass da etwas nicht in Ordnung ist."

Am nächsten Morgen, Renate war schon da und fragte ganz aufgeregt:" Was war denn gestern los? Agnes ist gestern wie ein Pfau hier rumgelaufen und sagte, dass du eventuell entlassen wirst."

Gisela:" Ich entlassen, dies ist wohl ein Witz. ABM-Kräfte kann man nicht einfach entlassen. Dann muss ich hier schon klauen, oder einen von den Senioren schlagen oder noch schlimmere Sachen machen."

Renate:"Nun sag schon, was war los."

Gisela:"Ich weiß nichts, ich musste nur über meine Arbeit reden, was ich hier mache und dass ich dafür nicht vorgesehen war. Das man dafür eigentlich Tanja länger in dieser Stellung gelassen hat, damit der Tagesablauf gesichert ist. Mehr weiß ich nicht. Dann hat man mich gefragt, ob mir die Arbeit, die ich bis jetzt gemacht habe etwas ausmacht und ob ich die paar Monate, die ich noch hier bin weiter machen möchte. Das war alles."

Renate zu Tanja, die gerade gekommen war:" Siehst du, ich habe gleich zu dir gesagt, hier ist was faul, denn es war noch nie, wenn eine neue ABM-Kraft gekommen war, daß die Andere noch bleiben durfte."

Tanja:"Was passiert nun?"

Renate:"Einer von Euch muss jetzt gehen."

Gegen Mittag kam dann Frau Richter. Als sie ihr Büro aufschloss, klingelte schon dass Telefon. Sie kam ein paar Minuten später raus und sagte:" Renate fahr mich bitte schnell mal zum Amt. Ich muss sofort hin."

Renate ließ alles fallen und fuhr mit Frau Richter los. Als Tanja und Gisela alleine waren, sagte Tanja:"Komm wir setzen uns erst mal und trinken einen Kaffee, dass wird heute bestimmt ein verrückter Tag."

Gisela:"Es soll mir Recht sein. Wir haben alles soweit fertig, wir müssen nur noch für Nachmittag die Kaffeetische decken."

Tanja:"Pass auf, ich werde bestimmt entlassen."

Gisela:" Ich weiß nicht, und wenn, ich kann daran nichts ändern, wenn die Frau Richter hier mit Lügen umgeht, dann kannst du dich bei ihr bedanken.

Ich war als Seniorenbetreuerin hier eingestellt und weil ich mal Sekretärin war, sollte ich Frau Richter helfen, die ganzen schriftlichen Sachen zu erledigen. Es tut mir leid, wenn sie uns so belogen hat."

Renate kam wieder zurück und sagte:" Ich musste wieder los, man sagte mir, dass es etwas länger dauern wird."

Tanja:" Sie werden mich jetzt entlassen, oder?"

Renate:"Das kann schon sein. Agnes hat mir unterwegs gesagt, dass sie einen Fehler gemacht hat und Gisela gar nicht für dich eine Ablösung sein sollte, sie sollte für Agnes als Unterstützung dienen und dann mit den Senioren etwas unternehmen."

Tanja." Warum hat sie das dann nicht so gemacht?"

Renate:" Weil sie Angst bekommen hat, weil Gisela schreiben kann, eine Ausbildung für Seniorenbetreuung hat und außerdem auch Auto fahren kann. Dann hat sie bemerkt, dass die meisten alten Leutchen Gisela auch noch gern haben, da hat sie ihre Felle schwimmen sehen. Verstehst du nun. Wenn du jetzt entlassen wirst, dann hast du es ihrem Stolz zu verdanken.

Ich finde es auch so gemein, ich habe es ihr schon gesagt. Mich kann sie so schnell nicht loswerden, weil sie nicht in der Lage ist mal eine Abrechnung alleine zu machen. Ich bin mal gespannt, wenn ich wieder Urlaub habe, dann werde ich wohl wieder zehn Tage brauchen, um in ihrem Chaos wieder Ordnung reinzubringen."

Tanja:" Ich hatte mich schon so gefreut, dass ich noch Arbeit habe. Was soll nun werden."

Gisela:" Was hast du denn gelernt?"

Tanja:" Ich war Ingenieur für Technik."

Gisela:"Na, dann musst du doch in deinem Beruf aber Arbeit bekommen." Tanja:"Nein, ich habe die Ausbildung nur für den Traktorenbau gemacht. Diese Traktoren werden doch nicht mehr gebaut. Meine Ausbildung kann ich verbrennen, die taugt nichts."

Frau Richter kam an diesem Tag überhaupt nicht mehr. Am nächsten Morgen kam sie schon um 9.00 Uhr und sagte zu

Tanja:" Du musst ins Amt, du sollst beim Personalbüro
vorbei kommen."
Dann drehte sie sich um und ging in ihr Büro. Tanja ging mit
einem sehr traurigen Blick. Renate und Frau Richter
sprachen kein einziges Wort miteinander.
Gisela:"Renate, da kommt Tanja."
Tanja kam rein, lächelte Renate an und sagte:" Du sollst mal
im Amt anrufen."
Renate ging ins Büro und kam nach ein paar Minuten wieder,
dann sagte sie:" Ich kann ab Montag meinen Urlaub
nehmen."
Tanja sagte dann:"Ja, ich weiß, man sagte mir, dass ich noch
so lange bleiben darf, wie du Urlaub hast und dann muss ich
gehen."
Renate bekam drei Wochen Urlaub nun musste Frau Richter
auch Gisela bei kleineren Veranstaltungen kassieren lassen,
weil sie es alleine nicht schaffte.
Dann an einem Morgen, Gisela war alleine im Club, Tanja
sollte später kommen, weil an diesem Tag wieder Skatabend
war und einer dann bis 19.00 Uhr arbeiten musste. Gisela
war gerade mit den Toilettenräumen fertig, da kam Frau
Richter. Sie kam zu Tür der Toiletten und sagte:"Ich wollte
schon etwas früher kommen, aber ich habe es nicht
geschafft."
Gisela hatte am Toilettenfenster gesehen, dass sie aus einem
Firmenwagen ausgestiegen war. Sie sah Frau Richter an und
dachte nur, was geht mich das an.
Da sagte sie:" Ja, Frau Milan, sehen sie mich nur an, ich habe
eine Tablettenallergie."
Gisela sah sie erst da richtig an und konnte erkennen, dass
ihr ganzes Gesicht zerkratzt war. Dann sagte sie ganz
abwertend zu ihr." Ja, Frau Richter, stellen sie sich vor, diese
Tablettenallergie hatte ich auch, als ich Aribert kennen
gelernt hatte."

Man konnte ganz deutlich erkennen, dass dies Kratzspuren von einem nicht sehr gut rasierten Bart waren.

Frau Richter war ganz empört und sagte:"Also Frau Milan, wie können sie nur so etwas denken."

Gisela:" Frau Richter, sie können doch machen was sie wollen, es geht mich nichts an. Bloß wenn sie das ihrem Mann weiß machen wollen, ich weiß nicht, ob er ihnen glaubt. Wenn ja, dann muss er blind sein."

Die drei Wochen waren endlich um und Renate war wieder da. Leider musste dafür Tanja gehen. Aber Gisela fühlte sich nicht schuldig. Nun ging die ganze Sache wieder drunter und drüber. Renate musste alles Aufarbeiten, was Frau Richter wieder verzapft hatte. Renate nahm auch einige Sachen mit nach Hause, weil sie dies alles nicht schaffen konnte.

Als Gisela wieder an einem Morgen alleine im Club war und sie beim Wischen der Räume war, geschah folgendes. Sie war gerade mit den Räumen fertig und hatte den Vorraum gewischt. Sie wollte mit dem Eimer in die Toiletten um ihn zu entleeren, da rutschte sie auf dem nassen Boden aus. Sie konnte nicht aufstehen. Sie lag eine Weile erst mal auf dem Boden. Sie konnte ja auch keine Hilfe herbei holen, weil das Büro immer abgeschlossen war und das Telefon befand sich im Büro. Zum Glück hatte Gisela mit Aribert vereinbart, dass sie immer das Funktelefon bei sich hat, weil sie ja auch oft im Dunkeln alleine fahren musste. Sie hatte also das Telefon immer in ihrer Handtasche.

Sie schlich sich in die Küche, wo sie ihre Tasche hatte. Sie stellte das Telefon an und rief die Nummer vom DRK an. Anette meldete sich.

Gisela sagte zu Ihr:" Hallo Netti, kannst du Aribert erreichen?"

Anette:"Ja, er ist gerade im Aufenthaltsraum, warte, ich gebe ihn dir." Aribert:"Was ist denn mein Schatz?"

Gisela: "Ich bin hier ausgerutscht und kann nicht auftreten. mir tut der Oberschenkel sehr weh und hier sieht es aus, dass ganze Wischwasser liegt jetzt hier."

Aribert:"Bleib ganz ruhig, ich komme."

Aribert hatte an diesem Tag Rettungsdienst, er kam gleich mit seinem Kollegen und dem Rettungswagen.

Gisela: "Du bekommst doch Ärger, wenn du mit dem Rettungswagen kommst."

Aribert: "Nein, ich habe es über die Rettungsleitzentrale gemeldet. Wir fahren zum Krankenhaus."

Gisela:"Ich kann doch nicht alles hier liegen lassen."

Der andere Kollege von Aribert, wischte den Boden auf, goss dass Wasser weg. Aribert ging eine Etage höher, wo sich eine Kindertagesstätte befand und bat darum, dass sie doch die Frau Richter anrufen sollten und sollten ihr sagen, dass Frau Milan ins Krankenhaus musste.

Aribert fuhr Gisela zu Gabi Weber ins Krankenhaus, der Ärztin, die Gisela schon vom Rettungsdienst her kannte.

Als Gisela ankam, sagte sie:" Was machst du denn für Geschichten."

Sie ließ Gisela röntgen und stellte fest, dass das Steißbein einen alten Bruch hatte.

Sie sagte:" Du musst erst mal zu Hause bleiben und dich ausruhen. Es ist eine Prellung und die muss erst mal abschwellen. Es dauert mindesten vier bis sechs Wochen."

Nun gab es erst mal wieder Ärger. Warum konnte man das Telefon nicht erreichen? Es stellte sich heraus, das von diesem Telefon aus Gespräche von über eintausend Mark pro Monat geführt wurden. Aus diesem
Grund, wurde das Telefon eingeschlossen. Es stellte sich im Nachhinein heraus, dass da auch einige Gespräche bis nach

Australien gingen. Es war zu der Zeit, als Frau Richter in Australien war. Renate gestand dann ihren Kollegen: " Bitte verratet mich nicht, ich kann doch nichts dafür. Agnes hatte hier immer angerufen und zu mir gesagt, bitte rufe mich doch mal zurück, sonst wird es von hier aus zu teuer. Sie wollte doch immer wissen, was im Club so lief."

Gisela besuchte ihre Kolleginnen jedes Mal. wenn sie im Krankenhaus war zur Untersuchung. Dann war da eine Kollegin, die hatte eine ABM-Stelle im Jugendclub, die nun hier in dieser Seniorenbegegnungsstätte für Gisela Vertretung machen musste. Gisela kannte sie vom Sehen. Sie war eine sehr nette Frau und auch im Alter wie Gisela.

Als Gisela mal zu Besuch kam, sagte sie: " Ich bin Brunhilde, ich muss dir sagen, ich fühle mich hier nicht wohl. Im Jugendclub, da wird meine Arbeit anerkannt. Ich musste dort auch die Kasse bedienen, wenn ich etwas verkauft habe, musste ich es auch kassieren. Hier verbietet man es mir . Das sieht ja so aus, als wenn ich nicht rechnen könnte. So ein Blödsinn, ich war früher Verkäuferin.

Ich hatte eine Zeit lang eine Verkaufsstelle geleitet. Als ich das gesagt habe, hat mich die Frau Richter angesehen, als wenn sie mich umbringen wollte.

Da hat sie zu mir gesagt, dass an die Kasse kein anderer ran darf, als nur sie und wenn sie nicht da ist nur Renate. Ist das nicht komisch. Dann soll ich, wenn mir einer von den Senioren mal `ne Mark gibt, die Mark in den Becher schmeißen, der unter der Kasse in der Schublade steht. Das verstehe ich nicht. "

Gisela:"Ich schon, ich verstehe das."

Dann sagte Brunhilde:" Ich habe auch gehört, dass es hier einige Senioren gibt, die immer nach dir fragen. Ich glaube, dass passt der Frau Richter überhaupt nicht. Dann ist doch hier noch eine Rentnerin, Frieda, die ab und zu mal hilft kommt, die ist schon 70 Jahre und hilft immer beim

Abwaschen und wenn mal viel zu tun ist auch beim Kaffee verteilen."

Gisela: "Ja, unsere Frieda, die ist Klasse, die hat mir hier auch erst mal die Augen geöffnet."

Brunhilde." Ich hoffe bloß, dass du bald wieder kommst und ich in meinen Jugendclub zurück kann, sonst rassele ich mit Frau Richter mal gehörig zusammen."

Gisela verabschiedete sich und fuhr wieder in den Garten.

Da Gisela wusste, sie wird auf keinen Fall in diesem Club nach Ablauf der ABM-Stelle länger bleibt oder so eine ähnliche Arbeit wieder machen, setzte sie sich mit Franz und Marita in Verbindung. Franz schickte ihr einige Zeitungsausschnitte, wo jede Menge Inserate vorhanden waren und Altenpfleger gesucht wurden. Gisela rief gleich das erste Beste an und bekam auch gleich eine Zusage. Sie sollte doch eine schriftliche Bewerbung schicken und sie melden sich dann.

Eine Woche später rief die Chefin von diesem Alten- und Pflegeheim bei Gisela an und sagte: "Können wir einen Termin ausmachen, dass wir ein persönliches Gespräch führen können?"

Gisela sagte zu. Sie machten einen Termin aus. Aribert nahm eine Woche Urlaub und sie fuhren Richtung Aachen. Franz und Marita freuten sich, dass sie endlich mal zu Besuch kommen würden.

Sie kamen in Aachen an. Sie wurden herzlich von Marita und Franz empfangen.

Franz sagte:"Es ist kein Vergleich, mit den Heimen aus den neuen Bundesländern. Hier werden die Altenpfleger wirklich anerkannt."

Gisela freute sich darüber.

Am nächsten Tag hatten sie den Termin in dem Alten- und Pflegheim.

Die Chefin war sehr interessiert an Gisela.

Als Gisela auch noch sagte: " Draußen sitzt mein Lebensgefährte, er ist von Beruf Krankenpfleger und er müsste sich dann, wenn wir hier wohnen auch um eine neue Arbeit kümmern."

Fragte die Chefin:" Was macht er denn im Moment?"

Gisela: " Er arbeitet jetzt beim Rettungsdienst. Er ist aber von Beruf Krankenpfleger."

Die Chefin:" Holen sie ihn doch bitte mal rein."

Gisela ging raus und sagte zu Aribert:" Du möchtest mal bitte rein kommen." Aribert kam in das Büro.

Die Chefin:" Haben sie schon einmal in einem Pflegeheim gearbeitet?"

Aribert: "Nein. Ich habe meine Ausbildung im Krankenhaus gemacht."

Die Chefin: "Hätten sie Interesse, hier zu arbeiten. Ihre Lebenspartnerin sagte, dass sie dann in Kürze auch Arbeit bräuchten."

Aribert:" Ja, aber dann erst bitte im Januar."

Die Chefin:" Alles perfekt. Schicken sie mir ihre Unterlagen und dann sehen wir sie, Frau Milan im September und sie Herr Wagner dann im Januar.

Sie fuhren dann wieder in Richtung Heimat, denn nun wussten sie, ihre Arbeit ist ihnen sicher, da kann uns nichts mehr passieren.

Franz sagte noch:" Wenn es dann soweit ist, dann schicke ich euch Wohnungsangebote, da braucht ihr euch auch keine Gedanken zu machen. Wohnungen bekommt man hier immer. Wir machen dann auch wieder Termine aus. Dann könnt ihr natürlich wieder bei uns übernachten."

Aribert und Gisela waren damit einverstanden.

Achtes Kapitel

Gisela bereitete das Mittagessen vor, kurz bevor es fertig war, kam Aribert, er freute sich immer auf das Essen, was sie kochte, schmeckte ihm hervor-ragend. Es war so schönes Wetter, dass sie im freien Essen konnten. Gisela räumte den Tisch ab und fing an abzuwaschen. Aribert krautete etwas im Garten, als Gisela einen Schmerz im linken Arm verspürte. sie ließ den Topf fallen, den sie gerade abtrocknen wollte. Aribert hörte den Knall und kam gleich angelaufen: "Was ist passiert?", fragte er.
Gisela: " Ich weiß nicht. Es hat mir hier eben im Arm weh getan und dann konnte ich den Topf nicht mehr halten."
Aribert sah sich den Arm an, er war ganz weiß und kalt. Aribert rieb an dem Arm und so bekam er wieder Farbe. Er sagte: "Du hattest da eine Durchblutungsstörung. Da musst du jetzt darauf achten, es darf nicht wieder passieren."
Am nächsten Tag, es war an einem Sonntag. Aribert hatte frei und Gisela fühlte sich wohl. Es war ein schöner Sonnentag im Mai.
Gisela sagte: " Aribert, ich habe heute mal richtigen Appetit auf ein Glas gezapftes Bier."
Aribert: " Was du hast Appetit auf ein Bier? Nun gut, dann gehen wir durch die Gartenanlage nach vorn ins Lokal."
Es war ein wunderschönes Gartenlokal. Die Gartenbewohner gingen alle gern dort mal ein Bier trinken oder auch mal zum Mittagessen. Es war ein sehr gepflegtes Lokal. Gesagt, getan. Gisela und Aribert, spazierten durch den Garten. Es war herrlich, wenn man Zeit hatte. Sie setzten sich draußen unter den Sonnenschirm und bestellten sich ein kleines und ein normales Bier. Aribert und Gisela

genossen das Bier. Dann bezahlte Aribert und sagte:"So, nun lass uns langsam wieder zurück gehen. Ich will noch ein bisschen harken und dann ruhen wir uns schön aus und genießen dann den Abend."

Sie kamen in ihrem Garten an und Gisela sagte schon unterwegs:" Sag mal, Aribert, kann es sein, dass man von einem so kleinen Bier besoffen wird." Aribert."

Normalerweise nicht, aber wann trinkst du schon mal ein Bier, dann kann das schon mal passieren. Trink gleich wenn wir in den Bungalow kommen einen Schluck Sprudel."

Gisela hatte das Gefühl, als wenn sie schwankte. Gisela ging in den Bungalow. Sie kam bis in den Wintergarten, dann plötzlich knickte sie mit dem linken Bein um und fiel hin.

Sie rief: " Aribert, bitte komm hilf mir."

Aribert kam rein und sah, dass Gisela neben der Couch auf dem Boden kniete.

Er sagte:"Na, so besoffen kann man aber von ein Bier nicht sein."

Gisela fing an zu weinen und sagte: " Ich spüre meine linke Hand, meinen Arm und mein linkes Bein nicht mehr."

Aribert legte Gisela auf die Couch und holte das Sauerstoffgerät. Er hielt es ihr dicht unter die Nase und sagte:"Atme richtig schön langsam durch."

Als Gisela wieder klare Bilder sehen konnte, sah sie, dass Aribert ganz schweißgebadet neben ihr saß und das Sauerstoffgerät bediente.

Gisela:" Es geht mir wieder besser."

Aribert: " Was machst du für Sachen?"

Gisela:" Ich weiß auch nicht, mir war ganz schwindelig, dann konnte ich mein linkes Bein nicht mehr fühlen und dann bin ich umgefallen. Meinen Arm habe ich auch nicht gemerkt."

Aribert:" Morgen fahren wir gleich zu Gabi, die muss dich untersuchen, da ist doch etwas nicht in Ordnung."

Gleich am nächsten Morgen, fuhr Aribert mit Gisela zum Krankenhaus und sagte zu Gabi: " Also, jetzt untersuchst du Gisela ordentlich, da ist doch etwas nicht in Ordnung." Gabi:" Na dann komm mal her, was machst du denn wieder für Scherze? Naja, der Blutdruck ist nicht in Ordnung, aber davon bekommt man nicht alles dies, was du hattest. Ich schicke dich mal rüber zur Frau Professor und lasse mal einen CT machen. Dann sprechen wir noch mal mit einander." Aribert musste zur Arbeit. Da sagte er: " Sobald du fertig bist, lässt du mich anrufen, ich hole dich ab." Nach dem CT, sagte die Professorin: " Es ist alles in Ordnung, aber gehen sie trotzdem noch zu Frau Doktor Weber. Sie wird ihnen schon alles berichten." Gisela ging zu Gabi wieder zurück. Gabi holte sie rein und sagte:" Ich verstehe es nicht, aber die CT-Bilder sind alle in Ordnung. Wir werden mal versuchen, deinen Blutdruck in Ordnung zu bringen. Vieleicht geht es dir dann wieder besser." Aribert holte Gisela ab und brachte sie wieder in den Garten. Dann sagte er:: „Sieh zu, dass du nicht so viel machst, ich komme dann so schnell ich kann wieder nach Hause."

 Aribert und Gisela bekamen nun von ihrer Wohnungsgesellschaft Bescheid, dass sie aus ihrer Wohnung raus müssen. Der gesamte Häuserblock soll modernisiert werden. Alle Bewohner bekommen nach und nach eine Übergangswohnung, bis deren Wohnung fertig ist, dann können sie wieder zurück in ihre Wohnung. Dann sollte jede Wohnung ein modernes Bad und eine moderne Heizung haben. Gisela und Aribert bekamen eine kleine Wohnung, mit Innentoilette und einer Dusche. Die Küche war riesengroß, eine Wohnküche. Sie freuten sich über die Wohnung, vor allem über die Dusche.

 Als sie umgezogen waren, den Umzug bezahlte die Wohnungsgesellschaft, fuhren sie gerne nach Hause. Als sie dann am 30. Mai abends zu Hause waren, legte sich Gisela auf die Couch und Aribert setzte sich in den bequemen Sessel, zog den großen Würfel ran und legte seine Beine hoch. Gisela stellte den Fernseher an, es sollte heut ein gemütlicher Fernsehabend werden.

Plötzlich konnte Gisela die Bilder auf dem Fernseher nicht mehr erkennen. Es fing alles an zu schwanken. Gisela setzte sich hin. Alles um sie herum drehte sich, ihr wurde schlecht. Aribert stand auf und sagte: "Schatz! Was ist los!"

Gisela hörte die Worte, konnte aber nicht sprechen.

Sie versuchte es, aber es kam kein Wort über ihre Lippen. Die linke Seite ihres Gesichtes konnte sie nicht fühlen. Aribert holte einen kalten nassen Waschlappen und fuhr ihr damit übers Gesicht. Sie konnte immer noch nichts sagen. Aribert merkte, dass Gisela nicht reden konnte. Er saß neben ihr und klopfte ihr ins Gesicht und schrie sie laut an:" Gisela hörst du mich! Bitte sag was! "

Gisela kann es auch nicht erklären, sie konnte sich selber sitzen sehen und Aribert saß neben ihr. Es war so, als wenn sie aufgestanden war und konnte sich selber wie in einem Spiegel sehen. Was war das? Aribert holte nochmal einen frischen kalten Waschlappen, rannte zu ihr, sie konnte es sehen, aber so, als wenn da eine andere Person auf der Couch sitzt. Aribert fuhr ihr wieder mit dem Lappen übers Gesicht. Er klopfte ihr wieder die Wangen und schrie immer wieder: "Gisela hörst du mich, sag bitte was!"

Dann merkte Gisela einen Schmerz auf dem Brustbein, als wenn ihr jemand den Brustkorb aufreißen wollte. Es gab

174

einen gewaltigen Druck auf das Trommelfell, als wenn es einen riesen Knall, oder eine Explosion gab.

Dann sagte Gisela wie ein Traumwandler:" Was machst du denn, es ist doch schon alles gut."

Jetzt konnte sie sich nicht mehr sehen. Jetzt war sie wieder Ich.

Aribert:" Was war denn mit dir los?"

Gisela:"Ich weiß nicht? Ich habe eben vor mir selber gestanden und habe uns beide gesehen. Ich konnte nicht sprechen, obwohl ich es wollte. Du saßest neben mir, ich habe alles gesehen."

Aribert war kreidebleich und hatte Schweißtropfen auf der Stirn. Er sagte:" Was machst du bloß? Ich habe solche Angst gehabt, ich dachte du stirbst jetzt."

Gisela:"Ich glaube, ich war schon etwas tot. Aber du hast mich wieder geholt."

Aribert konnte die ganze Nacht nicht schlafen. Gisela auch nicht, sie hatte Angst die Augen zu schließen. Sie konnte sich dies alles nicht erklären, was da vor sich ging. So etwas hatte sie noch nie erlebt.

Am nächsten Morgen, Aribert hatte Rettungsdienst, dies bedeutet, er muss 24-Stunden-Dienst machen.

Gisela sagte: Fahre du nur zur Arbeit, mir geht es gut und ich fahre gleich um 8.00 Uhr zu Gabi und werde es ihr sagen.

Gisela fuhr zum Krankenhaus und sprach mit Gabi darüber.

Sie sagte: "Also, ich mache jetzt gleich einen Termin mit einer Neurologin, da musst du dann dich mal untersuchen lassen. Ich habe nicht all diese Möglichkeiten."

Gabi telefonierte eine Weile, dann kam sie zurück ins Untersuchungszimmer und sagte:" Du kannst übermorgen zu ihr kommen. Sie hatte zwar keine Termine mehr frei. Aber du kennst mich ja. Sie hat dann gesagt, dass sie dich dazwischen schiebt und du sollst einen Tag vorher die Haare waschen und keinen Haarlack oder der Gleichen rein machen. Aber das machst du ja so wieso nicht. Dann werden wir sehen, was los ist."

Gisela fuhr zum vereinbarten Termin zu dieser Neurologin, Frau Doktor Walter. Nach einer Stunde Wartezeit, kam Gisela endlich dran. Es wurde ein EEG gemacht und der Blutdruck überprüft.

Jetzt holte Frau Dr. Walter, Gisela zu sich ins Sprechzimmer und sagte:" Also ihre Blutdruckwerte sind so, dass man vermuten kann, als hätten sie irgendwo eine Durchblutungsstörung. Dann macht mir das EEG große Sorgen, etwas stimmt da nicht. Ich kann es leider nicht identifizieren. Sie müssen jetzt zum Krankenhaus in die Innere Klinik und ich spreche gleich mal mit dem Doktor, der für die Dopplersonografie zuständig ist, damit er sie heute noch dran nimmt. Bitte setzen sie sich noch einen Moment ins Wartezimmer, ich lasse ihnen Bescheid sagen."

Gisela ging ins Wartezimmer. Nach einer halben Stunde, kam eine Schwester zu ihr und sagte:" Sie sollen auf dem schnellsten Wege ins Krankenhaus kommen. Sie sollen sich bei der Dopplersonografie melden."

Gisela ging auf den Parkplatz und fuhr die 4 Kilometer mit ihrem Auto. Sie parkte das Auto auf dem Krankenhausparkplatz. Er war für drei Stunden zulässig. Sie ging dann zur Dopplersonografie. Da musste sie wieder eine geschlagene Stunde warten. Gisela ging nochmal an ihr Auto und stellte die Parkscheibe neu ein und dachte, wer weiß, wie lange das noch dauert und dann muss ich noch Strafe zahlen. Jetzt wurde sie von einer Schwester aufgerufen. Gisela ging in den Untersuchungsraum.

Dann kam der Arzt und sagte:" Legen sie sich bitte auf die Liege hier." Gieseła legte sich hin und der Arzt begann mit der Untersuchung. Sie hatte schon mal so eine Untersuchung mitgemacht, aber da wurde nur die Halsschlagader untersucht, vom gleichen Arzt und er sagte damals, dass alles in Ordnung sei. Nun untersuchte er wieder die Halsschlagader, dann ging er in Richtung Kopf. Erst die rechte Seite, dann die linke Seite. Er ging wieder zur rechten Seite, rief dann eine Schwester und sagte: " Holen sie doch bitte mal den Chef."

Dann kam der Chefarzt, Dr. Schramm.

Er setzte sich neben den Arzt, der Gisela untersuchte und sagte:" Und Dr. Werner, was ist."

Dr. Werner ging mit seinem Untersuchungsgerät wieder auf die rechte Seite des Kopfes und zeigte etwas auf dem Monitor. Dann ging er wieder auf die linke Seite, dann wieder auf die rechte Seite.

Dr. Schramm sagte zur Schwester:" Verbinden sie mich bitte mal mit Frau Dr. Walter."

Die Schwester bediente das Telefon. Dann sagte Sie:" Geben sie mir bitte Frau Dr. Walter, für unseren Chefarzt, Dr. Schramm. "

Sie hielt den Hörer hoch und sagte:"Bitte Herr Doktor."

Doktor Schramm ging ans Telefon und sagte:" Ja, Dr. Schramm hier, ich habe gerade die Ergebnisse von der Patientin, Frau Milan erfahren. Also es ist eine hochgradige Stenose an der Arterie Cerebri Media rechts."

Da Gisela jedes der Worte verstanden hatte, fing sie sofort an zu weinen. In diesem Moment stand Aribert in der Tür des Untersuchungszimmers.

Er kam auf Gisela zu und sagte: " Ich habe jetzt nichts mitbekommen"

Gisela sagte ihm:" Ich habe gerade gehört, wie Dr. Schramm gesagt hat, dass ich eine hochgradige Stenose in der Arterie Cerebri Media rechts habe."

Aribert standen nun auch die Tränen in den Augen.

Dr. Schramm sagte:" Ach Herr Wagner, kennen sie die Patientin?"

Aribert:" Ja, es ist meine Lebensgefährtin."
Dr. Schramm." Kann sie alles verstehen, was ich sage?"
Aribert:" Ja, sie versteht es, sie hat Latein gelernt, sie ist Altenpflegerin."
Dr. Schramm: " Das habe ich nicht gewusst, dann hätte ich natürlich anders gehandelt, ich wollte es ihr eigentlich schonender beibringen."
Gisela:" Wie schonender? Eine Stenose bleibt doch eine Stenose, ob schonend oder nicht schonend."
Aribert: "Ich habe gerade einen Patienten her gebracht, ich muss wieder los.
Ich kümmere mich aber um dich."
Dr. Schramm: " Also, die Frau Milan muss hier bleiben. Sie darf auf keinen Fall nach Hause."
Gisela:" Mein Auto steht auf dem Parkplatz. Die Zeit ist auch bald abgelaufen."
Aribert: " Ich kümmere mich darum. Ich nehme es gleich mit. Ich melde es der Leitzenrale, dass ich hinter dem Rettungswagen hinterher fahre."

Gisela kam jetzt in ein Zimmer, bekam sofort ein Bett. Sie bekam erst mal ein OP-Hemd.
Die Schwester sagte:" Der Herr Wagner bringt ihnen nachher ihr eigenes Hemd vorbei, er hat es mir gesagt."
 Gisela zog sich aus. Sie sagte:"Ach ich muss mal zur Toilette. Aber so kann ich wohl kaum über den Flur gehen."
Da sagte eine Patientin: "Nehmen sie doch meinen Morgenmantel, das geht schon so in Ordnung."
Gisela:"Vielen Dank."
Da kam die Schwester angelaufen, als Gisela auf dem Flur war und rief:" Um Gottes willen! Sie können doch hier nicht rumlaufen. Sie müssen im Bett bleiben."
Gisela:" Ich muss nur zur Toilette."

Die Schwester: " Sie dürfen aber nicht, sie bekommen einen Schieber." Gisela: "Das kann doch nicht wahr sein, bis eben bin ich Auto gefahren, überall, hat man mich Stunden auf dem Flur warten lassen und jetzt darf ich nicht zur Toilette. Ich gehe zur Toilette."

Die Schwester:" Dann muss ich es dem Chef melden."

Gisela: "Tun sie das."

Als Gisela dann wieder im Bett lag, kam nach einer Stunde Aribert in Zivilsachen.

Gisela:" Hast du Feierabend?"

Aribert, er konnte kaum richtig sprechen:" Ach, man hat mich nach Hause geschickt. Mein Fahrer hat mich zu Gabi gebracht, ich habe ihr erzählt, was los ist und sie hat mich gleich krankgeschrieben. Ich kann so nicht arbeiten. Ich bin fix und fertig. Ich weiß nicht was ich machen soll. Was soll ich ohne dich machen?"

Gisela:" Bis jetzt bin ich noch da. Ich weiß nicht was sie mit mir vor haben." Aribert packte ein paar Sachen aus. Dann sagte er:" Ich werde mal zum Chef gehen, zu Dr. Schramm und mit ihm sprechen, was los ist."

Da kam er auch schon zur Tür herein:" Ach, Herr Wagner, sie sind auch hier, das ist schön. Ich wollte nämlich Frau Milan sagen, dass sie strenge Bettruhe hat. Sie darf das Bett unter keinen Umständen verlassen."

Gisela ganz empört: " Erst lassen sie mich überall Stundenlang warten, ich fahre überall mit dem Auto hin und von einer Minute zur anderen, darf ich keinen Schritt mehr gehen. Was soll das?"

Aribert fasste Gisela um und sagte: "Reg dich doch bitte nicht auf."

Dr. Schramm:" Frau Milan, sind sie sich bewusst, was sie für ein Risiko eingehen, wenn sie alleine draußen rumlaufen?"

Gisela:"Ich laufe damit schon eine Ewigkeit rum. Ihre Kollegen haben doch zu mir immer gesagt, dass wäre

Psychosomatisch. Ich habe mir doch das alles nur eingebildet. Und jetzt machen sie, als wenn ich jeden Moment sterben würde."

Dr. Schramm:" Ich kann ihnen jetzt nicht sagen, ob sie jeden Moment sterben werden, aber eine allzu lange Chance haben sie nicht. Sie müssen schon auf uns hören. Ich muss da noch einen Kontakt aufnehmen, dann können wir mehr sagen."

Man gestattet ihr dass sie zur Toilette gehen durfte und sich am Waschbecken im Zimmer waschen durfte.

Gisela wurde an einen Perfuser angeschlossen und sie bekam dann Heparin. Dies dient zur Blutverdünnung.

 Zwei Tage später, kam Frau Dr. Walter zu Gisela:" Ich habe mit einer Klinik Kontakt aufgenommen, die sind spezialisiert auf solche Krankheiten, wie sie haben. Wir werden Sie dann in diese Klinik bringen lassen. Sie ist 150 Kilometer von hier entfernt. Sie ist in den alten Bundesländern."

Gisela:" Was soll ich da?"

Frau Dr. Walter:" Sie sollen da operiert werden."

Gisela:" Wie operiert? Am Kopf?"

Frau Dr. Walter:" Ja, Frau Milan. Wenn sie sich nicht operieren lassen, dann haben sie aller höchstens noch sechs Monate zum Leben. Ihre Stenose ist soweit fortgeschritten, da kann man nichts mehr machen, als operieren. Gisela:" Was wird da gemacht?"

Frau Dr.:" Ich kann ihnen da auch nichts Genaues sagen. Aber ich denke, dass die verstopfte Ader, so wie man es auch am Herzen macht, durch eine Umgehungsstraße ersetzt. Wie dies genau gemacht wird, das weiß ich nicht.

aber wenn sie die OP hinter sich gebracht haben, werden sie erst mal mindestens achtzehn Monate krank sein und dann werden wir einen Rentenantrag stellen. Arbeiten können sie damit nicht mehr."

Gisela: "Ich glaub es nicht. Ich habe einen Arbeitsvertrag
gemacht, ich will in Richtung Aachen. Ich habe den Vertrag
schon in der Tasche. Ich will........, ich muss arbeiten."
Frau Dr.:" Wie stellen sie sich das vor? Sie können froh sein,
wenn sie dies alles überhaupt überleben."
Gisela ließ sich das Telefon bringen und rief bei Aribert an.
Sie sagte:" Ich soll nun in die alten Bundesländer, in
irgendeine Klinik für Neurochirurgie.
Ich soll operiert werden."
Aribert sagte: " Ich komme morgen wieder vorbei."
Als Aribert am nächsten Morgen kam, sprach er erst mit dem
Chefarzt.
Danach kam er zu Gisela ins Zimmer und sagte:" Guten Tag,
mein Schatz. Ich habe eben mit Dr. Schramm gesprochen.
Du kommst erst mal nur einen Tag in die Klinik, zur
Untersuchung und dann wird erst entschieden, ob du
operiert wirst. Ich habe gesagt, dass, wenn es soweit ist auch
mit komme."
Gisela:" Das ist schön, wenn du bei mir bist, dann habe ich
auch nicht solche Angst."
Aribert:" Ich mache morgen wieder Rettungsdienst. Dann
kann ich dich nicht offiziell besuchen. Aber du weißt ja, in
die Innere Klinik, muss ich ein paar Mal am Tag. Ich komme
dann bei dir mal rein."
Gisela:" Gut, wenn ich dich auch nur ein paar Minuten sehen
kann, es hilft mir."
Er streichelte ihr übers Haar, küsste ihre Augen und sagte:"
Ich muss jetzt los. Mein Dienst fängt gleich an. Ich habe
heute den Spätdienst, beim Krankentransport übernommen."
Gisela:" Hattest du heute nicht frei, wenn du morgen
Rettungsdienst hast?" Aribert:" Normal ja, aber was soll ich
ohne dich alleine zu Hause? Dann gehe ich lieber arbeiten.
Ich werde sonst noch verrückt. Ach ja, ich habe mit Silvio
gesprochen, er kommt heute und will dich besuchen."

Gisela:" Schön."

Aribert:" Deine Mutter will morgen auch kommen. Sie will sich ein Taxi nehmen, weil ich arbeiten muss. Aber wenn Silvio Zeit hat, dann bringt er sie her und holt sie wieder ab. Damit du immer ein bisschen abgelenkt wirst." Gisela kullerten die Tränen übers Gesicht und sagte:"Ja, ich kann das alles nicht verstehen. Ich weiß nicht was ich machen soll."

Aribert:" Bitte weine nicht, sonst kann ich nicht arbeiten, wenn du zum Abschied weinst."

Gisela versuchte zu lächeln, aber die Tränen kullerten trotzdem. Dann sagte sie:"Geh nur, ich höre ja gleich auf." Als Aribert das Zimmer verlassen hatte, steckte sie den Kopf unter die Decke und weinte weiter. Es sollte nur keiner merken. Eine Patientin in ihrem Zimmer sagte zu ihr:" Ich bin erst seit gestern hier, ich bin Frau Müller. Vielleicht hilft es ein wenig, wenn sie mit mir reden."

Gisela sagte:"Ich bin Frau Milan. Ach mir kann keiner mehr helfen. Warum gerade jetzt? Vor zwei Jahren wäre mir alles noch egal gewesen. Nein es stimmt nicht. Es wäre mir nicht egal gewesen, ich habe ja noch meinen Silvio und meiner Mutter kann ich so etwas auch nicht antun. Sie brauchen mich doch noch. Aber es ist alles viel Schlimmer jetzt. Jetzt, wo ich ein richtiger glücklicher Mensch geworden bin. Ich habe jetzt einen lieben netten Menschen gefunden, den ich nicht nur liebe, ich fühle mich so geborgen bei ihm, wie bei keinem anderen Menschen vorher. Wir brauchen uns. Dann habe ich einen Vertrag für eine Arbeitsstelle. Eine Arbeit, die ich schon mein ganzes Leben machen wollte. Es sollte jetzt alles so kommen, wie ich es mir immer gedacht hatte. Jetzt, ausgerechnet jetzt werde ich krank und weiß nicht, ob ich länger als sechs Monate leben werde. Was soll ich meinem Sohn sagen, wenn er mich besuchen kommt?

Soll ich ihm sagen, dass er seine Mutter nur noch ein paar
Monate hat?"
Frau Müller hörte sich das an und sagte:" Das ist ja furchtbar.
Da dachte ich, dass ich schon sehr krank bin. Aber sie sind
noch so jung."
Gisela:" Sie sind doch auch noch nicht alt."
Frau Müller:" Naja, ich bin fünfundfünfzig. Ich habe mit
dem Blutdruck zu tun. Er ist immer zu hoch und ich bin hier,
weil ich auf ein Medikament eingestellt werden soll, ich habe
nämlich noch Zucker dazu bekommen."
Gisela merkte, dass sie nun nicht mehr weint. Es hilft doch,
wenn man sich mit einem Menschen unterhält.
Nach einer Stunde, schaute Aribert rein und sagte:" Ich habe
gerade einen Patienten hier auf diese Station gebracht und da
dachte ich, schauste mal rein, mal sehen, ob du noch weinst."
Gisela:" Ich habe dir doch versprochen, dass ich aufhöre."
Aribert ging wieder los "Die Arbeit ruft", sagte er beim
rausgehen.
Dann kam Silvio, Gisela sagte ihm nicht, was sie alles wusste.
Sie sagte Ihm nur:" Ich muss übermorgen in eine andere
Klinik, für einen Tag, nur zur Untersuchung."
Silvio brachte ihr ein paar Zeitungen mit und ein großes
Kreuzworträtsel und sagte dazu:" Ich wusste nicht, was du
brauchst und da du gerne Kreuzworträtsel machst, dachte
ich, dann hast du wenigstens eine Beschäftigung hier. Sonst
ist es dir doch zu langweilig."
Gisela:"Da hast du Recht mein Junge."
Am nächsten Tag, brachte Silvio Giselas Mutter ins
Krankenhaus und sagte:" Oma, ich hole dich in einer Stunde
wieder ab."
So hatte Gisela zwar Unterhaltung, aber ihre Mutter hatte
überhaupt nicht verstanden, warum Gisela hier liegt. Seit
dem Tod ihres Mannes tat sie sich jetzt immer schwerer

etwas zu verstehen. Aribert schaute zwischen durch, wenn er gerade in der Klinik war immer mal schnell rein.

Am nächsten Tag, es war soweit, Gisela wurde mit einem Taxi nach Seesen gefahren. Aribert fuhr mit. Sie kamen in der Klinik an. Sie mussten nur zehn Minuten warten.

Dann kam ein Arzt er stellte sich vor:"Ich bin Dr. Grundmann. Ich soll sie, Frau Milan, untersuchen. "

Er wendete sich an Aribert und sagte:" Sind sie der Ehemann?"

Aribert:" Der Lebenspartner."

Doktor Grundmann:" Sie können mit rein kommen, wenn sie möchten." Aribert ging mit ins Untersuchungszimmer. Da stand eine Schwester und sagte:" Frau Milan, ziehen sie sich bitte am Oberkörper aus, den BH können sie anlassen. Legen sie sich dann hier her."

Als Gisela auf der Liege lag, kam der Arzt und sagte:" Dann wollen wir mal. Er machte die gleiche Untersuchung wie es der Doktor Werner gemacht hatte. Er hatte nur einen anderen Computer.

Dann sagte er:" Der Herr Dr. Werner hat hier bei mir gelernt. Wir haben hier aber einen Farbcomputer und können alles genauer bestimmen."

Dann wendete er sich an Aribert und sagte:" Sehen sie hier, hier können wir die Stenose ganz genau erkennen. Also ich muss sagen, sie ganz schön hochkarätig."

Er untersuchte noch eine Weile, dann sagte er:" Setzen sie sich bitte einen Moment draußen hin, ich werde sie dann aufrufen lassen."

Gisela und Aribert setzten sich draußen hin. Nach circa einer viertel Stunde, rief er sie auf. Gisela und Aribert gingen in das Zimmer des Arztes. Er sah sich die Aufzeichnungen noch einmal an und sagte:" Ich werde mich mit ihrer Klinik in Verbindung setzen. Da muss etwas gemacht werden. Das kann ich aber nach dieser einen Untersuchung nicht entscheiden. Wir müssen da noch andere Untersuchungen durchführen."

Aribert:" Bitte sagen sie uns, wie lange kann Frau Milan damit noch leben?" Der Arzt, sah Aribert an und sagte:"Ich bin nicht der liebe Gott. Ich verstehe sie, aber wir müssen Frau Milan ein paar Wochen hier haben, dann kann ich Genaueres sagen."

Gisela und Aribert fuhren wieder zurück in die andere Klink. Dort verbrachte Gisela nur eine Nacht, dann kam der Chefarzt Dr. Schramm und sagte:" Frau Milan, sie müssen wieder in die Klinik nach Seesen. Ich glaube, sie müssen operiert werde. Wir haben hier keine Möglichkeiten dazu. Ich dachte, dass sie gleich morgen mit dem Taxi wieder fahren und ihre Sachen alle mitnehmen." Gisela: "Ich muss doch meiner Familie Bescheid geben."

Dr. Schramm:" Kein Problem, wir bringen ihnen ein Telefon, dann können sie anrufen."

Die Schwester kam mit dem Telefon. Gisela rief bei Aribert an.

Er sagte:" Ich komme heute noch vorbei und kläre alles, damit ich dich wieder begleiten kann."

Gisela war etwas erleichtert.

Am nächsten Morgen ging die Reise los. Gisela hatte große Angst. Würde sie diese Operation überleben? Sie traute sich nicht darüber zu sprechen.

Als Aribert sie fragte:" Ist irgendetwas mit dir?"

Sagte sie:" Nein."

Aribert:"Hast du Angst?"

Gisela:"Nein, ich werde es schon schaffen."

Als sie in der Klinik angekommen waren, brachte Aribert Gisela auf die Station. Er durfte noch zehn Minuten bleiben, da kam die Schwester und sagte:" Am Besten sie gehen jetzt gleich. Wir müssen noch einige Untersuchungen machen. Sie können täglich rein."

Aribert:" Das geht wohl schlecht, ich wohne einhundert fünfzig Kilometer von hier entfernt."

Die Schwester:" Na gut, dann können sie noch zehn Minuten bleiben, aber dann müssen wir anfangen. Ihre Frau kann sich ja ein Telefon mieten und kann sie immer anrufen."

Aribert:" Ich werde das gleich veranlassen."

Gisela: "Das wird doch viel zu teuer."

Aribert: " Das ist egal, ich möchte doch immer wissen, wie es dir geht."

Da meldete sich eine junge Patientin und sagte:" Ich habe hier schon ein Telefon angemeldet, wenn es ihnen Recht ist, dann können wir es uns teilen. Es kostet für eine Person pro Tag drei Mark, die können wir uns teilen und die Gebühren, kann man nach jedem Gespräch abhören, dann weiß jeder, was er zu zahlen hat. "

Gisela sagte:" Ja, so machen wir das."

Die Patientin schrieb die Telefonnummer auf und gab sie Aribert. Aribert bedankte sich dafür und verabschiedete sich, dann ging er. Gisela war dem Weinen nahe. Aber dann gingen die Untersuchungen los, so dass sie nicht lange überlegen konnte.

Der erste Tag verging wie im Flug. Am zweiten Tag, musste Gisela wieder zu dieser Dopplersonografie. Es waren drei Ärzte dabei, jeder untersuchte sie.

Dann kam der Arzt, Dr. Grundmann und sagte:" Ich muss bei ihnen noch mehrere Untersuchungen durchführen. Da wäre die Kernspintomografie und dann noch die Angiografie, sie bedarf einiger Vorbereitungen. Dann können wir mehr über ihre Krankheit sagen."

Gisela: "Herr Doktor, können sie mir wenigstens sagen, ob ich je wieder arbeiten kann?"

Der Arzt: " Das kann ich im Moment nicht. Ich weiß nur, dass sie eine sehr hochgradige Stenose haben und wie es im Moment aussieht, können wir sie nicht einmal operieren."
Das war für Gisela wie ein Schlag ins Gesicht. Da hatte doch die Frau Dr. Walter zu ihr gesagt, wenn sie sich nicht operieren lässt, hätte sie nur noch sechs Monate zu leben. Ihr wurde ganz schwindlig. Der Arzt merkte, dass es ihr nicht gut ging. Man legte sie gleich mit dem Oberkörper tiefer und die Beine hoch.
Der Arzt:" Sie müssen jetzt so ganz ruhig liegen bleiben. Sie dürfen sich überhaupt nicht aufregen, das könnte für sie lebensgefährlich sein."
Gisela: "Na prima, da soll man sich nicht aufregen, wenn man nicht weiß, ob man morgen noch lebt."
Dr. Grundmann:" Wir werden tun was wir können. Als Erstes werden sie Marcumar bekommen. Wir werden jeden Tag den Quickwert messen. Dann bekommen sie noch zusätzlich Heparin. Wir haben sie unter Kontrolle. Es kann ihnen hier nichts passieren."
Gisela:" Darf ich denn aufstehen?"
Dr. Grundmann:" Wenn es ihnen mit ihrem Kreislauf wieder besser geht. Wenn sie mit ihrem Infusionsständer umgehen können."
Gisela: " Ja, ich kann damit umgehen und kann auch dieses Gerät alleine einstellen."
Dr. Grundmann verabschiedete sich und ging. Dann kam eine Schwester mit einem großen Zettel in der Hand. Sie nahm einen Klebestreifen und klebte über
Giselas Bett <keine i. m. Spritzen>.
Gisela fragte:" Warum kommt das über mein Bett?"
Die Schwester: " Falls mal eine neue Schwester kommt und nicht gleich ihre Akte gelesen hat und auch die Ärzte sofort wissen, dass sie, wenn sie Marcumar bekommen, keine i. m. Spritze bekommen dürfen."

Gisela:" Ach so."

Als es ihr wieder etwas besser ging, stand sie auf und marschierte mit ihrem Infusionsständer über den Gang. Da war auch ein Fahrstuhl, damit konnte sie dann fahren, denn mit dem Ständer die Treppen auf und ab steigen, das wäre ein bisschen zu schwer gewesen. Sie fuhr in den Erdgeschoß. Dann ging sie zum Münzfernsprechen und wählte ihre Handynummer auch wenn es ziemlich teuer war, zwei bis drei Mark wollte sie schon dafür opfern, um mit Aribert zu sprechen. Sie wählte die Nummer und wartete, hoffentlich hat er das Handy an, dachte sie und hatte dabei Herzklopfen. Da, ein Freizeichen. "Ja, bitte", ertönte es aus dem Hörer.

Gisela:" Ich bin es."

Aribert:" Von wo aus rufst du denn an?"

Gisela:"Hier ist ein Münzfernsprecher, da kann ich mit dir alleine reden und es hören nicht alle zu. Wenn ich von unserem gemeinsamen Telefon aus telefoniere, dann ist das Konto zu schnell alle. So gehe ich lieber an den Münzfernsprechen, da sehe ich, wie viel ich vertelefoniere."

Aribert:" Darfst du denn überhaupt aufstehen?"

Gisela:" Ja, wenn es mir gut geht, dann darf ich."

Aribert: "Ging es dir denn heute nicht gut."

Gisela:" Hm, ja doch."

Aribert:" Du sagst jetzt nicht die Wahrheit, dass höre ich."

Gisela:"Naja, ich habe mich ein bisschen aufgeregt, da machte mein Kreislauf schlapp. Jetzt geht es mir aber gut."

Aribert:" Dann reg dich bitte nicht auf und denke dran, ich brauche dich. Ich komme, so oft ich kann."

Gisela:" Ja, gut, ich muss jetzt Schluss machen, ich habe schon vier Mark alle gemacht."

Aribert:" Ja, mein Schatz, ich bringe dir dann Kleingeld mit, wenn ich wieder komme."

Gisela Tschau, ich liebe dich."

Aribert:" Tschau, ich liebe dich auch, bis bald."

Gisela legte den Hörer auf. Ihr flossen die Tränen. Sie ärgerte sich darüber, sie wollte nicht weinen. Aber was soll sie dagegen machen? Sie ging dann bis an die Tür, die nach draußen führte, um frische Luft zu bekommen und um sich zu beruhigen. Dann ging sie wieder zum Fahrstuhl und fuhr nach oben. Sie legte sich wieder ins Bett.

 Ganz schlimm war für sie, dass alle jeden Tag Besuch bekamen. Sie konnte keinen Besuch bekommen. Es war einfach zu weit von zu Hause entfernt.
Wenn die anderen Besuch hatten, drehte sie sich zum Fenster und versuchte zu schlafen. Am Wochenende, so hatte Aribert es vereinbart, dass er wenigstens einen Tag frei bekam, dann kann er kommen. Einmal brachte er auch Giselas Mutter mit. Dann zeigte er Silvio den Weg zur Klinik und sagte: " Wenn du mal Zeit hast, dann kannst du ja auch mal hin.“
Silvio kam auch mal an einem Wochentag, wenn er gerade in der Nähe zu tun hatte. Gisela freute sich darüber sehr. Er brachte wieder Rätselhefte mit und sagte:"Ich weiß doch, dass du gerne rätselst."
Silvio blieb einmal sogar zwei Stunden. Dann kam Aribert am Wochenende und brachte ihre Mutter mit. Sie gingen dann gemeinsam in die Cafeteria.
Gisela:" Ja, wenn ich hier erst rauskomme, dann gehen wir mal so richtig schön aus."
Aribert:" Erst wirst du mal richtig Gesund."
 Er wurde nachdenklich und sagte:" Zumindest so, dass man nicht immer Angst haben muss, ob mit dir etwas passieren kann."
Gisela:"Meinst du, ob man mich wieder so hinbekommt?"
Aribert:" Ich hoffe es. Du musst einfach daran glauben."
Aribert fuhr mit ihrer Mutter wieder nach Hause und sagte:

" Du brauchst nicht anzurufen, wenn ich zu Hause bin, dann rufe ich dich im Zimmer an." Er merkte, dass es ihr schwer fiel. Das rumlaufen machte ihr schon zu schaffen. Sie war einfach zu schwach geworden.

Am nächsten Tag musste Gisela zur Kernspintomografie. Gisela durfte zu Fuß hingehen. Sie musste sich in einen Warteraum setzten und wurde dann aufgerufen.
Die Schwester:" Sie müssen sich hier auf die Trage legen und kommen dann mit dem Kopf dort in diese Röhre. Es wird ziemlich laut werden. Wenn es ihnen nicht gut geht, gebe ich ihnen hier eine Klingel in die Hand. Es wäre aber gut, wenn sie durchhalten würden, sonst müssen wir wieder von vorne anfangen."
Gisela:" Ich werde versuchen, dass ich es schaffe. Aber ich habe in engen Räumen Platzangst."
Die Schwester:" Versuchen sie es zumindest. Hier ist noch ein Spiegel drin, damit können sie uns sehen. Versuchen sie sich darauf zu konzentrieren."
Gisela legte sich in diese Röhre. Sie nahm sich zusammen, so gut sie konnte.
Es war ein Höllenlärm. Als wenn ein Bohrhammer in dieser Röhre arbeitete. Sie hatte es aber überstanden.
Als sie fertig war, sagte die Schwester:" Das haben sie gut gemacht. Nachher kommt der Doktor zu ihnen und sagt ihnen noch Bescheid."
Gisela ging wieder in ihr Zimmer. Gegen Abend kam ein Arzt, den hatte sie vorher noch nie gesehen.
Er sagte:" Ich bin hier der Stationsarzt, Dr. Körmer. Ich werde mich um sie kümmern."
Gisela:" Und was ist mit Dr. Grundmann?"
Dr. Körmer:" Der Dr. Grundmann ist hier der Oberarzt, er kommt immer zur Visite mit und macht alle Auswertungen mit uns zusammen. Sie brauchen aber keine Angst zu haben,

ich weiß über sie Bescheid. Wir werden uns um sie kümmern."
Gisela:" Na gut."
Dr. Körmer: " Morgen müssen sie zur Angiografie. Ich werde mich um sie kümmern. Sie dürfen morgen kein Frühstück zu sich nehmen. Sie bekommen noch eine Infusion zusätzlich, damit sie diese Untersuchung auch vertragen."

Als der Arzt gegangen war, sagte die junge Patientin, mit der sich Gisela schon bekannt gemacht hatte, sie hieß Angelika:" Ich habe die Untersuchung schon hinter mir. Du bekommst morgen einen Tropf im Schnelldurchlauf und dann holen sie dich ab. Du darfst nicht laufen. Dann machen sie in der Leiste einen Schnitt, der tut nicht weh. Aber die Untersuchung, die ist furchtbar."
Gisela:"Na, wenn du es überlebt hast, dann schaffe ich es auch."

Der nächst Morgen kam. Dr. Körmer schloss den Tropf an und sagte:" Wenn es ihnen jetzt übel wird, müssen sie klingeln."
Gisela:" Gut, mache ich."
Der Tropf war durchgelaufen. Dann kam eine junge Schwester, sie hatte Rasierapparat in der Hand.
Gisela:"Was machen sie jetzt?"
Die Schwester: "Sie bekommen jetzt eine Bikinirasur."
Gisela:"Na schön, wo ist der Pool?"
Als Gisela nun noch eine viertel Stunde so im Bett lag, kam eine Schwester und brachte Gieseela zum Fahrstuhl, mit ihrem Bett. Gisela stand dann noch ein paar Minuten auf dem Gang, dann wurde sie in einen großen Raum gefahren. Dort standen zwei Männer und eine Frau. Die Männer zogen sich Bleischürzen an.

Einer von ihnen fing dann an, mit Gisela zu reden:" So, Frau Milan. Ich mache jetzt einen Schnitt in ihrer Leiste und führe dort einen Katheter ein. Bis dahin werden sie kaum etwas merken, weil ich sie vorher örtlich betäube. Sie werden dann nur merken, wenn ich den Katheter einführe und dann die Flüssigkeit, die dann in ihren Adern transportiert wird."

Gisela bekam noch eine subcutane Spritze zur örtlichen Betäubung. Jetzt machte der Arzt einen Schnitt und führte den Katheter ein. Bis dahin, war es nur ein unangenehmes Gefühl. Dann, als er anfing ihr die Flüssigkeit in die Adern zu spritzen, brannte es im Kopf, wie Feuer und Gisela konnte die Bilder vor ihren Augen nur verzerrt sehen. Dann wurden die Aufnahmen gemacht.
Diese Untersuchung ging ungefähr eine halbe Stunde lang. Gisela war froh, als der Arzt, mit der Bleischürze zu ihr sagte:" So, sie haben es geschafft."
Gisela:" Hat denn die Untersuchung etwas gebracht?"
Der Arzt:" Ja, ganz bestimmt. Das wird ihnen aber ihr Stationsarzt sagen." Jetzt machte der Arzt noch einen Druckverband auf Giselas Leiste und sagte:" Um den Rest kümmern sich nun noch die Schwestern auf ihrer Station."
Gisela wurde wieder in ihr Zimmer gebracht. Dann kam gleich eine Schwester, sah sich den Druckverband an und sagte:" Ich lege ihnen noch einen Sandsack darauf. Sie müssen jetzt sechs Stunden so liegen bleiben. Wenn sie mal Wasser lassen müssen, dann müssen sie klingeln und sie bekommen einen Schieber. Sie müssen auch sehr viel trinken, damit diese radioaktive Substanz wieder aus ihrem Körper rauskommt."
Sie stellte Gisela Tee und Sprudel hin.

Gisela:"Ich muss auf den Schieber? Das kann ich nicht."
Die Schwester:"Das behaupten alle. Es wird schon gehen."
Es ging aber nicht. So musste eine Schwester mit einem
Katheter kommen. Dann sagte sie:" Naja, noch zwei
Stunden, dann dürfen sie wieder auf die Toilette gehen. Es
muss nur aufhören zu bluten. Da sie doch dieses Heparin
bekommen, dauert es doch ziemlich lange, bis die Blutung
gestillt ist. Es ist doch eine Hauptschlagader, die da
aufgeschnitten wurde."
Dann brachte man Gisela noch das Essen. sie hatte keinen
Appetit.
Am Abend kam dann Dr. Körmer und sagte:" Ich kann
ihnen noch nicht alles sagen, ich muss noch die
Entscheidung von unserem Oberarzt abwarten.
Dr. Grundmann kommt morgen zur Visite. Ich nehme an, er
kann dann mehr sagen. Ich kann ihnen nur sagen, dass sich
durch die letzte Untersuchung nun heraus gestellt hat, dass
die Stenose wirklich schon sehr fortgeschritten ist und das es
eine sehr ungünstige Stelle ist."
Gisela: "Und wie soll es nun weiter gehen?"
Dr. Körmer:" Das wird ihnen Dr. Grundmann morgen sagen
können."
Als Aribert am Abend anrief, konnte Gisela also noch nicht
so viel sagen. Sie sagte nur:" Ich habe die Untersuchung
überstanden und morgen will Dr. Grundmann mit mir
Sprechen."
Aribert."Es wird schon werden."

Am nächsten Morgen, konnte Gisela nicht abwarten, bis die
Visite kam.
Angelika wusste schon, dass sie operiert werden wird, sie
wusste nur noch nicht genau wann. Die Entscheidung sollte
heute auch gefällt werden. Sie konnte also heute auch kaum

193

abwarten, bis die Visite kam. Da, jetzt klopfte es an der Tür. Da kamen, Dr. Grundmann, Dr. Körmer, noch ein Arzt, den keiner kannte und eine Schwester. Sie kamen an Giselas Bett. Dr. Grundmann sagte:" So, das ist also die Frau Milan." Er machte die Akte auf, sah rein und sagte:" Frau Milan, sie waren vorgestern bei der Kernspintomografie und gestern bei der Angiografie. Ich kann ihnen sagen, wir können sie nicht operieren."

Gisela schaute ihn mit großen Augen an und sagte:" Was soll jetzt aus mir werden?"

Dr. Grundmann:" Wir müssen erst mal noch abwarten. Wir müssen sie marcumarisieren, bis sie auf dreißig Prozent sind. Dann müssen wir sie auf dreißig Prozent halten. So werden sie dann die ersten Jahre leben können.

Dann müssen wir sie jeden Monaten untersuchen. Am besten wäre es erst mal, dass sie das erste halbe Jahr hierher kommen. Aber soweit wollen wir jetzt noch nicht denken. Wir müssen sie als ersten Schritt, auf die dreißig Prozent Quickwert bringen. So können wir ausschließen, dass sie einen Schlaganfall bekommen. Worauf sie achten müssen, dass sie sich nicht verletzen dürfen, sie würden dann verbluten."

Als die Ärzte weiter gehen wollten, sagte Gisela:" Moment mal, ich habe da noch eine Frage."

Dr. Grundmann drehte sich um und sagte:" Ja, was ist noch?"

Gisela:" Ich habe doch einen Termin, für meine neue Arbeitsstelle, was wird nun damit? Kann ich denn jemals wieder arbeiten?"

Dr. Grundmann: " Da kann ich im Moment noch nichts dazu sagen, wir müssen erst mal abwarten."

In Giselas Kopf drehte sich alles. War die ganze Qual in der Schule umsonst gewesen. Die ganze Mühe mit der neuen Arbeitsstelle. Sie hatte sich doch schon so sehr darauf gefreut. Warum musste es jetzt so kommen. Je mehr sie darüber nachdachte, umso mehr kamen ihr wieder die Tränen.

Als die Ärzte wieder raus waren, sagte Angelika zu ihr:" Du regst dich schon wieder auf. Du sollst dich doch nicht ärgern."

Gisela:"Das ist alles so einfach gesagt. Ich gehe jetzt nach unten zum Telefonieren. Ich muss Aribert anrufen."

Sie fuhr wieder mit dem Fahrstuhl nach unten. Am Telefon musste sie warten. Sie setzte sich auf einen Stuhl. Es war auch gut so, denn sie konnte sich wieder nicht gleich beruhigen und die Tränen flossen ihr wieder nur so übers Gesicht. Wenn Aribert dies merkt, dass ist auch nicht gut. Sie zwang sich dazu, dass sie damit aufhören konnte. Als das Telefon frei war, hatte sie sich wieder beruhigt. Sie wählte wieder ihre Handynummer. Dann hörte sie wieder die Stimme von Aribert:" Ja bitte."

Gisela:" Hier bin ich wieder."

Aribert:" Und weißt du schon Bescheid?"

Gisela:"Ja, man kann mich nicht operieren."

Aribert:" Was wird jetzt?"

Gisela:" Ich werde dir alles am Wochenende erklären, wenn du mich wieder besuchen kommen kannst. Bitte komme alleine. Du weißt ja, wenn meine Mutter dabei ist, muss ich immer so laut reden, weil sie nicht alles versteht. Ich glaube, dass könnte ich im Moment nicht vertragen. Ich bin so nieder-geschlagen. Das kann aber sein, weil ich heute fast nichts gegessen haben:" Aribert:" Du musst aber essen. Du willst doch wieder auf die Beine kommen."

Gisela:"Ja, morgen wieder. Ich verspreche es dir. Ich will doch bald wieder mit dir im Garten sitzen."

Gisela sagte noch:" Ich muss jetzt wieder Schluss machen."

Ihr fiel das Sprechen so schwer, sie fühlte einen Kloß im Hals und bevor Aribert es merkte, dass ihr dass Weinen wieder sehr nahe war, wollte sie lieber aufhören.

Als sie wieder ins Zimmer kam, sagte Angelika zu ihr:" Jedes Mal, wenn du mit deinem Lebenspartner telefonierst, dann kommt du ganz verweint hier an.

Das Beste ist, wenn du nicht mehr anrufst."

Gisela:" Es ist doch nur, weil er so weit weg ist. Ich beruhige mich doch wieder."

Angelika:" Sei bloß froh, dass zu dieser Zeit kein Blutdruck gemessen wird. Wenn du so weiter machst, bis du nächstes Jahr noch hier. Ich habe nämlich gemerkt, wenn der Blutdruck oder die Temperatur nicht in Ordnung sind, dann lassen sie dich hier nicht raus."

Jeden Tag kam irgendein Arzt und nahm Blut ab.

Gisela sagte zu Angelika: "Wenn mich jetzt einer sieht, wie meine Arme aussehen, dann könnte man denken, ich bin ein Fixer. Wie eine Landkarte und alles zerstochen."

Angelika: "Ja, dann wird es jetzt auch immer wärmer und man kann dann noch nicht einmal kurzärmlig gehen."

Gisela:" Ja, deine Arme sehen genau so aus."

Der Tag der Entlassung kam. Gisela hatte alles gepackt. Aribert hatte sich an diesem Tag frei genommen. Gisela musste nun noch einmal zu Dr. Grundmann ins Büro.

Er sagte:" Ich möchte, dass sie jetzt jeden Monat hier einen Termin machen und zur Untersuchung kommen, ich möchte dass persönlich unter Kontrolle halten. Sie haben jetzt einen Quickwert von 30 Prozent. Sie müssen jetzt mit ihrer Hausärztin sprechen, dass sie den Quickwert so halten. kommen sie höher, dann sind sie frei genommen. Gisela musste nun noch einmal zu Dr. Grundmann ins Büro.

Er sagte:" Ich möchte, dass sie jetzt jeden Monat hier einen Termin machen und zur Untersuchung kommen, ich möchte dass persönlich unter Kontrolle halten. Sie haben jetzt einen Quickwert von 30 Prozent. Sie müssen jetzt mit ihrer Hausärztin sprechen, dass sie den Schlaganfall gefährdet, kommen sie zu tief, dann besteht die Gefahr, dass sie innerlich verbluten können oder bei der kleinsten Anstrengung platzt eine Ader und sie können auf der Stelle tot sein. Versuchen sie, dass sie dies alles beherzigen. Wir können auch Schlaganfall gefährdet, kommen sie zu tief, dann besteht die Gefahr, dass sie innerlich verbluten können über ihre zukünftige Arbeit noch nicht sprechen, wir müssen erst mal abwarten." Aribert:" Das sind ja schöne Aussichten." Dr. Grundmann:" Sie können mir glauben, Herr Wagner, dass wir alles Erdenkliche für Frau Milan machen. Sie ist noch sehr jung und da müssen wir alle Register ziehen. Bei einer Patientin die jetzt schon die Siebzig über-schritten hat, da würden wir nur noch das Notwendigste machen, weil die Adern dann auch nicht mehr so viel aushalten würden, wie bei einer Frau von vierzig oder fünfzig Jahren."

Aribert fuhr mit Gisela wieder nach Hause. Sie war erst mal glücklich, dass sie wieder aus der Klinik war. Sie bekam auch einen Essenplan mit, denn sie durfte nun nichts essen, was mit Cholesterin und mit Vitamin K zu tun hat.
Alles was sie mal gerne gegessen hatte, das durfte sie nun nicht mehr. Die meisten Sorten von Gemüse haben doch Vitamin K. Aber, was soll man da machen, Gisela wollte ja weiter leben.

Am nächsten Tag ging sie zu Gabi. Gabi sagte:" Also Gisela, ich habe ab übermorgen Urlaub. Ich schicke dich für die drei Wochen zu meiner Kollegin, sie ist Internistin, Frau Doktor Scheeren. Sie müsste sich mit deiner Krankheit noch besser auskennen als ich, denn ich bin Chirurgin."

Gisela: "Gut, eine Internistin müsste sich da wirklich auskennen."

Gabi:" Heute nehme ich dir gleich Blut ab und du kannst es ja selber ins Labor bringen. Dann kommst du her und ich sage dir dann, wie dein Quickwert ist."

Gisela machte, wie ihr Gabi aufgetragen hat. Sie nahm alle Unterlagen, für die drei Wochen, die Gabi im Urlaub war, zu Frau Dr. Scheeren mit. Am nächsten Tag ging Gisela zu ihr, Gisela musste jeden Tag Blut abgeben, damit man feststellen konnte, wie viel Marcumar sie nehmen durfte oder musste. Sie gab die Unterlagen alle ab.

Dann musste sie sich bei ihr vorstellen. Gisela sagte ihr nicht, dass sie die Lebenspartnerin von Aribert war, denn er war sehr bekannt bei allen Ärzten.

Im Labor wurde ihr das Blut abgenommen. Gisela sagte, dass sie es gleich persönlich zum Zentrallabor bringen wird und wartet dann auf den Bescheid. Dann musste sie wieder zur Ärztin zurück, damit sie ihr sagen konnte, wie viel Marcumar sie nehmen muss. Giselas Quickwert stieg täglich.

Gisela sagte dann zu der Dame im Labor:" Ich möchte zu Frau Doktor rein." Die Laborschwester:" Das ist nicht so einfach, Frau Doktor hat sehr viel zu tun."

Gisela: "Das ist mir jetzt egal, sie lassen mir immer von der Ärztin ausrichten, wie viel Marcumar ich nehmen darf. Das kann doch nicht in Ordnung sein, mein Quickwert steigt täglich an. Als ich entlassen wurde, da hatte ich einen Wert von dreißig Prozent. Jetzt liege ich schon bei fünfundvierzig. Ich darf doch nur dreißig Prozent haben."

Die Laborschwester: " Dann müssen sie sich draußen hinsetzen."

Als Gisela nach drei Stunden noch nicht dran war, rief sie über ihr Handy Aribert an und fragte:" Schatz, ich sitze hier schon seit drei Stunden, ich weiß nicht was ich machen soll."

Aribert:" Ich komme mal vorbei."

Es vergingen keine zehn Minuten und Aribert stand in der Tür. er ging bei der Anmeldung rein. Als Aribert wieder raus kam, kam eine Schwester angelaufen und sagte:" Warum haben sie denn nicht gesagt, dass der Herr Wagner ihr Lebenspartner ist?"

Gisela:" Ist denn das so wichtig, mit wen man zusammen lebt?"

Die Schwester: "Kommen sie doch einfach rein."

Drinnen sagte sie: " Na von sozusagen Kollegen, da lassen wir die Frauen, oder Partner, sowie Familienangehörige nicht so lange warten."

Gisela:" Das ist ja wirklich sehr traurig, da kann man noch so krank sein. Mir geht es wirklich nicht gut und sie lassen mich geschlagene drei Stunden einfach sitzen."

Als Gisela dann zur Ärztin rein kam, sagte sie:" Ich kann ihnen nicht so eine hohe Dosis Marcumar geben, diese Tabletten sind sehr gefährlich.

Ich gebe meinen anderen Patienten so ähnliche Mittel, aber nur sehr kleine Mengen. Sie können nicht mehr als eine Halbe nehmen."

Gisela nahm weiter, wie ihr geraten immer nur eine halbe Tablette.

Nun kam eines Tages dass, was kommen musste. Gisela ging es sehr schlecht.

Sie hatte wieder kein Gefühl im linken Arm, konnte mit dem linken Bein nicht stehen und sah alles doppelt. Gisela hatte solche Angst. Aribert brachte sie sofort zur Ärztin.

Sie sagte:" Ich weiß nicht was ich machen soll. Ich glaube, sie hat einen Schlaganfall."

Aribert brachte Gisela sofort in die Klinik. Gisela bekam gleich eine Heparin Spritze und drei Marcumar.

Dr. Werner sagte:"Es war höchste Zeit, sie hat einen Quickwert von achtundsechzig Prozent, das war schon lebensbedrohlich."

Aribert war so wütend und sagte:" Was haben wir für feine Ärzte. Die bringen meine Lebenspartnerin einfach beinahe um und wissen sich nicht zu helfen." Doktor Werner sagte:" So kann man das nicht sagen, die Frau Doktor hat nur noch keine Erfahrung mit diesem Medikament."

Aribert:" Dann sollte man einen anderen zu Rate ziehen und nicht herum experimentieren. Klappst, dann klappst, wenn nicht, dann ist der Patient eben tot. Stellen sie sich vor, wir würden auf dem Rettungswagen auch solche Experimente machen."

Doktor Werner:" Das kann man nicht vergleichen. Aber sie hätte uns doch schon zu Rate ziehen sollen. Ich werde mich mit ihr unterhalten. So etwas darf nicht wieder vorkommen." Gisela musste nun aus diesem Grunde wieder in der Klinik bleiben. Gisela kam auf die Wachstation. Die Schwestern waren alle sehr nett, aber Gisela fragte sich im Nachhinein, was diese Schwestern gelernt haben. Gisela sagte bei der Aufnahme:" Ich darf nichts essen, was mit Cholesterin zu tun hat und auch nicht, was mit Vitamin K in Verbindung steht. Das heiß, grob gesagt, alles nur sehr fettarm und kein grünes Gemüse und auch keinen Salat."

Die Schwester schrieb alles auf und sagte:" Das geht in die Küche runter, da haben wir Experten und Diätköche, die kennen sich damit aus."

Gisela:" Dann ist ja gut."

Am nächsten Morgen ging es schon los, die Schwester die das Frühstück verteilte frage Gisela:" Was möchten sie essen?"

Gisela:" Was haben sie denn für mich, ich darf doch nicht alles essen."

Die Schwester:" Ich habe hier Butter, Quark und Eier."
Gisela:" Butter darf ich nicht essen, Eier auch nicht und der
Quark, ist es denn Magerquark?"
Die Schwester:" Das weiß ich nicht, ich sehe mal nach. Es ist
Doppelrahmstufe."
Gisela:" Es tut mir leid, aber den darf ich auch nicht essen."
Die Schwester versorgte dann die anderen Patienten und ging
weiter. Gisela bekam nur Kaffee und sonst nichts. Gisela
dachte, die Schwester muss bestimmt erst noch was holen.
Dann aber wurde das Geschirr abgeräumt, Gisela bekam
nichts.
Dann kam das Mittagessen und Gisela bekam einen Teller,
da war Kartoffelbrei mit Rührei und grünen Salat drauf.
Gisela aß den Kartoffelbrei und den Rest musste sie ja drauf
lassen. Sie zog sich ihren Morgenmantel an und rief aus der
Telefonzelle Aribert an und sagte: "Bitte bringe mir etwas
zum Essen vorbei, wenn ich das esse, was man mir hier gibt,
dann überlebe ich den Krankenhausaufenthalt nicht mehr."
Aribert kam dann vorbei und brachte Gisela
Geflügelwürstchen mit. Dann sagte er:" Soll ich denn mit
dem Arzt mal reden?"
Gisela:"Ich weiß nicht, ob es etwas nützt. Denk mal, ich soll
jeden morgen eine Heparin Spritze bekommen. Nun ist es
schon zwei Mal passiert, dass die Nachtschwester kommt
und mir die Spritze verabreicht und eine Stunde später
kommt wieder eine Schwester und will mir noch mal eine
Spritze geben. Als ich dann gesagt habe, dass ich die Spritze
schon bekommen habe, sagt sie, dass ich keine Ahnung
davon hätte und nicht wüsste, was ich da bekomme."
Aribert:" Das kann doch nicht angehen. Ich werde mal mit
Dr. Schramm, dem Chefarzt reden."
Er ging ins Schwesternzimmer, dann kam er wieder zurück
und sagte: " Morgen soll ich kommen, da ist Dr. Schramm
hier. Da wollen wir mal sehen, so geht das hier nicht weiter."

Am nächsten Tag, versuchte Aribert diese Missstände zu klären. Er kam dann noch einmal bei Gisela rein und sagte:" Ich habe mit Dr. Schramm gesprochen und er hat mir versichert, dass dies nicht wieder vorkommen soll."
Gisela:"Naja, ich verlange doch nichts unmögliches. Es soll doch nur so sein, dass ich wieder einigermaßen alles hinbekomme und wieder raus kann."
Zur Visite kam auch Dr. Schramm und sagte:" Ich hoffe, dass jetzt alles seine Richtigkeit hat. Ich habe mich außerdem mit der Krankenkasse unterhalten und den Vorschlag gemacht, dass sie einen Apparat bekommen und ihren Quickwert selber testen können. Weil sie eigentlich auch noch arbeiten könnten, wenn wir alles hinbekommen haben, die Krankenkasse hat zugestimmt. Sie müssen dann nur einen Lehrgang bei einer Ärztin machen und dann können wir so ein Gerät beantragen."
Gisela:" Das wäre ja herrlich."
Sie sollte dann auch gleich heute bei der Ärztin vorbei kommen und sich dieses Gerät anschauen. Es war Diplom Medizinerin Frau Berger. Sie stellte das Gerät auf den Tisch und sagte:" Dies ist ein Coagu Check. Damit kann man die Blutgerinnung messen, so wie der Diabetiker seine Zuckerwerte messen kann."
Gisela, das ist ja toll."
Frau Berger:" Ich will es ihnen gleich einmal vorführen. Sie stellte das Gerät an und sagte:" Hier ist alles, was sie dazu brauchen."
Sie nahm einen Streifen aus einer Schutzfolie und steckte ihn in die dafür vorgesehene Öffnung.

Daraufhin sagte sie:" Was sie nun tun müssen, steht alles auf dem Display." Gisela versuchte es, es ging nicht alles gleich so, wie sie es sich vorgestellt hatte. Beim ersten und zweiten Mal, tropfte das Blut, statt auf den Streifen auf den Tisch und überall hin, nur nicht auf den Streifen.

Da sagte Frau Berger:" Wenn sie es ein paar Mal geübt haben, dann können sie es auch."

Als Gisela Ihr Quickwert wieder bei 30 Prozent war, durfte Gisela auch die Klinik wieder verlassen. Sie machte mit Frau Berger Termine aus, wo und wann sie immer zu erreichen war, um den Kurzlehrgang zu machen.

Als Gisela wieder draußen war, kam sie das erste Mal wieder zur Klinik, um mit dem Coagu Check zu üben.

Frau Berger sagte ihr:" Ich werde es ihnen auch gleich so bei bringen, dass sie auch wissen, wie viel Marcumar sie nehmen müssen, bei welchem Wert. Wenn die Werte unter denen liegen, die ich ihnen hier aufschreibe, oder weit darüber, dann rufen sie mich einfach an. Ich kenne mich mit diesem Medikament sehr gut aus und wenn sie eine Weile damit zu tun haben, können sie sich ganz alleine einstellen. Sie werden dann auch die ganzen Reaktionen von ihrem Körper auf dieses Medikament besser verstehen." Gisela freute sich über diese Informationen und sagte:" Dann bin ich ja wieder unabhängig und kann, wenn ich wieder arbeiten kann auch in den Urlaub fahren."

Frau Berger:" Ja, das können sie dann."

Gisela war noch sehr lange krank. Sie konnte aber jetzt schon mit dem Coagu Check umgehen und die Krankenkasse genehmigte ihr dieses Gerät.

Nun musste sich Gisela wieder um ihre Arbeitsstelle kümmern. Die ABM-Stelle war nun abgelaufen. Gisela bekam nur noch Krankengeld von ihrer Krankenkasse. Als sie wieder in Seesen in der Neurochirurgie war, sagte der

Oberarzt Dr. Grundmann nach der Untersuchung:"
Kommen sie doch bitte, mit ihrem Partner in mein Büro."
Als Gisela und Aribert im Büro waren, kam Dr. Grundmann
und sagte:" Ich habe sie nun noch einmal sehr gründlich
untersucht und kann ihnen sagen, dass eine Operation
ausgeschlossen werden muss, wie ich es ihnen schon gesagt
habe. Nun liegt es an ihnen, wie sie mit ihrer Krankheit
umgehen. Sie müssen ihren Cholesterinspiegel in den Griff
bekommen. ihr Blutdruck muss so niedrig wie möglich sein
und die Quickwerte müssen immer um die fünfundzwanzig
bis dreißig Prozent liegen. Dann müssen sie sich in acht
nehmen, dass sie sich nicht verletzen. Der Grund dafür ist,
ist ihr Cholesterin zu hoch, werden ihre Adern sich weiter
verengen. Ist ihr Blutdruck zu hoch, dann kann es zum
Platzen einer Ader kommen, weil ihr Blut so dünn ist und sie
werden daran sterben. Liegt ihr Quickwert über dreißig
Prozent, können sie einen Schlaganfall erleiden. Liegt ihr
Quickwert zu tief, können sie eine Blutung bekommen und
werden daran sterben. Wenn sie sich eine größere Verletzung
zuziehen und nicht sofort ärztliche Hilfe haben, können sie
verbluten. Sie dürfen sich keinen Knochen brechen, daran
können sie verbluten. Sie dürfen keine Aufregungen haben,
dann schafft ihre enge Stelle im Gehirn nicht mehr, ihr
Gehirn mit ausreichend Sauerstoff zu versorgen, Folge wäre
dann auch wieder ein Schlaganfall. Wenn sie dies alles
berücksichtigen, dann können sie wieder arbeiten gehen."
Aribert sah Dr. Grundmann an und sagte:" Das ist alles?"
Der Doktor:"Ja, das ist alles. Manch Einer schafft es, Manch
Einer nicht. Es liegt nun an ihnen. Ich kann ihnen aber
sagen, bis zu ihrem sechzigsten oder fünfundsechzigsten
Lebensahr, wird Frau Milan nicht arbeiten können. Sie kann
froh sein, wenn sie so lange leben kann. Sie kann es
versuchen. Frau Milan sagte mir, dass sie in die Nähe von
Aachen ziehen wollen. Es ist nicht schlecht, da gibt es ja ein

großes Klinikum, dort arbeiten auch sehr gute Neurologen. Sie müssten dann, wenn sie dort wohnen sofort mit diesem Klinikum Kontakt aufnehmen, damit, wenn es zu einem Notfall kommt, gleich die Akten dort vorliegen und die Ärzte wissen, was sie machen müssen. Und noch ein Hinweis. Versuchen sie, als Hausarzt einen Internisten zu bekommen. Dann ist sie bestimmt in guten Händen. Lassen sie es mich wissen, wann sie umziehen werden und kommen sie vorher noch einmal vorbei."

Da Giesela immer noch Krank war, rief sie in dem Alten- und Pflegeheim an und sagte:"Es tut mir leid, aber ich kann aus privaten Gründen, den Termin im September nicht halten. Könnten wir es bis zum Monat Dezember verschieben?"

Die Chefin des Heimes:" Es ist kein Problem. Es ist nur Schade, wir könnten sie hier sehr dringend gebrauchen, aber wenn es noch nicht möglich ist, dann können wir es nicht ändern."

Gisela:" Ich rufe sie auf alle Fälle noch einmal vorher an, damit sie wissen, ob dann alles geklappt hat."

Die Chefin. "Alles klar, bis dann."

Gisela und Aribert fuhren im Oktober noch einmal zu Marita und Franz nach Aachen. Sie mussten doch noch die Wohnung perfekt machen. Franz hatte jede Menge Zeitungen geschickt und Gisela und Aribert sahen sie jeden Tag durch. Dann machten sie mit fünf Vermietern einen Termin zur Wohnungsbesichtigung fest. Als Gisela so die Zeitungen durch sah, sagte sie zu Aribert:" Sie mal, ich kann es nicht verstehen, die Häuser in den Niederlanden die sind so billig und dann stehen da immer zwei verschiedene Quadratmeterzahlen, das kann ich nicht verstehen."

Sie nahm ihr Handy und rief bei Franz an und fragte:" Sag mal, könnt ihr das verstehen, mit diesen zwei verschiedenen Quadratmeterzahlen?"

Franz:" Ja, das ist einmal die vom Haus und dann das gesamte Grundstück." Gisela:"Meinst du etwa den Grund und Boden?"

 Franz:"Ja, das meine ich."

Gisela:" Das heißt dann, wenn ich ein Haus kaufe, dann gehört mir auch der Grund und Boden?"

Franz:" Ja, so ist das."

Dann gab Gisela das Handy an Aribert weiter und er sagte:" Wir kommen dann am Sonntag zu euch runter."

Franz:" Ja, schön, Marita freut sich schon auf euch.‘

Aribert:" Tschau, bis Sonntag."

Aribert zu Gisela:" Ich kann es gar nicht glauben, dass die Häuser da so billig sind und dann gehört der Grund und Boden auch noch dazu."

Gisela:"Ja, anders, als ich es schon mal erlebt habe. Reißt du das Haus ab, hast du nichts mehr. Ich wollte schon immer ein Haus haben."

Aribert:" Da muss ich dir was erzählen. Ich wollte auch immer ein Haus haben. Ich hatte sogar schon mehr als nur ein Haus. Ein Onkel von mir hatte mir sein Haus geschenkt. Ich hätte es nur ein bisschen in Ordnung bringen müssen.

Gisela: "Und warum hast du es nicht gemacht? Du bastelst doch gerne. Es wäre doch für dich kein Problem."

Aribert:" Nein ganz bestimmt nicht. Aber da war meine Frau. Sie hat den riesen Garten gesehen und sagte gleich, dass kannst du vergessen. Sie hatte kein Interesse daran, es wäre zu viel Arbeit."

 Gisela: "Es gibt doch nichts Schöneres, als ein großer Garten, was man da alles machen kann. Man hat Obst und Gemüse, man braucht kein Gemüse zu kaufen."

Aribert:" Sie wollte keine Arbeit damit haben. Dann habe ich von meinem anderen Onkel ein Haus angeboten bekommen, für nur siebentausend Mark mit nur einem kleinen Garten dahinter. Das wollte sie auch nicht, es wäre zu weit nach Arbeit, da könne sie nicht zu Fuß gehen und mit dem Fahrrad wäre es ihr zu anstrengend. Dann habe ich noch ein Haus von einem Großonkel geerbt, er hatte keine Kinder und ich war als Erbe eingetragen. Da stand nun ein Dreifamilienhaus und noch ein riesen Grundstück dahinter, da konnte man noch ein Haus drauf bauen."

Gisela :" Und."

Aribert: " Das wollte meine Frau auch nicht, da war ihr die Straße nicht sauber genug. Dabei hätte ich nur auf dem Fußweg Platten verlegen müssen."

Gisela:" Das kann ich überhaupt nicht verstehen. Was hast du damit gemacht?"

Aribert:" Ich habe es an einen Arbeitskollegen verkauft. Der hatte nicht viel Geld, aber fünf Kinder. Ich habe es ihm damals für dreitausend Mark verkauft." Gisela:" Ich glaube ich werde verrückt."

Aribert:" Was sollte ich machen, ich wollte mit meiner Frau keinen Krach. Sie wollte nur eine bequeme Wohnung und die hatte sie ja. Ich hatte damals dreihundert Aufbaustunden geleistet, damit wir die Wohnung überhaupt bekommen haben."

Gisela:" Kannst du dir vorstellen, wenn wir beide richtig arbeiten können und wir sparen schön, dann können wir uns bestimmt ein Haus in Holland kaufen. Oder was meinst du?"

Aribert:" Du werde erst mal schön Gesund. Oder so was ähnliches, ich vergesse immer, dass du nicht Gesund werden kannst."

Gisela:" Wenn ich mich an alles halte, wie mir Dr. Grundmann geraten hat, dann kann ich doch wieder arbeiten gehen. Und du weißt, ich will arbeiten."

Aribert:" Ich weiß das. Es wird aber eine harte Zeit für dich."

Gisela:" Ich muss es schaffen."

Was Gisela verschwiegen hatte, war, dass sie immer unter Angst litt. Sie wollte es nicht zugeben. Wenn Aribert bei ihr war, dann fühlte sie die Angst nicht. Das Schlimmste für sie war, wenn sie ins Bett musste. Sie hatte immer Angst davor, sie würde anderen Tag nicht mehr aufwachen, oder sie könnte die linke Seite ihres Körpers nicht mehr bewegen. Aber sie konnte nicht mit Aribert darüber reden, denn wenn nur irgend ein Mensch sie fragte, ob sie keine Angst hätte, dass dies alles wieder auftreten könne oder sogar noch schlimmer werden könne, wurde Aribert ganz unruhig und es standen ihm die Tränen sehr nahe. Gisela versuchte dann immer abzuwehren und sagte immer." Ich habe keine Angst, ich will doch leben und wenn man will, dann schafft man es auch."
Sie machte sich selber immer Mut und dachte immer wieder, warum muss mir sowas passieren. Ich muss stark sein. Silvio braucht mich noch und Aribert baut auch auf mich.

Nun kam das Wochenende und am Sonntag ging es wieder Richtung Aachen.
Als sie dort an kamen, wurden sie von Marita und Franz schon erwartet. Sie machten sich einen gemütlichen Abend. Am anderen Morgen, ging es los zu den Wohnungsbesichtigungen. Die erste Wohnung war in einem Hoch-haus. Es war die fünfte Etage. Es gab einen kleinen Fahrstuhl. Gisela war von dieser Wohnung begeistert. Es war ein großes Wohnzimmer, ein großes Schlafzimmer, eine schöne mittlere Küche, einen schönen großen Flur, ein Bad und einem riesen Balkon. Gisela zählte die Schritte auf dem Balkon. Es waren zehn große Schritte. Der Fußboden ließ zu wünschen übrig. Die Wanne war auch nicht gerade schön.
Da sagte der Vermieter:" Das können wir alles ändern."

Aribert sagte:" Wir müssen uns noch vier Wohnungen
ansehen, dann werden wir sie anrufen und sagen ihnen , ob
wir die Wohnung nehmen oder nicht." Der Vermieter war
einverstanden. Dann ging es zu den nächsten Wohnungen.
Bei jeder Wohnung die sie sich ansahen, hatte Gisela was
auszusetzen. Die eine Wohnung hatte kein Bad, nur eine
Dusche.
Gisela sagte:" Aribert, ich möchte keine Dusche, ich möchte
mich in die Wanne legen können und mich entspannen."
Die andere Wohnung hatte einen Balkon, da konnte man
nicht mal einen Tisch drauf stellen. Eine Wohnung, da waren
die Heizungen noch nicht fertig, da sollte noch für den ersten
Winter mit Kohle geheizt werden. Das sagte Gisela:" Das
habe ich lange genug machen müssen."
Sie riefen dann den Vermieter von der ersten Wohnung an
und Gisela sagte: " Wir haben uns für ihre Wohnung
entschieden."
Der Vermieter war natürlich begeistert und sagte:" Wenn sie
möchten, können wir uns gleich wieder treffen und
besprechen alles."
Gisela und Aribert fuhren noch einmal zu dieser Wohnung
und machten alles perfekt. Also ab Oktober einen
Mietvertrag. Im November Umzug. Sie machten gleich den
Mietvertrag und der Vermieter versprach, dass die Wanne
verändert wird und die Küche, sowie der Flur Fliesen
bekommen.
Gisela sagte dann:" Gut und um Wohn- und Schlafzimmer
kümmern wir uns dann um die Auslegware. Wir werden da
bestimmt ein Schmuckstück draus machen."

Am nächsten Tag fuhren sie noch bei dem Alten- und
Pflegeheim vorbei und machten den Arbeitsvertrag für
Gisela fertig, so dass sie ab Ersten Dezember zu arbeiten
anfangen konnte.

Gisela hatte vor dieser Arbeit nun keine Angst mehr, denn sie hatte es mit ihrem Quickwert gut hinbekommen. Mit dem Essen, wusste sie nun schon ohne Plan, was sie alles essen durfte und was nicht. Es war manchmal sehr hart. Es gab so schöne Gerichte, die sie gerne gegessen hätte, aber sie musste hart bleiben.

Marita sagte dann immer:" Ich kann das nicht verstehen, was kannst du denn nun essen, ich weiß überhaupt nicht, wenn ich für euch was kochen möchte, was du essen darfst und was nicht."

Gisela:" Mache dir doch da keine Gedanken, koche einfach so wie du immer kochst und wenn etwas dabei ist, was ich nicht essen darf, das lasse ich eben. Kartoffeln darf ich essen und du machst auch kein Schweinfleisch, dann ist doch schon alles in Ordnung. Wenn mal ein Gemüse dabei ist, welches ich nicht essen darf, ist es auch kein Problem, dann esse ich eben keins, ich habe mich damit schon abgefunden. Ich bin jetzt glücklich, ich habe ab Dezember Arbeit, wir haben eine Wohnung, die ich so toll finde, ich habe meinen Aribert und dann habe ich auch noch gute Freunde, Euch."

Als Gisela das gesagt hatte, kamen Marita die Tränen.

Gisela:"Du musst doch nicht gleich weinen."

Marita: "Das sind doch Freudentränen, wie du das gesagt hast, dass wir deine Freunde sind. Wir haben hier keine Freunde. Die Welt hier ist ganz anders.

Hier denkt jeder nur an sich. Wenn wir zu meinem Sohn wollen, das geht auch nicht immer, denn er arbeitet den ganzen Tag, er kommt immer erst in der Nacht nach Hause. Dann steht er schon wieder um vier Uhr auf und fährt Zeitungen aus. Nur ab und zu mal am Wochenende, wenn Franz dann auch mal fei hat, dann können wir uns mal sehen."

Gisela:" Wir kommen doch bald her."

Marita:" Ich freue mich schon lange darauf."
Als Gisela und Aribert wieder nach Hause fuhren, sagte
Gisela:" Bald wohnen wir in dieser Gegend, kannst du dir das
vorstellen:"
Aribert:" Ja, aber ich muss. Wenn du dann auch da bist, dann
müssen wir auf dann noch vier Wochen in unserer alten
Arbeitsstelle arbeiten. Dann musst du vier Wochen alleine
zurechtkommen." Gisela:" Das ist kein Problem. Ich fahre
zur Arbeit und wieder nach Hause. Ich werde hier viel Geld
sparen, denn ich kenne nur ein Geschäft. Das bei uns da an
der Ecke. Wenn du dann auch da bist, müssen wir auf
Erkundung   gehen. Hoffentlich verlaufen wir uns nicht."
Aribert lachte und sagte:"Wir werden uns schon nicht
verlaufen."
Als Gisela und Aribert wieder zu Hause waren, machte
Gisela noch einen Termin in Seesen in der Neurochirurgie,
bei Dr. Grundmann. Es klappte gut, sonst musste man
immer sehr lange warten, diesmal ging es sehr schnell.
Während der Untersuchung, hatte er eine Ärztin aus
Wernigerode mit dabei und erläuterte ihr so die
Untersuchung, dass auch Gisela einige Worte verstehen
konnte.
So sagte er unter anderem: "Ich bin eigentlich sehr zufrieden,
was ich hier jetzt habe. Diese Patientin wurde bei uns
eingeliefert und sollte operiert werden."
Die Ärztin:" Und, haben sie nicht operiert?"
Dr. Grundmann:" Nein, wir konnten hier nicht operieren.
Die Patientin wäre uns unter den Händen weggestorben.
Diese Stenose ist so kompliziert, da kommt man nicht ran.
Wir mussten sehen, wie die Patientin unter Marcumar
reagiert."
Die Ärztin:" Und."
Dr. Grundmann:" Ja, sie hat gut reagiert. Wir hofften, dass
sich eine Kollaterale bilden würde."

Die Ärztin:" Und was ist passiert?"

Dr. Grundmann: " Sehen sie hier, da ist so ein Anfang von einer Kollaterale. Sie ist noch ganz winzig, aber wenn die Patientin Glück hat, dann bildet sie sich mit der Unterstützung von Marcumar weiter aus. Dies kann bedeuten, dass die Patientin so noch einige Jahre damit gut leben kann."

Die Ärztin:"Ich verstehe, weil dieses Marcumar das Blut so dünn hält und die Patientin damit eine einigermaßen gute Durchblutung hat."

Dr. Grundmann:" Genau, dies wollte ich damit erreichen."

Die Ärztin: "Kann man das nicht bei jedem Patienten machen?"

Dr. Grundmann: "Nein, nicht jeder Patient darf Marcumar über längere Zeit nehmen und speziell bei Frauen ist es sehr gewagt. besonders, bei jungen Frauen. Dann müssen die Patienten auch einen sehr starken Willen haben und müssen auch vernünftig sein. Sie müssen lernen mit dieser Krankheit zu leben. Das kann nicht jeder."

Dann wendete er sich an Gisela und sagte:" Frau Milan, sie können sich jetzt anziehen und warten bitte draußen. Ich werde sie dann wieder rufen lassen."

Es vergingen einige Minuten, die für Gisela und Aribert wie Stunden vorgekommen sind. Dann ertönte eine Stimme aus dem Lautsprecher:" Frau Milan bitte in Zimmer drei."

Gisela fasste Aribert an die Hand und sie gingen in Zimmer drei. Dann erschien Dr. Grundmann:" Frau Milan, ich habe ihnen folgendes zu sagen. Die heutige Untersuchung hat ergeben, dass ich eigentlich sehr zufrieden bin. Wenn sie sich weiter so streng wie bisher an die Regeln halten, haben sie eine gute Chance noch einige Jahre gut zu leben. Sie können auch damit arbeiten gehen. Allerdings, sollten sie nicht versäumen, sich einer engmaschigen Untersuchung weiterhin zu unterziehen.

Versuchen sie so schnell wie möglich den Kontakt zur Neurologie im Klinikum herzustellen. Ich gebe ihnen hier meine Adresse mit. Geben sie diese ihrem behandelnden Arzt, den sie sich ja noch suchen müssen und er soll dann so schnell wie möglich den Kontakt zu mir aufnehmen. Wir wollen doch, dass ihnen nichts passiert."
Darauf sagte Gisela:" Herr Doktor Grundmann, ich habe da mal noch eine Frage. Sie haben doch der Ärztin, die bei der Untersuchung mit dabei war gesagt, dass sich bei mir eine Kollaterale bildet. Kann ich das jetzt so verstehen, dass dies so wie eine Umgehungsstraße ist?"
Dr. Grundmann:" Ah, sie haben also mitgehört."
Gisela:"Das würden sie sicher auch, wenn es um ihr Leben gehen würde."
Dr. Grundmann:" Ja, Frau Milan eine Umgehungsstraße ist es noch lange nicht. Aber man kann darauf hoffen. Es ist ein Anfang gemacht. Es kommt auf ihre Disziplin an. Wenn sie sich an alles halten und regelmäßig die Untersuchungen machen lassen, dann werden wir sehen, ob sich etwas daraus entwickelt."
Aribert:" Na das ist doch dann schon ein kleiner Lichtblick."
Doktor Grundmann:" Ja in solchen Fällen, freut man sich über jede Kleinigkeit."
Da sagte Gisela:" Herr Doktor Grundmann, ich möchte mich jetzt von ihnen verabschieden und mich recht herzlich für die gute Behandlung bedanken, bei ihnen und ihrem gesamten Team. Hier habe ich mich sicher gefühlt. Ich glaube auch, dass sie mir das Leben erhalten haben. Gerettet, kann ich nicht sagen, das war mein Lebensgefährte. Wenn er nicht so schnell gehandelt hätte, dann würde ich bestimmt im Rollstuhl sitzen."
Dr. Grundmann." Ja, Frau Milan, der schnellen Hilfe von Herrn Wagner haben sie es zu verdanken, dass es nicht so schlimm geworden ist. Denn die ersten vier Stunden sind die

Wichtigsten bei einem Schlaganfall. Ich wünsche ihnen dann
weiter noch gute Besserung und viel Erfolg in ihrer dann
neuen Heimat."

Als Gisela und Aribert die Klinik verlassen haben, sagte
Aribert:" Ich glaube, es war heute eine sehr gute Nachricht
dabei und die müssen wir feiern. Ich habe hier ganz in der
Nähe ein chinesisches Restaurant gesehen. Ich lade dich ein.
Du sagtest doch, dass die Ernährungsberaterin gesagt hat,
dass du fasst alles beim Chinesen essen darfst."
Gisela:"Ja, außer Peking-Ente, darf ich alles essen."
Aribert:" Bist du sehr böse, wenn ich Peking-Ente esse."
Gisela:" Nein, ganz bestimmt nicht. Es gibt doch so leckere
Sachen, die ich alle gerne esse."
Aribert verbrachte mit Gisela eine lange Zeit in diesem
Restaurant. Es war sehr schön dort. Es war wie ein Feiertag
für Gisela. Sie hatte doch einen Grund zum Feiern. Die
Nachricht, dass da eine Aussicht besteht, mit der man länger
als nur ein halbes Jahr leben kann, es machte sie glücklich.
Aribert musste nun wieder arbeiten und Gisela musste noch
zu Hause bleiben.
Sie überraschte ihn jeden Tag mit einem leckeren Essen. Es
machte ihr Freude, wenn er sich über ihr Essen freute. Silvio
kam jetzt auch öfter und dann sagte er:" Schade, dass ihr so
weit weg ziehen müsst. Da kann ich nicht so oft zum Essen
kommen."
Gisela:" Ja, Silvio, daran musst du dich gewöhnen. Du kannst
ja auch mal an einem Wochenende kommen, wenn du frei
hast. Am besten wäre, wenn du schon Freitag kommen
kannst. Dann kannst du an einem Sonntag wieder zurück, da
sind die Autobahnen nicht so voll."
Aribert und Gisela mussten dann noch einmal in Richtung
Aachen fahren, um alles mit den neuen Möbeln zu erledigen.
Sie kauften dort eine neue Küche, eine neue Couchgarnitur

und neue Kleiderschränke. Sie schafften es auch, in der Zeit alles zu bekommen. Nur mit der Lieferung klappte es noch nicht. Gisela sagte dann:" Es ist ja nicht so schlimm, es ist nur wichtig, dass die Sachen dann, wenn wir umgezogen sind auch wirklich kommen."

Sie besorgten auch noch Auslegware und Gardienen. Die Gardienen nähte sie gleich mit Marita und sie konnten die noch an die Fenster bringen.

Dann sagte der Hausmeister aus dem Haus, in dem sie einziehen wollten:" Ich bin Fußbodenleger von Beruf, wenn sie mir einen Schlüssel hier lassen, kann ich ihnen die Auslegware schon auslegen. Dann können sie, wenn sie mit dem Möbelwagen kommen, gleich die Möbel drauf stellen."

Aribert war damit einverstanden. Als sie alles erledigt hatten, fuhren sie wieder in ihre alte Heimat.

"Nun geht dort die Arbeit weiter", sagte Aribert.

 Gisela:"Ich freue mich schon darauf, wenn unsere neuen Möbel alle dastehen. Und dann habe ich eine so tolle Küche, mit Geschirrspüler, so was hätte ich nie gedacht."

Aribert:" Das wirst du auch alles gebrauchen, denn wenn du von Arbeit kommst, dann hast du keine Zeit, wenn du auch kochst, den Abwasch noch zu machen. Du darfst nicht vergessen, du wirst nicht mehr so viel leisten können wie bisher. Du bist nicht mehr so belastungsfähig, wie du mal warst. Ich werde dir auch helfen, wo ich kann, aber jedem Menschen sind Grenzen gesetzt. "

Nun fingen Gisela und Aribert an, ihre Sachen die sie mitnehmen wollten, einzupacken. Von den Möbeln wollten sie nur das Bett und die Schrankwand mitnehmen. Alles andere fingen sie an zu verschenken. Für den Garten, fand sich auch ein Käufer.

Gisela sagte zu dem Käufer und seiner Frau:" Was halten sie davon, wenn wir alle Möbel drin lassen?"

Die Frau:" Das wäre ja prima, denn wir haben keine Möbel für den Garten." Gisela sagte: "Schön, dann lassen wir alles stehen. Das Geschirr, lassen wir überwiegend, bis auf ein Tassenservice stehen und das Besteck auch."
Die Frau freute sich darüber. So wurden sie dann auch mit dem Preis einig. Aribert sagte dann zu Hause:" Ich bin irgendwie traurig. Der Garten war unser eigenes Domizil. Wir mussten nur einmal im Jahr unsere Pacht bezahlen."
Gisela:" Ich bin auch traurig darüber, gerade jetzt, wo unsere Blumen so gut geworden sind und unsere Tannen, die jetzt so wunderschön gedeihen. Aber was soll`s, wir müssen nach vorne schauen. Ich glaube ganz fest daran, dass wir uns in zwei bis drei Jahren ein Häuschen kaufen können. Dann auch mit einem schönen kleinen Garten dahinter."
Aribert:" Mit einem Swimmingpool und ganz viele Rosen."
Gisela:" Wir müssen nur daran glauben."
 Nun musste Gisela sich nur noch darum kümmern, dass ihre Mutter einmal am Tag von einem Pflegedienst versorgt wurde. Gisela versuchte da einen privaten Pflegedienst zu bekommen, da sie zu den öffentlichen Pflegediensten kein Vertrauen hatte. Sie wusste ja, wie die Menschen dort behandelt wurden. So viele Patienten wie möglich alles andere war egal. So sollte ihre Mutter nicht behandelt werden. Es gelang ihr auch einen privaten mobilen Pflegedienst zu bekommen.
Dann sagte sie zu ihrer Mutter:" Wir bleiben in Verbindung. Du musst nur Geduld haben."

Neuntes Kapitel

Es war soweit. Aribert hatte über einen Arbeitskollegen einen Möbelwagen bekommen, der einigermaßen preiswert war. Gisela hatte zuvor mit dem Arbeitsamt Kontakt aufgenommen. Man konnte ihr keine Arbeit anbieten. Da sagte Gisela:" Was halten sie davon, wenn ich in ein anderes Bundesland ziehe und bekomme dort Arbeit?"

Da sagte die Sachbearbeiterin vom Arbeitsamt:" Sie müssen nur alle Unterlagen vorlegen, vom neuen Arbeitgeber, von ihrem Umzug, die gesamten Rechnungen auch die von ihren Bewerbungen, dann bekommen sie einen Teil davon zurück erstattet."

Gisela:" Das ist gut."

Sie sammelte alle Rechnungen und ließ sich von ihrem neuen Arbeitgeber bestätigen, wann sie persönlich zum Bewerbungsgespräch dort war. Als sie dies dem Arbeitsamt vorlegte, sagte man ihr: " Sie müssen erst umgezogen sein und ihren ersten Arbeitstag hinter sich haben, dann können wir ihnen das Geld zurück erstatten."

Jetzt stand der Möbelwagen vor der Tür. Es wurde alles was ging eingepackt.

Silvio kam auch vorbei, und holte für einen Arbeitskollegen von ihm, noch die Kleiderschränke ab, weil dieser keine Schränke hatte. Dann machte Gisela alles sauber und ließ nur noch zwei Schaumgummiaufleger in der Küche und zwei Decken übrig.

Dann sagte sie:" So, da können wir noch ein bisschen schlafen und Morgen gegen zwei Uhr, werden wir losfahren und schmeißen die Sachen nur noch in den PKW."

Zu dieser Zeit hatte sie einen Wartburg 1.3 und Aribert hatte einen Audi 100. Ariberts Arbeitskollege sagte:" Ich fahre dann mit Giselas Wartburg, in dem ihr Computer

untergebracht ist und mein Bruder fährt mit dem LKW"
Aribert:" Gut, wann fahrt ihr los?"
Der Kollege: " Ich fahre mit meinem Bruder um zwölf Uhr
in der Nacht los." Aribert:" Wir kommen dann gegen zwei
Uhr hinterher."
Gisela hatte noch die Kaffeemaschine draußen gelassen. Sie
hörten, wie um zwölf Uhr der LKW losfuhr.
Gisela konnte nicht mehr schlafen. Sie wälzte sich hin und
her. Dann um halb zwei stand sie auf. Sie ging unter die
Dusche, zog sich an, machte noch Kaffee, während Aribert
unter der Dusche war. Dann trank jeder eine Tasse Kaffee.
Sie warfen die restlichen Sachen in den PKW und dann ging
es los. Von ihrer Mutter hatten sie sich einen Tag vorher
verabschiedet.
Gisela sagte:" Ich rufe dich, wenn wir angekommen sind
gleich an."
Ihre Mutter: "Hoffentlich habt ihr das Richtige gemacht."
Gisela:"Ganz bestimmt. Wir wollen Geld verdienen und uns
ein schönes Leben machen. Mit Aribert schaffe ich das. Sieh
mal, wie viel wir in der Zeit gespart haben. Jetzt können wir
uns total neu einrichten."
Aribert fuhr auf die Autobahn in Magdeburg und ab ging es.
Sie fuhren ohne einmal anzuhalten durch. Als sie vor der Tür
ihrer neuen Wohnung standen, stand der LKW schon da.
Gisela:"Ihr seid wohl geflogen."
Ariberts Kollege:" Nein, aber es war kaum ein LKW auf der
Bahn und ich habe die Bahn mit dem Wartburg immer frei
gemacht, so konnte wir schön rollen."
Nach einer Stunde kam Franz und Marita, sie wollten beim
Abladen mit helfen. Marita rief schon im Flur:" Ich habe
meinen Sohn Eric mitgebracht."
Es war Maritas jüngster Sohn, der in der Nähe von Koblenz
wohnte. Sie packten alle zu. Gisela ging in den nahe
gelegenen Superkauf und holte etwas zu Frühstück. Dann

setzten sie sich alle an den Tisch und Gisela machte schnell noch Kaffee, denn die Kaffeemaschine musste sie ja nicht suchen, die hatte sie ja in dem PKW, in dem sie gekommen sind.

Als alles in der Wohnung war, verabschiedeten sich Ariberts Arbeitskollege und sein Bruder. Dann gingen auch Marita, Franz und Eric.

Marita sagte:" Wenn ihr mit allem fertig seid, dann könnt ihr ja bei uns zum Mittagessen kommen."

Gisela:" Danke Marita, das ist gut gemeint, aber wir müssen doch nun auf unsere Möbel warten und da können wir dir nichts versprechen. Wir werden aber auf alle Fälle heute Abend bei euch vorbei kommen, das kann ich euch versprechen."

Franz:" Ihr habt doch euer Handy, dann rufe doch einfach mal an, wenn die Möbel kommen."

Gisela und Aribert fingen an, alles, was sie mitgebracht haben auszupacken.

Sie konnten nicht alles auspacken, weil ja die meisten Möbel noch nicht da waren. Sie bauten das Bett auf. Gisela fing an das Bett zu beziehen, da klingelte es. Jetzt kam endlich die Küche. Aber leider konnte sie nur aufgestellt werden. Da muss erst noch ein Elektriker kommen und alles anschließen. Dann muss auch noch ein Klempner kommen, der die Leitungen ebenso fachgerecht anschließt.

"Also mit einem warmen Mittagessen wird wohl nichts", sagte Gisela.

Aribert sagte:" Du hattest doch heute schon Frühstück besorgt, vielleicht kannst du noch eine Kleinigkeit zum Mittag holen, ich koche in der Zwischenzeit noch einen Kaffee."

Gisela:"Kann ich machen."

Sie ging los. Da sah sie auf der gegenüberliegenden Straßenseite vom Superkauf einen kleinen Kiosk. Da dachte sie, vielleicht bekommt man dort heiße Würstchen. Das wäre doch schon was. Sie ging rüber.

Da sagte der Mann auf ihre Frage nach heiße Würstchen: " Gehen sie mal um die Ecke, ich verkaufe nur Zeitungen und Getränke, aber meine Frau um die Ecke, die hat auch noch andere Sachen."

Gisela ging um den Kiosk rum, da war ein tolles Angebot. Da gab es richtige warme Gerichte. Gisela fragte:" Können sie das Essen auch einpacken?"

Die Frau:" Selbstverständlich. Was hätten sie denn gerne?"

Gisela:" Ich nehme zwei Mal Rouladen mit Pommes."

Die Frau packte alles ein und Gisela lief, so schnell sie konnte. Sie kam in ihrer neuen Wohnung an.

Aribert stand an der Tür." Und, hast du was bekommen?"

Gisela:"Du wirst staunen."

Ja, da war Aribert wirklich erstaunt. Nun hatten sie auch noch ein richtiges Mittagessen. Nachdem trudelten auch noch die anderen Möbel ein.

Jetzt nimmt die Wohnung schon Gestalt an. Sie fuhren gegen Abend dann bei Marita und Franz vorbei. Marita wusste nicht, ob die beiden etwas Warmes zu Essen hatten und hatte ihren berühmten Salzbraten gemacht mit Kartoffelsalat.

Aribert:" Marita, du willst uns mästen."

Marita:"Ach was, ich wusste doch nicht, ob ihr etwas zum Essen hattet und da habe ich zu Franz gesagt, wenn Gisela und Aribert kommen, dann kann ich endlich mal wieder einen Salzbraten machen, denn für uns zwei ist es immer zu viel. Ich habe es wirklich gerne gemacht."

Gisela:" Wenn wir mit allem fertig sind, dann müsst ihr aber auch zu uns kommen. die Küche, so hoffe ich, wird wohl morgen angeschlossen werden."

Gisela hatte sich geirrt, sie mussten noch drei Tage warten, bis endlich ein Elektriker kam. Zum Glück hatte Aribert noch eine Woche Urlaub. Dann musste Gisela zu ihrem neuen Arbeitgeber. Aribert fuhr mit ihr die Strecke ab, damit Gisela sich merken konnte, wo sie fahren musste, um zur Arbeit und auch wieder nach Hause zu kommen.

Als Gisela den ersten Tag zur Arbeit kam, brachte der Pflegedienstleiter Gisela auf ihre Station.

Er sagte:" Ihre Stationsleiterin ist zwei Tage nicht da. Dafür ist die Stellvertreterin, Schwester Inge da. Halten sie sich die zwei Tage an sie."

Als Gisela die Schwester Inge sah, war sie etwas schockiert. Eine stellvertretende Stationsleiterin und die war so schmutzig, dass konnte Gisela überhaupt nicht verstehen. Sie hatte so was wie einen Jogginganzug an, der war so gelb grau. Man konnte die Farbe nicht genau erkennen. Aber eins war gut, sie war freundlich und sagte gleich:"Ich bin Inge und du?"

Gisela:" Ich bin Gisela."

Inge fragte:" Bist du eine examinierte Krankenschwester?"

Gisela:" Ich bin eine examinierte Altenpflegerin."

Inge:" Ach so."

Gisela:" Bist du Krankenschwester, oder Altenpflegerin?"

Inge:" Ich bin nur Schwesternhelferin."

Gisela:" Dürfen denn Schwesternhelferinnen eigentlich Stationsleiter vertreten?"

Inge:" Eigentlich nicht, aber es gibt hier außer Schwester Marion nur Helfer. Du bist jetzt die Zweite mit Examen hier auf dieser Station."

Jetzt konnte sich Gisela vorstellen, warum man so froh war, dass sie sich hier beworben hatte. Als sie nach Hause kam, war Aribert noch zu Hause, morgen musste er wieder in die alte Heimat.

Er sagte dann:" Ich komme auf alle Fälle am Wochenende her. Ich will mal sehen, was wir noch machen können, ich will mal mit meinem Chef sprechen, vielleicht kann ich über Weihnachten hier bleiben."

Gisela, das wäre ja herrlich. Dann erzählte sie ihm, was ihr so auf der neuen Arbeitsstelle so begegnete. Aribert schüttelte nur den Kopf. Kurz vor dem Abendessen, klingelte es und da standen Marita und Franz.

Marita fragte im Scherz:" Sind wir hier richtig, bei Wagner und Milan?" Gisela:"Selbstverständlich, kommen sie herein." Als sie dann so gemütlich beisammen saßen, erzählte Gisela, was sie in diesem Heim schon am ersten Tag so erlebt hat. Da sagte Franz:" Gisela, hier haben sie zu wenig Altenpfleger mit Staatsexamen. Die freuen sich über jeden, der ein Examen hat. Ich bin jetzt auch in einem Heim, wo ich nicht für immer bleiben werde. Aber wir müssen erst mal Berufserfahrung sammeln, dann kannst du in der Zeitung nachsehen, da findest du immer was Neues. Wir brauchen nur ein Sprungbrett. In Ostdeutschland, da kannst du sowas nicht machen, da musst du froh sein, wenn du überhaupt Arbeit bekommst. Hier ist das kein Problem."

Gisela:"Meinst du, man kann einfach so die Arbeitsstelle wechseln."

Franz: " Natürlich kann man das. Du hast aber jetzt Zeit dafür. Wichtig war, du hast erst mal eine Arbeitsstelle und eine Wohnung. Dann muss man ein bisschen verdienen und danach kann man sich umhören."

Gisela:" Naja, morgen ist Aribert noch hier, aber dann muss er wieder Richtung in Magdeburg. Ich werde da nur arbeiten gehen und jeden Tag wenn ich nach Hause komme, werde ich Kartons auspacken. Ich träume schon nur noch von Kartons. Ich wusste ja nicht, wie viele Sachen wir haben. Wenn ich dann nicht mehr kann, dann gehen ich ins Bett. So wird die Zeit schneller vergehen, bis Aribert wieder hier ist.

Wir müssen uns auch um einen Hausarzt kümmern. Ich habe
von Gabi noch genügend Tabletten bekommen und Gott sei
Dank, habe ich mein Messgerät. So bin ich doch
unabhängig."
Franz:"Hast du denn deinem Arbeitgeber gesagt, dass du
einen Schlaganfall hattest?"
Gisela:"Nein, der Oberarzt Dr. Grundmann hat mir gesagt,
dass ich es nicht dem Arbeitgeber sagen muss. Ich habe keine
ansteckende Krankheit."
Franz:" Wenn der Arzt das gesagt hat, dann brauchst du dir
keine Gedanken darum zu machen."
Gisela:"Ja, ich hoffe nur, dass es mir so wie im Moment
weiter so geht, ich habe keine Beschwerden. Ich fühle mich
gut. Nur ich merke, dass ich nicht mehr so viel schaffen kann
wie früher. Da habe ich immer zwei Arbeitsstellen gehabt
und habe den Haushalt auch noch gemacht. Das schaffe ich
jetzt nicht mehr alles so."

Als Aribert wieder in Richtung Magdeburg fuhr, rief er von
Unterwegs zweimal an. Er musste so lange bei ihrer Mutter
wohnen. Sie hatten doch nun keine Wohnung mehr.
Jeden Abend rief er an und sagte dann:" Ich komme am
Freitag in der Nacht. Ich habe eine Überraschung für dich.
Du wirst dich ganz bestimmt freuen."
Gisela fuhr jeden Tag früh zur Arbeit. In der Zwischenzeit
war auch die richtige Stationsleiterin da. Gisela staunte nur ab
und zu über ihre Handlungsweise. Man hatte Gisela einfach
ab jetzt als Stellvertreterin   eingesetzt. Dann kam wieder ein
Tag, an dem Schwester Marion frei hatte und Gisela musste
die Vertretung übernehmen. Nun kam noch dazu, dass eine
Patientin sehr krank war. Sie hatte sehr hohes Fieber.
Da sagte Gisela schon zu Marion:" Wollen wir nicht einen
Arzt kommen lassen?"

223

Marion:" Wozu? Wir machen Wadenwickel und müssen nur den Zucker unter Kontrolle kriegen."

Nun stand Gisela mit einer Schwesternhelferin alleine da am nächsten Tag. Gisela kümmerte sich bei der Grundpflege schon um diese Patientin. Schon beim Waschen merkte sie, das sie glühte. Dann kontrollierte Gisela die Temperatur. Die Patientin hatte 40,5 Grad Celsius Temperatur, also auf gut Deutsch, sehr hohes Fieber. Ihre Zuckerwerte waren auch im Keller. Gisela war mit der Helferin Sofie alleine und sagte:" Sofie, bitte kümmere du dich um die anderen Bewohner, so gut du kannst. Ich hole jetzt einen Arzt."

Sofie sagte:" Aber Schwester Marion hatte doch gesagt, auf keinen Fall einen Arzt holen."

Gisela machte noch kalte Wadenwickel und sagte zu Sofie: " Jetzt und heute habe ich die Verantwortung und ich entscheide, ein Arzt muss her."

Sofie:"Großer Gott, dass gibt bestimmt wieder Theater und du bist die nächste, die wieder entlassen wird. Schade, ich habe mich an dich schon so gewöhnt und du bist so prima. Mit dir kommt man einfach zurecht. Schade!"

Gisela ging zum Telefon und rief den Bereitschaftsarzt an. Bis der Arzt kam, machte sie ihre Arbeit weiter und sah immer wieder zu der Bewohnerin mit dem hohen Fieber. Gisela versuchte ihr immer etwas zum Trinken zu geben, aber sie machte den Mund nicht auf. Dann versuchte sie mit einer Spritze, ohne Kanüle, ihr etwas Flüssigkeit zu geben, dass gelang ihr, aber es war einfach zu wenig.

Gisela sagte zu Sofie:" Die Frau muss an einen Tropf."

Da kam der Arzt und hörte gerade, wie Gisela dies gesagt hatte. Er untersuchte die Frau nur kurz und sagte:" Diese Frau gehört schon seit Tagen an den Tropf. Warum holen sie erst heute einen Arzt, die Frau gehört ins Krankenhaus."

Er sagte es mit einem sehr schroffen Ton.

Gisela sagte darauf:" Es tut mir leid, aber ich bin nur die
Stellvertreterin. Ich habe sonst hier nichts zu sagen. Ich führe
nur die mir übertragenen Arbeiten aus. Ich bin auch erst ein
paar Tage hier."
Der Arzt:" Das kann doch nicht sein, das man diese Frau
hier so lange liegen lässt. Man sollte die Stationsleiterin
verklagen."
Gisela:" Es tut mir leid, da müssen sie sich mit der
Pflegedienstleitung unterhalten."
Der Arzt:" Das werde ich auch am Montag tun."
Gisela war froh, als sie Feierabend hatte. Es war Freitag.
Heute kommt Aribert und ich habe am Wochenende frei.
Sie freute sich schon riesig darauf. Als sie nach Hause kam,
machte sie sich einen Kaffee und aß etwas. Für sich alleine
etwas kochen, dazu hatte sie bestimmt keine Lust. Sie räumte
noch die Wohnung auf, stellte die Waschmaschine mit ihren
weißen Sachen an, dann legte sie sich auf die Couch. Sie
schlief sofort ein. Sie kam jeden Tag so fertig von der Arbeit.
Da plötzlich klingelte das Telefon. Gisela sprang auf. Es war
dunkel, so lange hatte sie geschlafen.
Es war Aribert:" Ich bin hier auf einem Parkplatz in einer
Telefonzelle. Ich bin nicht mehr weit weg von dir."
Gisela: Schatz, ich freue mich so sehr auf dich. Ich habe
morgen frei, ist das nicht schön."
Aribert:"Ja, ich freue mich auch schon auf dich. So ich mache
jetzt Schluss, ich habe mir nur etwas zu Trinken geholt, ich
fahre jetzt weiter. Bis gleich." Gisela:"Ja, bis gleich."
Sie legte den Hörer auf. Dann zog sie sich ihre Jeans an und
einen Pulli. Sie ging in den Flur, zog ihre Jacke über und fuhr
mit dem Fahrstuhl nach unten. Sie lief zu diesem Kiosk. Sie
wusste, Freitag hat er geöffnet. Sie kaufte eine Flasche Sekt.
Dabei dachte sie, <Ich werde dich damit überraschen >.
Dann lief sie schnell nach Hause. Es ist doch schön, Es ist
draußen schon ganz schön kalt und man braucht kein Feuer

mehr zu machen. Die ganze Wohnung ist gemütlich warm.
Gisela freute sich über ihre schöne Wohnung. Dann stellte
sie eine Kerze auf den Tisch und zwei Sektgläser.
So, dachte sie <Nun kannst du kommen>.
Es dauerte keine ganze Stunde. Da hörte Gisela, wie jemand
einen Schlüssel ins Schloss steckt und versucht leise
aufzuschließen. Gisela machte das Licht aus und brannte die
Kerze an. Das konnte man vom Flur aus nicht sehen. Da
sagte Aribert:" Schläft denn hier schon alles?"
Gisela machte die Tür auf und sagte:" Nein....Überraschung."
Da stand Aribert vor ihr, mit einem großen Strauß Blumen.
Sie fing an vor Freude zu weinen. Aribert kam ins
Wohnzimmer, sah die Flasche Sekt auf dem Tisch und
sagte:" Oh, hast du schon die Sparkasse oder die Bank
gefunden?"
Gisela:" Nein, ich hatte dafür keine Zeit. Ich habe gearbeitet
und wenn ich nach Hause kam, hatte ich immer noch was
zum Auspacken gefunden. Ich glaube ich bin jetzt fertig.
Und dann war ich immer so müde, da habe ich nur noch
geschlafen. Ohne Wecker, wäre ich jeden Tag zu spät zur
Arbeit gekommen. So gut habe ich geschlafen."
Aribert:" Wo hast du denn das Geld für den Sekt her?"
Gisela" Na du hast mir doch etwas hier gelassen."
Aribert:" Da solltest du dir was zum Essen und was du sonst
noch brauchst von kaufen."
Gisela:"Ich habe nichts gebraucht. Ich hatte doch noch Brot
und Wurst zu Hause und Selters war auch noch genug da.
Ich habe eben nicht alles alle bekommen. Ich habe eben viel
geschlafen."
Aribert:" Aber heute bist du wach."
Gisela:" Ja, ganz bestimmt."
Aribert:" So jetzt kommt die Überraschung. Ich brauche
nicht mehr zurück." Gisela:"Wieso?"

Aribert:" Ich habe mit meinem Chef gesprochen. Ich habe eine schöne Abfindung bekommen und meinen restlichen Urlaub. Ich habe ihm gesagt, dass ich hier ab Januar schon Arbeit habe. Da hat er mir gesagt, dass ich doch sicher noch genug zu tun hätte bis dahin und sagte dann noch, dass ich noch Überstunden hätte und soll dann meinen Urlaub nehmen. Es ginge im Moment, sie hätten jetzt so viele Zivis, da kann ich zu Hause bleiben und dir soll ich auch viele Grüße bestellen."

Gisela stellte die Blumen in eine Vase. Dann setzte sie sich bei Aribert auf die Couch, umarmte ihn und sagte:" Das ist schön. Ich habe über Weihnachten auch frei und muss dafür Silvester und Neujahr arbeiten. Das klappt ja herrlich."

Am nächsten Morgen, gleich nach dem Frühstück, gingen sie zu Fuß los und versuchten, ob sie die Sparkasse oder die Deutsche Bank finden würden.

Da trafen sie den Hausmeister, Herrn Jansen, in der Stadt und er sagte: "Kommt mit, sonst kommt ihr nicht an euer Geld. Ich zeige euch eine der Sparkassen, die sind hier ganz in der Nähe."

Da plötzlich standen sie vor der Sparkasse.

„So", sagte Herr Jansen:" ich zeige euch jetzt noch die Straße, in der ihr die Deutsche Bank finden werdet."

Aribert sagte:" Herr Jansen, ich würde mich freuen, wenn sie uns noch einen Arzt zeigen könnten, zu dem wir dann immer gehen könnten. Wenn es geht, wir suchen einen Internisten."

Herr Jansen:" Das ist auch kein Problem, ich habe hier in der Nähe einen Arzt und soviel ich weiß, ist er auch Internist. Es ist zufällig auch mein Hausarzt. Ich benötige nämlich auch einen Internisten und ich bin mit ihm sehr zufrieden."

Aribert:" Siehst du, da können wir doch gleich am Montag mal hingehen und uns vorstellen. Dass er sich dann gleich alle Papiere und Unterlagen von unseren Ärzten schicken lassen kann."

Jetzt fühlten sich Gisela und Aribert erleichtert, wo sie doch nun wussten, wo sie ihr Geld abholen konnten und Gisela einen Hausarzt gefunden hat. Aribert:" Nun kann nichts mehr schief gehen."

Aribert sagte zu Gisela:" Ich habe doch eine schöne Abfindung bekommen, wir werden heute bei Franz vorbeifahren und fragen, wo man einen schönen Fernseher kaufen kann, dies ist dann unser Weihnachtsgeschenk. Der Fernseher aus dem Garten, der ist für unsere große Wohnung nun doch zu klein. In der alten Wohnung, hatte er auch ausgereicht."

Sie gingen an den Automaten von der Deutschen Bank und holten einen Kontoauszug.

Dann sagte Aribert:" Da ist genug Geld zum Leben drauf. Da kann ich also den Fernseher mit EC-Karte von der Sparkasse bezahlen."

Sie gingen wieder nach Hause und telefonierten mit Marita und Franz.

Franz sagte:" Kommt doch, am Montag, wenn Gisela Feierabend hat bei uns vorbei, bei uns ganz in der Nähe, ist ein Spezialgeschäft für Television. Da werdet ihr bestimmt etwas Gutes finden."

Aribert sagte:" Klar, wir kommen dann."

Sie verbrachten zu Hause ein sehr schönes Wochenende.

Am Montag musste Gisela in den Frühdienst. Als sie nach Hause kam, hatte Aribert schon etwas zum Mittagessen gekocht.

Er sagte:" Siehst du Gisela, etwas kochen kann ich auch. Du kannst gleich was essen und dann fahren wir zu Marita und Franz."

Gisela:"Und dann kaufen wir unser Weihnachtsgeschenk."

Aribert:" So ist das."

Gisela und Aribert wurden schon von Marita und Franz erwartet.

Marita sagte:" Jetzt trinken wir erst mal eine Tasse Kaffee und dann gehen wir los. Es ist ganz hier in der Nähe. Wir können zu Fuß gehen."

Dann sagte Aribert: "Wenn ich aber gleich einen Fernseher mitnehmen will, ist es doch besser, wenn ich gleich das Auto mitnehmen."

Franz: "Sicher, da ist auch ein Parkplatz vor der Tür."

Aribert und Gisela fanden natürlich auch einen sehr schönen und auch großen Fernseher.

Aribert sagte dann zu Gisela:" Ich hatte damit gerechnet, dass der Fernseher teurer ist, da können wir uns auch eine Stereoanlage noch dazu kaufen." Gisela sah Aribert ganz verdattert an und sagte:" Bist du nicht sehr verschwenderisch?"

Aribert: " Nein ich hatte dafür schon geplant. Du kannst mir glauben, ich mache das schon richtig."

Sie nahmen auch gleich alles mit.

Dann sagte Aribert, als sie zu Hause waren: "Nun kann Weihnachten kommen."

Es war auch eine schöne Adventzeit, die sie verbrachten. Sie kauften dann ihren ersten Weihnachtsbaum für ihre neue Wohnung.

Etwas nachdenklich sagte Gisela: "Mir tut nur meine Mutter leid, sie verbringt nun das erste Mal Weihnachten alleine. Um Silvio mache ich mir keine Sorgen, er hat viele Freunde."

Aribert:" Wir machen für deine Mutter ein schönes Paket und rufen sie natürlich auch zu Weihnachten an."

Eine Woche vor Weihnachten, rief Franz bei ihnen an und sagte:" Was haltet ihr davon, wenn wir den ersten Weihnachtsfeiertag zusammen verbringen würden."

Aribert: " Ja, ihr seid herzlich eingeladen."

Franz:" Gut, wir kommen dann zu euch."
Gisela freute sich darauf, weil Marita aus dem Erzgebirge
kam, und sie doch so schöne Weihnachtslieder singen
konnte. "Franz bringt bestimmt seine Gitarre mit", sagte
Gisela, " dann wird es bestimmt ein schönes
Weihnachtsfest."
Am Heiligabend, schmückte Aribert den Weihnachtsbaum,
Gisela stand in der Küche und bereitete alles für den
Heiligabend vor. Es war alles so festlich.
Darauf sagte sie:" Ich bin sehr glücklich, aber es ist schade,
dass keiner von der Familie hier sein kann. Ich habe kein
Heimweh, aber es tut doch ein wenig schmerzen, dass es hier
so schön ist und Silvio und meine Mutter können es nicht
sehen."
Aribert:" Ja, aber das können wir im Moment nicht ändern.
Wir können ein paar schöne Fotos machen und schicken sie
deiner Mutter."
Gisela:"Ja, bitte fotografiere den Fernseher und die
Stereoanlage. So etwas Schönes habe ich noch nie in meinem
Leben vorher gehabt."
 Aribert:" Ich hatte zwar schöne Sachen, aber so schön, wie
das, was wir uns jetzt gekauft haben, hatte ich auch noch nie.
Das Wichtigste aber ist, dass ich einen Partner habe, mit dem
ich mich gut verstehe. Du meckerst nicht und kannst dich
über alles freuen. Es macht mir Spaß, wenn wir uns etwas
Neues kaufen."
Gisela: " Man muss sich doch freuen, wenn man sich immer
wieder ein neues Stück zulegen kann."
Aribert:" Ja, das ist eben der Unterschied. Für dich ist das
eben keine Selbstverständlichkeit, dass man immer Alles neu
kaufen muss."
Gegen Abend riefen sie dann bei ihrer Mutter an und
wünschten ihr ein schönes und gesundes Weihnachtsfest.

Ihre Mutter freute sich über den Anruf, aber man hörte ganz deutlich heraus, dass sie sehr traurig war.

Gisela sagte zu ihr:"Du musst nicht traurig sein. Wenn wir Beide mal frei haben und es liegt kein Schnee, dann kommen wir dich auch besuchen."

Ihre Mutter: " Ja, aber es ist so einsam ohne euch. Silvio kam auch vorbei, er kam nur zum Kaffee trinken und dann ist er wieder weg."

Gisela:"Er ist noch jung, er fühlt sich eben nur unter jungen Leuten wohl. Sei froh, dass er zum Kaffee gekommen ist. Ich vermisse dich auch. Wir hoffen ja, dass sich das bald ändern wird. Ich kann dir noch nichts versprechen. Wir müssen erst mal richtig Geld verdienen und dann sehen wir weiter."

Dann sagte Aribert zu ihr." Wir rufen dich morgen auch wieder an. Wir bekommen am Nachmittag Besuch. Aber wir rufen dich trotzdem an."

Am nächsten Tag ruhten sich Aribert und Gisela nach dem Mittagessen aus.

Plötzlich klingelte es und Marita und Franz kamen. Gisela hatte Recht, er brachte seine Gitarre mit. Gisela bereitete im Wohnzimmer den Kaffeetisch vor und schmückte ihn schön weihnachtlich. Dann nahmen sie alle Platz.

Aribert sagte:" Bitte recht freundlich."

Er machte ein paar schöne Bilder. Dann tranken sie Kaffee und Franz packte seine Gitarre aus. Marita fing an zu singen:" Wenn es Rachermannle rachert." Als alle schön am Singen waren, ging Gisela unbemerkt zum Telefon und wählte die Nummer von ihrer Mutter.

Es klingelte und da die Stimme:"Ja wer ist da?"

Gisela ganz leise:"Hör mal."

Gisela hielt den Hörer in die Richtung zum Tisch. Da bemerkte Aribert, dass Gisela ihre Mutter dran hatte.

Er stand auf, kam zum Telefon und sagte:" Hallo, Oma, hörst du, wie sie alle singen?"
Jetzt nahm jeder den nacheinander den Hörer und wünschten ihr ein frohes Weihnachtsfest.. Gisela sprach mit ihrer Mutter noch ein paar Worte und verabschiedete sich dann von ihr. So vergingen die schönen Stunden viel zu schnell. Den zweiten Feiertag, verbrachten Gisela und Aribert alleine, ganz friedlich und ruhig.

Der Monat Dezember ist vergangen und Aribert musste seinen ersten Arbeitstag als Pfleger antreten. Er wurde wie man ihm mitteilte erst mal nur für den Nachtdienst eingeteilt. Als er nach seinem ersten Dienst nach Hause kam, dachte Gisela, Aribert bricht jeden Moment zusammen. Er war fix und fertig. Es war eine Arbeit, die er überhaupt nicht gewöhnt war. Gisela war sehr traurig darüber und überlegte, was sie machen könnte. Sie wollte es sich nicht anmerken lassen, dass sie darunter litt. Sie versuchte es zu verstecken, aber es wirkte sich nun doch aus. Das Schlimmste war, als Gisela ihren Frühdienst beenden wollte, da kam die Stationsleiterin, Marion und sagte:" Ich fühle mich sehr schlecht, ich kann den Spätdienst nicht übernehmen."
Gisela hatte bisher noch nie Spätdienst in diesem Heim gemacht, dazu kam, dass sie den Dienst auch noch ganz alleine machen sollte. Da setzte sich Marion hin, nahm einen Zettel zur Hand und sagte:" Ich schreibe dir den Ablaufplan auf, du wirst das schon schaffen. Du musst nur sehen, dass du die Medikamente um genau die Zeit, die ich hier aufschreibe verteilen musst und die Spritzen, da ist auch die Uhrzeit wichtig."
Sie gab Gisela den Plan, den sie ihr aufgeschrieben hat und ging. Weil Gisela noch nicht nach Hause kam, kam Aribert ins Heim und fragte:" Wieso kommst du nicht nach Hause?"

Gisela: " Ich muss noch eine zweite Schicht machen, Marion fühlt sich nicht." Aribert: "Ist das hier so normal, du kannst doch nicht zwei Schichten hintereinander machen?"
Gisela: "Was soll ich machen?"
Aribert:"Und wer ist noch hier?"
Gisela:" Keiner, ich bin ganz alleine hier."
Aribert sagte: "Das finde ich nicht normal, aber ich fahre erst mal nach Hause."
Gisela:"Ja, das musst du auch, du musst ja wieder in die Nachtschicht."
Gisela machte die zweite Schicht, ganz alleine auf der Station. Als sie dann Feierabend hatte, war sie so fertig, dass ihr alle Glieder am Körper zitterten. Sie musste nun nach Hause fahren. Als sie nach Hause kam, war Aribert schon auf Arbeit. Gisela ging ins Bad und machte sich fürs Bett fertig. Sie legte sich hin und schlief bis sie der Radiowecker weckte. Sie machte sich für die Arbeit fertig. Sie war wie gerädert. Aribert war noch nicht zu Hause. Als Gisela dann im Heim ankam, stand die Helferin Inge schon da und sagte:" Du hast gestern zwei Schichten gemacht?
Und dann noch das erste Mal Spätdienst? Da wollen wir mal sehen, ob du alles richtig gemacht hast."
Gisela sah Inge an und fragte:" Bist du neuerdings hier vielleicht die Pflegedienstleitung?"
Inge:" Nein, das bin ich nicht, aber du bist die Stellvertreterin und müsstest dem zu Folge alles richtig machen."
Als Inge den Raum verlassen hatte, kam Sofie und sagte zu Gisela:" Das Inge so zu dir ist, liegt nur daran, dass sie jetzt nicht mehr die Vertretung von Marion machen kann."
Gisela:"Meinst du, das kann doch aber nicht sein."
Sofie:"Sie hat es mir doch selber gesagt. Sie hat gesagt, dass sie jetzt abgeschoben wurde, nur weil jetzt eine aus der Ostzone gekommen ist und wer weiß wo, ihr Examen

gemacht hat. Sagen kann das doch jeder, wer weiß ob das stimmt. "

Gisela konnte diese Worte nicht verstehen und sagte:" Man muss doch, aber wenn man sich bewirbt sein Examen vorlegen."

 Sofie:" Ja, aber sie hat gesagt, die aus dem Osten stecken doch alle unter einer Decke. So ein Stück Papier kann doch jeder bekommen. Ich habe ihr auch gesagt, dass sie sowas nicht sagen kann, denn man muss ja auch etwas können, wenn man so ein Examen hat."

Gisela:"Ganz bestimmt muss man da was können."

Dann sagte Sofie:"Der beste Beweis war ja, mit der Patientin, die ins Krankenhaus musste. Siehst du, nun ist Marion auf einmal Krank. "

Gisela: "Meinst du, dass das miteinander zu tun hat?"

Sofie:" Na klar, warum bleibt sie denn auf einmal zu Hause?"

Gisela: "Mir ist es egal. Ich muss meine Arbeit machen. Ich bin zwar noch von gestern kaputt, aber ich kann heute nicht noch einmal zwei Schichten machen."

Da kam der Pflegedienstleiter und sagte zu Gisela:" Für heute habe ich von einer anderen Station eine Kollegin, die den Dienst übernimmt, aber morgen weiß ich noch nicht, wie wir das machen."

Gisela:"Ich kann aber nicht schon wieder zwei Schichten machen."

Der Pflegedienstleiter:" Nein, nein, aber dann müssten sie Spätdienst machen, denn morgens, kann von einer anderen Station mal eine Examinierte nach dem Rechten sehen. Im Spätdienst habe ich sonst nur auf alle Stationen Helfer. Wenn das rauskommt, mache ich mich strafbar."

 In der Frühstückspause, sagte Gisela zu Inge:" Sag mal Inge, hast gerne die Vertretung für Marion gemacht?"

Inge:" Was heißt hier gerne, man war froh, dass man mich hatte. Es war doch kein Anderer da. Jetzt braucht man mich nicht mehr."

Gisela: Warum gehst du nicht zur Schule und machst dein Examen?"

Inge:" Ich setze mich doch nicht mit 37 Jahren noch mal auf die Schulbank." Gisela: " Ich war schon 40 Jahre, als ich mich noch einmal auf die Schulbank gesetzt habe. Ich musste noch nicht einmal. Ich habe nämlich, außer mein Examen als Altenpflegerin auch noch zwei andere Berufe."

Inge:"Wie, zwei andere Berufe?"

Gisela:" Naja, ich bin Sekretärin und bin auch Facharbeiter für Textiltechnik." Inge:" Das kann ich überhaupt nicht verstehen, warum arbeitest du dann nicht als Sekretärin?"

Gisela:" Du musst nicht glauben, dass diese Arbeit einfacher ist als die Arbeit hier. Ich habe schon festgestellt, dass jeder Mensch glaubt, nur seine Arbeit ist schwer, was die Anderen machen ist nichts."

Inge:"Na wenn ich die Sekretärin hier sehe, die ist geschminkt, sieht immer aus wie aus dem Ei gepellt. Die sitzt den ganzen Tag auf ihren Hintern und braucht sich nicht viel bewegen. Wir rennen uns hier die Hacken ab, für so wenig Geld."

Gisela:"Du kannst mehr verdienen, du musst nur einen Beruf in der Tasche haben. schenken tut man einem in keinen Beruf etwas. Dann hast du nämlich auch die Verantwortung für das, was du tust."

Gisela macht ihre Arbeit so gut sie konnte. Als sie dann nach dem Dienst nach Hause kam, lag Aribert noch im Bett und schlief. Als sich Gisela aus dem Schlafzimmer raus schleichen wollte, wurde Aribert wach und sagte:

"Mein Schatz, wie geht es dir?"

Gisela:"Es geht schon. Wie geht es dir?"

Aribert:"Ach, ich muss mich erst an die Arbeit gewöhnen. Es ist eben doch ganz anders als ein Krankenwagen, ein Rettungswagen oder im Kranken-haus. Die Ansprüche sind ganz anders."

Gisela:"Ja, ich weiß."

Sie merkte, wie das Blut in ihrem Körper pumpte.

Aribert sagte:"Ich stehe jetzt auf."

Gisela: "Ich mache uns was zum Essen und dann muss ich mich auch ausruhen."

Als Gisela sich nach dem Essen auf die Couch legte, merkte sie, dass sie nicht alles richtig erkennen konnte. Sie konnte die Schrankwand nicht richtig erkennen.

Sie sagte:"Ich muss meinen Quickwert messen."

Aribert:" Geht es dir nicht gut. Du bist doch erst morgen mit Messen dran." Gisela:"Ja, mach dir keine Gedanken, ich will ja nur mal kontrollieren." Aribert:"Ich messe gleich mal den Blutdruck bei dir."

Er holte den Blutdrucker aus dem Schrank.

Er legte die Manschette an, dann sagte er:" Ich muss die andere Seite noch messen."

Er kontrollierte die andere Seite und sagte dann:" Du musst bald mal zum Arzt. Der Unterschied zwischen beiden Armen ist zu groß."

Gegen Abend machte sich Aribert zur Arbeit fertig. Als er gegangen war, legte sich Gisela ins Bett. Sie konnte nicht einschlafen. Sie konnte die Fenster wieder nicht richtig erkennen. Sie bekam auch noch große Angst.

Sie dachte   < Ich kann doch nicht einfach sterben. Ich habe doch noch so viel vor, was soll ich jetzt machen. >

Sie setzt sich hin. Dann trank sie einen Schluck kalte Selters. Sie legte sich wieder hin. Immer wieder bekam sie die Angstzustände, schlief sie aber doch ein. Da sie Spätdienst machen sollte, hatte sie den Radiowecker ausgeschaltet. Aribert weckte sie, als er nach Hause kam.

Er sagte:" Wie geht es dir." Gisela:"
Ganz gut. Leg dich hin, ich bleibe auch noch ein bisschen im
Bett."
Gisela fuhr gegen Mittag zum Dienst. Sie bemerkte schon
vorher, dass es ihr überhaupt nicht gut ging.
Sie dachte, < Ich muss mich zusammen nehmen, ich muss es
schaffen. >
Sie trat ihren Dienst an. Da gab es noch eine Bewohnerin,
alle nannten sie nur Lore, die den Schwestern abends immer
ein bisschen half.
Sie machte mit Gisela zusammen Pause und sagte:" Ich helfe
dir nachher beim Essen verteilen, dass mache ich gerne."
Gisela sagte:" Gut, ich freue mich darüber."
Lore lächelte Gisela zufrieden zu.
Gisela:" Lore, ich weiß nicht, ich kann nicht aufstehen. "
Bei Gisela fing alles an sich zu drehen. Sie sah alles doppelt.
Lore sagte:" Ich glaube der Pflegedienstleiter ist noch da, der
Hans. Ich gehe mal schnell zu ihm und frage, was ich
machen soll."
Sie lief los. Als sie zurück kam sagte sie:" Du sollst sitzen
bleiben, er kommt gleich mal sehen."
Dann kam der Pflegedienstleiter Hans, er fragte:" Was ist
denn passiert?"
Gisela saß auf dem Stuhl und sagte:" Ich weiß auch nicht, mir
geht es nicht gut. Mir ist ganz schwindlig und ich kann nicht
alles erkennen."
Da sagte er: "So können sie nicht arbeiten, ich muss einen
Ersatz besorgen. Kann ich ihren Mann erreichen?"
Gisela:"Ja, er ist zu Hause, er hat Nachtdienst."
Gisela saß eine ganze Weile so auf dem Stuhl, Lore traute
sich nicht weg. Da kam Aribert. Er stand in dem
Aufenthaltsraum und sagte:"Was ist denn passiert?"
Gisela:"Ich kann es nicht erklären, mir geht es beschissen."

Er nahm Gisela am Arm, hakte sie unter und bracht sie zum Auto.

Er sagte "Ich lasse dein Auto hier stehen, das hole ich mit Herrn Jansen ab, er muss mich hier her fahren."

Gisela war im Moment alles egal. Sie wollte sich nur hinlegen. Aribert brachte sie nach Hause. Gisela legte sich auf die Couch und Aribert sagte: "Ich gehe zu Herrn Jansen und wir holen dein Auto. Bleib bitte so lange liegen."

Gisela:" Geh nur, ich kann so wieso nicht aufstehen. "

Eine halbe Stunde später kam Aribert wieder zurück.

"Wie geht es dir?", fragt er.

Gisela." Ach, es geht schon. du brauchst dir keine Sorgen zu machen. Ich muss nur etwas ausruhen."

Aribert:" Nein, du gehst morgen zum Arzt."

Gisela: "Ich bin doch erst zwei Monate im Dienst. Ich kann doch nicht krank sein."

Aribert:" Ich möchte dich länger haben, ich möchte mit dir alt werden können. Wenn du aber so schuftest und kannst nicht mehr, dann können wir alle unsere Träume, die wir bisher hatten gleich aufgeben."

Gisela: "Gut, ich gehe morgen zum Arzt."

Aribert musste wieder in den Nachtdienst. Er verabschiedete sich und sagte:" Du bleibst im Bett, bis ich komme. Hast du das verstanden."

Gisela:"Ja, zu Befehl Herr Major."

Aribert: "Nun mache keine Witze darüber Du weißt genau, wie es um dich steht."

Am nächsten Morgen, brachte Aribert Gisela zum Arzt, Dr. Kramer.

Nach einigen Untersuchungen sagte er:"Ich habe noch nicht alle Unterlagen von ihnen, aber es wird besser für sie sein, wenn sie eine Woche zu Hause bleiben würden."

Gisela sagte ihm: "Ich habe da bedenken, ich bin noch nicht ganz zwei Monate in diesem Heim. Ich möchte nicht gleich meine Arbeit verlieren."

Da sagte Dr. Kramer:" Machen sie sich keine Gedanken, aus diesem Heim werden sie nur entlassen, wenn sie sich sehr viel zu Schulden kommen lassen. Wegen einer Krankheit ganz bestimmt nicht. Wenn sie nur eine Helferin wären, dann würde ich es schon glauben, aber eine examinierte Altenpflegerin, die wird in diesem Heim nicht entlassen."

Gisela:" Herr Doktor, was macht sie da so sicher?"

Dr. Kramer:" Warten sie es ab. Auf alle Fälle bleiben sie eine Woche zu Hause. Dann habe ich noch eine sehr gute Adresse für sie. Ich habe nichts gegen das Klinikum. Aber glauben sie mir, ich würde es lieber sehen, wenn sie zu einem anderen Neurologen gehen würden. Dort werden sie noch als Mensch behandelt. Im Klinikum, da ist alles so überlaufen, da bekommen sie nach jeder Untersuchung einen anderen Arzt und jedes Mal müssen sie alles noch einmal erzählen und die Routineuntersuchungen werden immer wieder aufs Neue gemacht. Ich überlasse ihnen die Entscheidung."

Gisela:" Ich glaube es ihnen. Ich werde die Adresse von diesem Neurologen annehmen."

Dr. Kramer:" Was sie machen können, wenn es ihnen mal sehr schlecht geht und keiner von uns ist schnell erreichbar, dann müssen sie ins Klinikum. Notfallpatienten werden dort gut behandelt und schnell, weil das Klinikum immer rund um die Uhr besetzt ist."

Gisela blieb eine Woche zu Hause. In dieser einen Woche, suchte sie auch den Neurologen, Dr. Wolf auf. Er hatte die gleichen Computer wie der Oberarzt in Seesen.

Er untersuchte Gisela und fragte:" Wie viel Prozent Durchfluss hatten sie beim letzten Mal?"

Gisela:" Dr. Grundmann sagte, dass es noch dreißig Prozent wären."

Dr. Wolf wiegte seinen Kopf und fragte:" Wie viel Prozent Quickwert sollten sie halten?"

Gisela sagte:" Ich versuche immer zwischen fünfundzwanzig und dreißig Prozent zu sein. Dr. Grundmann meinte, wenn ich bei dreißig Prozent liege, dann wäre es gut."

Dr. Wolf sagte: "Also, ich muss ihnen dann sagen, dass ihre Werte schlechter geworden sind. Sie haben jetzt einen Durchfluss von zwanzig Prozent. Ich glaube ihnen, dass sie sich nicht wohl fühlen und dass sie das Blut pumpen fühlen. Sie müssen versuchen, den Quickwert zwischen fünfundzwanzig und zwanzig Prozent zu halten. Dann fühlen sie sich auch etwas Wohler. Sie müssen mit ihrem Hausarzt sprechen, ach, dass mache gleich selber. Er muss ihnen ein Medikament verschreiben, welches ihren Blutdruck senkt. Der ist ja viel zu hoch."

Dr. Wolf machte die Tür zur Anmeldung auf und sagte:"Ich möchte sofort eine Verbindung zu Dr. Kramer."

Dann wendete er sich Gisela zu und sagte:"So dann wünsche ich ihnen alles Gute und versuchen sie, dass sie alle sechs Wochen zu mir kommen können. Wir müssen das unter Kontrolle bekommen."

Gisela ging nach einer Woche wieder zur Arbeit. Sie hatte da wieder Frühdienst. Da war noch ein Pfleger dazu gekommen. Jedenfalls dachte Gisela, dass er ein Pfleger war, denn er stellte sich vor:"Ich bin der Pfleger Peter."

Sie glaubte es auch schon aus diesem Grund, weil er für die Bewohner auch die Medikamente gestellt hatte. Er hatte den ganzen Vormittag damit zu tun. Am nächsten Tag, ging er mit Gisela in die Dusche. Er duschte die Bewohner und Gisela trocknete sie ab und zog die Bewohner auch an. Dann sagte Gisela bei einer Bewohnerin:" Die Frau hat aber ganz schöne Kontrakturen."

Da fragte der Pfleger Peter:" Was die?"

Gisela dachte er konnte es durch die Geräusche der Dusche nicht verstehen und sagte noch einmal: "Kontrakturen."

Peter:" Kontra was? Spielen wir hier Skat?"

Gisela sagte: " Damit macht man keine Witze. Die Frau kann sich doch auch nicht alleine anziehen, sie hat starke Kontrakturen an den Armen."

Der Pfleger Peter: "Die ist nur zu faul sich anzuziehen und dann bitte ich dich mit mir deutsch zu reden, ich verstehe euer Doktoren-deutsch nicht."

Gisela war erschüttert und sagte: "Ich denke du bist ein Pfleger?"

Da lachte Peter und sagte:" Ich habe in drei Monaten Helfer gelernt."

Gisela konnte es nicht fassen und sagte:" Das wissen alle hier?"

 Peter: "Die Bewohner nicht. Das Personal schon.

Gisela: " Und dann stellst du die Medikamente?"

Peter: " Was ist denn schon dabei. Inge macht ja sogar i. m. Spritzen, das soll auch nur vom examinierten Personal gemacht werden. Was sollen wir hier machen, wenn keiner mit Examen da ist. Na gut, du bist nun eine Examinierte. Du bleibst so wieso nicht lange. Hier sind bisher alle außer Marion wieder gegangen. Alle freiwillig."

Jetzt fing Gisela an, den Dr. Kramer zu verstehen. Sie wurde erst jetzt auf so viele Missstände aufmerksam.

Beim Frühstück brüstete sich Marion: "Ich habe hier erst mal Ordnung reingebracht. Die Ärzte wollen nur die Krankenhäuser voll kriegen, darum mag ich keine sehen. Und wenn ein Bewohner mal doch in ein Krankenhaus muss und kommt dann wieder mit einem Katheter raus, dann ist das, dass Erste, was ich mache, ich ziehe Ihn sofort raus. Unsere Bewohner brauchen sowas nicht."

Gisela dachte nur im Stillen, <Das kann ich nicht glauben, was ist das für ein Mensch. Sie spielt hier so, als wenn sie schlauer wäre als ein Arzt >.

Als sie auch noch sah, wie der Pflegehelfer Peter mit den Bewohnern umging, konnte sie damit nicht mehr fertig werden. Was Gisela am Anfang nur störte, dass er die Bewohner alle mit 'Du' anredete und alle mit dem Vornahmen rief, war dagegen nur eine Lappalie. Eine sehr verwirrte Bewohnerin, die Inkontinenz war, was auch aus der Akte hervor ging, beschimpfte er mit: " Du alte Sau, hast du wieder die ganze Pampers eingesaut."

Die Frau sah ihn an, zum Glück, glaubte Gisela, konnte sie es bestimmt nicht verstehen. Aber es gibt auch Bewohner die Inkontinenz sind und doch noch alles verstehen können.

Da war Gisela eines Tages in der Dusche so sauer auf ihn und sagte:" Sag mal schämst du dich nicht, die Bewohner so zu beschimpfen?"

Da sagte er:" Wieso muss ich mich schämen? Ich mache doch nichts schmutzig? Ich hoffe doch, dass aus diesem Raum nichts raus dringt, sonst geht es dir und deiner Familie schlecht. Ich sehe nur aus wie ein Deutscher, weil meine Mutter eine Deutsche war. Ich lebe bei meinem Vater und der ist Türke. Wir gehen mit den Menschen dann etwas anders um, als du gewöhnt bist. Wir sind da nicht zimperlich. Nur, dass du es weißt."

Gisela fehlten die Worte. Wie kann ein solcher Mensch in einem Alten- und Pflegeheim arbeiten.

Gisela kam immer fix und fertig von der Arbeit und eines Tages sagte sie zu Aribert:" Ich kann so nicht arbeiten. Ich muss mich um etwas Anderes kümmern."

Aribert:" Ich habe die Probleme nicht, aber was mich stört ist, dass man mich nur Nachdienst machen lässt. Das war ja nicht vereinbart. Ich sollte doch nur mal 14 Tage oder drei

Wochen Nachtdienst machen. Nun ist der nächste Plan fertig und ich stehe wieder im Nachtdienst drin."
Gisela kaufte jeden Samstag eine Zeitung, da stehen immer die Stellenangebote drin. Da las sie, dass ein ambulanter Pflegedienst Altenpfleger und Krankenaschwestern sucht. Gisela dachte, bevor ich eine schriftliche Bewerbung mache, rufe ich erst mal an.
Am Telefon sagte eine männliche Stimme:" Ja, wir suchen dringend Pfleger und Schwestern, sowie auch Altenpfleger. Kommen sie doch einfach mal vorbei und bringen sie die Bewerbung mit."
Gisela machte dies und Aribert kam auch gleich mit. Die Arbeitsbedingungen, die man ihnen vorschlug, waren sehr annehmbar. Sie Vereinbarten, dass sie am Ersten Februar anfangen wollten.
Gisela ging zu dem Alten- und Pflegeheim und sagte der Chefin:"Es tut mir leid, aber ich kann, so wie hier gearbeitet wird, nicht arbeiten. Ich möchte die Arbeit kündigen."
Die Chefin: " Was stört sie denn an unserer Arbeit?"
Gisela: "Als Erstes stört mich, dass hier an jeder Ecke geraucht wird. Ich empfinde es als Belästigung. Sogar in der Dusche, wo die Bewohner geduscht werden, da wird geraucht. Es ist noch unangenehmer als im Aufenthaltsraum. Dann die Art und Weise, wie mit den Bewohnern umgegangen wird, kann ich nicht ertragen."
Die Chefin:" Wie wird denn mit den Bewohnern umgegangen?"
Gisela:" Machen sie doch Kontrollen, unverhofft. Dann werden ihnen die Augen aufgehen. Was mich dann auch noch sehr gestört hat, ist, dass die Köchin, mit der Zigarette im Mund im Kochtopf rührt. Als ich das gesehen habe, da ist mir schlecht geworden. Hier ist auf alle Fälle eine große Schweinerei im Gange. Sie müssen mehr Kontrollen machen, dann würde es ihnen auffallen."

Erst sollte Gisela eine Kündigungsfrist von vier Wochen einhalten, aber als sie sagte:" Dann muss ich die Presse davon informieren, was hier los ist, ich halte es keinen Tag mehr länger aus.", war man mit einer sofortigen Aufhebung des Arbeitsvertrages einverstanden.

Darauf sagte die Chefin:" Herr Wagner ist auch hier. Sie bleiben doch aber bei uns?"

Aribert: "Ich habe zwar nicht die Sorgen, wie meine Lebenspartnerin, aber ich fühle mich verschaukelt. Ich sollte in den Tagesdienst. Ich sollte nur mal vierzehn Tage oder drei Wochen Nachtdienst machen. Nun sehe ich auf dem nächsten Plan, ich bin wieder für den Nachtdienst eingeteilt. Damit bin ich nicht einverstanden. Wir haben auch Beide ein anders Angebot, wo wir mehr verdienen können."

Die Chefin war etwas sauer, aber sie stimmte dann doch zu, sie merkte wohl, dass es keinen anderen Ausweg mehr gab. Aribert und Gisela gingen dann zum ambulanten Pflegedienst und sagten dem Termin mit dem 1. Februar zu. Aribert und Gisela wunderten sich, als sie gefragt wurden:" Sind sie eventuell in einem Karnevalsverein?"

Aribert sagte nein, ist das denn so wichtig?"

Der Chef:" Naja schon, damit wir wissen, ob wir sie über die Karnevalstage einteilen können."

Aribert:" Wir haben nichts mit Karneval zu tun."

Da leuchteten die Augen vom Chef und er sagte:"Na gut, dann können sie doch über die drei tollen Tage arbeiten."

Gisela wunderte sich, dass hier so wenig Personal arbeitete und dass man so viele Überstunden machen musste. Aber ihr war es egal, sie bekamen jede Überstunde bezahlt.

Aribert sagte:" Ja, das kann sich sehen lassen, dafür mache ich gerne Überstunden."

Gisela und Aribert wurden an den ersten zwei Tagen
angelernt und sind nur mitgefahren. Dann bekam jeder von
ihnen eine eigene Tour. Gisela war sehr zufrieden damit. Sie
hatten eine Woche Frühdienst und eine Woche Spät-dienst.
Da sie sich nicht in dieser Gegend auskannten, bekamen sie
auch einen Stadtplan, nach dem sie fahren konnten. Sie
kamen so ganz gut zurecht. Als dann der erste Zahltag kam,
waren Gisela und Aribert mehr als zufrieden. Gisela machten
die Überstunden überhaupt nichts aus. Da sie nun auch noch
so viel arbeiten mussten, kamen sie nicht dazu das Geld
auszugeben. Gisela machte, wenn sie Frühdienst hatten die
Brote zum mitnehmen fertig und steckte auch die Getränke
ein. Gisela und Aribert arbeiteten ohne einen freien Tag.
Wenn sie gefragt wurden, ob sie noch einen zusätzlichen
 Dienst übernehmen könnten, sagten sie immer ja. So verging
der Monat Februar wie im Flug.
Jetzt kam der Monat März.
 Der Chef fragte:" Könnten sie Beide auch an den
Osterfeiertagen arbeiten? Wir haben so viele Urlauber."
Da sagte Aribert:" Ja, wir können da arbeiten. Wir haben
keine kleinen Kinder. Uns ist es egal."
So arbeiteten Gisela und Aribert auch über die ganzen
Osterfeiertage.
Nach den Osterfeiertagen, füllte sich der Aufenthaltsraum
mit dem Personal, da waren Schwestern, die hatten Gisela
und Aribert noch nie gesehen. Sie stellten sich alle vor, aber
die vielen Namen, die konnten sie sich nicht merken.
Gisela sagte zu Aribert:"Ich wusste nicht, dass hier so viele
Menschen arbeiten."
Aribert: "Ich auch nicht."
Da sagte eine Schwester:" Ja, wir sind hier eine Menge
Personal, beinahe zu viel. Wir hatten alle nur Urlaub und so
freie Tage, wegen dem Karneval und der Osterfeiertage."

Gisela bekam plötzlich ein komisches Gefühl in der Magengegend.

Als sie zu Hause waren, sagte Gisela:" Ich habe so dass Gefühl, dass man uns jetzt nicht mehr braucht. Ich habe mal gehört, dass man Personal, wenn es keine feste Anstellung hat, ohne irgendeinen Grund entlassen kann." Aribert:" Das kann gut möglich sein."

Gisela:" Was machen wir dann?"

Aribert:" Da wird sich auch ein Weg finden."

Da Gisela und Aribert noch in ihrer alten Heimat ihre Scheidungen eingereicht haben, aber sich bis jetzt noch nichts getan hat, suchten sie sich einen Rechtsanwalt, der die Korrespondenz zu dem Rechtsanwalt aus ihrer alten Heimat aufnehmen sollte. Sie fanden dann auch einen, der gar nicht verstehen konnte, dass es noch nicht zu einer Scheidung gekommen war.

Schließlich hatten Gisela und Aribert die Scheidung 1992 eingereicht und nun hatten wir schon 1996.

Er sagte:" Ich kann die ganze Sache nicht verstehen, aber ich werde mich darum kümmern."

Gisela zu Aribert:" Ich werde mich erst richtig frei fühlen wenn ich das Scheidungsurteil in der Tasche habe."

Aribert:"Mich belastet es auch schon lange, dass es nicht vorwärts geht."

Gisela und Aribert gingen wieder ihrer Arbeit nach. Nun bemerkte Gisela ganz deutlich, dass man versuchen wollte sie wieder abzuschieben. Sie bekam jetzt Touren, die sie noch nie gefahren war. Man gab ihr zwar eine Stadtplan und die Adressen, wo sie ihre zu behandelnden Patienten finden sollte aber vergaß zum Beispiel, dass es auch ganz andere Stadtteile gab, mit den gleichen Straßennahmen. Man vermerkte eben nicht, dass sich die Patienten in einer ganz anderen Stadt befanden. So kam es, dass Gisela eine Patientin

suchte und nicht fand. Gisela fuhr dann gegen 22.00 Uhr das
Büro an, wo sich alle Schwestern und Pfleger trafen.
Gisela sagte dann:" Ich finde einfach nicht die Patientin."
Da sagte ein Pfleger aus der anderen Gruppe:" Wo hast du
sie denn gesucht?"
Gisela na hier in dieser Stadt. Ich habe die Straße und die
Hausnummer gefunden, aber die Patientin gibt es nicht."
Da sagte er:" Die wohnt ja auch in einem ganz anderen
Stadtteil."
Gisela war so fix und fertig, dass ihr die Hände zitterten.
Aribert kam auch gerade von seiner Tour zurück, er hatte
schon seinen Dienstwagen in die Garage gebracht. Er bekam
gerade noch mit, dass Gisela noch einmal los musste.
Da sagte er:" Wo steht dein Dienstwagen? Ich fahre dich
hin."
 Er ging an den großen Stadtplan, der an einer Tafel hing,
schaute nach, wo die Patientin wohnte und sagte:" Los, ich
finde mich dahin."
Gisela fiel ein Stein vom Herzen. Als sie endlich von dieser
Patientin zurück kamen, war es schon Null Uhr. Gisela
schrieb es ein. Sie brachten den Dienstwagen weg und fuhren
nach Hause.
Aribert sagte:" Ich glaube, es war Absicht, dass du die
Patientin nicht finden solltest. Die wollen versuchen, dass wir
alleine aufhören."
Gisela:" Den gefallen tu ich ihnen nicht."
Gisela hielt aber diese Art von Behandlung nur den halben
April durch.
Da ging es ihr wieder viel schlechter. Sie hielt die
Belastungen nicht mehr aus. Sie musste zu Dr. Kramer.
Gisela musste zu Hause bleiben.
Dann rief der Chef bei ihr zu Hause an und sagte:" Es tut
mir leid, aber wir müssen uns von ihnen trennen. Wir
können keine Altenpfleger gebrauchen. Wir können nur

Krankenschwester beschäftigen, die von der Anästhesie Ahnung haben. Wir sind der Meinung, dass ihr Lebenspartner so auch keine Lust hat weiter bei uns zu bleiben, wenn wir sie hier nicht mehr beschäftigen. Wir werden ihm dann die Nachricht übermitteln, wenn er von seiner Tour zurück kommt."

Für Gisela brach nun eine Welt zusammen. Wie hat man sie ausgenutzt. Als Aribert nach Hause kam, konnte er auch kaum reden. Er war auch geschafft.

So eine Verhaltensweise, waren sie nicht gewöhnt. Solange die meisten vom Personal im Urlaub waren, waren sie mit ihrer Arbeit zufrieden und nun.

Aribert ging nun zum Arbeitsamt und reichte alle Unterlagen ein. Dann kümmerte er sich auch um seinen Rechtsanwalt und der Rechtsanwalt sagte: " Es ist doch gut, wenn sie eine Zeit lang ohne Arbeit sind. So kommt sie die Scheidung nicht so teuer."

Aribert wusste ja nicht, wie viel Arbeitslosengeld er bekommen würde. Als er dann aber den Bescheid bekam, war er ganz zufrieden. Gisela musste noch ein paar Woche zu Hause bleiben. Sie bekam auch noch das Krankengeld vom Betrieb. Während sie aber Krank war, bemühte sie sich wieder um Arbeit. sie merkte, es war doch nicht so schwer. Sie hatte gleich zwei Zusagen.

Da sagte Gisela zu Aribert." Die ganze Aufregung war also umsonst. Du kannst ja noch ein paar Wochen zu Hause bleiben. Ich werde mal sehen, wie man hier arbeiten kann. Es kann doch nicht überall gleich sein."

Als Gisela wieder zu Dr. Kramer kam, sagte er: " Also, dieses Heim ist ganz gut. Ich glaube, da werde sie ganz prima zurechtkommen. Ich habe da auch ein paar Patienten."

Gisela: "Dann wollen wir mal sehen."

Bis Gisela dort anfangen konnte, hatte sie noch ein paar Tage frei.

Aribert sagte:" Lass uns die Zeit nutzen und in unsere alte Heimat, Richtung Magdeburg fahren. Ich weiß da eine Pension, da können wir auch übernachten. Es ist dort sehr preisgünstig."

Gisela rief dann gleich bei ihrer Mutter an und sagte:" Wir kommen dich besuchen."

Ihre Mutter weinte vor Freude am Telefon:"Ich freue mich darauf."

Am nächsten Tag ging es in Richtung Magdeburg. Als sie dann als erstes ihre Mutter besucht hatten, sagte Gisela zu Aribert:" Was hältst du davon, wenn wir meine Freundin Martina mal besuchen? Sie wird sich bestimmt freuen, wenn ich mal bei ihr vorbei schaue."

Aribert:" Naja, ich weiß nicht."

Gisela:"Du kannst ja in der Zwischenzeit einen Freund oder deine Tochter besuchen und ich quatsche mal mit meiner Freundin."

Aribert:" Na gut."

Aribert setzte Gisela bei ihrer Freundin ab und fuhr zu seiner Tochter. Als er von dem Besuch zurück kam, sagte Martina:" Sie können ruhig rein kommen. Ich möchte doch den Lebenspartner von meiner Freundin auch mal kennen lernen."

Aribert:"Ich möchte mich nicht zwischen zwei Frauen setzen."

Darauf sagte Martina:" Mein Mann Ralf ist auch zu Hause, er ist nur im Garten, ich kann ihn reinholen."

Aribert und Ralf verstanden sich auf Anhieb.

Martina:"Das du nun so weit weggezogen bist, ist nicht schön. Wir haben uns zwar nicht immer besucht, aber ab und zu hat man sich mal getroffen und auch mal gegenseitig besucht. Nun ist mir der Weg zu weit." Aribert:" Ach, wir werden öfter mal her kommen, denn wir müssen uns um Giselas Mutter noch kümmern und um das Grab von ihrem

Stiefvater. Meine Mutter ihr Grab ist auch hier. Wir haben zwar alles in Pflege gegeben, aber ab und zu möchte man doch mal nach dem Rechten sehen. Dann wohnt Silvio noch hier und meine Tochter möchte ich auch schon mal wiedersehen." Martina:"Na dann habe ich noch ein bisschen Hoffnung, dass wir uns doch ab und zu mal sehen."
Gisela verabschiedete sich von Martina und Ralf und sagte: " Wir kommen bald mal wieder."
Sie besuchten noch Silvio, der sich eine kleine Einraumwohnung gemietet hatte.
Silvio sagte:" Wenn ich hier alles im Griff habe, dann komme ich euch auch mal besuchen."
Der Tag verging viel zu schnell. Gisela und Aribert fuhren zu dieser kleinen Pension, wo sie für zwei Nächte gemietet hatten. Am nächsten Tag fuhren sie noch einmal bei ihrer Mutter vorbei. Silvio war auch da. Dann verabschiedeten sie sich wieder und fuhren in Richtung Aachen. Gisela fiel der Abschied immer etwas schwer, weil sie immer wieder daran denken musste, dass sie eigentlich eine Krankheit hat und nicht weiß, ob es ein nächstes Mal geben wird. Sie versuchte ja immer wieder nicht daran zu denken, aber wenn es um Abschied ging, dann kam sie nicht drum herum.

Gisela fing dann genau am 1. Mai in ihrer neuen Arbeitsstelle an. Ihr gefiel schon, dass dort alles sehr helle Räume waren. Gisela fing mit dem Frühdienst an. Sie wurde von einer Schwester angelernt, die aus Exjugoslawien war. Sie war aber sehr nett. Gisela machte die Arbeit wieder Spaß.
Als sie nach Hause kam, berichtete sie Aribert:" Es ist auf dem ersten Blick alles ganz gut dort."
Was auch sehr schön war, sie konnte mit dem Fahrrad hinfahren. Es war nicht weit von zu Hause entfernt.

Aribert:"Ich muss auch wieder arbeiten gehen."

Gisela:" Warte doch noch einen Monat. Ich werde mich schon kümmern." Weil aber Aribert keine Ruhe gab, sagte Gisela:" Bewirb dich doch dort, wo ich abgesagt hatte. Es ist zwar in Aachen, du musst dann immer mit dem Auto fahren, aber ich habe gehört, dass sie dort auch dringend Pfleger suchen." Aribert:" Gut, ich fahre gleich hin."

Gisela:" Nein ich mache deine Bewerbung fertig und wir schicken sie ab. Die werden sich dann schon bei dir melden." Als Gisela wieder ein freies Wochenende hatte, besuchten sie Marita und Franz. Die Beiden taten sehr geheimnisvoll.

Gisela sagte: "Irgendetwas ist mit euch los."

Da sagte Franz:" Ja, ich habe meine Arbeitsstelle gewechselt. Ich habe jetzt ein sehr gutes Heim in Aachen gefunden. Aber ich habe noch eine Überraschung."

Marita sagte:"Damit wollten wir doch noch warten Franz."

Franz:"Ich kann nicht, ich muss es sagen."

Gisela:"Na los, was ist?"

Marita fing an und sagte:" Ihr wolltet euch doch immer mal um ein Haus in Holland kümmern."

Gisela:"Ja, aber wir müssen erst mal noch ein bisschen sparen."

Franz:" Seht mal, was ich hier habe."

Er holte ein Foto aus einem Ordner, darauf war ein Doppelhaus zu sehen. Dann sagte er:" Die eine Hälfte wollen wir kaufen."

Gisela:" Wo habt ihr denn das Geld her?"

Aribert:" Ja, sag mal, ihr seid doch gerade ein Jahr länger hier als wir." Franz:" Wir haben ein Kredit gewährt bekommen. Man muss nur Arbeit haben. Dann geht das schon."

Aribert:" Das ist ja Wahnsinn."

Gisela:" Ihr habt doch aber noch den Kredit für euer Auto? Wie habt ihr dass gemacht?"

251

Marita:" Das haben wir unserem Makler gesagt. Er sagte uns, das ist kein Problem. Wir können den Kredit noch auf unser Haus draufschlagen und bezahlen dann alles zusammen."
Aribert:" Ich muss mich jetzt erst mal um Arbeit bemühen. Wir haben gestern eine Bewerbung abgeschickt. Nun müssen wir auf Antwort warten."
Franz sagte:" Damit wirst du keine Probleme haben. Aber ich weiß eins, wir fahren morgen alle zusammen nach Holland und sehen uns unser Haus an. Was haltet ihr davon?"
Aribert:" Kannst du denn schon dort rein?"
Franz: "Natürlich, Ich will nächste Woche anfangen zu renovieren." Gisela:"Ich glaub es nicht, da zieht ihr einfach nach Holland. Mein Traumland, da wollte ich schon immer hin."
Aribert:" Warte ab, Gisela, Wenn ich erst wieder Arbeit habe, dann kaufen wir uns auch ein kleines Häuschen."
Gisela:"Ja, das wäre schön."

Gisela ging jeden Tag ihrer Arbeit nach. Sie brauchte ihre freien Wochenenden, um sich immer auszuruhen. Dann sagte eines Tages die Pflegedienstleiterin Karla zu Ihr:" Sag mal Gisela, du hattest doch mal erwähnt, dass dein Lebenspartner auch Krankenpfleger ist und zur Zeit auch noch ohne Arbeit ist."
Gisela:"Ja, das stimmt."
Da sagte Karla:" Frag doch bitte deinen Lebenspartner, ob er mal Lust hätte, bei uns Urlaubvertretung zu machen. So mal für vierzehn Tage bis drei Wochen."
Gisela:" Ich kann mal fragen, ja."
Als Gisela nach Hause kam, sagte sie zu Aribert:" Was hältst du davon, wenn du bei uns mal Urlaubsvertretung machst?"
Aribert:" Wie kommst du jetzt darauf?"

Gisela:" Naja, meine Pflegedienstleiterin hat mich gefragt, ob du Lust hättest, mal vierzehn Tage oder drei Wochen bei uns auszuhelfen."

Aribert:" Naja, bis ich von dem Heim eine Antwort bekomme, wo ich mich beworben habe und ehe ich hier so rumfaulenze, kann ich das ja machen. Wann soll ich kommen?"

Gisela:"Ich sage dir morgen wann du kommen sollst."

Als Gisela am nächsten Tag zur Arbeit kam, fragte Karla gleich:" Was hat dein Freund gesagt?"

Gisela:" Er hat gefragt, wann er anfangen soll."

Karla:" Gib mir deine Telefonnummer, ich werde nachher anrufen."

Gisela schrieb ihr die Telefonnummer auf. Als Gisela Feierabend hatte, kam sie nach Hause und Aribert sagte:" Ich soll morgen schon kommen. Ich soll nur diese Woche in der anderen Schicht als du arbeitest und dann ab nächst Woche in deiner Schicht. Ich war schon beim Chef des Hauses und er sagte, dass im Moment das Personal etwas knapp ist."

Nun sahen sich Aribert und Gisela nur am Abend, wenn Aribert Feierabend hatte. Er machte diese Woche Spätdienst.

Gisela:" Naja, ab nächst Woche, sind wir in der gleichen Schicht."

Die Woche verging sehr schnell und Aribert kam in die gleiche Schicht wie Gisela. So konnten sie zusammen zur Arbeit und auch wieder zusammen nach Hause. Gisela war sehr glücklich darüber.

Aribert und Gisela waren zwar in der gleichen Schicht, aber in verschiedenen Abteilungen. Das war aber völlig egal. sie sahen sich sehr oft. Als Aribert dann vierzehn Tage Urlaubsvertretung machte, wurde er zum Chef nach unten bestellt.

Der Chef fragte:" Herr Wagner, was halten sie davon, wenn wir sie für ein halbe Jahr unbefristet einstellen?"

Aribert:" Ich habe schon eine Bewerbung an ein anderes Heim geschickt und habe auch schon Nachricht bekommen. Ich soll zu einem Vorstellungsgespräch kommen."

Der Chef:" Ich kann sie natürlich nicht zwingen, die Entscheidung müssen sie schon alleine treffen. Aber sie müssen abwägen, was für sie günstiger ist. Sie müssen sich nicht sofort entscheiden."

Als Gisela und Aribert wieder zu Hause waren, sprachen sie darüber.

Gisela sagte:" Ich kann dir die Entscheidung nicht abnehmen. Aber wenn du in Aachen anfängst, musst du jeden Tag mit dem Auto fahren. Du weißt auch nicht in was für eine Schicht du kommst. Hier bist du in meiner Schicht und wir sind immer zusammen zu Hause."

Aribert:"Ja, da habe ich auch schon dran gedacht. Du meinst also, ich soll es annehmen?"

Gisela:" Ja, warum nicht?"

Aribert:"Nun gut, ich werde es machen."

Gisela:" Du musst aber zur Bedingung machen, dass du in meiner Schicht bleibst und dass wir im Juli einen Urlaubplatz haben. Das müssen sie uns genehmigen."

Aribert stimmte zu und nahm die Arbeitsstelle an.

Nun kam auch die Zeit, das die Schichtleiterin, Anita in den Urlaub gehen wollte und sagte: So, du musst jetzt anfangen, meine Arbeiten zu übernehmen, damit du dass dann auch kannst, wenn ich nicht da bin."

Gisela: "Ist denn kein anderer da, der die Leitung übernehmen kann?" Anita:"Nein, die Schwester, die das sonst gemacht hat, ist in der anderen Schicht. Jetzt musst du das machen."

Anita nahm Gisela überall hin mit und zeigte ihr, was alles ihre Aufgaben sind, wenn sie nicht da ist.

Da gab es schon den ersten Krach. Da waren zwei
Helferinnen, eine aus Polen und eine Türkin, denen das
überhaupt nicht passte.
Gisela merkte, dass da etwas hinter ihrem Rücken geschah.
Sie sagte zu Anita:" Da ist irgendetwas in Gange."
Anita sagte:" Ja, da musst du dir nichts draus machen, das
sind Helen und Rosa. Die machen immer so ein Theater,
wen hier eine Neue angefangen hat und die ihnen dann sagen
soll, was sie machen müssen, dass können die nicht
vertragen, sie denken immer sie sind perfekt. Und gerade
darum machen sie auch so viele Fehler."
Gisela:" Das ist dann aber kein schönes Arbeiten, wenn man
so ein paar Kollegen gegen sich hat."
Anita:" Wenn es nicht klappen sollte, dann gehst du eben zu
Karla, die macht dann wieder etwas Dampf und dann geht es
wieder ein paar Tage."
Gisela sagte zu Anita:" Kannst du das verstehen, warum die
Helfer immer so sind? Ich habe es doch schon mal in einem
Heim erlebt, dass eine Helferin auf mich sauer war, weil ich
die Stationsleiterin vertreten musste."
Anita:" Ja, es liegt sicher daran, dass es immer eine Neue ist
und bei dir kommt noch dazu, weil du aus Ostdeutschland
kommst. Das können sie nicht verstehen. Sieh mal da haben
wir eine ganz junge deutsche Helferin, Jutta.
Ich verstehe auch nicht, sie kommen von der Schule, lernen
nichts, gehen dann als Helfer arbeiten und beschweren sich
dann, wenn sie immer wieder Jemanden vor die Nase gesetzt
bekommen und das wir immer mehr Geld verdienen als sie
selbst."
Gisela:" Du kommst aus Exjugoslawien, ihr musstet doch
auch alle einen Beruf erlernen, warum ist das hier nicht so?"

Da sagte Anita:" Ja, die meisten Mütter sagen, unsere Töchter heiraten so wieso, warum sollen sie da einen Beruf lernen."

Gisela:" Du hast Krankenschwester gelernt?"

Anita:" Nein, ich bin Ärztin."

Gisela:"Ja, wieso arbeitest du dann hier in einem Pflegheim als Schwester?" Anita:" Ich habe als Ärztin keine Arbeitserlaubnis bekommen. Darum bin ich hier. Ich muss Geld verdienen."

Gisela konnte das zwar nicht gleich verstehen. Da arbeitet eine Ärztin als Krankenschwester, was ist das für eine Welt. Die Ärztin arbeitet ganz friedlich ohne großes Aufsehen und die Helfer spielen sich hier auf, als wenn sie die Größten wären.

Gisela und Aribert fuhren oft zum einkaufen nach Holland und nach Belgien. Es machte ihnen Spaß, in so kurzer Zeit von Deutschland nach Holland und dann nach Belgien zu fahren und dann wieder zurück. Gisela telefonierte auch manchmal mit ihrer Freundin Martina.

Einmal sagte Martina:" Ich habe dich heute schon drei Mal versucht anzurufen, aber du warst nicht zu Hause."

Gisela hatte in der Zwischenzeit jetzt einen Anrufbeantworter und sagte:" Ab morgen kannst du dich melden, wenn ich nicht da bin. Ich schließe heute Abend den Anrufbeantworter an."

Martina:" Da soll ich drauf sprechen?"

 Gisela: " Ja, warum denn nicht? Du kannst doch sagen dass du es bist und wenn ich zurück komme, dann rufe ich dich an."

Martina: "Naja, ich versuche es mal. Ich komme mir aber dumm vor, wenn ich da mit einem Apparat sprechen muss. Wo warst du denn heute so lange?" Gisela:" Ich habe in Holland Obst und Gemüse gekauft und dann sind wir nach Belgien gefahren, da habe ich ein herrliches Brot gekauft und

Kaffee. Dann haben wir in dem Café noch Kaffee getrunken und dann sind wir wieder nach Hause."

Martina: " Wie denn, an einem Tag bist du nach Holland und nach Belgien gefahren?"

Gisela:"Ja, es macht mir auch Spaß. Im Übrigen, wir wollen nächsten Monat an die Nordsee fahren, auch nach Holland. Ich war noch nie an der Nordsee. Ich bin schon ganz aufgeregt."

Martina:"Das kann ich mir vorstellen."

Gisela:" Wenn alles gut geht und wir drei Tage frei bekommen, noch vor unserem Urlaub, dann kommen wir in unsere alte Heimat. Wir müssen nur mit der Pension Kontakt aufnehmen, damit wir übernachten können."

Martina: "Würde es dir und deinem Aribert was ausmachen, wenn ihr bei uns schlafen würdet? Ich habe doch genügend Platz. Ralf ist auch zu Hause." Gisela sah zu Aribert und sagte:" Martina möchte, dass wir bei ihr und Ralf schlafen. Was meinst du?"

Aribert:" Wenn es ihr nichts ausmacht."

Gisela zu Martina:" Wir kommen zu dir."

Gisela und Aribert fuhren jetzt also in Richtung Magdeburg. Sie besuchten wieder ihre Mutter und Silvio, dann fuhren sie bei Martina vor. Sie freute sich und sagte: "Endlich haben wir mal richtig viel Zeit, um mal über die alten Zeiten zu plaudern."

Aribert und Ralf setzten sich auch zusammen und redeten."

So verbrachten sie zwei Tage in der alten Heimat.

Aribert zu Gisela:" Was hältst du davon, wenn wir mal in unseren ehemaligen Garten sehen."

Gisela: " Ja schön, vielleicht treffen wir ein paar Gartennachbarn, mit denen wir uns immer so gut verstanden haben."

Sie fuhren also zur Gartenanlage. Als sie dann vor ihrem ehemaligen Garten standen, schaute Gisela ganz traurig. Die wunderschönen Tannen, sie sind alle weg.

Gisela:" Sieh mal Aribert, hier hatte ich doch die Rose 'Mainzer Fasnacht' gepflanzt. Die ist auch nicht mehr da."

Es war alles überwiegend nur Rasen. Gisela tat das Herz weh. Sie sah so traurig aus, das Aribert zu ihr sagte:" Wäre ich mit dir nur nicht hier her gefahren."

Da hörten sie eine Stimme die rief:" Aribert, Gisela...!!!"

Aribert drehte sich um und da stand Henry. Einer von den guten Gartennachbarn, die Aribert geholfen hatten beim Aufbau des Wintergartens. Aribert rief:"Henry, wie geht es die?"

Henry:" Los kommt in meinen Garten, ich habe gerade Kaffee gekocht. "

Sie gingen in Henrys Garten und da lachte das Herz von Gisela. Es war ein so schöner Garten, mit Blumen und Tannen.

Daraufhin sagte sie:"Ich vermisse unseren Garten." Gisela schaute sehr traurig. Aribert sagte dann:" Wir müssen noch ein Jahr hart arbeiten, dann kaufen wir uns ein Haus in Holland mit einem kleinen Garten."

Gisela:"Ich wünsche es mir so sehr."

Aribert und Gisela fuhren wieder in Richtung Aachen. Gisela sagte:" Ich habe kein Heimweh, ich bin gerne in unserer neuen Heimat. Ich vermisse nur unsere Freunde."

Aribert:" Ja, aber wir haben doch auch schon neue Bekannte gefunden. Gut es sind keine Freunde so, wie wir sie hier haben. So haben wir eben öfter einen Grund hier her zu kommen."

Die freien Tage sind nun vorbei und die Arbeit ruft wieder. Nun musste Gisela die Schichtleiterin vertreten. Gisela hatte schon ein ganz mulmiges Gefühl in der Magengegend. Es war auch so, dass die Arbeiten nicht so erledigt wurden, wie es hätte sein müssen. Es gab sehr viel zu erledigen, was eigentlich die Helfer machen müssten. Sie machten es einfach nicht und Gisela wusste nicht mehr wo hinten und vorne war. Sie musste alles selber erledigen.

Da sagte dann die Schwesternhelferin Lisa, an einem Morgen, als Gisela vom Medikamente verteilen zurück kam:" Wieso muss ich hier alle Leute waschen und du gehst hier nur spazieren?"

Gisela: " Erstens, du wäschst nicht alle Leute alleine, ich habe auch fünf Bewohner gewaschen und zweitens, gehe ich nicht spazieren, ich verteile die Medikamente."

Lisa:" Ich habe aber sieben Leute gewaschen."

Gisela:" Da kannst du mal sehen, wie langsam du bist, ich habe in der Zwischenzeit für achtundvierzig Bewohner die Medikamente verteilt, während du nur zwei Bewohner gewaschen hast. Wie gefallen dir die Vorwürfe? Findest du so etwas schön, wenn man jedem Kollegen vorzählt, was er gemacht hat? Man kann sich nicht daran messen, wie viel, man getan hat, sondern wie man es getan hat. Du hättest keine sieben Bewohner waschen müssen. Ich bin ja wieder da. Oder ist es so wichtig, ob die Bewohner um acht oder um halb neun fertig sind? Arbeiten wir hier mit diesen Menschen am Fließband."

Lisa sagte kein Wort und sah zu Helen und Rosa rüber. Da war Gisela alles klar, wer der treibende Keil wieder war.

Beim Frühstück fing Helen wieder an zu sticheln. Gisela hörte erst überhaupt nicht hin.

Als sie dann aber sagte:" Man sollte alle DDR-Bürger aus Westdeutschland rausschmeißen und dann die Mauer wieder bauen, aber noch mal so hoch wie vorher."

Jetzt war Gisela sauer und sagte: " Dann sollte man erst mal alle Polen aus Deutschland rauswerfen."

Helen: " Ich bin keine Polin, ich bin Deutsche."

Gisela: "Nur mit der Sprache hapert es noch ganz schön als Deutsche. Ich bitte dich, höre mit diesen Worten auf. Es bringt nichts. Ich weiß nicht, was du gegen uns hast."
Helen:" Ihr kommt hier her und nehmt gleich so einen Posten und wollt uns befehlen."
Gisela: "Warum hast du kein Staatsexamen gemacht? Dann hättest du auch so einen Posten haben können."
Helen:" Ich habe auch einen Beruf, ich bin Erzieherin."
Gisela:" Warum arbeitest du dann nicht in deinem Beruf? Dann möchte ich dir nur in aller Freundschaft sagen, du hast einen Beruf, ich habe drei Berufe." Helen verschlug es die Worte.
Gisela:" Ich möchte hiermit nochmals darauf hinweisen, und dies gilt jetzt für alle. Ich habe mich nicht darum gerissen, die Schichtleiterin zu vertreten. Ich muss es machen und komme nicht drum herum. Ich habe nur eine Bitte, macht eure Arbeit wie gewohnt, dann gibt es auch keine Befehle, wie Helen hier sagte. Ich hoffe, dass ich nicht noch mehr dazu sagen muss. Ich dachte, wir sind hier alles Erwachsene. Helen hatte doch auch schon erwähnt, dass ihr alle so lange schon im Betrieb seid. Normalerweise müsste doch kein Schichtleiter sagen müssen, was ihr zu tun habt. Warum stellt ihr euch dann so an und macht, als wenn ihr nicht wüsstet, was eure Aufgaben sind."
Nach dem Frühstück gingen alle wieder an ihre Arbeit und der Tag verlief dann etwas ruhiger.
Lisa sagte zu Gisela:" Denen hast du´s aber gegeben."
Gisela:" Du hast doch genauso mit gemacht. Ich verstehe es nicht, was erwartet ihr dann von einem Kollegen, wenn ihr jedem neuen Mitarbeiter so zusetzt."
Der Urlaub von Anita war nun vorbei. Gisela war froh, dass sie wieder da war.
Anita fragte :" Wie bist du zurecht gekommen?"

Gisela:" Nach anfänglichen Schwierigkeiten, sind wir ganz gut zurecht gekommen."

Anita:" Ja, ich weiß, manchmal können einige von den Helferinnen richtige Hexen sein. Ich hatte am Anfang auch ein sehr hartes Brot hier."

Gisela:" Ja, ich glaub es dir, kann es aber nicht verstehen. Rosa hat sogar behauptet, dass sie besser arbeiten würde als eine examinierte Schwester. Ich habe sie dann gefragt, warum sie dann nicht das Examen macht. Dann sagte sie zu mir, dass es nur daran liegen würde, dass sie nicht alles in unserer Sprache schreiben könne."

Anita:" Ja, eine Ausrede müssen sie immer haben. Gerade Rosa und Lisa auch, sie haben überhaupt keinen Beruf, aber dafür eine sehr große Klappe."

Der Monat ist nun auch vergangen und der Nordseeurlaub stand vor der Tür.

Sie hatten einen Standkaravan gemietet.

Gisela sagte zu Aribert:" Ich habe in der Schule so viel von der Nordsee gelernt. Nun kann ich sie mit eigenen Augen sehen."

Aribert:" Ja, hoffentlich haben wir auch schönes Wetter."

Gisela:"Kannst du dir vorstellen, ich kann nun auch mal Ebbe und Flut sehen."

Sie kamen dann endlich an, es war in Zeeland. Sie fuhren einen Campingplatz an, wo nur diese feststehenden Wohnwagen drauf standen.

Gisela:" Siehst du Aribert, hier ist alles genauso angeordnet wie in unserer Gartenanlage."

Sie fanden dann auch ihren zugeteilten Wohnwagen. Er war ein schöner großer Wohnwagen, daneben stand eine kleine Finnenhütte, dort waren eine Dusche, ein Waschbecken, eine Toilette und noch ein großer Kühlschrank drin. Sie betraten den Wohnwagen. Gisela war noch nie in einem Wohnwagen.

Sie hatte zu DDR-Zeiten nur ein Viermannzelt. Sie packten ihre Sachen aus. Gisela fing an die Betten zu richten.
Aribert sagte:"Bist du fertig."
Gisela:"Ja, warum?"
Aribert:" Ich möchte jetzt mit dir gleich zum Strand fahren."
Gisela packte eine Decke ein und Badesachen. Sie fuhren in Richtung Strand. Gisela war überwältigt und sagte: " Die Wellen, wie auf Teneriffa."
Die Sonne meinte es auch gut. Gisela ging sofort ins Wasser. Aribert folgte ihr auch gleich. Sie verbrachten eine ganze Zeit am Strand. Dann fuhren sie wieder zu ihrem Campingplatz. Aribert sagte:" Ich habe zur Feier des Tages eine Flasche Sekt kalt gestellt." Gisela ging unter die Dusche, zog sich an und sagte:" Glaubst du es, ich habe einen kleinen Sonnenbrand bekommen."
Aribert:" Ja, da musst du aufpassen, dass merkt man nicht so, weil der Wind den Körper abkühlt."
Gisela und Aribert gingen dann als es schon dunkel war über den Campingplatz und am Eingang war da eine Telefonzelle.
Gisela sagte:" Ich habe hier eine Telefonkarte und probiere mal, ob ich meine Mutter anrufen kann."
Sie tippte die Telefonnummer von ihrer Mutter rein und es klappte.
Da meldete sich ihre Stimme:" Ja, wer ist da?"
Gisela:" Wir sind es, Gisela und Aribert. Wir sind hier an der Nordsee. Hier ist am Eingang vom Campingplatz eine Telefonzelle und wir wollten mal probieren, ob es von hier aus auch gut klappt. Am Strand waren wir auch schon. Ich habe auch schon einen kleinen Sonnenbrand."
Ihre Mutter:" Ich kann dich hören, als wenn du neben mir stehen würdest." Dann nahm Aribert den Hörer in die Hand und sagte:" Wir werden dich bestimmt noch oft von hier anrufen. Wir haben nur sieben Tage Urlaub hier. Aber eins

steht auch schon fest. Wir haben im Januar nochmal Urlaub.
Ich gebe dir Gisela nochmal wieder."
Gisela:"Wenn Silvio vorbei kommt, kannst du ihm ja sagen,
dass wir dich immer gegen zwanzig Uhr anrufen. Vielleicht
ist er dann auch mal da."
Ihre Mutter:"Ja, das werde ich machen."
Gisela:"So, nun machen wir Schluss, ja."
Ihre Mutter:"Ja, dann mach´s gut. Bis morgen."
Gisela:"Ja, bis morgen."
Gisela und Aribert gingen wieder zurück in den Wohnwagen.
Dort gab es auch einen kleinen Fernseher. Sie stellten noch
ein bisschen den Fernseher an und gingen dann auch bald
schlafen. Gisela konnte nicht gleich ein-schlafen. Sie hörte
die Möwen und dann fing Aribert auch noch an zu
schnarchen. Aribert war bestimmt von der Fahrt kaputt.
Dann aber schlief Gisela auch ein. Am nächsten Morgen fuhr
Aribert Brötchen kaufen. Gisela machte den Kaffee und
deckte den Frühstückstisch draußen vor dem Wohnwagen,
denn die Sonne schien wieder herrlich.
Als sie beim Essen waren, hörten sie wie da jemand rief:"
Gisela, Aribert, wo seid ihr?"
Gisela: "Das ist doch die Stimme von Franz."
Aribert:" Ja, da kommen sie ja."
Franz: "Ist das eine Überraschung?"
Gisela:"Ja, wie seid ihr darauf gekommen?"
Marita:" Also, unsere Nachbarn, das sind doch Niederländer
und die haben uns mal einen Tag mitgenommen, daß heißt,
wir mussten mit unseren kleinen Corsa hinterher fahren, sie
sind mit uns hier in dieser Gegend gewesen.
Wir haben da gedacht, dass wir euch mal ein paar schöne
Ecken zeigen können, wo wir waren. Wir müssen aber,
solange es noch hell ist wieder los fahren, weil Franz sich hier
im Dunkeln nicht so auskennt."

Aribert:" Musst du denn morgen schon arbeiten?"
Franz:"Nein, ich habe morgen noch frei."
Aribert:" Ihr könnt doch eine Nacht hier verbringen, wir haben hier genügend Platz."
Franz:"Ja, wenn wir euch nicht stören."
So haben Marita und Franz noch Kaffee mit getrunken und danach sind sie alle Vier aufgebrochen und sind nach Vlissingen gefahren. Es war wieder ein wunderschöner Tag geworden. Am Abend sind sie alle nach vorn gegangen ins Lokal. Sie konnten dort sehr schön Essen und die Männer konnten ihr Bier trinken.
Dann ging Gisela nach draußen, da war gleich die Telefonzelle, wo Gisela am Vorabend ihre Mutter angerufen hatte.
Gisela sagte zu ihrer Mutter: "Siehst du, Franz und Marita haben uns auch hier besucht."
An den nächsten Tagen, unternahmen Gisela und Aribert auch sehr viel. Sie gingen auch in ein Erlebnisbad. Dort lernte Gisela das erste Mal einen Whirpool kennen.
Sie sagte:" Ist das nicht wunderschön, was es alles so gibt."
Sie besuchten auch das Aresenal. Sie fühlte sich wie in die Kindheit versetzt. Dann sagte sie zu Aribert:" Warum hatten wir nicht alles so schöne Sachen. Ich konnte als Kind so etwas nicht erleben. Meinem Kind konnte ich auch nicht so schöne Erlebnisse bieten."
Aribert:" Es ist Schade, ja, aber du kannst es nicht mehr ändern."
Gisela:" Ja, aber ich muss so oft daran denken, wie ich mein Kind groß gezogen habe. Wenn ich daran denke, wo ich für Silvio, er war sieben Jahre alt, einen Pullover zu Weihnachten kaufen wollte.
Ich bin in ein Textilgeschäft und fragte nach einem Pullover für Jungen in der Größe 110. Da legte mir die Verkäuferin einen Pullover hin, der sah aus wie aus einem Wischlappen

genäht, so graugrün mit schwarzen Steifen. Er sah furchtbar
aus. Da fragte ich die Verkäuferin, ob sie keinen anderen
Pullover hat. Sie fragte mich was ich wollte, ich soll doch
froh sein dass sie überhaupt noch etwas hat. Ich werde es nie
vergessen."
Aribert." Ich denke manchmal, dass du dir die Schuld gibst,
dass du für Silvio nicht alles bekommen hast."
Gisela:"Nein, das denke ich nicht. Aber wenn ich so sehe,
was man seinen Kindern heute bieten kann, denke ich, Silvio
ist in einer falschen Zeit an einem falschen Ort geboren.
Aber man kann nichts mehr daran ändern. Leider."
Aribert:" So, nun freue du dich, dass du jetzt und hier sein
kannst.
Silvio ist noch jung und er kann sich das Leben auch noch
schön machen
Du versuchst doch alles, was du kannst und hilfst ihm wo du
kannst.
Gisela: "Würde das nicht jede Mutter tun?"
Aribert:" Ich denke schon. Ich aber brauche für meine
Tochter zum Beispiel nicht viel tun, sie hatte Glück mit
ihrem Mann, sie hat eine schöne Wohnung, es haben Beide
Arbeit und eine kleine Tochter, meine Enkelin."
Gisela:"Ach ja, da müssen wir auch noch eine schöne Karte
kaufen und hinschicken. Dann rufst du auch heute Abend
bei deiner Tochter an." Aribert:"Ja, ich mache es."
Gisela genoss den Urlaub an der Nordsee. Es ging ihr richtig
gut. Sie hatte keine Kopfschmerzen und auch kein
Nasenbluten. Ihr Kreislauf schien auch in Ordnung zu sein.
So vergingen die sieben Tage auch viel zu schnell.

Aribert fühlte sich auch sehr gut. er sagte zu Gisela:"Weißt
du, ich habe früher auch jedes Jahr Urlaub gemacht. Ich war
auch an der Ostsee. Die

Ostsee ist ja auch sehr schön. Aber so, wie wir den Urlaub verbringen, das ist so schön, man kann es nicht beschreiben. Gisela:"Ich kann auch so richtig entspannen. Ich habe keine Beschwerden. Als wenn ich überhaupt nicht Krank wäre. Als wenn ich nie etwas gehabt hätte. Ich fühle mich einfach wohl. Das es mir noch einmal so gut gehen kann, dass hätte ich nie gedacht."
Aribert:"Ja, ich habe auch nicht mehr daran geglaubt, dass es mir mal so gut geht."

Wie jeder schöne Urlaub hatte auch dieser Urlaub ein Ende. Sie packten ihre Sachen und fuhren nach Hause. Ja, in dieses zu Hause fuhren sie auch gerne.
Weil Gisela und Aribert auch so ein schönes zu Hause nie hatten.
Aribert: "Morgen geht unsere Arbeit wieder los."
Gisela:" Ja, aber der nächste Urlaub kommt bestimmt."

Als Gisela wieder ihren Dienst angetreten hatte, passierte hier auch etwas, womit sie nicht so schnell gerechnet hätte. Sie bekam Nasenbluten. Ja, bei einem Quickwert von 20 %, blutet die Nase ganz schön. Gisela griff nach einem Handtuch und es tropfte.
Da kam die Oberschwester Karla und sagte: "Was ist denn mit dir los?"
Anita kam auch dazu und konnte es nicht verstehen, wie jemand so sehr bluten kann. Gisela wusste nicht, was sie sagen sollte. Es wusste doch keiner, dass sie Marcumar nimmt und es braucht auch keiner zu wissen, dachte sie.
Dann sagte sie ganz schnell:" Ich bin Bluter."
Da sagten Karla und Anita:" Ach so."
Gisela konnte es nicht verstehen, dass sie ihr das so abgekauft haben. Frauen können doch kein Bluter sein, zumindest nicht von Natur aus. Gisela sagte kein Wort mehr.

Sie hatte doch noch etwas Gelaspon. Die hatte sie immer in ihrer Tasche, weil sie ja wusste, wie es aussieht, wenn sie mal Nasenbluten bekommt. Sie dachte nur, hoffentlich denken die Beiden jetzt nicht darüber nach. Aber es kam wirklich keine Reaktion mehr. Gisela war froh darüber.

Nun hatte dieses Alten- und Pflegeheim auch noch ein Haus, welches nur durch einen langen Wintergarten von dem Haus, in dem sie arbeitete getrennt wurde.

Da kam Schwester Karla eines Tages zum Dienst und sagte zu Gisela:" Ich muss mit dir mal Reden."

Gisela:"Ja, habe ich einen Fehler gemacht?"

Karla:"Nein. Aber wir haben in dem anderen Haus ein Problem. Da haben wir eine examinierte Schwester, die kommt mit dem Personal und mit der Schichtleitung nicht zurecht. Da hat unser Chef zu mir gesagt, dass es auch unüblich ist, dass Ehepaare, oder so wie ihr Lebenspartner zusammen in einem Haus und in einer Schicht arbeiten. Das sieht man nicht so gerne. Gut wir haben mit euch keine Probleme, aber es bietet sich gerade so an, dass wir mit der anderen Schwester gerne tauschen würden."

Gisela:" Das kann ich nicht gleich so verstehen."

Karla:" Es hat doch keiner was gegen dich, oder gegen Aribert. Es ist nur besser so, denn sieh mal, immer wenn ihr Urlaub machen wollt, dann fallen uns immer gleich zwei gute Kräfte aus. Verstehst du nun. So bist du auf der anderen Seite und wir können es besser mit der Schichteneinteilung und mit eurem Urlaub organisieren."

Gisela:"Ja, wenn es so ist."

Karla:"Ja, glaub mir, so schlagen wir gleich zwei Fliegen mit einer Klappe." Gisela:" Na gut, ich bin einverstanden."

Am Abend, als Gisela mit Aribert darüber sprach, sagte Aribert:" Es macht mich schon sehr traurig, dass du in das andere Haus rüber musst, aber wir können nichts dagegen

machen. Ich bin schon froh, dass wir doch in einem Heim zusammen sind. Wenn mal irgendetwas ist, dann bin ich in der Nähe. Was auch gut ist, wir haben die gleiche Schicht."
Gisela:"Ja, ich hoffe es."
Gisela kam am nächsten Tag in das andere Haus. Sie wurde ihrer Schichtleiterin vorgestellt. Sie kam auch aus Polen.
Sie sagte:" Hallo Gisela, ich bin Helena. Ich bin deine Schichtleiterin. Wenn du irgendetwas wissen möchtest, dann komme bitte zu mir."
Da kam eine Schwester ins Zimmer, sie sagte:" Ich bin Veronika."
Gisela:"Angenehm, ich bin Gisela."
Helena: " Veronika ist zwar nur Schwesternhelferin, aber sie weiß alles über die Station und die Bewohner. Sie kann dir alles zeigen."
Veronika kam auch aus Polen, sie konnte aber sehr gut deutsch sprechen. Veronika nahm Gisela mit und stellte ihr die Bewohner erst mal vor, mit denen sie in dieser Woche vorrangig zu tun hatte. Es wurde in diesem Haus total anders gearbeitet als in dem, wo sie mit Aribert gearbeitet hat.
Als sie alle in der Pause am Tisch zusammen saßen, fragte Helena:" Wie gefällt es dir hier?"
Gisela:" Das kann man auf Anhieb nicht so sagen. Ich merke nur, dass man hier völlig anders arbeitet als auf der anderen Seite. Man sollte es nicht glauben, weil es ja ein Haus sein soll."
Helena:"Ja wir haben hier auch mehr Etagen und wir haben auch einige Bewohner, die ein ganzes Apartment haben. Dann haben wir hier auch Bewohner, die nur die häusliche Pflege benötigen und dann bekommen wir hier auch Feriengäste."
Gisela:" Wie soll ich das mit den Feriengästen verstehen?"

Helena:" Das sind Leute, wo die Kinder in den Urlaub fahren und ansonsten von zu Hause gepflegt werden. Da übernehmen wir die Pflege für die Zeit, wo die Kinder im Urlaub sind."

Gisela hatte in der ersten Woche damit zu tun, die neuen Bewohner kennen zu lernen. Hier waren die meisten Bewohner noch ziemlich klar im Kopf. Man konnte mit ihnen ganz normal reden. zumindest, alle Bewohner, die nicht im Erdgeschoß lebten. Im Erdgeschoß, waren alle Bewohner untergebracht, die Alzheimer hatten und die nicht Laufen konnten. Es war der Pflegebereich.

Vom ersten Stockwerk, bis zum vierten Stockwerk, war der Wohnbereich. Es waren auch dort Rollstuhlfahrer untergebracht, die aber nicht so gebrechlich waren, wie die Bewohner im Erdgeschoß.

Nach der ersten Woche, konnte Gisela anfangen, alles zu ordnen. Sie stellte fest, dass auch hier in den zwei Schichten nur Helena, in Giselas Schicht und in der anderen Schicht waren Elisabeth und Katrin nur examiniertes Personal. Auch Elisabeth kam aus Polen und sie war die Schichtleiterin aus der anderen Schicht. Katrin war Altenpflegerin und aus Deutschland. Alles andere Personal waren nur Schwesternhelferinnen und dann war noch eine Praktikantin aus Marokko. Gisela dachte, hier geht es ja International zu. Die Bewohner wurden hier wirklich gut gepflegt, aber Gisela vermisste auch hier, wie in allen Heimen, die sie kennen gelernt hat, die Beschäftigung mit den Senioren. Die Bewohner wurden jeden Morgen gewaschen, dann wurde, wo es notwendig war die Behandlungspflege durchgeführt. Dann kamen die Bewohner in den Speiseraum, wo sie ihr Frühstück bekommen. Außer die Bewohner, die man nicht mehr transportieren konnte. Nach dem Frühstück, kamen die Bewohner wieder in ihre Zimmer, wo es möglich war, wurden die Fernseher angestellt und dann wurden sie sich selbst überlassen. Das Personal hat einfach keine Zeit, sich mit den Bewohnern zu beschäftigen.

Gisela fand es nicht sonderlich schön.

Als sie dann Helena fragte:" Beschäftigt man sich denn hier nicht mit den Bewohnern?"

Sagte Helena: " Dafür haben wir hier Angestellte, die kommen immer zu bestimmten Zeiten.

Da kommt eine Frau, die spielt mit den Leuten Kniffel und dann kommt eine andere Frau, die macht mit einigen von unseren Bewohnern Seniorentanz."

Gisela dachte, <Na das ist doch schon was>.

Da Gisela ein immer sehr gut gelaunter Mensch war, trotz ihrer Kopfschmerzen, machte es ihr auch immer Spaß, mit den Senioren mal zu singen.

Dafür brauchte man keine extra Zeit, das konnte man bei jeder Gelegenheit.

So kam es, wenn Gisela die Tische eindeckte und es waren schon einige Bewohner im Speiseraum, dass Gisela anfing ein Volkslied zu singen. Und siehe da, die Senioren sangen gleich mit und freuten sich darüber.

Eine von den Senioren sagte:" Sagen sie mal Schwester Gisela, woher kennen sie den diese alten Lieder? Sie sind doch noch so jung und sie kennen das alles?"

Gisela:" Ja meine Oma hat mit mir immer gesungen."

Dann sang Gisela:" Im schönsten Wiesengrunde"

Die Senioren trällerten mit.

Da kam Helena in den Speiseraum und sagte:" Hast du nichts zu tun?" Gisela:"Doch, ich arbeite hier, wie du siehst, ich decke die Tische ein und ich singe mit unseren Bewohnern."

Helena: "Dann hast du noch nicht genug Arbeit, wenn du dabei singen kannst. Du kannst gleich die Rollstühle alle sauber machen."

Gisela konnte im Moment nicht verstehen, warum Helena so sauer auf sie war.

Da sagte eine von den Bewohnern zu ihr:" Die kennen die alten deutschen Volkslieder nicht, keiner singt mit uns mal. Das können eben Einige hier nicht vertragen."

Als Gisela mit den Tischen eindecken fertig war, ging sie singend mit den Rollstühlen los um sie sauber zu machen. Gisela war also unten im Duschraum und machte die Rollstühle sauber und oben wurden die Bewohner von den Schwesternhelferinnen und von der Praktikantin mit Essen versorgt und die nicht alleine Essen konnten, wurden auch von den Helfern unterstützt. Die Medikamente wurden von der Schwesternhelferin Veronika verteilt.

In der nachfolgenden Woche, wurde Gisela für die Küchenarbeit eingeteilt. So stand es auf dem Plan. Gisela staunte darüber, sagte aber kein Wort. So kam es, dass Gisela den Abwasch machen musste, während die Schwesternhelferinnen und die Praktikantin die Bewohner versorgten.

So ging das schon die ganze Woche. Da kam eines Tages die Chefin des Hauses und wollte etwas mit Helena erledigen und sah, dass Gisela in der Küche am Abwasch stand.

Da sagte sie:" Sagen sie mal Frau Milan, haben sie in der Pflege nichts zu tun, dass sie hier in der Küche sich beschäftigen müssen?"

Gisela:" Es tut mir leid, aber ich bin für die ganze Woche für die Küchenarbeit eingeteilt."

Die Chefin drehte sich um, schüttelte den Kopf und ging.

Am nächsten Morgen, es war am Freitag, den letzten Tag, an dem Gisela noch Küchendienst hätte machen müssen, sagte Helena zu Gisela:" Hast du unser Chefin gesagt, dass du für die Küchenarbeit eingeteilt bist?"

Gisela:" Ja, ich bin doch die ganze Woche für die Küchenarbeit eingeteilt."

Helena:" Ich muss nachher mit dir alleine sprechen."
Als alle Anderen das Schwesternzimmer verlassen hatten,
sagte Helena:" Ich habe vielleicht deinetwegen Ärger gehabt."
Gisela:"Wieso?"
Helena:" Wie kannst du unserer Chefin sagen, dass du für die
Küchenarbeit eingeteilt bist?"
Gisela:"Na, ich habe doch nicht gelogen, du hast mich doch
für die Küchenarbeit eingeteilt."
Helena:" Ja, aber das braucht Sie doch nicht zu wissen."
Gisela:" Also, Helena, wenn es nicht richtig war, warum
machst du das dann?"
Helena:" Naja, wir machen das immer so, dass jeder eine
Woche mit der Küche dran ist, damit sich keiner
benachteiligt fühlt. Wenn ich immer nur die Helfer einteile,
dann sind die Helfer auch sauer mit mir und fragen, ob wir
was Besseres sind."
Gisela: " Wir sind nicht etwas Besseres, aber für andere
Aufgaben vorgesehen. Wenn ich hier die Chefin wäre und
würde sehen, dass eine examinierte Kraft Hilfsarbeiten
macht, würde ich mich auch darüber aufregen. Du musst das
anders sehen, wir bekommen mehr Gehalt, als die Helfer.
Um die Küche zu machen, dafür sind wir einfach zu teuer,
dafür kann man irgendeine Hilfskraft einsetzten, die nur
halb so viel verdient als wir. Wir haben schließlich eine
andere Ausbildung. Die Ausbildung hat auch mal sehr viel
gekostet."
Da sagte Helena:" Ja, du hast ja Recht, aber mach das mal
den Helfern klar."
Von nun an, durfte Gisela in der Küche nichts mehr machen,
außer wenn sie mal Zeit hatte und die Tische eindeckte.
Da sagte Gisela:" Da mache ich auch die Arbeit gleich mit
und beschäftige mich mit den Senioren, dass gehört mit zu
meinem Aufgabengebiet. Da kann unsere Chefin nichts
dagegen haben. "

Eines Tages geschah es auch hier, dass Gisela sehr starkes Nasenbluten bekam. Helena bekam einen Schreck. Dann kam auch Katrin dazu, es war gerade Dienstübergabe.

Helena sagte:" Was ist denn jetzt los, was soll ich machen." Gisela hielt sich ein Handtuch unter die Nase, ging zu ihrer Tasche und holte dieses Gelaspon raus und sagte:" Mach mal ein Stück ab."

Dies steckte Gisela in ihre Nase. Es hörte zwar noch nicht auf, aber es wurde weniger.

Lächelnd sagte Gisela auch hier:" Macht euch keine Sorgen, es ist nicht so schlimm, ich bin Bluter."

Helena sagte:"Ach so. Das sieht ja schlimm aus."

Auch Katrin sagte dazu:"Ich habe schon einen Schreck bekommen."

Gisela war auch hier wieder verwundert. Was sind das für examinierte Kräfte, die nicht wissen, dass es keine Frauen geben kann, die Bluter sind. Gisela sagte nichts weiter dazu und dachte sich eben ihr Teil.

Als Gisela wieder zu Hause war, erzählte sie Aribert:" Stell dir vor, ich hatte wieder so starkes Nasenbluten und sie haben es mir wieder abgekauft, dass ich ein Bluter bin."

Aribert:" Für immer kannst du es aber nicht verschweigen, was mit dir los ist. Was machst du dann?"

Gisela:" Sieh mal, ich mache meine Arbeit. Ich bin nicht schlechter als die Anderen. Wenn es dann doch mal ans Tageslicht kommen sollte, kann sich keiner über mich beklagen.

Außerdem verschweige ich doch nichts, ich brauche es keinem zu sagen. Es ist keine meldungspflichtige Krankheit."

Aribert:" Ja, aber ich muss immer daran denken, wenn es dir mal nicht gut geht und keiner weiß, was du hast. Es kann mal ins Auge gehen. Stell dir vor, du fällst mal so hin und kannst keinem Menschen etwas sagen, du weißt, dass du vor jeder

Behandlung angeben musst, dass du Marcumarpatient bist."
Gisela:"Ja, das weiß ich. Ich will da aber nicht immer daran
denken. Es reicht mir schon, wenn ich die Tabletten abends
nehmen muss und wenn ich meinen Quickwert messe. Da
werde ich oft genug daran erinnert."
Aribert:" Ich will dir doch nicht weh tun, aber du kannst es
nicht ignorieren."
So verbrachten Gisela und Aribert eine Woche nach der
anderen und wenn sie frei hatten, dann ruhten sie sich zu
Hause nur aus.
Eines Tages sagte Gisela:"Ich habe die Nase voll. Ich möchte
mal was anderes sehen als nur unsere Arbeitsstelle und unser
zu Hause." Aribert:"Gefällt dir unser zu Hause nicht mehr?"
Gisela:"Ja, doch. Aber ich möchte mal was anders sehen.
Da hat mir doch eine Angehörige von unseren Bewohnern
erzählt, dass sie in Paris war. Stell dir vor Paris. Es war für
uns doch unvorstellbar, nach Paris zu kommen. Man kann
auch mit dem Bus dort hinfahren."
Aribert sagte:" Nun gut, gleich wenn wir morgen Feierabend
haben, sehen wir mal zu diesem Busunternehmen, die solche
Busfahrten machen."
Am nächsten Tag, fuhren Aribert und Gisela zu diesem
Busunternehmen und erkundigten sich danach, wann und
von wo aus man nach Paris fahren kann. Da sagte die
Sekretärin:" Ich habe da gleich an dem kommenden
Wochenende eine zweitägige Busreise nach Paris. Möchten
sie die gleich buchen, es wäre angebracht, denn diese Reisen
sind immer sehr schnell ausgebucht."
Aribert:" Ja, wir möchten dann gleich buchen."
Gisela freute sich riesig, fiel Aribert um den Hals und darauf
sagte sie: " Nun kann ich endlich mal den Eifelturm sehen."
Aribert:"Ich denke schon, dass wir ihn sehen werden."

Gisela rief gleich, als sie nach Hause kam ihre Mutter an und
sagte:" Stell dir vor, wir fahren jetzt am kommenden
Wochenende nach Paris."
Ihre Mutter sagte:" Siehst du, nun kannst du doch noch
etwas von der Welt sehen."
Gisela zu Aribert:" Ich muss meine Freundin Martina
anrufen und es ihr auch sagen."
Aribert:" Mach doch."
Sie wählte die Telefonnummer von Martina. Als Martina sich
meldete, sagte Gisela:" Stell dir vor Martina, ich fahre jetzt
am kommenden Wochenende nach Paris, für zwei Tage:"
Martina:" Oh, wie bist du darauf gekommen."
Gisela: "Durch eine Angehörige von einem Bewohner aus
unserem Heim, sie fahren öfter mal nach Paris. Da habe ich
Lust darauf bekommen. Es ist doch etwas Besonderes nach
Paris zu kommen."
Martina: "Ja, da werde ich wohl nie hinkommen."
Gisela:"Das kannst du nicht sagen. Es wird bestimmt auch
mal klappen."
Martina:" Nein, ich glaube nicht, ich bin arbeitslos geworden
und bei Ralf sieht es auch so aus, als wenn er seine Arbeit
nicht mehr behalten kann. Seine Firma hat Pleite gemacht."
Gisela: "Das ist ja schrecklich. Aber du musst da dran
bleiben, es wird sich bestimmt was finden, dass ihr wieder
Arbeit bekommt."
 Martina:" Das ist einfacher gesagt, als getan, hier im Osten,
da ist es mit Arbeit nicht so gut."
Gisela:"Ja, das stimmt, darum bin ich ja auch von da
weggezogen. Es tut mir auch nicht leid, dass ich weg bin. Das
Einzige, dass meine Mutter jetzt fast alleine ist und das Silvio
so weit weg ist, dass ist manchmal schwer für mich."
Martina:" Das kann ich verstehen, meine Tochter hat jetzt
eine Lehrstelle im Schwarzwald bekommen. Es sind knapp

800 Kilometer von hier weg. Sie ist aber froh, dass sie eine Lehrstelle gefunden hat, sie lernt Hotelfachfrau."
Gisela:" Da kann sie wirklich froh sein."
Martina:"Naja, dann wünsche ich dir einen schönen Aufenthalt in Paris und schicke eine Karte."
Gisela:"Na klar. Dann bis bald."

Es war endlich soweit, Gisela hat eine Reisetasche gepackt, mit den Sachen, die man für zwei Tage braucht.
Gisela:" Aribert, ... Morgen geht es nach Paris. Wir müssen das Adressbuch mitnehmen, damit ich allen schreiben kann die ich kenne. Sie werden alle staunen, dass ich in Paris bin."
Aribert:"Ja, meine Tochter bekommt auch eine Karte."
Gisela:"Rufe sie doch auch an."
Aribert: "Nein, ich will sie mit der Karte überraschen. Mal sehen, was sie dann sagt, Vater in Paris."
Gisela war aufgeregt, sie konnte nicht sofort einschlafen. Dann fing der Radiowecker an zu spielen. Gisela stand auf, ging ins Bad und machte das Frühstück, während Aribert im Bad war. Dann ging es in Richtung Busbahnhof. Da standen schon mehrere kleinere Gruppen. Es kamen sehr viel Busse. Jetzt kam endlich der Bus, auf den sie gewartet hatten.
Sie stiegen ein und dann fuhr er alle möglichen Dörfer an, welche Aribert und Gisela noch nie vorher gesehen haben, die aber alle in der Nähe von ihrer Stadt waren. Dann ging es endlich auf die Autobahn.
Jetzt meldete sich die Reiseleiterin und sagte:" Ich begrüße sie alle recht herzlich zu unserer Reise nach Paris. Wir werden zwei Tage in Paris sein und werden eine Stadtrundfahrt machen. Wir werden viel zu sehen bekommen und wir gehen auch auf Sonderwünsche ein. Wir werden dann alles im Hotel besprechen."

Die Reiseleiterin hatte eine sehr sympathische Stimme. Sie erinnerte Gisela an die Stimme von Alexandra, der Schlagersängerin.

Als sie über die Grenze von Belgien nach Frankreich fuhren, sagte die Reiseleiterin:" Wir machen jetzt eine kleine Pause. Es ist hier eine Raststätte, wo sie sich etwas stärken können und dann geht es weiter nach Paris."

Als sie in Paris angekommen sind, fuhren sie ein kleines Hotel an. Sie bekamen alle ihre Zimmerschlüssel.

Die Reiseleiterin:" Wenn sie sich alle etwas erfrischt haben und ihre Sachen ausgepackt haben, ich denke mal so in einer Stunde, dann treffen wir uns hier an der Rezeption zu unserer Stadtrundfahrt."

Als sie alle wieder an der Rezeption zusammen waren, sagte die Reiseleiterin:" Ich kann dann auch, wer es möchte, eine Lichterfahrt auf der Seine buchen. Es ist sehr interessant."

Die ging Stadtrundfahrt los.

Gisela freute sich am meisten darüber, als sie am Eifelturm hielten. Sie war so fasziniert davon, dass sie um sich herum nichts mehr hörte.

Aribert wollte ein paar Fotos machen und rief:" Gisela, bleib mal stehen."

Gisela lief immer weiter und war so begeistert.

So rief Aribert noch lauter: " G i s e l a, bleib doch bitte mal stehen."

Endlich hörte sie es, drehte sich um und sagte:"Ja, was ist denn? Ist es nicht herrlich hier."

Aribert:" Ja, aber ich möchte mal ein paar Bilder machen."

Gisela:"Kannst du doch, du hast doch den Fotoapparat."

Nach dreißig Minuten, ging die Fahrt weiter. Sie hielten auch an der Notre Dame. Das war für Gisela auch sehr interessant. Dort hatten sie eine Stunde Aufenthalt. Sie liefen um die Notre Dame drum herum.

Anschließend gingen sie in ein Bistro und Gisela aß zum ersten Mal ein echtes französisches Baguette. Es schmeckte hervorragend. Aribert hatte auch Karten gekauft für diese Lichterfahrt auf der Seine. Es war unglaublich.

Gisela sagte:" Aribert, sieh dir das an, der Eifelturm sieht aus, als wenn er glüht."

Aribert war auch begeistert. Zum Glück hatten sie ihre Videokamera mit. Aribert hatte sie erst kurz zuvor gekauft und wusste nicht, ob er schon richtig damit umgehen kann.

Er sagte:" Ich hoffe, dass man auch etwas darauf sieht, es wäre Schade, wenn man nichts darauf erkennen kann."

Sie kamen gegen Null Uhr im Hotel wieder an.

Aribert sagte:" Ich bin so kaputt, man ist es nicht mehr gewöhnt, so lange wach zu sein."

Gisela:"Ja, wir gehen ja sonst immer um zweiundzwanzig Uhr ins Bett."

Aribert:" Ich sehne mich jetzt auch nach einem Bett."

Sie fielen beide todmüde ins Bett. Am anderen Morgen gab es im Hotel ein kleines Frühstück. Es sollten alle auch gleich ihr Gepäck wieder mitbringen, denn es sollte nach den nächsten Besichtigungen auch gleich in Richtung Heimat gehen.

Es war ein schönes Wochenende für Aribert und Gisela. Sie waren sehr zufrieden damit.

Am Sonntag mitten in der Nacht, kamen sie zu Hause an.

Gisela sagte:" Bloß gut, dass wir morgen Spätdienst haben. Wir können also ausschlafen und das Frühstück lassen wir ausfallen."

Aribert:"Ja, das ist vernünftig."

Aribert bekam nun einen Brief vom Gericht. Seine Scheidung ist nun soweit. Er kann zur Anhörung hier in dieser Stadt gehen. Er musste nicht nach Magdeburg fahren.

Gisela:" Ja, das ist gut. Dann brauchst du nicht wieder los."

Gisela fragte dann den Rechtsanwalt, ob man das bei ihrer Scheidung auch so machen könne.

Der Rechtsanwalt:" Ich will es versuchen und hoffe, dass es auch so einfach geht."

Gisela:"Ich verstehe überhaupt nicht, warum es so lange gedauert hat."

Der Rechtsanwalt:" Ich werde mich mal mit dem Gericht in Magdeburg in Verbindung setzten."

Nach einigen Wochen bekam Gisela vom Gericht einen Brief, in dem man ihr mitteilte, dass sich ihr getrennt lebender Ehemann weigert, die Unterlagen, die für die Scheidung notwendig sind auszuhändigen. Man versicherte ihr, dass sich jetzt ein Gerichtsvollzieher darum kümmert.

Gisela sagte zu Aribert:" Nun kann es ja nicht mehr lange dauern und meine Scheidung ist dann auch bald Geschichte."

Es vergingen wieder einige Wochen da klingelte das Telefon. Aribert war gerade mit dem Auto zum Tanken gefahren. Gisela ging ans Telefon, da meldete sich Giselas Mutter und sagte:" Ist denn Aribert da, ich muss ihn sprechen."

Gisela:"Nein, er ist gerade zum Tanken gefahren. Was ist denn, du kannst doch mit mir auch reden."

Ihre Mutter zögerte, dann sagte sie nach einer Weile:" Ja, ich wollte eigentlich erst mit Aribert darüber sprechen. Ich weiß doch, dass du keine Aufregung haben darfst."

Gisela:" Was ist denn los?"

Da sagte ihre Mutter:" Siegfried ist tödlich verunglückt."

Dann war eine ganze Weile nichts zu hören.

Ihre Mutter:" Silvio ist ins Krankenhaus gekommen. Sie sagen mir am Telefon nicht viel, ich weiß nicht wie es ihm geht. Da musst du dich selber kümmern."

Gisela war ganz steif geworden und sagte ganz leise:" Ich rufe dich gleich wieder an. Ich muss erst im Krankenhaus anrufen und nach Silvio fragen."

Gisela legte den Hörer auf. Da kam Aribert gerade zur Tür herein. Er sah, dass Gisela ganz blass war und fragte:" Was ist denn geschehen? Geht es dir nicht gut?
Gisela fing an zu weinen und sagte zitternd:" Silvio ist im Krankenhaus und ich weiß nicht warum.....
Doch ich weiß warum, aber ich weiß es nicht genau, ich kann es mir nur denken."
Aribert:" Nun sag schon, was ist passiert."
Gisela:" Siegfried ist tot."
Aribert musste sich erst mal setzen und sagte:" Wie er ist tot? Was ist denn passiert?"
Gisela: "Meine Mutter hat eben angerufen, sie sagte, dass er tödlich verunglückt ist. Ich glaube nun, dass Silvio einen Anfall bekommen hat, er darf sich doch nicht aufregen."
Aribert setzte sich ans Telefon und rief im Krankenhaus an. Als er die Station, auf der Silvio lag endlich hatte, sagte er, wer er ist. Dann gab er Gisela den Telefonhörer und sagte:" Nun sprich."
Gisela stellte sich vor und sagte:" Herr Doktor, ich bin die Mutter von Silvio Milan und ich wohne in Nordrhein Westfalen. Ich kann also nicht einfach so persönlich kommen. bitte sagen sie mir, wie es meinem Sohn geht."
Der Arzt: " Eigentlich darf ich am Telefon keine Auskunft geben, aber da ich nun weiß, dass sie die Lebensgefährtin von Herrn Aribert Wagner sind und ich dadurch genau weiß, dass sie die Mutter von Silvio sind, kann ich ihnen ja sagen, es geht ihrem Sohn den Umständen entsprechend. Er hatte vom Tod seines Vaters erfahren und bekam darauf hin einen Anfall. Er muss nur noch ein paar Tage in der Klinik bleiben. Nur noch zur Sicherheit. Wenn es ihm besser geht, dann kann er wieder aufstehen und er wird sie dann anrufen können. Wir werden ihm selbstverständlich sagen, dass sie angerufen haben." Gisela bedankte sich bei dem Arzt. Gisela war aber mit ihren Nerven am Ende. Sie zitterte am ganzen

Körper. Man konnte es Gisela ansehen, dass es ihr überhaupt nicht gut ging. Sie hatte aber Spätdienst.

Aribert fragte:" Soll ich dich schnell noch zum Arzt bringen?"

Gisela:"Nein, ich werde es schon schaffen."

Aribert fuhr mit Gisela zum Betrieb.

Als Gisela dort ankam, fragte Elisabeth:" Was ist denn mit dir passiert?"

Da war alles zu spät. Gisela brach in Tränen aus und dachte, dass sie jeden Moment zusammenbricht.

Aribert:"Ich glaube nicht, dass du so arbeiten kannst."

Elisabeth: "Nein, ich glaube auch nicht. Was ist denn passiert?"

Aribert:" Irgendwie ist Gisela ihr getrennt lebender Mann, mit dem sie doch in Scheidung liegt, verunglückt und ihr Sohn ist im Krankenhaus. Das verkraftet sie im Moment schlecht. Sie kann ihn ja nicht besuchen. Er liegt in Magdeburg im Krankenhaus."

Elisabeth:" Aribert, bringe Gisela nach Hause, ich sage auf deiner Station, dass du etwas später kommst und Gisela, du bleibst heute zu Hause. Wenn es dir morgen besser geht, dann kannst du wieder kommen, wenn nicht, dann musst du zum Arzt gehen."

Aribert brachte Gisela nach Hause.

Gisela und Aribert mussten nun eine Woche Urlaub nehmen, weil Gisela noch einige Unterlagen besorgen musste, da ja die Scheidung nun nicht mehr laufen konnte. Nun ist sie eine Witwe geworden.

Aribert und Gisela fuhren also wieder nach Magdeburg.

Gisela ging auch gleich zum Notar und sagte:" Ich möchte das Erbe von meinem Mann ausschlagen."

Danach erkundigte sie sich, wie es zu diesem Unfall kommen konnte. Man teilte ihr mit, dass Siegfried mit einem neuen

Auto, einem Audi A4, mit 3,9 Promille in einen Graben gefahren war und anschließend gegen einen Baum. Als man ihn gefunden hatte, hatte er noch gelebt. Man brachte ihn ins Krankenhaus und während der Operation ist er verstorben.

Silvio war in der Zwischenzeit auch wieder aus dem Krankenhaus raus und es ging ihm wieder ganz gut. Als sie dann alle Wege erledigt hatten, mussten sie wieder nach Hause fahren. Gisela ging es auch nicht sehr gut und ihr Hausarzt hatte ihr noch gesagt, bevor sie nach Magdeburg fuhr: " Frau Milan, versuchen sie jede Aufregung aus dem Weg zu gehen, denn sonst geht es ihnen bald sehr schlecht. Jede Aufregung bringt sie einen Schritt näher an den Tod. Vergessen sie es bitte nicht."
Gisela und Aribert waren wieder zu Hause und versuchten alles zu ordnen.
Gisela sagte:" Ich muss arbeiten gehen, um alles zu verkraften."
Mit der Zeit erholte sich Gisela wieder und es ging ihr wieder ganz gut.
Aribert sagte:" Das Leben geht weiter und du musst auch an dein Leben denken. Du willst doch sicher noch ein paar Jahre leben."
Gisela stimmte dem zu und sagte:" Ja, Aribert, ich will leben. Silvio braucht mich auch noch und meine Mutter braucht mich auch noch."

Sie gingen wieder Tag für Tag arbeiten. So rückte auch die Weihnachtszeit wieder näher. Gisela sah mal in einem Reisebüro nach und ließ sich einige Kataloge geben.
Sie zeigte diese Kataloge Aribert und fragte:" Warst du schon einmal auf Teneriffa?"
Aribert:"Nein, ich war noch nie da."

282

Gisela:"Ich habe hier ein paar Kataloge mitgebracht. Wir bekommen doch in der Hauptsaison keinen Urlaub und da dachte ich, wir machen im Januar Urlaub."

Aribert:"Und wo willst du im Januar hin?"

Gisela:"Nach Teneriffa. Dort ist es immer warm."

Aribert:"Kannst du denn überhaupt mit einem Flugzeug fliegen?"

Gisela:" Natürlich. Ich war doch schon auf Teneriffa."

Aribert:" Da hast du aber noch keine Marcumar genommen."

Gisela:" Ich werde es schon schaffen."

Sie sahen sich die Kataloge an und entschieden sich für ein Hotel im Norden von Teneriffa."

Gisela sagte darauf:" Im Norden kann es passieren, dass es dort öfter mal regnet. Im Süden kann dir das kaum passieren. Aber wenn es uns zu ungemütlich wird, dann setzen wir uns in einen Bus und fahren einfach in den Süden."

Dieses Jahr zu Weihnachten wurden sie von Marita und Franz eingeladen.

Marita sagte:" Was haltet ihr davon, wenn ihr schon am Heiligabend zu uns kommt? Unser Sohn Eric kommt auch. Ich habe doch das Gästezimmer fertig und unser Sohn kann in der kleinen Kammer schlafen, Da haben wir auch ein Gästebett stehen."

Gisela:"Ja, wenn ihr das möchtet."

Marita:" Ich mache dann einen Kaninchenbraten und dann 'Thüringer Knödel', das wird bei uns sehr gerne gegessen."

Gisela:" Gut, wir kommen dann am Heiligabend."

Silvester und Neujahr mussten Aribert und Gisela arbeiten. Dann stand der Urlaub vor der Tür. Sie bestellten ein Taxi, welches sie zum Flughafen bringen sollte.

Gisela sagte:" Am schlimmsten ist die Warterei auf dem Flughafen."

Es war soweit, sie stiegen ins Flugzeug. Nach vier Stunden landeten sie auf Teneriffa. Aribert und Gisela schwitzten, als sie das Flugzeug verließen.

Sie kamen dann in der Ankunftshalle an. Dort warteten schon die Reiseveranstalter. Sie stiegen in einen Bus und ab ging die Fahrt. Gisela sah Aribert an. Sein Gesicht wurde immer länger. Was Gisela wusste, dass es im Süden von Teneriffa sehr karg aussah.

Darum sagte sie nach einer Weile: "Aribert, hast du irgendetwas?

Aribert:" Sieht hier alles so aus?"

Gisela:"Nein, wir müssen erst in den Norden kommen, da wird es dir gefallen."

Man bemerkte nach und nach, dass es immer grüner und blühender wurde.

Da fragte Gisela:" Jetzt gefällt es dir sicher?"

Aribert:" Ja, ich dachte am Anfang, ich bin hier auf dem Mond gelandet." Gisela lachte und sagte:" Das ist ja auch eine Vulkaninsel hier."

Sie kamen dann endlich in ihrem Hotel an. Als erstes mussten sie sich frisch machen, denn es war so ungewöhnlich warm.

Aribert:"Ja, jetzt gefällt es mir hier sehr gut."

Sie nahmen ihre Badesachen und gingen gleich zum Pool.

Gisela:" Wir müssen uns etwas anziehen, wir müssen noch zum Bus, es findet doch noch eine kurze Veranstaltung statt, wo alles besprochen wird, was uns hier noch erwartet. Dann wird auch sicher noch bekannt gegeben, welche Veranstaltungen vom Reiseveranstalter geplant sind und welche wir mitmachen wollen."

Sie gingen wieder in ihr Zimmer, zogen sich schön an und gingen nun zum Bus.

Sie fuhren in die nächste Stadt, nach Puerto de la Cruz. Dort wurden sie mit einem Glas Orangensaft begrüßt und als die

Reiseleiterin kam, schlug sie den Gästen einige
Veranstaltungen vor, an welchen sie teilnehmen können.
Gisela und Aribert melden sich zu einigen Veranstaltungen,
wie die Inselrundfahrt und dann den Besuch des Loro
Parque.
Aribert sagte:" Ich glaube, es reicht, denn wir wollen doch
einige Alleingänge auch machen."
Gisela:" Ja in das Meeresschwimmbad möchte ich auch
gehen."
Aribert: "Alles was du willst."
Das Wetter war herrlich. Sie genossen den Urlaub in vollen
Zügen.

Gisela rief auch von Teneriffa aus ihre Mutter ab und zu mal
an, um zu erfahren, wie es ihr denn geht. Der Urlaub verging
wieder viel zu schnell.
Der graue Alltag holte sie bald wieder ein. Gisela ging es auf
Teneriffa sehr gut. Sie hatte keine Kopfschmerzen und der
Kreislauf war auch in Ordnung.
Gisela und Aribert schauten auch immer wieder in die
Zeitung und sahen sich die Angebote von Häusern aus den
Niederlanden an.
So kam eines Tages ein Makler vorbei und sie sahen sich fünf
Häuser in den Niederlanden an.
Als Gisela und Aribert wieder nach Hause kamen, sagte
Gisela:" Ich bin so fix und fertig von den Häusern ansehen.
Ich weiß nicht mehr, was zu welchem Haus gehört."
Aribert:" Ich habe auch den Überblick verloren. Wir müssen
uns in Zukunft immer nur ein oder zwei Häuser ansehen."
Sie entschieden sich an diesem Tag für kein Haus. Einmal
lasen sie in der Zeitung eine Offerte, die sie sehr
interessierten. Sie riefen bei dem Makler an und vereinbarten
einen Termin. Dann sprachen sie mit dem Makler über ihre
Vorstellungen.

Gisela sagte:" Wir brauchen ein Haus, mit einem großen
Schlafzimmer, wo wir auch unsere Möbel unterbringen
können. Die Häuser, die wir bisher gesehen haben, hatten
alle nur sehr kleine Schlafzimmer, da bekommt man ja nur
das Bett rein und das war`s."
Aribert sagte:" Ja dann brauchen wir auch ein großes
Kinderzimmer, wir wollen von meiner Lebenspartnerin die
Mutter zu uns holen. Das was wir bisher als Kinderzimmer
gesehen haben, war für eine Erwachsene Person eine
Zumutung."
Der Makler machte sich Notizen und sie sprachen noch
über die finanziellen Vorstellungen. Sie machten wieder einen
neuen Termin aus und sahen sich danach immer nur zwei
Häuser an. Plötzlich war es soweit,
Gisela war begeistert. Sie sagte zu Aribert:" Das ist dass
Haus."
Aribert schaute etwas erstaunlich. Denn wofür sich Gisela
entschieden hatte, war eigentlich das schmutzigste Haus, von
allen, die sie sich angesehen hatten.
Daraufhin sagte Gisela:" Sieh mal Aribert, dass
Schlafzimmer, es wurde aus zwei Zimmer ein Zimmer
gemacht. Es ist sehr geräumig. Dann verfügt das Haus
über zwei kleine Kinderzimmer, da können wir für meine
Mutter ein Wohnzimmer und ein Schlafzimmer her richten."
Aribert:" Ja, aber der Dreck."
Da sagte Gisela:" Sieh mal, außer dem hat dieses Haus keine
Küchenmöbel."
In den Niederlanden ist es so Sitte, dass die Küche im Haus
bleibt.
Gisela:"Wir haben uns doch so eine schöne Küche gekauft.
Der Dreck, da haben wir doch schon ganz andere Sachen
bewältigt."
Aribert:" Ja, du hast ja Recht."

Er wendete sich an den Makler und dann wurde über die finanzielle Lage gesprochen.

Aribert sagte zum Makler:" Also die Vorstellungen vom Verkäufer kann ich nicht annehmen. Darüber ist noch nicht das letzte Wort gesprochen."

Es wurde ein neuer Termin vereinbart, an dem der Verkäufer auch teilnimmt. Der Verkäufer wohnte in Bonn und musste erst informiert werden. Er hatte das Haus vermietet.

Einige Tage später trafen sie sich alle vor dem Haus. Der Verkäufer war schockiert, als er das Haus sah.

Er sagte:" Ich wusste nicht, dass das Haus in so einem schlechten Zustand ist."

Sie besichtigten gemeinsam das Haus und einigten sich dann mit dem Preis.

Gisela sagte zu Aribert: "Ich bin richtig glücklich darüber, dass es mit diesem Haus doch noch geklappt hat."

Es kam auch zu einem Kaufvertrag.

Jetzt ging die Arbeit wieder richtig los. Jeden Tag, wenn sie Frühdienst hatten, fuhren sie nach Hause, aßen eine Kleinigkeit, zogen sich alte Sachen an und fuhren dann in die Niederlande um in ihrem Haus zu arbeiten. Sie arbeiteten bis zum dunkel werden. Wenn sie Spätdienst hatten, fuhren sie immer schon sehr früh zum Haus. Anschließend nach Hause, wuschen sich, nahmen einen kleinen Imbiss und dann ging es zur Arbeit. Dies ging so vier Wochen lang. Jetzt stand der Möbelwagen vor der Tür und der Umzug konnte stattfinden. Als sie den Umzug hinter sich hatten, waren sie noch lange nicht mit den Arbeiten in und am Haus fertig. Sie hatten jeden Tag zu tun. Sie sind am 25. März in die Niederlande gezogen. Erst danach machten sie sich an die zwei kleinen Zimmer für ihre Mutter. Als sie die Zimmer soweit fertig hatten, nahmen sie sich eine Woche Urlaub und am 22. Juni holten sie ihre Mutter ab.

Es wurde auch höchste Zeit dafür. Gisela war sehr erschüttert, als sie sah, was dieser Pflegedienst geleistet hat. Man hatte zu ihrer Mutter immer nur eine Hilfskraft geschickt und wie sich im Nachhinein heraus stellte, hat diese Hilfskraft bei ihrer Mutter nicht einen Finger krumm gemacht.

Ihre Mutter sagte:" Ich war ja froh, dass überhaupt jemand gekommen war. Die Susanne, die Hilfskraft, ist immer zu mir zum Kaffee trinken gekommen und hat sich bei mir immer ausgeruht. Sie war immer so kaputt, wenn sie zu mir gekommen war. Ich konnte doch nicht verlangen, dass sie da noch bei mir arbeitet. Dann kam auch ab und zu ihr Mann, der hat mich dann zum Einkaufen gefahren, da habe ich für sie dann auch immer alles bezahlt, was sie gekauft hatte, die hatte doch immer kein Geld dabei. Naja, dadurch habe ich jetzt auch nichts mehr."

Gisela erschrak, als sie die ganzen Rechnungen sah.

Darauf sagte Gisela zu Aribert:" Es wurde Zeit, dass wir uns jetzt um sie kümmern."

Gisela und Aribert fuhren noch bei Martina vorbei und blieben da noch einen ganzen Nachmittag.

Martina sagte:" Ich bin so froh, dass meine Tochter nicht hier ist. Sie hat jetzt bald ausgelernt und die Chefin möchte meine Tochter nach Beendigung der Lehre übernehmen. Wenn sie mal in den Ferien uns besuchen kommt, sagte sie mir immer, dass sie sich hier in Ostdeutschland nicht mehr wohlfühlt. Ihr gefällt es im Schwarzwald besser als hier."

Gisela: "Naja, dann kommt sie eben ihre Mutter immer besuchen, das ist doch auch schön. Du hast ja noch deinen Sohn hier."

Martina:" Ja, aber der ist auch immer auf Achse. Ralf hat sich jetzt bei einer Firma beworben, wenn sie ihn nehmen, dann muss er immer auf Montage gehen. Dann bin ich auch wieder alleine. Naja, ich habe ja noch unsere Oma, meine Schweigermutter. Mit der verstehe ich mich ganz gut und ich bin froh, dass wir sie noch haben. Sie unterstützt uns immer ganz schön. Wir machen auch alles zusammen."

Gisela und Aribert verabschiedeten sich von Martina.

Aribert sagte:" Ich will mal schnell noch bei meiner Tochter vorbei und dann wollen wir gleich morgen früh losfahren. Mal sehen, ob Giselas Mutter die Reise gut übersteht."

Martina:"Na, dann müsst ihr eben mal öfter eine Pause einlegen."

Martina sah sehr traurig aus.

Gisela fragte:" Was ist denn mit dir jetzt los?"

Martina:" Ach, wenn du nun deine Mutter geholt hast, dann wirst du wohl hier nie wieder herkommen."

Gisela:" Wie kommst du darauf? Wir sind doch Freundinnen. Außerdem habe ich ja meinen Sohn auch noch hier. Wir kommen ganz bestimmt wieder her. Es wird wohl immer eine Weile dauern, denn man braucht ja immer ungefähr mindestens drei Tage frei."

Am nächsten Morgen ging es los. Sie holten Giselas Mutter ab und fuhren in Richtung Holland. Giselas Mutter hielt die Fahrt sehr gut durch.

Sie machten nur gegen Mittag eine Pause in einer Raststätte, danach ging es wieder weiter. Nun standen sie vor dem Haus. Giselas Mutter staunte und sagte:" So schön habe ich es mir nicht vorgestellt."

Sie gingen in das Haus rein. Nun zeigte Gisela ihrer Mutter die zwei kleinen Zimmer und sagte: " Ein Bett haben wir dir schon gekauft. Die restlichen Möbel kaufen wir jetzt in dieser Woche nach und nach."

Giselas Mutter war sehr zufrieden mit den zwei kleinen Zimmern.

Gisela sagte:" Du musst dich jetzt um nichts mehr kümmern. Wir werden jetzt alles machen. Du musst nur noch das Leben genießen."

Dann sagte Giselas Mutter:"Ich kann ja immer abwaschen, wenn du gekocht hast, dann kannst du dich immer ausruhen."

Da sagte Gisela:" Ich habe eine Abwaschfrau."

Gisela ging zum Geschirrspüler und zeigte ihn ihrer Mutter. So etwas kannte sie nicht.

Da sagte sie:" Und darin wird alles richtig sauber?"

Gisela:" Du wirst es sehen."

Besonders begeistert war ihre Mutter darüber, dass sie hinter dem Haus eine schöne große Terrasse hatten.

Dabei sagte sie:" Da können wir wohl, wenn das Wetter schön ist immer draußen sitzen."

Aribert:" Was meinst du wohl, wie schön es da ist. "

Giselas Mutter gewöhnte sich sehr schnell an ihr neues zu Hause. Sie teilte es auch einigen Bekannten aus ihrer alten Heimat mit und schickte auch immer Bilder von ihrem neuen zu Hause.

Gisela musste nun auch wieder mit Aribert jeden Tag zur Arbeit.

Sie sagte zu ihrer Mutter:" Wenn wir Frühdienst haben, musst du alleine Frühstück machen. Wenn wir nach Hause kommen, mache ich schnell das Mittagessen und Abendessen machen wir dann auch zusammen. Wenn wir Spätdienst haben, machen wir alle zusammen Frühstück und Mittagessen. Dann musst du dir alleine Abendessen machen."

Gisela kaufte für ihre Mutter eine Kaffeemaschine und einen Wasserkocher. Dann bekam sie auch noch einen Kühlschrank. Mit diesen Kleinigkeiten, kam ihre Mutter noch zurecht. Aber Essen kochen und dass Haus sauber halten, dass musste Gisela schon alleine machen. Sie kamen so auch ganz gut zurecht.

Im Betrieb wurde die Arbeit immer schwerer. Die Intrigen unter den Kollegen wurden immer schlimmer. Die Altenpflegerin Katrin hielt es nicht mehr aus und kündigte. Nun musste Gisela immer, wenn Helena Urlaub hatte oder einen sonstigen freien Tag, immer die Vertretung übernehmen. Man machte es ihr immer sehr schwer. Da man sie nicht in alle Abläufe, die so liefen eingeweiht hatte. Gisela kam immer, wenn sie Dienstschluss hatte, kaputt in den Umkleideraum.
Wen Aribert auch kam und sie dann fragte:" Ist irgendetwas?"
Sagte sie nur:" Ach wenn man die Schichtleitung hat und noch die ganze Arbeit, dann ist man geschafft."
Es war nämlich immer so, wenn die Schichtleiter, die immer die Leitung hatten, da waren, waren sie ja zusätzlich da. Gisela musste ihre Arbeit machen und die Leitung außerdem übernehmen. Wenn dann mal noch ein Arzt dazu kam und zu mehreren Patienten wollte, fehlte es ihr an der Zeit, ihre tägliche Arbeit zu verrichten. Sie sollte ihre Aufgaben alle schaffen und die Arbeit die eine Schichtleiter hat außerdem noch. Ihr wuchs es manchmal über den Kopf. Die anderen waren doch nur Schwesternhelfer, von denen konnte sie nicht alles das verlangen, was sonst Helena von ihr verlangte. Gisela tat aber was sie konnte. So verging die Zeit wieder und sie war immer froh, wenn Helena immer da war und sie sich um die Senioren kümmern konnte, so gut sie konnte. Es war aber immer noch so. dass sie nicht alles das tun konnte, wie sie es eigentlich hätte tun wollen.
Manchmal sagte Gisela:" Ich fühle mich manchmal so, als wenn ich als Schwester in einem Krankenhaus arbeiten würde und nicht wie in einem Seniorenheim."

Es tat ihr manchmal weh, wenn sie mit ansehen musste, wie die Senioren behandelt wurden. Was sie ganz besonders störte, war, wenn die Dienstübergabe vom Frühdienst zum Spätdienst beendet war, war der Aufenthaltsraum jedes Mal so verqualmt, das man nicht mehr atmen konnte.
Gisela sagte einmal:" Die armen Senioren, die müssen sich jetzt in diesem Qualm hier hinsetzen und ihren Kaffee trinken."
Da stieß Gisela gleich auf ganz harten Wiederstand. Da die meisten von den Schwestern und Schwesternhelferinnen rauchten, so bekam sie gleich zu hören:" Ja, die armen Senioren. Wir müssen den ganzen Tag hier schuften, da werden wir doch wohl noch rauchen dürfen."
Es war auch so, dass man dann das Fenster aufriss um den Qualm raus zu bekommen. Dadurch wurde der Raum, besonders im Winter sehr kalt und die Senioren, die danach kamen, froren alle.
Gisela sagte trotzdem, obwohl sie wusste, dass sie dann die Meisten gegen sich hatte:" Wir brauchen uns nicht zu wundern, wenn alle wieder mit hohem Fieber und Erkältungen im Bett liegen müssen."
Es war auch bei vielen Senioren der Fall, dass sie besonders im Winter und immer die Senioren, die in diesen Aufenthaltsraum kamen um Kaffee zu trinken, immer wieder eine Erkältung hatten. Aber dies schien keinen von den Rauchern zu stören. Darüber ärgerte sich Gisela immer wieder.

Jetzt kam der graue November wieder und Gisela und Aribert hatten wieder einen Urlaub auf Teneriffa geplant. Gisela sprach mit ihrer Mutter schon lange vorher darüber, dass sie da, mit fliegen muss.

Daraufhin sagte Giselas Mutter:" Kann ich denn nicht doch hier bleiben?"
Gisela:" Was willst du alleine vierzehn Tage machen. Du kommst doch nicht mehr alleine zurecht. Wir nehmen dich mit und sind immer für dich da, auch im Urlaub."
Giselas Mutter:" Ich habe solche Angst vor dem Fliegen."

Gisela sagte dazu nur:" Wir sind doch bei dir. Du brauchst keine Angst zu haben und da du doch immer mit deinem Husten und mit deinen Schmerzen zu tun hast, wirst du merken, es tut dir dort gut."

Die Zeit verging und der Abreisetag stand vor der Tür. Sie wurden mit einem Taxi abgeholt und dann ging es zum Flughafen. Giselas Mutter sagte kein Wort mehr. Sie war ungewöhnlich ruhig geworden. Aribert und Gisela halfen ihr dann in das Flugzeug. Als sie dann auf Teneriffa ankamen, kam sie nicht aus dem Staunen, denn als sie losgefahren sind, von zu Hause, da war es sehr kalt und hier war es so was von warm, das konnte sie nicht verstehen.

Nach dem Urlaub begann wieder der graue Alltag und Giselas Mutter hatte nach dem Rückflug von Teneriffa die Flugangst überwunden.
Jedes Mal, wenn Gisela von Teneriffa zurück kam, ging es ihr immer noch einige Tage gut, danach fingen wieder die Kopfschmerzen an und der Kreislauf machte auch nicht mehr richtig mit. Sie merkte, dass es wieder schlimmer geworden ist. Manchmal bekam sie im Bett Angstzustände, sie gab es aber nicht zu. Sie konnte mit Aribert nicht darüber sprechen. Wenn er nur merkte dass etwas nicht in Ordnung war, dann machte er sich immer große Sorgen und das wollte

Gisela nicht. Es wurde jeden Tag schlimmer, sie hatte immer Angst ins Bett zu gehen.

An einem Tag war wieder die Routineuntersuchung angesagt. Als Dr. Kramer sie fragte:" So, Frau Milan, wie geht es ihnen?"
Sagte Gisela:" Ich glaube, es geht mir nicht mehr so gut wie sonst. Ich habe oft Angst ins Bett zu gehen. Ich kann nicht mehr richtig sehen, ich sehe unser Wohnzimmer manchmal, als wenn ich auf eine Postkarte sehe. Ich habe dann immer Angst, dass ich morgens nicht mehr wach werde."
Dr. Kramer: "Ich verschreibe ihnen ein Beruhigungsmittel."
Gisela:"Nein, ich möchte so etwas nicht nehmen. Ich kann damit erst gar nicht anfangen. Ich will mit Beruhigungsmitteln nicht anfangen."
Gisela brach beinahe in Panik aus.
Dr. Kramer:" Aber ich verschreibe ihnen doch keine harten Drogen. Es ist doch nur etwas Pflanzliches."
Gisela: "Das mag ja sein, aber ich habe Menschen kennen gelernt, die von Beruhigungsmitteln leben. So möchte ich nicht enden."
Dr. Kramer:"Ja, ich kann sie nicht zwingen, aber wie ich schon sagte, es sind keine harte Drogen und die machen auch nicht abhängig, sie sollen sie auch nur nehmen, wenn es ihnen nicht gut geht und sie diese Angstzustände haben."
Gisela:"Nein, ich möchte sie trotzdem nicht.
Ich muss so damit fertig werden. Ich kann mit diesen Beruhigungsmitteln meine Krankheit nicht los werden und ich weiß, wie es um mich steht. Ich will es nur nicht immer wahr haben. Ich will es manchmal ignorieren."
Dr. Kramer:" Sie müssten dann auch wieder mal zu Dr. Wolf, zur Untersuchung."
Gisela:"Ja, da habe ich nächste Woche einen Termin."

Gisela grübelte die ganze Woche jeden Abend über ihre Krankheit nach.

Aribert merkte natürlich, dass etwas mit ihr nicht stimmt und fragte:" Was ist in letzter Zeit mit dir los?"

Gisela:"Ach nichts. Es ist alles in Ordnung."

Aribert: "Nein, es ist nicht alles in Ordnung. Ich merke es doch."

Gisela:"Ja, ich muss doch nächste Woche zu Dr. Wolf und ich denke nur darüber nach, was er mir diesmal sagen wird."

Die Woche verging und der Termin war bei Dr. Wolf soweit. Aribert fuhr mit Gisela dort hin. Bei der Untersuchung, war Aribert immer dabei. Als Dr. Wolf diese Dopplersonografie durchführte, merkte Aribert schon, dass etwas nicht in Ordnung ist.

Da sagte Dr. Wolf:" Also, es wäre besser, wenn wir noch einen Facharzt dazu ziehen. Sie müssten doch noch einmal ins Klinikum. Ich kann nur sagen dass es viel schlechter geworden ist. Es muss eine sehr gründliche Untersuchung durchgeführt werden und im Klinikum hat man jetzt einen ganz neuen Computer bekommen. Ich kann nur feststellen, dass es höchstens noch 5 % sind, die noch frei sind."

Aribert wischte sich den Schweiß von der Stirn und war ganz blass geworden, er sagte:" Meinen sie, dass Frau Milan jetzt eine Stenose von 95 % hat?"

Dr. Wolf:" Wenn es noch so viel ist."

Gisela fasste Aribert an die Hand und sagte:" Aber ich fühle mich nicht schlecht."

Sie merkte, dass er mit seinen Nerven am Ende war.

Dr. Wolf:" Wenn sie sich dabei noch gut fühlen dann ist es ein gutes Zeichen. Es kann wirklich manchmal gut gehen."

Aribert:" Kann es sein, das diese Kollateralen die Versorgung übernommen haben?"

Dr. Wolf:" Das ist ein frommer Wunsch. Es kann möglich sein, das da etwas ist, aber die vollständige Versorgung kann eine Kollaterale nicht übernehmen."

Gisela machte einen Termin mit dem Klinikum aus. Sie musste dort in die Neurologie. Da man dort nicht sofort einen Termin bekommt, vergingen bis dahin noch einige Wochen. In der Zwischenzeit meldete sich Silvio an.

Er kam das erste Mal in die Niederlande. Gisela war hoch erfreut.

Er sagte: " Ich kann eine Woche bleiben, wenn es euch Recht ist."

Gisela:"Welche Frage."

Gisela war für die Zeit bis zur Untersuchung im Klinikum arbeitsunfähig.

Silvio berichtete, was ihm im Krankenhaus passiert ist:" Also, ich wurde eingeliefert, weil mein Blutdruck 60/40 mm/Hg war. Es ist ein lebensbedrohlicher Zustand, sagte man mir. Da man wusste, dass ich ein Blutgerinnsel im Kopf habe, kam ich statt in die Innere-Klinik, gleich in die Chirurgie. Als ich am nächsten Morgen wach wurde, bekamen alle in meinem Zimmer zum Frühstück ein Brötchen und Kaffee. Ich bekam nur Tee. Da fragte ich eine Schwester, warum ich nur Tee bekomme. Die Schwester sagte mir, dass man vor einer OP kein Frühstück bekommt. Ich habe mich erschrocken und fragte, was für eine OP ich bekommen würde. Die Schwester darauf, na ihnen wird der Blinddarm raus genommen."

Gisela:" Wieso, du hattest doch nichts mit dem Blinddarm."

Silvio:" Eben, das habe ich mich auch gefragt. Ich hatte der Schwester gesagt, dass mit meinem Blinddarm alles in Ordnung sei. Sie lachte nur und sagte darauf - Männer! Denen fällt doch immer was ein, um sich vor einer OP zu retten. Ich verlangte dann sofort nach einem Arzt.

Daraufhin kam einer und entschuldigte sich dafür. Glaube mir, wenn ich nichts gesagt hätte, hätten die mir den Blinddarm raus genommen."

Gisela war ganz verzweifelt und sagte:" Mein Gott, was machen die bloß in den Krankenhäusern. Kann man denn keinem mehr vertrauen."

Als Gisela zum Klinikum musste, ging Silvio auch mit. Gisela ging es an diesem Tag sehr schlecht. Als sie nur zwei Minuten auf dem Stuhl saß, bekam sie einen Kreislaufzusammenbruch. Es kam auch gleich ein Arzt, der sich als Oberarzt Dr. Schröder vorstellte.

Er fragte:" Was ist denn passiert?"

Aribert: " Meine Lebenspartnerin hat für heute einen Termin hier. Hier sind die Unterlagen dafür. Ihr geht es im Moment nicht gut."

Dr. Schröder ließ Gisela auf eine Trage legen in einem Behandlungszimmer. Er kam mit einem Blutdrucker an. Er versuchte den Blutdruck zu messen. In der Zwischenzeit ging es Gisela schon etwas besser. Sie wusste nicht was sie davon halten sollte, als der Arzt zu ihr sagte:" Der Blutdruck ist nicht Messbar."

Dann ging er weg.

Aribert saß ganz verzweifelt da.

Gisela beruhigte ihn und sagte:" Mache dir bitte keine Sorgen. Wenn man das Blutdruckmessgerät verkehrt anlegt, kann man keinen Blutdruck messen. Mir geht es schon wieder ganz gut."

Aribert: " Was hat der gemacht? Das Blutdruckmessgerät verkehrt angelegt?"

Gisela: "Ja, Er hat es völlig verdreht angelegt."

Aribert:"Das habe ich nicht gesehen."

Gisela:"Ja ich glaube es dir, weil du dich wieder darüber aufgeregt hast, dass es mir im Moment nicht gut ging."

Aribert:"Ja, du hast Recht. Ich habe solche Angst bekommen. Du hättest dich mal sehen sollen. Du hattest ja die Augen verdreht. Ich dachte, es ist aus mit dir."
Er hielt die Hand von Gisela ganz fest.
Gisela sah ihm ins Gesicht und bemerkte, dass er weinte.
Sie sagte:"Du brauchst keine Angst zu haben, so schnell wirst du mich nicht los."
Aribert: " Das sagst du so einfach. Ich hatte solche Angst um dich gehabt. Silvio sitzt draußen, er ist auch schon ganz verzweifelt."
Gisela:" Geh zu ihm raus und sage ihm, dass es mir wieder gut geht."
Aribert stand auf und ging raus.
Nun kam eine Ärztin rein und sagte:" Ich werde sie jetzt mal untersuchen. Ich mache jetzt eine Dopplersonografie bei ihnen."
Aribert kam wieder rein.
Die Ärztin:" Gehören sie zusammen?"
Aribert:" Ja, das ist meine Lebenspartnerin."
Die Ärztin:" Gut, dann können sie hier bleiben."
Die Ärztin untersuchte sehr gründlich.
Danach sagte sie:" Setzen sie sich bitte einen Moment nach draußen, wir werden sie dann wieder Aufrufen."
Gisela und Aribert gingen nach draußen. Silvio sah auch ganz blass aus. Gisela sagte:" Es ist doch alles wieder in Ordnung."
Nach ein paar Minuten, wurde Gisela aufgerufen.
Da war Dr. Schröder wieder und er sagte:" Was halten sie davon, wenn wir sie hier Stationär aufnehmen?"
Gisela:" Nichts."
Dr. Schröder sah ganz verblüfft aus und fragte:" Wieso halten sie nichts davon?"
Gisela:" Ganz einfach. Erstens - Was soll ich hier? Zweitens - Was wollen sie mit mir machen, was nicht schon gemacht worden ist. Ich gehe regelmäßig zur Dopplersonografie. Eine

Kernspintomografie wurde gemacht. Eine Angiografie wurde schon gemacht, die darf bei meinem jetzigen Quickwert nicht mehr gemacht werden. Drittens - nehme ich schon seit 1995 Marcumar. Was also soll ich hier?"

Dr. Schröder:" Zur Beobachtung wollten wir sie hier haben."

Gisela:" Ich habe keine Lust für sie hier ein Versuchskaninchen zu sein. Sie können für mich nichts machen. Ich weiß, dass ich nicht operiert werden darf. Was also soll das Ganze?"

Dr. Schröder wusste nicht mehr, was er sagen sollte. Er schaute in die Akte, war erst mal ganz still, dann hob er den Kopf und sagte:" Nun gut, wenn sie meinen, dass wir für sie nichts mehr tun können, kann ich sie nicht zwingen hier zu bleiben."

Gisela: " Wenn sie etwas für mich tun können, warum sagen sie es dann nicht?"

Dr. Schröder:" Naja, im Moment können wir sie nur beobachten."

Gisela:"Danke, ich kann selber auf mich aufpassen."

Gisela, Aribert und Silvio fuhren wieder nach Hause.

Gisela rief gleich Dr. Wolf an und sagte ihm am Telefon:" Herr Dr. Wolf, stellen sie sich vor, man wollte, dass ich dort Stationär aufgenommen werde."

Dr. Wolf:" Das kann ich mir vorstellen. Sie haben doch abgelehnt?" Gisela:"Selbstverständlich, was soll ich denn dort?"

Dr. Wolf:" Das war richtig. Man kann dort für sie doch nichts machen."

Gisela:" Ja, das habe ich dort auch gesagt. Man war ziemlich geschockt darüber, glaube ich."

Dr. Wolf:" Das glaube ich auch, denn die meisten Patienten trauen sich so etwas nicht abzulehnen, sie denken immer, dass man im Klinikum noch mehr machen kann. Aber in

ihrem Falle ist es ja so, dass man nur abwarten kann."
Gisela:"Gut, ich wollte nur, dass sie es wissen."

Als Gisela dann wieder zu Dr. Kramer, ihrem Hausarzt
musste zur Auswertung, sagte er nur:" Ja es ist wirklich viel
schlechter geworden. Sie sitzen auf einem Pulverfass. Sie
müssen auf alles aufpassen. Sie müssen auf ihre Ernährung
mehr denn je achten. Sie müssen ihren Quickwert weiter
sinken. Sie müssen noch mehr darauf achten, wegen der
Verletzungsgefahr. Wie lange sie damit noch arbeiten
können, das steht in den Sternen. Sie müssen selber merken,
ob sie noch dazu in der Lage sind."
Gisela:" Ja, Herr Dr. Kramer, ich möchte noch arbeiten
gehen. So lange wie es noch geht, so lange möchte ich es
noch zur Arbeit gehen. Wenn ich es nicht mehr kann, dann
fühle ich mich so überflüssig, so wertlos."
Dr. Kramer:" Wie kommen sie denn darauf?"
Gisela:" Ich habe mein ganzes Leben gearbeitet. Ich kann mir
nicht vorstellen, dass ich für immer nur noch zu Hause sein
soll."
Dr. Kramer:" Na gut, versuchen sie es. Aber denken sie
daran, wenn es nicht mehr geht, dann kommen sie sofort zu
mir, dann müssen wir etwas unternehmen. Was haben sie
davon, wenn sie immer zur Arbeit gehen und dann fallen sie
um und das war es dann. Möchten sie das ihrer Familie
antun."
Gisela:"Nein, ich möchte da nicht dran denken."
Dr. Kramer:" Sie sind sich wohl nicht bewusst, wie es um sie
steht?"
Gisela: "Doch, aber ich will es nicht wahr haben."
Gisela ging nun wieder zur Arbeit. Es ging auch ganz gut. Sie
machte sich immer selber Mut und dachte immer - es muss
gehen, ich darf mich nicht aufgeben.

Jeden Tag, wenn sie im Betrieb ankamen, fragte Aribert:"
Wie geht es dir? Kannst du arbeiten?"
Gisela:"Ja, ich fühle mich gut."
Aribert:" Wenn irgendetwas ist, dann lass es mich sofort
wissen."
Gisela machte jeden Tag ihre Arbeit so, dass keiner von ihren
Kolleginnen etwas bemerkte. Es machte sie glücklich, wenn
sie mit den Senioren arbeiten konnte und sie fühlte es, dass
sie von den Bewohnern geachtet wurde.
Ganz bewundernswert empfand sie, dass es da eine
Bewohnerin gab, die schon 99 Jahre alt war.
Ihre Worte waren immer:" Also Schwester Gisela, ich
möchte meinen Geburtstag, den Einhundertsten erleben und
dann ist mein größter Wunsch, die Jahrtausendwende
mitzumachen."
Gisela sagte darauf:" Das müssen sie einfach schaffen. Sie
müssen nur immer daran glauben und ich wünsche es mir
auch, dass sie dies noch erleben können."
So vergingen wieder viele Monate und Gisela verrichtete ihre
Arbeit so gut sie konnte. Dann eines Tages, Gisela machte
sich zu Hause für den Spätdienst fertig. Als sie die Treppe
nach oben ging, verlor sie das Gleichgewicht und rutsche die
Treppe ein paar Stufen runter.
Aribert hörte es und kam gleich angelaufen und fragte:" Was
ist passiert? Hast du dir etwas getan?"
Gisela: "Ich weiß nicht. Ich habe mich nicht mehr halten
können. Meine linke Schulter tut weh."
Aribert tastete die Schulter vorsichtig ab und sagte:"
Gebrochen ist da nichts. Steh mal auf. Geht es?"
Gisela stellte sich hin und sagte:" Mir war eben ganz
schwindlig. Ich wollte mich mit der Hand abstützen, damit
ich nicht die Treppe runter falle und jetzt tut mir die Schulter
weh."

Aribert:" So kannst du aber nicht arbeiten. Ich rufe gleich mal im Betrieb an, damit man sofort einen Ersatz für dich holen kann."
Gisela:"Ja gut, ich lege mich mal hin."
Aribert informierte den Betrieb und rief gleich noch bei Dr. Kramer an.
 Dr. Kramer sagte:" Ja, wenn sie meinen, dass da nichts gebrochen ist, soll sie heute zu Hause bleiben. Morgen aber muss sie zu mir kommen."
Aribert:" Ich bringe sie gleich morgen früh vorbei."

Am nächsten Morgen als sie dann bei Dr. Kramer war, taste er auch die Schulter ab und sagte:"Nein da ist nichts gebrochen, das ist nur eine Verstauchung. Aber das ist für mich im Moment unwichtig. Mich interessiert, warum sind sie auf der Treppe gefallen?"
Gisela:"Mir war etwas schwindlig."
Dr. Kramer:"So dachte ich mir das auch."
Er kontrollierte den Blutdruck und sagte:" Ich bin damit überhaupt nicht zufrieden. Sie fahren heute noch zu Dr. Wolf und lassen sich dort auch noch untersuchen. Ich rufe gleich mal an, dass sie heute noch dran kommen. So, geht das nicht mehr weiter."
Aribert fuhr mit Gisela zu Dr. Wolf.
Nach einer gründlichen Untersuchung sagte er:" Ich bin der Meinung, dass es jetzt an der Zeit ist, einen Rentenantrag zu stellen Sie können so nicht mehr arbeiten. Sie können jeden Moment umfallen und dann ist es zu spät."
Gisela war erst mal mit einer Arbeitsunfähigkeit zufrieden und sagte:" Warten wir es erst mal ab. Vielleicht geht es mir doch bald wieder besser."
Dr. Wolf: " Es kann ihnen nicht mehr besser gehen. Sie können sich wohl mal Zeitweise etwas besser fühlen. Das bedeutet aber lange nicht, dass es ihnen besser geht."

Gisela musste nun alle vierzehn Tage zu ihrem Hausarzt Dr. Kramer. Als sie eines Tages wieder bei ihm war, sagte er:" Ich habe hier einen Brief vom Klinikum bekommen, indem mir hier ein Oberarzt Dr. Schröder mitteilt, dass man ihnen doch helfen kann. Da gibt es eine Klinik in Essen, da sollen sie sich einen Termin holen."

Gisela:" Was meinen sie mit helfen? Meinen sie, dass man mich doch noch operieren kann?"

Dr. Kramer:"Ich weiß auch nicht, da soll es wohl eine neue Methode geben."

Gisela:"Gut, ich werde da gleich morgen anrufen."

Am nächsten Tag, Gisela rief in dieser Klinik an.

Da meldete sich die Stationsschwester und sagte:" Ja, sie sind Frau Milan, ich habe für sie schon ein Bett frei. Sie können morgen schon kommen." Gisela:" Moment mal, ich weiß doch überhaupt nicht, worum es hier geht. Kann ich nicht erst mal einen Termin mit dem Arzt bekommen, der mich behandeln wird?"

Die Schwester:" Es tut mir leid, aber sie werden von Professor Weiß behandelt und der ist in den nächsten drei Wochen nicht im Hause."

Gisela:"Ja, dann erklären sie mir mal, warum ich dann morgen schon kommen soll."

Die Schwester:" Das ist eine Anweisung, sie sollen erst mal zur Beobachtung her kommen und dann werden wir weiter sehen. Wir müssen uns erst mit ihrer Krankheit vertraut machen."

Gisela:"Ich möchte dann aber erst mit dem Professor Weiß sprechen, was er mit mir vor hat. Ich möchte also erst ein Vorstellungstermin."

Die Schwester:" Das geht leider nicht, dass wäre dann ein ambulanter Termin und dafür hat unsere Klinik keine Zulassung. Dann müssen sie diesen Termin aus ihrer eigenen

Tasche bezahlen. Da unser Arzt aber ein Professor ist, wird es ihnen sicher zu teuer. Es ist besser, wenn sie gleich morgen her kommen, ihr Bett ist noch frei."

Gisela: "Nein danke, sie können mein Bett jemand Anderem reservieren. Ich komme auf keinem Fall."

Gisela legte den Hörer auf und sagte zu Aribert:" Sag mal, was denken sich die Leute dabei? Ich soll von einem Professor behandelt werden, soll gleich morgen in die Klinik und der Professor ist in den nächsten drei Wochen nicht da. Kannst du das verstehen?"

Aribert:" Ja, ich verstehe das. Die brauchen Patienten, für ihre leeren Betten."

Gisela teile es am nächsten Tag Dr. Kramer mit. Er sagte:" Ich werde mich mal darum kümmern. Ich verstehe auch nicht, was die sich dabei gedacht haben."

Es vergingen wieder einige Wochen. Gisela hatte wieder einen Untersuchungstermin bei Dr. Wolf.

Dr. Wolf sagte zu ihr:" Ich habe mit dem Professor Weiß gesprochen und habe ihm alle Untersuchungsergebnisse mitgeteilt. Er sagte, dass er eigentlich nur alle diese Untersuchungen, die an ihnen schon durchgeführt wurden auch machen wollte."

Gisela:" Und wo ist da jetzt der Witz?"

Dr. Wolf:"Ja, ich habe ihn auch gefragt, was das soll. er sagte dann, als er die Ergebnisse alle hatte, dass man in diesem Fall nichts machen kann, als das, was wir schon seit 1995 machen. Es gibt keine anderen Möglichkeiten für sie."

Gisela musste zum Medizinischen Dienst, zur Untersuchung. Die Ärztin sagte:" Ja, für sie besteht nur noch die Möglichkeit den Antrag für eine Erwerbsunfähigkeit anzustreben. Damit können sie nicht mehr arbeiten gehen. Stellen sie doch noch einen Antrag, für eine Schwerbehinderung, die steht ihnen auch zu."

Gisela tat, was ihr die Ärztin geraten hatte. Sie stellte den Antrag für eine Schwerbehinderung. Gisela bekam ziemlich schnell Antwort vom Versorgungsamt. Gisela war geschockt, was man ihr da schrieb. Dort stand schwarz auf weiß - Sie erhalten einen Behinderungsgrad von zwanzig Prozent, auf Grund von ihrer Behinderung - Bluthochdruck und Verengung der Halsschlagader. Gisela setzte sich erst mal hin. Daraufhin schrieb sie einen Brief an das Versorgungsamt und fragte nach, von welchem Patienten die ihr hier mitgeteilten Ergebnisse das sind. Sie schrieb weiter, dass sie noch nie eine Verengung an der Halsschlagader hätte. Sie schrieb, dann hätte ich sie bestimmt nicht belästigt, weil man dies ja operieren könnte.

Gisela bekam drei Wochen später wieder einen Brief, darin gestand man ihr dreißig Prozent des Behinderungsgrades und sie solle ja nicht vergessen, wenn eine Verbesserung eintreten solle, dass Versorgungsamt zu informieren.

Gisela musste wieder zum Medizinischen Dienst, aber diesmal in einer anderen Dienststelle. Gisela wurde aufgerufen.

Die Ärztin kontrollierte den Blutdruck und fragte:" Sind sie denn bei einem Psychologen in Behandlung?"

Gisela: "Nein, halten sie es denn für notwendig?"

Die Ärztin:" Ja, stellen sie sich mal vor, ihr Rentenantrag wird nicht genehmigt?"

Gisela:" Meinen sie vielleicht, dass der Psychologe die Rente für mich bezahlt?"

Die Ärztin sah Gisela sehr verärgert an und sagte:" Ja meinen sie denn, sie werden mit ihrer Krankheit ohne Psychologen fertig?"

Gisela:" Ich werde jetzt schon seit 1995 damit fertig und jetzt haben wir 1999. Meinen sie nicht, dass ich ganz gut auch ohne Psychologen fertig geworden bin?"

Die Ärztin sagte dann kein Wort mehr. Gisela verabschiedete sich. Aribert saß draußen, sah auf die Uhr und sagte:" Was hat sie gemacht, du warst noch nicht einmal fünf Minuten drin?"

Gisela:"Ich weiß auch nicht, was ich hier sollte."

Gisela besuchte regelmäßig alle vier Wochen das Seniorenheim, indem sie bisher gearbeitet hatte. Die Senioren freuten sich immer riesig, wenn Gisela kam. Da ja Aribert auch dort arbeitet, kommt er jeden Tag nach Hause und soll immer Grüße bestellen. Da er aber nicht alle Bewohner mit dem Namen kannte, die auf Giselas ehemaliger Station wohnen, beschrieb er sie jedes Mal so gut er konnte..

Gisela freute sich jedes Mal darüber und sagte:" Es ist gut zu wissen, dass mich die Senioren noch nicht vergessen haben.

Gisela sah auch bei einigen ihrer Kolleginngen, wie sie finster drein schauten, als eine der Seniorinnen sehr laut sagte:" Ach ja, immer die Besten gehen."

Gisela: "Das kann man so nicht sagen es sind doch so gute Schwestern hier."

Die Seniorin darauf:" Ja, die Schwester Veronika, die ist auch eine von den Besten aber den Rest kann man vergessen. Es kommen doch immer wieder neue Schwestern, wenn man sich dann den Namen endlich gemerkt hat, dann ist sie schon wieder weg, wie in einem Taubenschlag. So schnell können wir alten Leute nicht mehr denken, dann ist schon wieder ´ne Neue da."

Die Seniorin winkte ab und sagte:" Ich hab es schon so satt. Mit uns können sie es ja machen. Wir müssen uns alles gefallen lassen. Ach wäre ich doch schon weg."

Gisela:" Das dürfen sie nicht sagen. Wen soll ich denn besuchen kommen, wenn ich immer hier in der Nähe bin?"

Die Seniorin: "Ach hier sind doch noch so viele alte Leute, die freuen sich doch alle, wenn sie kommen."

Gisela:"Ja, das weiß ich, darum komme ich ja auch immer gerne hier her."

Die Seniorin:" Bei ihnen merkt man es, sie mögen uns und sie haben ihre Arbeit hier gerne gemacht. Sie haben immer gute Laune gehabt und sie waren die Einzige, die hier immer mit uns gesungen hat. Die anderen, denen ist doch jedes Wort zu viel und wenn sie mal was sagen dann kann man kaum was versehen."

Gisela hatte großes Mitgefühl für diese Seniorin und dachte darüber nach, was wäre wenn Aribert 1995 nicht so schnell und gleich richtig gehandelt hätte. Wo wäre ich dann? Sicher auch in so einem Pflegeheim.

Gisela besuchte noch eine Bewohnerin, die ihr auch sehr ans Herz gewachsen war. Diese Bewohnerin ist erst 69 Jahre alt und hatte auch einen Schlaganfall.

Gerade diese Bewohnerin hatte oft zu Gisela gesagt, wenn sie ihr erzählt hatte, dass sie in den Urlaub fährt:" Schwester Gisela, genießen sie den Urlaub. Mein Mann und ich hatten ein Geschäft und wir hatten für Urlaub keine Zeit. Wir haben immer nur gearbeitet, dann hatte mein Mann einen Herzanfall und ist dann auch verstorben. Ich hatte dann ein paar Monate später einen Schlaganfall und nun sehen sie, was aus mir geworden ist." Gisela ging die Treppe zu ihrem Zimmer hinauf.

Gisela klopfte an die Tür und da hörte sie die Stimme:"Ja bitte?"

Gisela sagte:"Ich bin es."

Frau Braun:"Ach, Schwester Gisela, sie sind es." Sie lächelte und sagte:" Das ist aber schön, dass sie bei mir rein sehen."

Gisela:" Ja, ich habe es ihnen doch versprochen. Wie geht es ihnen Frau Braun?"

Frau Braun:" Ach, es ist doch immer dasselbe. Meine Tochter hat mich besucht, ich hatte mich sehr darüber gefreut. Ansonsten, sie wissen doch selber, wie es hier ist.

Die Schwestern haben für uns nur wenig Zeit. Es ist jammer schade, dass man so auf fremde Hilfe angewiesen ist."
Gisela:"Ja, Frau Braun, ich denke oft an sie."
Frau Braun:" Ist das wahr? Das hätte ich nie gedacht."
Gisela: "Doch ich denke oft an ihre Worte, wenn ich mich von ihnen verabschiedet hatte bevor ich in den Urlaub ging, was sie mir gesagt haben. Es kann doch jeden Menschen treffen, dass er so auf fremde Hilfe angewiesen ist wie sie und alle anderen Bewohner hier. Leider denken die wenigsten Menschen daran. Ich glaube, dass die Menschen denken, dass es sie selbst nicht treffen kann."
Frau Braun:" Ja, und das macht es aus, wie sie uns behandelt haben. Sie waren immer mit dem Herzen dabei. Es gibt leider Personal hier, ich möchte da keine Namen nennen, die haben für uns kein Herz. Denen ist alles zu viel.
Ich merke es ganz besonders, weil ich, so glaube ich wenigstens, noch einigermaßen klar im Kopf bin. Ich kann mich nur nicht so bewegen, wie ich es möchte. Das aller Schlimmste für mich ist auch noch, dass ich so dick geworden bin. Ich kann mich auch nur wenig bewegen und davon kommt das. Ich kann doch aber nicht hungern."
Gisela:" Nein, das können sie nicht. Aber sie müssen sich anstrengen und versuchen, was sie noch können auszunutzen."
 Frau Braun:" Ja, ich denke auch oft an sie, sie haben mir immer so viel Mut gemacht. Ihre ganze herzliche Art, die vermisse ich. Ich glaube, nicht nur ich. Alle, mit denen ich noch hier so zusammen komme, die sagen, schade, dass unsere Schwester Gisela nicht mehr hier ist."
Gisela:"Ich wäre gerne noch hier. Leider darf ich nicht mehr arbeiten. Aber ich verspreche ihnen, ich komme sie alle hier immer wieder besuchen."
Frau Braun:" Ja, Schwester Gisela, machen sie das und ruhen sie sich immer gut aus und vor allem genießen sie ihr Leben

und ihr Mann. Ihr Mann ist doch aus dem anderem Haus der
Pfleger Aribert. Habe ich recht?"
Gisela:"Genau, es ist zwar nicht mein Mann, aber mein
Lebensgefährte."
Frau Braun:"Ja, ich weiß, aber es ist doch das Gleiche."
Gisela:"Ja, wir leben wie ein Ehepaar zusammen, nur ohne
Trauschein."
Frau Braun:" Das ist auch nicht Wichtig. Die Hauptsache, sie
verstehen sich gut."
Gisela:"Ganz bestimmt. Wir sind glücklich miteinander."
Frau Braun:" Was macht denn ihre Frau Mutter?"
Gisela:" Meiner Mutter geht es gut. Sie sitzt unten im
Aufenthaltsraum und redet da mit einigen Senioren."
Frau Braun:" Es ist von ihnen aller Ehrenwert, dass sie sich
so rührend um ihre Mutter kümmern. Das machen heut zu
Tage nicht alle Kinder. Meine Tochter zum Beispiel, ist ganz
lieb und sie kümmert sich so auch um mich, aber sie würde
mich nie zu sich nehmen."
Gisela:" Ich glaube aber, dass liegt nicht daran, dass ihre
Tochter sie nicht genug liebt, es liegt eben nicht jedem, einen
anderen Menschen, auch die eigenen Eltern zu pflegen.
Sehen sie, Frau Braun, ich habe diese Arbeit schon immer
sehr gerne getan, auch als ich noch Sekretärin war."
Frau Braun:" Ja, so wird es wohl sein, genau, wie ich so gerne
in unserem Geschäft gearbeitet habe. Das kann auch nicht
jeder."
Gisela:"Nein, ich glaube eine gute Verkäuferin könnte ich
bestimmt nicht sein."
Frau Braun:" Das glaube ich ihnen nicht. Sie sind so ein
geduldiger netter Mensch. Sie könnten auch zu jedem
Kunden freundlich sein. Ich habe sie noch nie erlebt, dass sie
mal schlechte Laune gehabt hätten."
Gisela:" Nein, warum sollte ich schlechte Laune haben. Die
Bewohner sind doch auch alle nett zu mir."

Frau Braun:" So wie es in den Wald rein schallt, so schallt es zurück. Das Vergessen hier auch einige vom Personal. Naja, es gibt auch jetzt noch ein paar Schwestern, die zu uns nett sind. Ich habe auch Verständnis dafür, sie haben alle so viel Arbeit."

Gisela:"Ich muss mich jetzt von ihnen verabschieden. Meine Mutter wartet unten auf mich. Sie glaubt bestimmt, ich habe sie schon vergessen."

Frau Braun:" Bestellen sie doch bitte an ihre Frau Mutter herzliche Grüße von mir und bringen sie doch ihre Mutter beim nächsten Besuch einfach mit." Gisela:"Gut, dass werde ich."

Auf den Rat von Dr. Kramer, stellte Gisela nun einen Verschlimmerungsantrag beim Versorgungsamt. Es kann doch nicht sein, dass man nur 30 Prozent Schwerbehindert ist, wenn man nicht mehr arbeiten darf. Nach acht Wochen, bekam Gisela einen Brief, in dem stand, dass sie nun eine Behinderung von 50 Prozent bekommen hat und sie solle nicht vergessen, das Versorgungsamt davon in Kenntnis zu setzen, wenn eine gesundheitliche Verbesserung eintreten sollte.

Gisela sagte zu Aribert:"Ich glaube, die lesen die Befunde von den Ärzten nicht. Wenn die Befunde von Amtsärzten begutachtet werden, verstehe ich nicht, wie sie davon ausgehen können, dass bei mir eine Besserung eintreten könnte."

Aribert:" Ich weiß auch nicht, wie das abläuft, vielleicht schreibt der Pförtner die Briefe und begutachtet die Befunde."

Eines Tages, Aribert hatte Spätdienst und Gisela ging es schon am Vormittag sehr schlecht.

Aribert sagte:" Was soll ich nur machen? Ich kann doch nicht zu Hause bleiben. Deine Mutter kann dir auch nicht helfen.

Sie kann doch noch nicht mal alleine die Treppe mehr runter kommen. Am besten ist, du legst dich ins Bett."

Gisela:" Was soll ich denn den ganzen Tag im Bett? Ich lege mich immer zwischen durch mal auf die Couch, wenn es mir nicht gut geht. Es wird schon werden."

Aribert:" Ich stelle dir das Sauerstoffgerät gleich neben die Couch, wenn es dir dann nicht gut geht, dann drehst du den Sauerstoff an. Ich kann ja deine Mutter runter holen und sie bleibt bei dir hier unten."

Gisela:" Ach was, das hält sie doch nicht durch, den ganzen Tag hier unten. Ich komme schon zurecht. Mache dir keine Sorgen."

Aribert holte das Sauerstoffgerät aus dem Schlafzimmer und stellte es neben die Couch. Dann war es soweit und er musste zur Arbeit. Gisela versuchte ein bisschen von ihrer Hausarbeit zu erledigen. Dann plötzlich ging es ihr wirklich sehr schlecht. Sie legte sich auf die Couch. Dann bemerkte sie, dass der linke Arm wieder schmerzte und das linke Bein eingeschlafen war. Sie wollte mit der rechten Hand das Sauerstoffgerät aufdrehen, da wurde ihr schwarz vor den Augen und sie viel von der Couch. Sie war noch voll dabei, aber sie schaffte es nicht, dass Sauerstoffgerät aufzudrehen. Sie lag auf dem Arm, mit dem sie noch etwas machen könnte. Den linken Arm fühlte sie nicht mehr und das linke Bein war auch ohne Gefühl.

Sie bekam Angst und in ihrer Angst rief sie ganz leise:"Hilfe!" Ihre Mutter ist zwar sehr schwerhörig, aber es war so, als wenn sie dieses leise rufen doch gehört hätte. Es war, als wenn ein Wunder geschehen war, ihre Mutter schaffte es, die Treppe alleine runter zu kommen.

Sie sah Gisela neben der Couch liegen und wollte ihr helfen, dass sie aufstehen konnte.

Doch Gisela flüsterte nur noch:" Dreh bitte den Sauerstoff auf und gib mir die Maske."

Ihre Mutter drehte hin und her, bis sie endlich ein rauschen vernahm, sie zitterte am ganzen Körper und sagte:" Ich rufe Aribert an."

Gisela:"Nein, lass ihn."

Die Mutter legte Gisela die Sauerstoffmaske ans Gesicht. Gisela atmete gleichmäßig und langsam durch. Dann merkte sie, wie sie langsam wieder ihren Arm und dann auch das Bein fühlen konnte.

Dann sagte sie:" Es geht schon wieder. Lass mich nur ein paar Minuten hier so liegen, dann kann ich wieder alleine aufstehen."

Ihre Mutter:" Ich kann dich doch nicht auf dem Boden liegen lassen."

Gisela:" Doch, du kannst das. Ich stehe alleine wieder auf."

Gisela atmete noch von dem Sauerstoff, dann nahm sie ihre rechte Hand und drehte den Sauerstoff alleine wieder ab. Sie stand auf. Das linke Bein tat ihr noch schmerzen. Sie konnte aber wieder auf beiden Beinen stehen.

Anschließend legte sie sich auf die Couch und sagte:" Ich muss nur ein wenig ausruhen, dann geht es schon wieder."

Giselas Mutter blieb bei Gisela und setzte sich in den Sessel neben ihr.

Sie sagte:" Soll ich nicht doch Aribert anrufen?"

Gisela:"Nein, was soll er denn jetzt machen? Mir geht es doch schon wieder ganz gut."

Aribert kam vom Dienst und sah, dass Giselas Mutter unten im Wohnzimmer war, da sagte er:" Du solltest doch heute nicht so viel machen und dann noch deine Mutter die Treppe runter helfen."

Giselas Mutter:" Ich bin alleine runter gekommen."

Aribert:"Wie, wie hast du das gemacht?"

Die Mutter:" Eine innere Stimme hat mir gesagt, ich soll mal nach sehen und da sah ich von oben, dass Gisela auf der Erde lag. Da bin ich ganz langsam rückwärts die Treppe runter gegangen, ich musste ihr doch helfen. Sie konnte doch den Sauerstoff nicht aufdrehen. Ich musste doch und es ging."

Aribert :"Und was war dann?"

Die Mutter: "Naja, ich wollte ihr auf die Beine helfen, das wollte sie nicht. Ich sollte nur aufdrehen und dann blieb sie eine halbe Stunde liegen. Danach konnte sie alleine aufstehen und hat sich auf die Couch gelegt."

Aribert:"Warum hast du nicht angerufen?"

Die Mutter:" Gisela hat es mir verboten. Sie hat gesagt, dass ich dich nicht stören soll. Du könntest so wieso nichts machen."

Aribert:" Ich wäre sofort gekommen."

Gisela:" Das geht doch nicht, du musst doch deine Arbeit machen und dann wenn du aufgeregt bist und dann über die Autobahn, das geht doch nicht. Du kannst dich dann nicht konzentrieren. Ich habe Angst, dir könnte was passieren."

Aribert:" Du sollst dir nicht immer Gedanken um mich machen, du sollst in erster Linie an dich denken."

Gisela:" Das tu ich doch, wenn dir was passiert, was soll dann aus mir werden."

Aribert:" Mir passiert schon nichts, ich kann gut selber auf mich aufpassen. Nun sag du mir mal, was ich ohne dich machen soll? Du kannst dir nicht immer selber helfen."

Gisela erholte sich wieder von dieser Attacke. Sie fühlte sich ganz wohl.

Da meldete sich Silvio an und fragte:" Sag mal, kann ich, wenn ich euch besuchen komme, meine Freundin mitbringen?"

Gisela:"Ja, warum denn nicht?"

Silvio:" Gut, ich komme am Sonntag. Ich komme mit dem Zug. Könnt ihr mich vom Bahnhof abholen?"

Gisela:"Selbstverständlich, wenn wir wissen, wann du kommst."

Silvio:" Ich komme am Sonntag alleine und am Montag kommt dann meine Freundin Nancy auch mit dem Zug."
Gisela: "Alles klar, ich freue mich."
Aribert hatte am Sonntag frei und sie holten Silvio vom Bahnhof ab.
Gisela freute sich sehr darüber.
Aribert sagte dann:" Ich muss morgen arbeiten, du fährst dann mit deiner Mutter mit, lass sie nicht alleine fahren."
Silvio: "Geht klar, ich passe auf meine Mutter auf."
Als sie am Abend zu Hause zusammen saßen, erwähnte Gisela ihre gewesene Schwiegermutter und sagte:" Ja, Silvio, ich kann deine Oma einfach nicht vergessen, es sind nun schon zwanzig Jahre her, dass ich sie nicht mehr gesehen habe. Ich würde sie so gerne mal wieder sehen. Aber leider weiß ich nicht wo sie wohnt. Sie ist in letzter Zeit viel umgezogen und ich weiß nicht wohin."
Silvio sagte dann:" Ich kann mich ja mal umhören."
Gisela sagte:" Wenn ich die Telefonnummer von ihrer Freundin Anna rauskriegen würde, dann wäre es kein Problem mehr, aber sie steht nicht im Telefonbuch. Mit ihrer Freundin Olga, da habe ich schon mal gesprochen, aber sie sagte mir, dass sie von ihr schon lange nichts mehr gehört hatte."
Der Abend verging viel zu schnell. Aribert musste am nächsten Tag zur Arbeit.
Kurz nach dem Frühstück klingelte das Telefon, es war Nancy, sie war auf dem Bahnhof angekommen.
Gisela fuhr mit Silvio los.
Auf dem Parkplatz sagte Silvio:" Bleib bitte im Auto, ich hole Nancy vom Bahnhof rüber. Sie ist etwas schüchtern und hat Angst vor dir."
Gisela: "Vor mir Angst, das kann doch nicht sein."
Silvio:"Ich habe ihr auch schon gesagt, dass sie vor dir keine Angst zu haben braucht. Naja, ich weiß ja nicht, wie es dir

gegangen ist, als du deine Schwiegermutter damals kennenlernen solltest."

Gisela:"Ja, komisch war das auch schon. Mein Gott, ist das schon wieder so lange her? Nun soll ich eine Schwiegermutter werden. Bin ich denn schon so alt?"

Silvio:"Nun reicht es aber, ich habe dich noch nicht zur Oma gemacht."

Gisela:" Das steht mir ja auch noch bevor."

Silvio ging über die Straße. Gisela sah ihm hinterher und dachte laut:" Er ist doch schon ein erwachsener Mann, ich habe es noch nicht bemerkt. Die Zeit ist so schnell vergangen."

In Gedanken sah sie ihn noch einmal, wie er als Baby neben ihrem Bett in diesem kleinen Bettchen lag. Er war so winzig. Dann dachte sie, und in wenigen Minuten lerne ich meine zukünftige Schwiegertochter kennen.

Das Leben ist so schnell an mir vorbei gegangen. Soll dies schon alles gewesen sein? Man müsste sein Leben aufschreiben können. Aber wen interessiert schon das Leben von einem stinknormalen Menschen. Man muss berühmt sein, dann könnte man mit so einer Geschichte Erfolg haben. Als sie so in Gedanken versunken war, kam Silvio mit einem Mädchen an der Hand und einem riesigem Koffer in der anderen Hand über die Straße.

Gisela stieg aus dem Auto und schloss den Kofferraum auf. Da stand Silvio nun mit dem Mädchen vor ihr und sagte:"Das ist Nancy, das ist meine Mutter."

Gisela gab dem Mädchen die Hand und sagte: "Angenehm." Silvio legte den Koffer in den Kofferraum und stieg vorne bei Gisela ein. Nancy setzte sich auf den Rücksitz. Gisela dachte, naja, sieht ganz nett aus. Sie hat schulterlanges blondes Haar und graublaue Augen. Sie ist auch sehr schlank. Gisela fuhr nun nach Hause. sie stellte das Auto ab und

Silvio holte den Koffer aus dem Kofferraum. Dann gingen sie ins Haus.

Giselas Mutter war unten im Wohnzimmer und wartete schon ganz neugierig auf Nancy.

Silvio stellte die Beiden vor:" Das ist meine Oma, Oma, das ist Nancy."

Gisela sagte:" Ich mache uns einen Kaffee."

Silvio sagte:" Du setzt dich jetzt hin und ich mache den Kaffee. Du ruhst dich jetzt aus."

Silvio deckte den Kaffeetisch und machte die Kaffeemaschine fertig.

Gisela:" Aribert kommt heute eine Stunde früher nach Hause. Was haltet ihr denn davon, wenn wir den Grill anschmeißen, bevor er kommt?"

Silvio:" Oh ja, Grill ist immer gut."

 Während sie alle zusammen Kaffee tranken, lernten sie sich etwas kennen und die Zeit verging sehr schnell. Gisela bereitete das Grillgut vor und dann deckten sie auf der Terrasse den Tisch.

Da kam Aribert, er freute sich riesig und sagte:" Das war eine gute Idee, dass ihr den Grill angeschmissen habt."

Es wurde ein sehr schöner Nachmittag und ein ebenso schöner Abend.

Silvio und Nancy blieben die ganze Woche und so sagte Silvio:" Wir haben uns ein neues zu Hause gesucht. Wir ziehen nach Halle.

Nancys Eltern wohnen dort und haben für uns eine kleine Wohnung besorgt. Nancy hat dort auch schon Arbeit und ich habe nächste Woche ein Vorstellungsgespräch. Wenn Aribert mal mehr als nur zwei Tage frei hat, dann könnt ihr ja mal kommen."

Gisela:" Das kannst du wissen, wir kommen bestimmt."

Es war eine schöne Woche geworden mit Silvio und Nancy. Gisela hatte nun mal ein wenig Abwechslung. Nun kam der Tag, an dem die Beiden abreisen mussten.

Gisela: " Sobald Aribert mal drei Tage hintereinander frei hat, kommen wir euch besuchen."

Silvio:"Gut, sobald wir unseren Telefonanschluss haben, rufe ich dich an. Dann können wir in Verbindung bleiben."

Als Aribert und Gisela wieder mit ihrer Mutter alleine waren, sagte, Gisela:"Ich bin richtig froh, dass Silvio jetzt eine feste Freundin hat und man nun immer weiß, wo man ihn erreichen kann."

Aribert:" Ja, ich merke auch schon, dass du dich auch wohler fühlst. Du bist viel ruhiger geworden."

Gisela:" Ja, deine Tochter hat ein Haus, einen Mann und ihr Kind. Du weiß, wo sie ist und du weißt, dass es ihr gut geht. Dann braucht man sich nicht immer solche Gedanken zu machen. Wenn Silvio mal zwei Wochen nicht angerufen hatte, dann wurde ich immer nervös."

Aribert:" Vielleicht bleiben die Beiden nun wirklich zusammen. Alt genug ist Silvio schon, um eine Familie zu gründen."

Eines Tages kam ein Anruf von Marita und sie sagte:" Hallo Gisela, stell dir vor, Franz ist weg."

Gisela lief es eiskalt den Rücken runter und sagte:" Wie weg, ist er nicht nach Hause gekommen? Was ist passiert? Hast du die Polizei schon benachrichtigt?"

Marita:" Franz ist nicht entführt worden, er ist einfach ausgezogen."

Gisela war geschockt, sie konnte nicht gleich etwas darauf sagen.

Da sagte Marita gleich darauf:" Er hat eine Freundin und dort ist er jetzt." Gisela:"Kennst du die Freundin?"

Marita:" Ja, es ist eine Kollegin von Franz. Ich weiß nicht mehr, was ich machen soll."

Gisela:" Wenn Aribert von Arbeit kommt und wir gegessen haben, kommen wir bei dir vorbei."

Marita: "Ja, ich glaube, ich verliere den Verstand. Ich kann es mir nicht erklären, warum er mich verlassen hat."

Gisela:" Wir kommen nachher."

Als Aribert von der Arbeit kam, berichtete Gisela:" Aribert, stell dir vor, Franz hat Marita verlassen."

Aribert sah Gisela ungläubig an und fragte:" Wie kommst du darauf?" Gisela:" Marita hat mich angerufen und ich habe ihr versprochen, dass wir bei ihr vorbei schauen."

Aribert:" Gut, nach dem Essen sehen wir mal vorbei."

Aribert und Gisela standen nun vor dem kleinen Häuschen, welches sich Marita und Franz so schön zurecht gemacht hatten. Aribert klingelte. Marita machte die Tür auf. Marita sah furchtbar aus.

Gisela nahm Marita in den Arm und sagte:" Ich kann es gar nicht glauben." Sie gingen ins Wohnzimmer, setzten sich in die gemütliche Ecke.

Marita:" Ich mache für euch einen Kaffee."

Gisela:"Nein, lass nur, wir haben gerade zu Mittag gegessen." Dann fing Marita an zu erzählen:" Ich weiß, es geht schon eine ganze Weile mit Franz so. Ich habe aber immer nur gedacht, es ist nur, um mich zu ärgern."

Gisela:" Wie kommst du darauf, dass er dich ärgern will?"

Marita:" Naja, weil er immer keine Lust hatte, in letzter Zeit etwas am Haus zu machen. Er hat doch weiße Farbe gekauft und wollte den Keller weißen. Nun steht die Farbe schon seit Monaten im Keller und er schob es immer wieder auf. Dann habe ich ihn gefragt, wann er denn den Keller endlich machen will. Ich mache doch nun schon den Garten, den Haushalt und kümmere mich um alles. Ich gehe doch auch arbeiten und mir fällt es manchmal sehr schwer, alles zu schaffen. Dann sagte er zu mir, ich wäre ein Sklaventreiber. Ich sagte dann zu ihm, wenn man es schön haben möchte, dann muss man dafür auch etwas tun. Stellt euch vor, da sagt er zu mir, dass ich das Haus haben wollte und er nicht."

Aribert:" Aber er war doch immer so stolz darauf."

Gisela:" Ich werde nie vergessen, als wir uns das Haus angesehen haben, wo ihr noch nicht drin gewohnt habt, da sagte er zu mir, jetzt brauche ich nur noch ein Boot. Ich verstand es da noch nicht und fragte ihn, was er mit einem Boot will, da sagte er naja, mein Haus, mein Auto, nur ein Boot habe ich noch nicht. Da haben wir noch herzhaft gelacht. Dann sagte er, dass er so froh ist, dass er dich hat, denn ohne dich hatte er noch nicht einmal ein Fahrrad."

Marita:" Ja, liebe Gisela, er hatte auch vor vier Wochen noch zu seiner Oberin gesagt, dass er alles nur geschafft hat, weil er mich hatte. Alleine hätte er es nie so weit gebracht, dass waren seine Worte."

Gisela:" Als wir noch zur Schule gingen, da hatte er es auch zu mir gesagt, dass er alles dir zu verdanken hat."

Aribert:" Ich komme da nicht mehr mit. Was ist das für eine Frau, kennst du sie?"

Marita:" Natürlich, wir haben doch schon zusammen an einem Tisch gesessen."

Aribert:" Weißt du, ich habe auch meine Frau verlassen, aber da war schon lange der Wurm drin und meine Frau wusste, dass es eines Tages mal passieren wird. Aber das ist eine ganz andere Geschichte. Er muss doch einen Grund dafür gehabt haben."

Marita:" Der Grund ..., sie ist zwanzig Jahre jünger als er. Sie ist ein Jahr älter als seine eigene Tochter."

Aribert:" Da kann ich nichts mehr zu sagen. Vielleicht kommt er wieder zurück."

Marita:" Ihr glaubt doch nicht, dass ich ihn wieder aufnehme, dann bleibe ich lieber alleine."

Gisela:" Was sagt denn die Oberin dazu?"

Marita:" Sie haben ihm gesagt, dass er das Heim verlassen soll. Stell dir vor, es ist doch eine kirchliche Einrichtung. Was das für ein Bild macht?
Sie lassen ihm Bedenkzeit und wenn er nicht freiwillig geht, dann wird er entlassen."

Einige Tage später, stand Franz vor der Tür. Gisela war etwas schockiert, doch sie sagte:" Komm doch bitte rein."
Aribert war auch zu Hause und sagte:"Ja, komm rein."
Franz setzte sich in die Küche und sagte:" Ihr habt sicher schon davon gehört, dass ich Marita verlassen habe."
Gisela:" Ja, das haben wir. Wie kommst du auf so etwas?"
Franz:" Der Grund dafür sitzt draußen im Auto. Kann ich sie reinholen?" Gisela sah zu Aribert und Aribert sagte:" Du kannst sie doch nicht draußen sitzen lassen. Ich verstehe das zwar alles noch nicht, aber wir können uns da nicht einmischen, dass müsst ihr unter euch ausmachen."
Franz sagte:" Eben, da kann ein anderer Mensch nicht mitreden."
Franz ging zum Auto und brachte Ramona mit . Gisela war sehr enttäuscht. Marita ist eine so gut aussehende Frau, auch wenn sie älter ist als Franz, man hat es ihr nie angesehen.
Aber was da ankam, auch Aribert sah ganz verwundert aus.
Franz brachte sie in die Küche und stellte sie vor: " Das ist Ramona."
Sie hielten sich bei den Händen.
Da sagte Aribert:" Hallo junge Frau."
Ramona sah Aribert an und sagte:" Hallo alter Mann."
Aribert sah sie sehr verärgert an.
Da sagte Franz:" Mach dir nichts draus, dass sagt sie zu mir immer."
Aribert:" Zu dir kann sie sagen, was sie will, aber ich glaube, von Anstand hat sie noch nie etwas gehört."
Da sagte Ramona: "Wieso, gegen mich sind sie doch alt."

Gisela war auch sehr schockiert und sagte:" Dann bin ich wohl eine alte Frau?"

Ramona:" Nein sie sehen noch ziemlich jung aus."

Gisela:" Ich habe einen Sohn, der ist genauso alt wie sie, er würde aber niemals zu mir alte Frau oder zu Aribert alter Mann sagen."

Ramona sagte kein Wort mehr.

Franz sagte nur:" Ich habe meine Frau verlassen, weil ich es nicht mehr ausgehalten habe. Sie hat mich von morgens bis abends kommandiert. Ich musste immer nur springen, wie sie es wollte."

Gisela:" Aber es hat dir doch am Anfang so gefallen, du hast doch zu mir immer gesagt, dass du alles, was du geworden bist, nur ihr zu verdanken hast."

Franz:" Ja, sie hat mich zu allem gezwungen."

Sie wechselten das Thema, weil sie merkten, dass es sinnlos ist, darüber noch zu reden.

Franz verabschiedete sich und sagte:" Bis zu nächsten Mal."

Danach sahen sie sich einige Wochen nicht mehr.

Als sie dann weg waren, sagte Aribert:" Wo hat Franz nur seine Augen? Die ist ja so was von unmöglich. Die ganze Art. Naja, vom Aussehen her, da hat jeder seinen eigenen Geschmack, ich würde lieber weglaufen. Ich weiß nicht, was er an ihr findet."

Gisela: " Aribert, er war ein guter Freund und das sollte er eigentlich für mich bleiben. Du musst ja Ramona nicht heiraten, nur akzeptieren. Marita muss da drüber wegkommen. Es ist nun mal passiert, obwohl ich es auch nicht verstehen kann."

Aribert: " Du hast ja recht."

Aribert nahm Gisela in den Arm und sagte:" Uns beide kann nichts mehr trennen. Wir bleiben bis an unser Lebensende zusammen. Hoffentlich lässt uns der liebe Gott noch Zeit dafür."

Gisela sah Aribert an und merkte, dass ihm die Tränen sehr nahe standen.

Da sagte Gisela:" Sie mal Aribert, Ich sollte 1995 nur noch ein halbes Jahr leben, nun haben wir schon 1999. Wir müssen nur fest daran glauben." Aribert:" Das will ich ja. Ich bete jeden Tag, dass du noch lange bei mir bleibst. Was soll ich denn ohne dich machen."

Gisela standen auch die Tränen sehr nahe und sagte:" Ich bleibe bei dir, aber ich brauche dich auch, dass weißt du. Wir brauchen uns."

Nach einigen Wochen, stand Franz mit Ramona wieder vor der Tür. Sie blieben einige Stunden und redeten nur von Arbeit und dass Ramona auch zur Schule gehen will und Altenpflegerin werden möchte.

Sie sagte:" Franz muss mir da helfen, er hat ja sein Staatsexamen auch geschafft. Wenn er mir hilft, dann schaffe ich es auch."

Als sie sich dann verabschiedeten, sagte Gisela zu Ramona:" Pass auf Franz auf, er braucht immer jemanden, der zu ihm hält."

Aribert nahm Ramona an den Schultern und sagte:" Ja, pass auf ihn auf, er ist ein guter Freund unserer Familie."

Franz war schon ein Stück von der Haustür entfernt und Ramona rief ganz laut:" Franz, sie mal bitte!"

Gisela und Aribert verstanden das zwar nicht, aber Franz drehte sich um und stieg ins Auto. Ramona ging nun auch zum Auto, stieg ein und sie fuhren los. Aribert und Gisela verstanden ihr Verhalten zwar nicht, aber dachten nicht weiter darüber nach.

Als Aribert, Gisela und Giselas Mutter wieder für vierzehn Tage auf Teneriffa waren, riefen sie mal ein paar Freunde an und reden mit jedem mal kurz und fragten nach dem Wetter. Dann rief Aribert auch bei Franz an.

Aribert fragte:" Hallo Franz, wie ist bei euch das Wetter. Wie geht es euch?"

Da sagte Franz:"Schön, dass ihr euch meldet. Bei uns ist es kalt, wie ist es bei euch?"

Aribert:" Wir haben hier 28 Grad. Wenn wir wieder zurück sind, dann könnt ihr ja mal kommen."

Plötzlich sagte Franz:" Ich würde ja gerne, aber Ramona sagte mir, dass du so anzüglich bist und Annäherungsversuche gemacht hast, dies vertrage ich nicht."

Aribert schluckte erst mal und sagte:" Also Franz, ich möchte dich jetzt nicht beleidigen, aber ich kann nur sagen, wenn du das glaubst, dann tust du mir mehr als leid und ich möchte hiermit alles beenden. Denk mal drüber nach."

Aribert legte den Hörer auf und sagte zu Gisela:" Stell dir vor, Franz glaubt, dass ich seiner Freundin nachstelle. Ich kann sie noch nicht einmal leiden.

Wofür hält mich Franz. Ich soll dich gegen, entschuldige bitte, diese Vogelscheuche eintauschen, der hat sie doch nicht mehr alle. Der ist ja blind."

Gisela ging zu Aribert:" Reg dich nicht auf. Er wird schon noch wach werden."

Aribert: " Ich kann ihn nicht verstehen und du sagst noch zu mir, ich soll sie akzeptieren."

Gisela:" Jetzt verstehe ich auch, was sie den einen Tag damit erreichen wollte, als sie Franz rief. Wo du sie an den Schultern gehalten hattest und gesagt hast, pass auf Franz auf."

Aribert war sehr böse darüber und sagte:" Franz ist blind, die will ihn eifersüchtig machen, ich kann mir nicht vorstellen dass ein anderer Mann sie überhaupt ansieht."
Gisela und Aribert beschlossen nun, die Geschichte ist abgehakt. Es lohnt nicht, darüber nachzudenken.

Bald darauf bekam Marita eine Wohnung in Deutschland und das Haus wurde verkauft. Es war für Aribert und Gisela jedes Mal ein ungewöhnliches Gefühl, wenn sie an dem Haus, das einmal Marita und Franz gehörte vorbeifuhren.
Als Marita sich wieder einmal telefonisch meldete, sagte sie:" Ich weiß nicht, ob ihr jetzt zu Franz oder mir haltet. Ich habe meine Wohnung eingerichtet und würde mich freuen, wenn ihr mal bei mir zu Besuch kommen würdet.
Ich habe für euch ein paar Neuigkeiten zu berichten."
Gisela:" Ja, warum sollten wir nicht mehr zu dir halten? Wir kommen, wenn Aribert mal frei hat bei dir vorbei."
Sie besuchten dann in den kommenden Tagen Marita. Sie hatte sich ihre kleine Wohnung sehr schön eingerichtet. Als sie dann in der Küche Platz nahmen und Marita den Kaffee bereitete, sagte sie:" Ich habe jetzt meinen Führerschein gemacht und habe mir ein kleines Auto gekauft. Es ist schon ein altes Auto, aber für mich reicht es erst mal."
Gisela sagte:"Ich freue mich darüber, dass so viel Mut hattest."
Aribert sagte:" Zu Franz haben wir den Kontakt abgebrochen. Gisela hat es sehr leid getan, mir eigentlich auch, aber wer von mir denkt, dass ich mich an ein Mädchen ranmache, dass einem Freund von uns gehört und dann noch obendrein eine, die jünger ist als meine eigene Tochter, der kann mir nur leidtun. Dazu kommt noch, wie man von mir denken kann, dass ich meine Gisela gegen so eine, entschuldige bitte, Vogelscheuche eintausche, der ist für mich erledigt."

Marita lächelte nur und sagte:" Franz seine Mutter hat mich angerufen und sagte mir, dass er mit Ramona bei ihr war. Sie hat dann gesagt, dass sie sich erschrocken hatte, als sie Ramona sah. Sie kann ihn überhaupt nicht mehr verstehen. Dann hat mich seine Tochter angerufen und sagte zu mir, Mutti, stell dir vor, kommt Vati mit seiner Liebschaft zu mir und verlangt von mir, dass ich zu ihr Mutter sagen soll. Stell dir vor, die ist ein Jahr älter als ich, was denkt er sich dabei. Mein Mann hat dann gesagt, was ist denn das für eine Hexe. Nein wir wollen ihn nicht mehr sehen, das haben wir ihm deutlich zu verstehen gegeben."

Gisela sagte nur:" Wo die Liebe hinfällt."

Es vergingen einige Tage, da kam ein Anruf von Martina.

Gisela sagte:"Ich freue mich, dass du mich anrufst. Wie geht es dir."

Martina:" Ach, mir geht es nicht schlecht. Ach, Ich weiß nicht, wie ich es dir sagen soll. Mir geht es doch nicht sehr gut. Meine Tochter ist sehr krank."

Gisela:" Was hat sie denn?

Martina:" Stell dir vor, da hat das Mädchen nun ausgelernt und fängt gerade an zu arbeiten, da bekommt sie sehr hohes Fieber. Man hat alles Mögliche gemacht. Sie ist ins Krankenhaus gekommen. Ich kann dir nicht sagen, was sie alles gemacht haben. Jedenfalls hat man mich jetzt, also gestern angerufen und mir gesagt, dass sie Krebs hat."

Dann hörte Gisela nur noch, dass Martina weinte.

Gisela sagte:" Ist es denn ganz sicher, dass es Krebs ist?

Martina:" Ja, man ist sich ganz sicher. Man will aber versuchen, ob man ihr nicht doch noch helfen kann."

Gisela:" Ja, Martina, man kann jetzt schon sehr viel machen. Vor allem müssen du und deine Tochter fest daran glauben, dass man ihr helfen kann. Auf keinen Fall darf sie sich selber aufgeben und du musst ihr das Gefühl geben, das auch du fest daran glaubst. Du musst ihr die Kraft geben."

Martina:" Ich versuche es und ich versuche auch, dass wenn ich mit ihr telefoniere nicht weine. Nächste Woche kann ich zu ihr."

Gisela:" Gib ihr die Kraft und lass sie wissen, dass du sie brauchst und dass du immer für sie da bist."

Martina:" Ich mache es so. Ich versuche mir selber die Kraft zu geben. Aber nun ist Ralf auch nicht immer da. Du kannst dir vorstellen, wenn ich alleine im Bett liege, ich heule die ganze Nacht. Mir schmeckt kein Essen mehr. die Oma schimpft schon mit mir. Sie sagt auch, dass ich jetzt sehr viel Kraft brauche."

Gisela:"Ja, die brauchst du."

Martina:" Ich weiß, dass du auch so viel durchgemacht hast. Du hast es ja auch geschafft."

Gisela:" Naja, geschafft habe ich es nicht. Ich versuche nur jeden Tag etwas aus meinem Leben zu machen. Man muss versuchen, auch wenn es keine schönen Tage manchmal sind, doch noch das Beste vom Tag raus zu picken und zu sagen, dass dir der Tag etwas gebracht hat."

Martina:" Jetzt kann ich dich verstehen, wenn du zu mir immer gesagt hast, dass man jeden Tag genießen soll. Jetzt fange ich auch an jeden Tag zu schätzen, an dem ich erfahre, dass meine Tochter noch lebt."

Gisela:" Ja, ich freue mich jeden Tag, wenn ich morgens meine Augen aufmache, dass ich noch lebe und ganz besonders, wenn ich meine Arme und Beine noch bewegen kann. Ich versuche, aus jedem Tag etwas Besonderes zu machen. Ich bin auch schon am überlegen, was man machen kann, dass das Leben nicht ganz umsonst war. Man muss etwas tun, dass die Nachwelt weiß, du hast gelebt. Man muss etwas für die Menschen tun. Man muss den Menschen mitteilen, dass man nicht einfach so in den Tag hinein leben soll. Ich freue mich über alles, was ich schaffen konnte. Ich habe einen Fliederbaum gepflanzt. Ich bin stolz darauf.

Sage bitte deiner Tochter, sie soll jeden Tag etwas machen, wo sie sich selber drüber freuen kann."

Martina:"Das ist alles so einfach gesagt. Sie ist so weit weg von zu Hause."

Gisela:" Du musst, wenn du kannst zu ihr. Sie braucht jetzt eine Person, die zu ihr hält."

Als Aribert von der Arbeit kam, erzählte Gisela ihm, dass ihre Freundin angerufen hatte und welche Sorgen sie hat. Da sagte Aribert:" Es ist schlimm, dass so etwas passiert ist, aber was willst du machen. Ich bitte dich, du darfst dich nicht aufregen. Du weißt es auch. Es tut mir auch leid um deine Freundin. Du kannst ihr aber nicht helfen."

Gisela:" Ja, das weiß ich. Es tut doch aber schon gut, wenn ich zu höre und ihr ein paar gute Ratschläge geben kann. Helfen kann ich ihr nicht und das wird sie auch wissen. Wir sind nun schon seit einunddreißig Jahren Freundinnen. Da muss man für einander da sein."

Aribert:"Das sollst du ja auch. Ich will nur nicht, dass du dich darüber aufregst.

Was haben du und ich dann davon, wenn du dann um liegst. Denke bitte daran, was dein Arzt gesagt hat. Jede Aufregung schadet dir."

Gisela:" Ja, das weiß ich. Ich kann aber keinen Menschen enttäuschen. Ich habe immer das Gefühl, ich muss für alle, die mich brauchen auch da sein."

Nun kam aber einmal eine gute Nachricht für Gisela. Sie bekam einen Anruf von Tante Olga. Es war die Freundin von ihrer gewesenen Schwiegermutter.

Olga sagte:" Also, liebe Gisela, Ich habe mit Anna gesprochen. Du kennst doch Tante Anna noch?"

Gisela: " Ja, natürlich kenne ich Tante Anna noch. Du, Tante Anna und meine gewesene Schwiegermutter, ihr seid doch immer zusammen gewesen."

Olga: " Ja siehst du, und weil du mich doch schon einmal gefragt hattest, ob ich die Adresse oder Telefonnummer von Elsbeth, deiner gewesenen Schwiegermutter habe, konnte ich dir nicht helfen. Ich denke mal, weil ich doch nicht mehr so gut weg kann, haben wir uns lange Zeit nicht mehr gesehen. Aber Tante Anna, die hat immer noch Kontakt zu Elsbeth. Ich habe sie gefragt, ob ich dir ihre Telefonnummer geben kann. Sie war natürlich damit einverstanden."

Olga teilte Gisela die Telefonnummer von Anna mit und sagte dann:" Ich denke mal, dass dir Tante Anna weiter helfen kann. Und lass mal wieder was von dir hören. Ich würde mich freuen. Ich werde es nie vergessen, wenn du mit dem damals so kleinen Silvio mich besucht hattest, es war immer eine schöne Zeit."

Gisela:" Ich werde die Zeit auch nicht vergessen. Wir werden wieder von einander hören."

Gisela wählte mit etwas Herzklopfen die Telefonnummer von Tante Anna. Was würde sie jetzt sagen. Wir haben uns 20 Jahre nicht mehr gesehen, dachte Gisela. Da war ein Freizeichen zu hören. Dann ertönte eine Frauenstimme: " Ja, wer ist da?"

Gisela schluckte erst mal und sagte dann:" Hier ist Gisela. Ich weiß nicht, ob du, Tante Anna, dich noch an mich erinnerst?"

Anna:" Ja natürlich erinnere ich mich an dich. Wie könnte ich dich vergessen. Tante Olga hatte mich gefragt, ob sie dir meine Telefonnummer geben kann. Ich hatte schon damit gerechnet, dass du mal anrufst."

Gisela:" Ja, ich habe schon alles Mögliche versucht, um einmal rauszubekommen, wo meine ehemaligen Schwiegereltern geblieben sind."

Anna:" Ja, da kann ich dir helfen. Aber als erstes, muss ich dir eine traurige Mitteilung machen. Dein gewesener Schwiegervater Albert, ist vor 3 Wochen verstorben."

Gisela war erschüttert und sagte:" Und was macht Elsbeth?"
Anna:" Ja, die könnte jetzt gute Freunde gebrauchen. Sie hat
viel von dir gesprochen. Ich glaube, sie hatte immer große
Sehnsucht nach dir. Wenn ich immer mal zu Besuch war,
haben Beide immer von dir und Silvio gesprochen. Sie haben
Beide viel an euch gedacht."
Anna gab Gisela die Telefonnummer von Elsbeth, .Gisela
bedankte sich bei ihr.
Gisela wählte die Nummer und wartete. Sie dachte, was wird
sie wohl sagen, wenn ich jetzt anrufe?
Da meldete sich eine ihr sehr vertraute Stimme aber sehr
kläglich: " Ja."
Gisela:" Ja, hier ist Gisela." Gisela wartete einen kleinen
Moment, weil da keine Antwort kam. Ihr Herz klopfte, wird
sie jetzt einfach auflegen?
Da kam die Stimme wieder:" Ach, ... Gisela, bist du es."
Gisela: " Ja, ich bin es. Ich habe deine Telefonnummer von
Tante Anna bekommen, ich habe dich schon lange gesucht,
aber ich bekam einfach deine Adresse oder Telefonnummer
nicht."
Elsbeth: " Ja, wir sind in letzter Zeit viel umgezogen. Nun
muss ich dir sagen, der Opa ist verstorben. Ich bin jetzt so
alleine, Ich kann es noch gar nicht verstehen."
Gisela: " Ich weiß es schon von Tante Anna. Es tut mir auch
sehr leid. Aber alleine bist du nicht. Wenn du möchtest, dann
sind wir für dich auch da."
Elsbeth:" Wo wohnst du denn eigentlich?"
Gisela: " Ich wohne mit meinem Lebenspartner und meiner
Mutter in den Niederlanden."
Elsbeth: " Ach, wie bist du denn dahin gekommen?"
Gisela: " Das ist eine lange Geschichte. Ich werde dir einen
Brief schreiben und teile dir, wenn du nichts dagegen hast,
mal alles mit. Am Telefon wird es zu teuer."

Elsbeth: " Was macht Silvio eigentlich? Der ist doch bestimmt schon ein richtiger junger Mann geworden? Opa und ich haben viel an euch gedacht und viel von euch gesprochen. Wir haben uns doch immer so gut verstanden."

Gisela:" Ja, Silvio ist jetzt schon ein richtiger junger Mann geworden. Er wohnt jetzt in Halle. Er hat eine Freundin, mit ihr wohnt er jetzt zusammen.

Elsbeth: " Hat er denn auch ein Telefon?"

Gisela: " Ja, er hat auch ein Telefon."

Elsbeth: " Gib mir doch seine Nummer. Ich möchte ihn doch gerne mal anrufen. Hoffentlich kennt er mich noch. Er war doch damals gerade 6 Jahre gewesen."

Gisela: " Natürlich wird er dich noch kennen."

Gisela gab ihr die Telefonnummer und Elsbeth bedankte sich dafür. Gisela rief gleich bei Silvio noch an. Sie gab auch Silvio die Telefonnummer von seiner Oma und dann sagte sie noch: " Dein Opa ist leider verstorben.

Deine Oma wird sich bestimmt freuen, wenn du sie mal anrufst."

Giselas größter Wunsch, dass sie ihre gewesene Schwiegermutter mal wieder sehen kann ging nun in Erfüllung, denn bei dem nächsten Besuch, bei ihrer Freundin Martina, besuchten sie zuerst Silvio und danach fuhren sie auch bei Elsbeth vorbei. Elsbeth weinte vor Freude darüber, dass sie sich mal sehen konnten.

Elsbeth: " Ich bin so froh darüber, dass wir uns wieder gefunden haben. Ich hoffe, dass dieser Kontakt nicht wieder abbricht."

Gisela: " An mir soll es nicht liegen."

Aribert: " Ja, deine gewesene Schwiegermutter, ist wirklich eine prachtvolle Frau. Ich kann dich verstehen, dass du sie vermisst hattest."

Gisela: " Ja, nun ist dieser Wunsch in Erfüllung gegangen. Nun habe ich nur noch einen Wunsch, dass wir noch ein

paar schöne Jahre verleben können. Vielleicht kann ich
meine Enkelkinder noch kennenlernen."

ENDE